COLECȚIE COORDONATĂ DE
Magdalena Mărculescu

Mattias Edvardsson

O familie aproape normală

Traducere din suedeză și note de Iulia Dromereschi

TREI

Editori:
Silviu Dragomir
Vasile Dem. Zamfirescu

Director editorial:
Magdalena Mărculescu

Redactare:
Domnica Drumea

Ilustrație și design copertă: Andrei Gamarț

Director producție:
Cristian Claudiu Coban

Dtp:
Eugenia Ursu

Corectură:
Lorina Chițan
Irina Botezatu

Descrierea CIP a Bibliotecii Naționale a României
EDVARDSSON, MATTIAS
O familie aproape normală / Mattias Edvardsson ; trad. din suedeză de Iulia Dromereschi. - Bucureşti : Editura Trei, 2019
ISBN 978-606-40-0670-7

I. Dromereschi, Iulia (trad.)

821.113.6

Titlul original: En helt vanlig familj
Autor: Mattias Edvardsson

O.P. 16, Ghișeul 1, C.P. 0490, București
Tel.: +4 021 300 60 90 ; Fax: +4 0372 25 20 20
e-mail: comenzi@edituratrei.ro
www.edituratrei.ro

ISBN: 978-606-40-0670-7

PROLOG

Înghesuit într-un colț, reacționez la fiecare mișcare pe care o prind cu coada ochiului. Cel mai mic sunet mă face să tresar. Secundele au încetinit, iar acum par să stea pe loc. S-ar putea la fel de bine să mă aflu aici de cinci minute sau de un ceas.

Tribunalul din Lund se găsește în centrul orașului, vizavi de sediul Poliției, la o aruncătură de băț de secție. Toți locuitorii orașului trec pe lângă tribunal la intervale regulate, însă majoritatea își trăiesc viețile fără să fi pus vreodată piciorul înăuntru. Până nu demult, a fost valabil și pentru mine.

Acum, stau pe o canapea, lângă sala 2, iar pe monitorul din fața mea se anunță că audierea principală este într-un caz de crimă.

Soția mea e acolo, de partea cealaltă a ușii. Atât de aproape, și totuși atât de departe. Înainte să intrăm și să trecem prin controlul de securitate, ne-am oprit pe scări și ne-am îmbrățișat. Soția mea mi-a strâns mâinile atât de tare, încât au început să tremure, și mi-a spus că nu mai ține de noi și că decizia le aparține altora. Amândoi știm că nu este tocmai adevărat.

Când îmi aud numele în difuzor, mă cuprinde o senzație de greață. Este rândul meu. Mă ridic de pe canapea și un paznic îmi deschide ușa. Face semn din cap, fără o urmă de expresivitate sau de emoție. Nu este locul potrivit pentru așa ceva.

Sala 2 este mai mare decât mă așteptam. Soția mea stă înghesuită în public. Arată obosită, sfârșită. Pe obraji are dâre de lacrimi.

În clipa următoare, o văd pe fiica mea.

E palidă și mai slabă decât îmi aminteam, părul îi atârnă în șuvițe încâlcite, și mă privește cu ochi goi. Îmi concentrez întreaga energie ca să mă împiedic să sar de la locul meu, s-o iau în brațe și să-i șoptesc că tati e aici și că nu-i va da drumul până nu se vor fi terminat toate astea.

Președintele Curții mă întâmpină și îmi face imediat o impresie pozitivă. Pare plin de viață și nu e lipsit de sensibilitate; e amabil, însă autoritar. Mă îndoiesc că membrii completului se vor împotrivi sentinței lui. În plus, știu că și el este tată.

Fiindcă sunt rudă apropiată cu acuzata, nu pot depune jurământ. Curtea trebuie să-mi asculte mărturia în lumina faptului că fiica mea este acuzată în acest caz, dar eu știu că persoana mea și, cu atât mai mult, profesia mea vor face ca tot ceea ce spun să fie credibil.

Președintele îi dă cuvântul avocatului, iar eu inspir adânc. Ce voi spune acum va afecta multe vieți, în anii ce vor urma. Ce voi spune acum poate fi decisiv.

Încă nu m-am hotărât ce voi spune.

TATĂL

Cel care spune adevărul și face bine este mulțumit,
fiindcă primește ceea ce merită.

CARTEA PROVERBELOR 12:13–14

1

Eram o familie normală. Aveam slujbe interesante, bine plătite, interacțiuni sociale extinse și ne petreceam timpul liber în mod activ, alocând spațiu și pentru mișcare, și pentru cultură. Vinerea, mâncam ceva până să înceapă *Idol*[1] și adormeam pe canapea, înainte să se acorde votul final. Sâmbăta, luam prânzul în oraș sau la un mall. Ne uitam la handbal sau mergeam la film, ne vedeam cu prieteni apropiați, la o sticlă de vin. Seara, adormeam unii lângă ceilalți. Ne petreceam duminicile la pădure sau în muzee, aveam îndelungi conversații telefonice cu părinții noștri sau lâncezeam pe canapea, fiecare cu un roman. Deseori, încheiam ziua de duminică în pat, înconjurați de hârtii, dosare și laptopuri, pregătindu-ne pentru următoarea săptămână de muncă.

În serile de luni, soția mea mergea la cursuri de yoga, iar joia, eu jucam floorball[2]. Aveam ipoteci pe care trebuia să le plătim, ne sortam gunoiul, foloseam corect

1 Concurs de talente difuzat de canalul suedez TV4, începând din 2004.
2 Sport de echipă, cunoscut și drept „hochei pe parchet", dezvoltat în Suedia în anii '70.

semnalizarea, nu depășeam viteza legală și întotdeauna returnam la timp cărțile împrumutate de la bibliotecă.

Anul acesta am avut o vacanță lungă, de la începutul lui iulie până la mijlocul lui august. După câteva veri frumoase în Italia, în ultimii ani ne-am hotărât să ne petrecem concediile de iarnă în străinătate, pentru ca verile să ne relaxăm acasă și să facem scurte excursii de-a lungul coastei, în vizită la rude și la prieteni. De data asta, am închiriat și o cabană pe Orust[3].

Stella a lucrat la H&M aproape toată vara, strângând bani pentru o excursie lungă în Asia, în iarnă. Încă mai sper să poată pleca.

S-ar putea spune că Ulrika și cu mine ne-am descoperit reciproc vara asta. Desigur, sună stângaci, aproape ridicol; doar nu e posibil să te îndrăgostești din nou de soția ta după douăzeci de ani de căsătorie! A fost de parcă toți acești ani petrecuți cu copiii în casă ar fi fost doar o paranteză în povestea noastră de dragoste. Ca și cum exact asta așteptam — sau, cel puțin, așa pare.

Copiii sunt un job cu normă întreagă. Mai întâi, sunt bebeluși și aștepți să devină independenți, îngrijorându-te să nu se înece cu ceva ce și-au băgat în nas sau în gură, apoi vine vârsta grădiniței și îți faci probleme că nu vei fi prin preajmă și vor cădea de pe un leagăn sau că nu vor trece cu bine următoarea examinare medicală. Apoi, începe școala și te îngrijorezi că nu vor ține pasul sau că nu-și vor face prieteni, și totul devine un vârtej de teme pentru acasă și călărie, handbal și petreceri în pijama.

La liceu, apar din ce în ce mai mulți prieteni, mai multe petreceri, dar și conflicte, discuții cu îndrumătorii și taxiuri blocate în trafic. Ne facem griji pentru alcool

[3] Insulă în partea de vest a Suediei.

și droguri, că vor ajunge în anturajul greșit, în timp ce adolescența trece ca o telenovelă cu două sute de kilometri la oră. Apoi, dintr-odată, te trezești cu un adult care nu mai e copil și te gândești că ar fi cazul să încetezi cu grijile.

Vara asta am reușit să avem câteva lungi momente de răgaz, în care nu ne-am făcut griji pentru Stella. Viața de familie n-a mai fost niciodată atât de armonioasă. Apoi, totul s-a schimbat.

Într-o vineri, spre sfârșitul verii, Stella a împlinit nouăsprezece ani. Rezervasem o masă la restaurantul nostru favorit. Italia și gastronomia italiană ne plăcuseră întotdeauna, iar în cartier exista un local micuț, în Väster, care servea pizza și paste divine. Abia așteptam o seară liniștită, în familie.

— *Una tavola per tre*[4], i-am spus chelneriței cu ochi de căprioară, care avea un piercing cu perlă în nas. Adam Sandell. Am făcut rezervare pentru ora opt.

A privit în jur, neliniștită.

— O clipă, a spus, dispărând în localul aglomerat.

Ulrika și Stella s-au întors spre mine, în timp ce chelnerița discuta aprins cu colegii ei, gesticulând și strâmbându-se.

S-a dovedit că persoana care îmi notase rezervarea scrisese joi în loc de vineri.

— Am crezut că veniți ieri, a spus chelnerița, scărpinându-și gâtul cu pixul. Dar se rezolvă. Lăsați-ne cinci minute.

Un alt grup a trecut pe lângă ea, în timp ce personalul aducea o altă masă în sală. Ulrika, Stella și cu mine am rămas în mijlocul restaurantului aglomerat și ne-am prefăcut că ignorăm privirile iritate care ne țintuiau din

4 „O masă pentru trei persoane" (lb. italiană în original).

toate colțurile. Aproape că-mi doream să spun ceva, să explic că nu noi greșiserăm, ci personalul.

Când masa noastră a fost gata, în sfârșit, m-am ascuns repede în spatele meniului.

— Îmi pare rău, a spus un bărbat cu barbă căruntă, care era, probabil, patronul. Firește că ne vom revanșa. Desertul este din partea casei.

— Nicio problemă, am spus. Suntem cu toții oameni.

Chelnerița ne-a luat comanda de băuturi.

— Un pahar de vin roșu? a zis Stella.

M-a privit întrebător, iar eu m-am întors spre Ulrika.

— Este o zi specială, a spus soția mea.

Am încuviințat.

— Un pahar de vin roșu pentru sărbătorită.

După ce am mâncat, Ulrika i-a întins Stellei o carte poștală cu design Josef Frank[5].

— O hartă?

Am zâmbit cu subînțeles.

Am urmat-o pe Stella afară din restaurant și apoi după colț. În cursul după-amiezii, îi adusesem acolo cadoul.

— Dar, tată, v-am spus doar... E mult prea scumpă!

Și-a acoperit obrajii cu palmele, uimită.

Era o Vespa Piaggio roz. O căutasem online, cu o săptămână înainte, și evident că era scumpă, însă reușisem să o conving pe Ulrika să o cumpărăm.

Stella a clătinat din cap și a oftat.

— De ce nu mă ascultați, tati?

Am ridicat o mână și am zâmbit.

— E suficient un „mulțumesc".

Știam că Stella își dorea să primească bani, însă mi se părea atât de anost să-i oferim asta. În schimb, cu Vespa

5 Arhitect suedez de origine austriacă, promotor al modernismului.

putea ajunge cu ușurință în oraș, la serviciu, sau acasă la prieteni. În Italia, toți tinerii aveau câte o Vespa.

Stella ne-a îmbrățișat și ne-a mulțumit de câteva ori, înainte să intrăm înapoi în restaurant, însă, cumva, m-am simțit dezamăgit.

Chelnerița ne-a adus tiramisu din partea casei, dar ne-am dat seama că nu mai puteam înghiți nici măcar o îmbucătură. Totuși, am mâncat.

La cafea, eu am băut *limoncello*.

— Trebuie să plec, a spus Stella și a sărit de pe scaun.

— Deja?

M-am uitat la ceas. Era nouă și jumătate.

Stella a strâns din buze și a continuat să se fâțâie pe scaun.

— Mai stau doar puțin, a spus. Cam zece minute.

— Dar e ziua ta, am protestat. Doar nu deschideți decât la zece mâine, nu?

Stella a oftat.

— Nu merg mâine la lucru.

Nu se ducea la serviciu? Dar muncea în fiecare sâmbătă! Așa ajunsese om de bază la H&M: începuse să lucreze în fiecare sâmbătă, apoi peste vară și, în cele din urmă, cu program normal.

— M-a durut capul toată după-amiaza, a șoptit. Migrenă.

— Ai anunțat că ești bolnavă?

Stella a încuviințat. Nu era cu adevărat o problemă, mi-a dat de înțeles. O altă fată acceptase cu ușurință să-i țină locul.

— Dar nu așa te-am crescut, am spus eu, când Stella s-a ridicat, luându-și haina de pe spătarul scaunului.

— Adam, a zis Ulrika.

— De ce se grăbește?

Stella a ridicat din umeri.

— Mă văd cu Amina.

Am dat din cap și mi-am înghițit nemulțumirea. Așa erau tinerii de nouăsprezece ani.

Stella a îmbrățișat-o îndelung pe Ulrika. Până să apuc să mă ridic, Stella m-a înconjurat cu brațele, iar îmbrățișarea noastră a fost stângace și rigidă.

— Și Vespa? am întrebat.

Stella a privit-o pe Ulrika.

— O ducem noi acasă, i-a promis soția mea.

După ce Stella a dispărut pe ușă, Ulrika s-a șters încet la gură cu un șervet și mi-a zâmbit.

— Nouăsprezece ani, a spus ea. Gândește-te cât de repede au trecut.

Când am ajuns acasă în seara aceea, Ulrika și cu mine eram extenuați. Ne-am așezat pe câte un colț de canapea și am citit, în timp ce pe fundal cânta Cohen.

— Eu tot cred că ar fi putut să ne arate puțină apreciere, am spus. Cu atât mai mult după incidentul cu mașina.

„Incidentul cu mașina" — căpătase deja un nume.

Ulrika a mormăit, dezinteresată, fără ca măcar să ridice ochii din carte. Afară, vântul se intețise și făcea pereții să trosnească. Erau ultimele suspine ale verii, fiindcă august se terminase, însă pentru mine nu conta. Toamna îmi plăcuse dintotdeauna și îmi dădea senzația unui nou început, ca atunci când te îndrăgostești.

Când am lăsat cartea deoparte, ceva mai târziu, Ulrika adormise deja. I-am ridicat capul și i-am vârât o pernă sub el. S-a zvârcolit neliniștită în somn și m-am gândit să o trezesc, însă m-am întors la lectura mea. Nu a durat mult până când literele s-au încețoșat și gândurile au început să rătăcească. Am adormit și eu, cu o greutate în piept, din cauza rupturii care apăruse între mine și Stella, între cei care fuseserăm cândva și cei care eram acum, între imaginea pe care o aveam despre noi și realitate.

Când m-am trezit, Stella stătea în mijlocul camerei. Se legăna pe picioare, iar lumina blândă a lunii pătrundea prin fereastră și îi mângâia capul și umerii.

Ulrika se trezise și ea și se freca la ochi. De îndată, camera s-a umplut de suspine.

M-am ridicat.

— Ce s-a întâmplat?

Stella a clătinat din cap. Avea lacrimi pe obraji. Ulrika a strâns-o în brațe, iar când mi s-au obișnuit ochii cu întunericul, am văzut că Stella tremura.

— Nimic.

Apoi a ieșit din cameră împreună cu mama ei, iar eu am rămas cu o senzație neplăcută de pustietate.

2

Eram o familie cât se poate de normală, iar apoi totul s-a schimbat.

Durează să-ți construiești o viață, însă e de ajuns o clipă ca să o distrugă. Durează ani, chiar decenii, poate o viață să devii cine ești. Căile sunt aproape mereu întortocheate și cred că există un motiv pentru care viața se construiește din *trial and error*. Ne formăm prin încercările noastre.

Mi se pare dificil de înțeles ce s-a întâmplat cu familia noastră în această toamnă. Știu că nu toate întrebările au răspunsuri și că există un plan mai presus de noi, însă în ultimele săptămâni nimic n-a avut sens. Și nu pot explica lucrul ăsta nici mie și nici altora.

Poate că așa e pentru toată lumea, însă eu îmi imaginez că, preot fiind, mi se cere mult mai des să îmi justific părerile decât altora. În general, oamenii nu au deloc probleme în a-mi pune la îndoială viziunea asupra vieții. Se întreabă dacă eu chiar cred în Adam și Eva sau în Imaculata Concepție, că Iisus a mers pe apă și a dat viață morților.

La începutul vieții mele creștinești, rareori intram în defensivă și puneam la îndoială viziunea celui care mă contesta, în timpul discuțiilor. Se întâmpla să argumentez că știința este doar o altă religie, la fel ca altele. Și, firește, aveam multe dubii, iar din când în când mi se zdruncina credința. Acum însă, am încredere în convingerile mele. Am primit binecuvântarea lui Dumnezeu și I-am lăsat chipul să se întoarcă spre mine. Dumnezeu este iubire. Dumnezeu este dorință și speranță. Dumnezeu este refugiul meu și alinarea mea.

De obicei, mă declar credincios, nu cunoscător. Dacă începi să crezi că *știi,* fii precaut. Mă gândesc la viață ca la un proces constant de învățare.

La fel ca mulți alții, mă consider și eu un om bun. Știu că sună arogant, autosuficient și superior, însă nu am această intenție. Am o sumedenie de defecte și am comis nenumărate greșeli. Sunt perfect conștient de asta și primul care le mărturisește. Ce vreau să spun este că acționez mereu cu cele mai bune intenții, din iubire și considerație. Am vrut mereu să fac ce e corect.

Săptămâna care a urmat după aniversarea Stellei nu s-a deosebit de celelalte. Sâmbătă, eu și Ulrika ne-am dus să vizităm niște prieteni buni, în Gunnesbo. Am profitat de ocazie ca să întreb, cu grijă, ce se întâmplase cu o seară înainte, însă Ulrika m-a asigurat că nu exista niciun pericol pentru Stella, ci erau probleme cu un băiat, genul de situație prin care trecea, în mod obișnuit, orice fată. Nu era cazul să-mi fac griji.

Duminică, am vorbit la telefon cu părinții mei. Când s-a ajuns la Stella, le-am spus că lipsea cam mult de-acasă, iar mama mi-a amintit că și eu fusesem tânăr. E foarte ușor să pierzi lucrurile astea din vedere.

Luni, am avut o înmormântare dimineața și un botez după-amiaza. Am o profesie ciudată, în care viața și moartea își strâng mâinile la intrare. Seara, Ulrika s-a dus la yoga, iar Stella s-a încuiat în camera ei.

Miercuri, am oficiat o cununie superbă, două persoane mai în vârstă din congregație, care se cunoscuseră în timp ce își jeleau partenerii anteriori. A fost un moment care mi-a mers la suflet.

Joi, mi-am sucit piciorul. Vechiul meu amic de handbal, Anders, acum pompier și tatăl a patru băieți, m-a călcat din greșeală în timpul unei lupte strânse. În ciuda acestui amănunt, am reușit să pasez.

După ce am mers cu bicicleta la muncă, vineri dimineața, am obosit. După prânz, am îngropat un bărbat care murise la patruzeci și doi de ani. Cancer, firește. Nu reușesc să mă obișnuiesc cu ideea că oamenii mai tineri decât mine mor și ei. Fiica lui îi scrisese o poezie de rămas-bun, dar n-a reușit să o recite până la capăt, fiindcă plângea. N-am putut să mă abțin și m-am gândit la Stella.

Vineri seară m-am simțit neobișnuit de obosit, după o săptămână lungă. Am privit pe fereastră cum dispăreau la orizont ultimele rămășițe ale lui august. Spectacolul solemn al toamnei bătea la ușă. Ultimele rotocoale de fum de la grătare se înălțau peste acoperișuri, ca niște semnale, iar pernuțele fuseseră luate de pe mobilierul de exterior.

În sfârșit, am scăpat de gulerul preoțesc. Mi-am trecut mâna peste gâtul transpirat. Când m-am sprijinit de pervaz, am lovit o fotografie de familie, care a căzut pe podea.

Sticla se crăpase, dar am privit imaginea. Era veche de cel puțin zece ani. Aveam un ten mult mai proaspăt și o luminiță jucăușă în priviri. Îmi amintesc că râdeam, chiar înainte ca fotograful să ne surprindă. Ulrika zâmbea larg, iar în fața noastră se afla Stella, cu obrajii îmbujorați, părul prins în codițe împletite și un tricou cu Mickey Mouse. Am rămas la fereastră o vreme, privind fotografia, iar amintirile mi s-au adunat ca un nod în gât.

După ce am făcut duș, am pregătit niște mușchi de porc cu chorizo. Ulrika își cumpărase cercei noi, niște pene micuțe de argint, și am împărțit o sticlă de vin din Africa de Sud. Am încheiat seara cu grisine sărate și o rundă de Trivial Pursuit[6].

— Știi unde e Stella? am întrebat, în timp ce mă dezbrăcam în dormitor.

Ulrika se vârâse deja sub pătură.

— Trebuia să se vadă cu Amina. Nu sunt sigură că vine acasă.

Ultima frază a sunat ca un detaliu minor, deși Ulrika știe bine ce părere am când aud că fiica noastră *s-ar putea* să ajungă acasă.

M-am uitat la ceas. Era unsprezece și un sfert.

— O să vină acasă când vrea, a spus Ulrika.

M-am uitat lung la ea. Uneori, cred că face afirmații doar ca să mă provoace.

— Îi trimit un mesaj, am spus.

I-am scris Stellei și am întrebat dacă urma să doarmă acasă. Evident că nu am primit niciun răspuns.

Oftând din greu, m-am urcat în pat. Ulrika s-a rostogolit lângă mine și mi-a pus o mână pe șold. M-a sărutat pe gât, în timp ce eu mă uitam la tavan.

Știam că n-ar trebui să mă îngrijorez. Când eram mai tânăr, n-am fost niciodată genul agitat. Anxietatea a apărut când am devenit tată, și părea să crească de la an la an.

---

6 Joc de societate foarte popular, cu întrebări de cultură generală.

Cu o fiică de nouăsprezece ani, ai două opțiuni: fie ești stresat în mod constant, fie îți asumi toate riscurile la care pare să-i placă să se expună. E vorba de autoconservare.

La scurtă vreme, Ulrika adormise pe brațul meu. Simțeam pe obraz respirația ei fierbinte. Din când în când, se cutremura — spasme rapide, electrice, însă imediat somnul o cuprindea iarăși.

Mă chinuiam să adorm, dar mintea îmi era plină de gânduri. Oboseala se transformase într-o stare de activitate cerebrală febrilă. M-am gândit la toate visurile pe care le avusesem peste ani și la cum unele se schimbaseră, iar altele nu ajunseseră încă să se împlinească. M-am gândit și la visurile Stellei și a trebuit să recunosc, cu oarecare stânjeneală, că nu știam ce își dorea fiica mea de la viață. Afirma cu încăpățânare că nu știa nici ea. Fără planuri, fără structură. Atât de diferită de mine. Când am terminat liceul, aveam o imagine foarte clară asupra felului în care urma să îmi construiesc viața.

Știam că nu o pot influența pe Stella. Avea nouăsprezece ani și făcea propriile alegeri. Ulrika spusese, cândva, că iubirea înseamnă să-i permiți persoanei iubite să-și ia zborul, însă, adesea, simțeam că Stella bătea din aripi fără să se ridice. Îmi imaginasem altceva pentru ea.

Indiferent cât de obosit eram, nu puteam să adorm. M-am rostogolit pe o parte și m-am uitat la telefon. Aveam un mesaj de la Stella.

Sunt în drum spre casă.

Era două și cinci minute când am auzit cheia în ușă. Ulrika era întoarsă cu spatele la mine; migrase spre partea cealaltă de pat. La parter, Stella tropăia de colo-colo. Am auzit apa curgând în baie, apoi pași iuți în spălător și din nou apa. Mi s-a părut că totul durează o eternitate.

Într-un târziu, pașii ei au scârțâit pe scări. Ulrika a tresărit. M-am aplecat să mă uit la ea, dar părea încă adormită.

M-au cuprins sentimente amestecate. Pe de o parte, eram nervos fiindcă Stella mă supărase. Pe de altă parte, eram ușurat că ajunsese, în sfârșit, acasă.

M-am ridicat din pat și am deschis ușa exact când trecea Stella, doar în lenjerie și părul ud răsucit la ceafă. Spatele ei a lucit ușor, în penumbră, când a deschis ușa camerei sale.

— Stella? am spus.

Fără să răspundă, a trântit repede ușa și a încuiat-o.

— Noapte bună, am auzit de partea cealaltă a ușii.

— Somn ușor, am șoptit.

Fata mea era acasă.

3

Sâmbătă dimineață, m-am trezit târziu. Ulrika, în halat, stătea la masa pe care era pregătit micul dejun și asculta muzică la căști.

— Bună dimineața!

Și-a scos căștile și le-a lăsat să atârne în jurul gâtului.

Chiar dacă dormisem mai mult decât de obicei, mă simțeam confuz, și am vărsat cafea pe ziarul de dimineață.

— Unde e Stella?

— La muncă, a spus Ulrika. Deja plecase când m-am trezit.

Am încercat să șterg ziarul cu o cârpă.

— Cred că e frântă de oboseală. A stat până dimineață în oraș.

Ulrika mi-a zâmbit.

— Nici tu nu arăți prea grozav.

Ce mai voia acum? Știa că nu pot să dorm dacă Stella nu e acasă.

Fuseserăm invitați la Dino și Alexandra, pentru un prânz târziu. Asta însemna băuturi alcoolice, așa că am mers pe bicicletă spre centru. Lângă Bollhuset[7], am văzut

[7] Primul teatru din Suedia și prima clădire ridicată exclusiv în acest scop în Peninsula Scandinavă.

o mașină de poliție și, la cincizeci de metri mai jos, în sensul giratoriu de lângă liceul Polhem[8], mai erau două. Una dintre ele avea girofarul aprins. Pe Rådmansgatan au apărut trei polițiști, care avansau în pas vioi.

— Mă întreb ce s-a întâmplat, i-am spus Ulrikăi.

Am băgat bicicletele în curte, iar în timp ce urcam, mi-am dat seama că n-ar fi trebuit să venim cu mâna goală.

— Ce noroc avem că mai și gândește cineva în familia noastră, a spus Ulrika și a pescuit din poșetă o cutie de trufe de calitate.

— Nu știu ce ne-am face fără tine, iubito, am șoptit și am sărutat-o pe obraz.

Alexandra a deschis ușa zâmbind.

— Nu era cazul, a spus, când i-am întins cutia cu trufe.

Mirosea a parfum de lăcrămioare și lămâie.

— Intrați, intrați, a spus Dino și mi-a strâns mâna.

Am rămas pe hol o vreme, să discutăm cele mai presante subiecte. Trecuse ceva vreme de când ne văzuserăm ultima dată. Cum stăteau lucrurile?

— Amina nu e acasă? a întrebat Ulrika.

Alexandra a ezitat puțin.

— De fapt, ar trebui să fie la un meci, însă nu s-a simțit bine.

— Nu înțeleg ce se întâmplă, a spus Dino. Nu cred că a ratat vreodată un meci de handbal.

— Probabil e doar o răceală banală, a zis Alexandra.

Dino s-a strâmbat puțin, dar cred că am fost singurul care a remarcat.

— Important este să se facă bine când începe școala, a spus Ulrika.

8 Cel mai mare liceu din Lund.

— Da, chestia asta n-o va rata nici dacă face patruzeci temperatură, a comentat Alexandra.

Ulrika a râs.

— Va fi un medic de excepție. N-am mai întâlnit pe cineva la fel de atent și de meticulos, a zis ea.

Dino arăta mândru ca un păun. Avea tot dreptul.

— Și Stella? a întrebat el.

Nu era deloc o întrebare neobișnuită. Dimpotrivă. Dar cred că am amânat răspunsul puțin cam mult.

— Totul e bine, am spus, într-un final.

Ulrika a zâmbit, în acord cu mine. Poate că răspunsul nici nu era atât de departe de realitate. Fiica noastră fusese în toane bune vara aceea.

Am stat în balconul închis și am degustat *pita* și colțunașii pregătiți de Dino, dar și anecdotele sale despre handbal. Dino are abilitatea extraordinară de a povesti secvențe de joc care s-au petrecut cu zece ani în urmă. Amintirile mele, în schimb, sunt legate de întâmplări din afara sălilor de joc. Un autobuz care a început să piardă benzină la jumătatea drumului prin Iutlanda, un lider din Skövde[9] care a vorbit cu căldură despre național-socialism sau momentul în care ne-am încuiat pe dinafară în Lituania și a trebuit să petrecem jumătate de noapte la lumina stelelor.

Alexandra a început să caște, semn că se săturase de poveștile despre handbal.

— Ați auzit despre crimă?

Era o modalitate eficientă de a schimba subiectul.

— Crimă?

[9] Oraș din Suedia.

— Chiar aici, la Polhem. Au găsit un cadavru în dimineața asta.

— Mașinile de poliție, a spus Ulrika. De aceea...

A fost întreruptă de scârțâitul ușii de la balcon. Amina a vârât capul, în spatele nostru; avea fața palidă și arăta ca o umbră.

— Fetițo, arăți groaznic, i-a spus Ulrika, fără nicio urmă de tact.

— Știu, a murmurat Amina, care părea să se țină de ușa balconului ca să nu cadă.

— Du-te să te întinzi la loc.

— Cât de curând, și Stella o să pățească același lucru, am spus. Că doar ați fost împreună aseară, nu?

Chipul Aminei a încremenit. Timp de o jumătate de secundă, poate doar o fracțiune de secundă, însă chipul ei a încremenit, iar eu știam ce însemna asta.

— Da, așa e, a tușit ea. Sper că e bine.

— Fugi, i-a spus Ulrika.

Amina a tras ușa balconului și s-a târât prin living.

Minciuna este o artă pe care puțini o stăpânesc pe deplin.

4

Dacă nu erau fiicele noastre, probabil că Ulrika și cu mine nu ne-am fi împrietenit niciodată cu Alexandra și Dino.

Amina și Stella aveau șase ani când au ajuns în aceeași echipă de handbal. Majoritatea colegelor lor de echipă erau cu un an mai mari, însă nu se observa. Amândouă fetele aveau mentalități de învingătoare. Erau puternice, încăpățânate și perseverente. Spre deosebire de Stella, Amina mai era și dotată cu un simț al execuțiilor strategice ieșit din comun.

La primele antrenamente, Ulrika și cu mine am stat pe băncile din sala mirosind a transpirație și ne-am văzut fetița alergând, extenuată. Era atât de fericită și de liberă, jucând handbal, cum rareori o mai văzusem. Dino era chiar el antrenorul fetelor, și încă unul pasionat, care își dădea interesul și le oferea micuțelor jucătoare multă dragoste. Totuși, exista o problemă: limbajul lui corporal. Pe cât de explozive erau gesturile și expresiile sale faciale când își arăta bucuria fiindcă una dintre fete reușea să se țină de plan, pe atât de manifestă îi era și suferința. Ulrika și cu mine am reacționat, evident, și am discutat despre asta la fiecare sesiune de antrenament. Am sugerat că ar fi trebuit să discutăm cu ceilalți părinți sau poate cu comitetul director. Ne plăcea Dino foarte mult ca antrenor, și poate că nu era conștient de cum puteau fi interpretate gesturile sale.

— E mai bine să discutăm cu el, a spus Ulrika, și după următorul antrenament s-a dus la Dino, despre care se zvonea că ar fi jucat și el handbal la nivel profesionist.

Am rămas deoparte, în timp ce Dino o asculta pe Ulrika.

— Pari să te pricepi la asta. Vrei să fii colega mea? a întrebat-o Dino.

Ulrika a fost atât de uimită, încât n-a mai putut scoate o vorbă. Când și-a revenit, a arătat în direcția mea și a spus că eu eram de fapt cel care se pricepea la handbal și că era sigură că aș fi putut deveni un antrenor foarte bun.

— OK, a spus Dino, privindu-mă. Ai primit postul.

Restul e istorie, cum se spune. Am condus echipa de la un succes la altul, am străbătut jumătate de Europă și am adus acasă atât de multe trofee și medalii, încât n-au mai încăput pe raftul Stellei.

Amina și Stella s-au găsit repede pe teren. Cu finețe și naturalețe, Amina îi pasa Stellei, care, până nu reușea să arunce la poartă, rupea și sfâșia linia de apărare, fără să cedeze. Dar instinctul de învingătoare avea și un revers. Stella avea doar opt ani când lucrul ăsta a ieșit la iveală pentru prima dată. În timpul unui meci de la Fäladshallen. A primit o pasă ca unsă de la Amina, a rămas singură cu portarul, însă a ratat. Dar, apoi, când mingea a ricoșat, a prins-o și a aruncat-o în plină forță drept în nasul portarului, de la un metru.

Firește că a izbucnit haosul. Antrenorul și părinții celor din echipa adversă au năvălit asupra mea și a Stellei.

Nu era cazul. Stella nu-și orienta niciodată furia în altă direcție decât spre sine însăși. Uimită de ratare, reacționase din impuls. Se căia deja, aproape distrusă.

— Îmi pare rău. Nu știu ce a fost în capul meu.

A devenit o replică recurentă. Aproape ca o mantra.

Dino îmi spunea că Stella era cea mai puternică adversară a ei înseși. Pe care reușea s-o învingă.

Doar că îi era îngrozitor de dificil să-și stăpânească emoțiile.

Altfel, era ușor să-ți placă Stella. Era precautăși empatică, dar era și o fată energică și extrovertită.

Curând, Amina și Stella au început să trăiască în simbioză și în afara terenului de joc. Erau în aceeași clasă, își cumpărau aceleași haine și le plăcea aceeași muzică. Amina avea o influență pozitivă asupra Stellei. Era fermecătoare și avea fler, era grijulie și ambițioasă. Când Stella dădea semne de slăbiciune, Amina era mereu acolo, restabilind echilibrul.

Eu îmi doream doar ca Ulrika și cu mine să fi luat problemele Stellei mai în serios. Să fi reacționat mai devreme. Îmi e rușine când mă gândesc la asta, însă marele obstacol fusese, probabil, orgoliul nostru. Atât pentru mine, cât și pentru Ulrika, a apela la instituțiile comunitare ar fi însemnat un eșec radical. Oricât de egoist ar fi părut, era totodată o reacție omenească, și poate nu complet greșită. Aveam vanitatea de a fi cei mai buni părinți pentru copilul nostru, însă nu ne ridicam la nivelul propriilor pretenții.

Dacă lucrurile ar fi stat altfel, poate că nu s-ar fi ajuns niciodată atât de departe.

5

În timp ce ne întorceam cu bicicletele de la Alexandra și Dino, am văzut că mașinile de poliție erau tot în fața școlii. Se părea că trupul neînsuflețit fusese găsit pe un teren de joacă de o mamă care venise acolo dis-de-dimineață împreună cu copiii ei. Mă cutremuram când mă gândeam la asta.

Ulrika a sărit de pe bicicletă pe alee și s-a grăbit spre ușă.

— N-o încui? am strigat eu.

— Trebuie să fac pipi, a mormăit, scormonind în geantă după chei.

I-am dus bicicleta pe aleea de piatră și am parcat-o lângă a mea, sub acoperișul metalic. Am descoperit că uitasem să acopăr grătarul, așa că am luat capacul de protecție din magazie.

Când am intrat în casă, Ulrika era pe scări.

— Stella nu e acasă. Am sunat-o, dar nu răspunde.

— Știi că e la muncă, am spus. Nu au voie să-și ia telefoanele cu ei.

— Dar e sâmbătă. Magazinul s-a închis deja de câteva ore.

Eu nu mă gândisem la asta.

— O fi ieșit cu o colegă. Discutăm din nou cu ea diseară. Trebuie să ne țină și pe noi la curent cu ce face.

Am îmbrățișat-o pe Ulrika.

— Am un sentiment neplăcut, a spus ea. De când am văzut toți polițiștii aceia. O crimă? Aici?

— Înțeleg. Și eu am o senzație urâtă.

Ne-am așezat pe canapea, iar eu am căutat ultimele știri pe telefon și i le-am citit. Bărbatul ucis avea în jur de treizeci de ani și locuise în oraș. Poliția păstra secretul cu privire la orice detalii, însă într-unul dintre ziarele de seară se spunea că o femeie care locuia în apropierea locului crimei auzise zgomote și strigăte în timpul nopții.

— Asta nu se întâmplă oricui, am spus, de parcă eu, și nu Ulrika eram expertul în domeniu. Probabil este vorba despre alcoolici sau drogați. Sau despre o răfuială între bande.

Ulrika respira calmă, lipită de umărul meu.

Dar nu spusesem asta ca să o liniștesc. Eram convins că așa stăteau lucrurile.

— Vreau să fac niște paste carbonara.

M-am ridicat și am sărutat-o pe obraz.

— Deja? Nu cred că mai sunt în stare să înghit nici măcar o frunză de rucola.

— *Slow food*, am zâmbit. Durează, draga mea.

În timp ce baconul se frăgezea în uleiul de măsline din Campania, pe care-l alesesem cu grijă, Ulrika a coborât în goană scările.

— Stella și-a uitat telefonul mobil.

— Poftim?

A început să se foiască neliniștită între blatul de bucătărie și fereastră.

— Era pe biroul ei.

— Ah.

Cu pastele ajunsesem în punctul în care trebuiau supravegheate și nu puteam să plec de lângă aragaz.

— L-o fi uitat?

— Da, n-ai auzit ce-am spus? Era pe birou! aproape că a strigat Ulrika.

Cu siguranță era neobișnuit că Stella își uitase telefonul, însă nu era nevoie de o reacție exagerată. Am început să amestec repede în sos, în timp ce am dat focul mai încet.

— Lasă dracului pastele, a spus Ulrika, trăgându-mă de braț. Sunt foarte îngrijorată. Am sunat-o pe Amina, dar nu răspunde.

— E bolnavă, am spus, și mi-am dat seama, în același timp, că mâncarea era compromisă.

Am aruncat lingura și am smuls tigaia de pe foc.

— Poate că și-a lăsat telefonul acasă intenționat, am spus, luptându-mă cu senzația din piept. Știi că șeful a tot certat-o din cauza asta.

Ulrika a clătinat din cap.

— Nu, n-a certat-o. Doar le-a amintit, ei și colegilor ei, de politica de folosire a telefoanelor, atât. Doar nu crezi că Stella și-a lăsat telefonul acasă în mod intenționat?

Nu, firește că nu părea verosimil.

— Probabil că l-a uitat. Sigur s-a grăbit foarte tare în dimineața asta.

— Îi sun pe prietenii ei, a spus Ulrika. Nu-i stă în fire să facă asta.

— Nu vrei să aștepți un minut?

Am comentat ceva despre tehnologia modernă, care ne permitea să știm tot timpul unde se află fiica noastră. Chiar nu era cazul să ne agităm.

— Cu siguranță va intra pe ușă imediat.

Dar, în același timp, stomacul mi se încleștase. Să fii părinte înseamnă să nu te relaxezi niciodată.

În timp ce Ulrika urca în goană scările care scârțâiau, am profitat de ocazie și m-am furișat în spălător. De obicei, Ulrika era cea care făcea toată treaba acolo, ceea ce ar putea părea o împărțire inegală a sarcinilor din gospodărie, însă nu discutaserăm și nici nu hotărâserăm ceva clar în privința asta; lucrurile stăteau cum stăteau. Bucătăria era teritoriul meu, iar al Ulrikăi era spălătorul.

Chiar și așa, am intrat. Dacă nu era doar o coincidență? Am deschis mașina de spălat și am scos hainele ude. O pereche de blugi închiși la culoare, pe care a trebuit mai întâi să-i întorc ca să mă asigur că-i aparțineau Stellei. Un tricou negru, tot al ei. Și bluza albă cu flori pe buzunarul de la piept. Era ținuta ei favorită din vara asta. Ținând bluza cu o mână, am căutat un umeraș. Și atunci am observat: mâneca dreaptă și pieptul bluzei erau stropite cu pete întunecate.

Am ridicat privirea spre tavan și m-am rugat în tăcere. În același timp, știam că Dumnezeu nu avea niciun amestec în asta.

6

De-a lungul anilor, m-am confruntat adesea cu ideea greșită că buna mea credință ar ține de un soi de determinism, fiindcă liberul meu arbitru ar fi fost limitat de Dumnezeu. Firește că e o percepție cât se poate de eronată. Cred în om, ca imagine a lui Dumnezeu. Cred în omenire.

Uneori, când întâlnesc oameni care afirmă că ei nu cred în Dumnezeu, îi întreb în care dintre zei nu cred. Atunci, ei îmi descriu o entitate în care eu nu cred.

Am reușit să-i explic și Stellei în ce credeam. Odată, m-a întrebat dacă eu și Ulrika eram făcuți unul pentru celălalt. Cineva de la școală afirmase că Biblia interzice divorțul.

— Chiar există o singură persoană cu care putem fi fericiți, tati?

Stăteam pe marginea patului ei. Purta o pijama cu Bratz[10], niște păpuși pe care le îndrăgise mult într-o vreme.

— Nu, ar fi groaznic. Atunci, ar trebui să ne dedicăm viața căutării unei singure persoane.

Stella a înghițit cu greutate. O clipă a privit în jos, îngândurată.

— Deci mami ar fi putut fi oricine?

---

[10] Serie de păpuși produse de MGA Entertainment.

— Firește că nu. Foarte puține lucruri pot fi văzute doar în alb și negru. Trebuie să căutăm cenușiul.

— Cenușiu sună trist.

— Dar nu este. Cenușiul e minunat.

Stella m-a privit cu ochii ei mari și strălucitori, s-a urcat în pat și și-a tras plapuma care mirosea a proaspăt până sub bărbie.

— Noapte bună, tati, a șoptit ea.

Este absolut uimitor să găsești o persoană cu care să rezonezi. Pentru mine, nu există dovadă mai clară privind existența lui Dumnezeu. Dar asta nu înseamnă că nu pot exista mai multe persoane alături de care să simți asta.

Eu și Ulrika eram tineri când ne-am cunoscut și nu a existat alternativă. Eram amândoi nou-veniți în Lund. Fiindcă încercam să-mi împlinesc visul naiv, însă măreț, de a deveni actor, mă alăturasem Wermlandsspexet[11], în iarna în care se mutase Ulrika în oraș. Era o prezență puternică, dar nu acaparatoare, ca o rază care strălucește fără să orbească.

În timp ce eu mă zbăteam să-mi găsesc un loc în gruparea studențească și să-mi feresc pielea de coșuri, Ulrika lăsa o impresie fantastică în toate mediile în care-și făcea apariția. Eu umpleam orașul de pancarte cu „Spuneți NU Comunității Europene", în timp ce Ulrika devenise procuror în Wermland[12]și își lua fără probleme toate examenele la Drept.

La o petrecere cu studenți din același an, mi-am făcut curaj. Am fost surprins să descopăr că Ulrika părea să se bucure de compania mea. În curând, am început să ne vedem

[11] Trupă de teatru alternativ din Lund.
[12] Provincie istorică în partea de vest a Suediei centrale.

mai mereu și să discutăm cu orele. Aveam opinii diferite despre orice, de la cărți și muzică la politica internațională, însă ne plăcea să ne contrazicem și să disecăm lucrurile, până când aproape că eram de acord să nu fim de acord, și asta era în regulă.

— Nu cred că vei deveni preot, a spus ea, în prima seară. Ai putea fi psiholog sau expert în științe politice, sau...

— Preot.

— Dar de ce?

Ulrika m-a privit de parcă aș fi cerut să mi se amputeze o parte a corpului.

— Ești din Småland[13], nu? E o tradiție?

— Din Blekinge, am râs eu. Iar părinții mei n-au avut niciun amestec. Doar că m-au trimis la biserică în copilărie, însă cred că a fost mai degrabă ca să aibă cineva grijă de mine.

Singura dată când o auzisem pe mama rugându-se la Dumnezeu fusese când se îmbolnăvise tata. Familia mea nu era nici credincioasă, nici atee. Aveau o non-relație cu religia, la fel ca multe alte familii din vremurile noastre. Îți amintești de Dumnezeu doar când ai nevoie de el.

— De fapt, am fost de-a dreptul ateu până când am început liceul. Am făcut parte din Tineretul Revoluționar, citându-l pe Marx și dorind să abolesc toate religiile. Dar ajungi să te atașezi de subiect când îmbrățișezi dogma. În timp, am devenit tot mai curios în privința diverselor aspecte ale vieții.

Îmi plăcea felul în care Ulrika mă privea — de parcă aș fi fost o ghicitoare pe care voia să o rezolve.

— Apoi, s-a întâmplat ceva, am spus. În ultimul an de liceu.

---

13 Provincie a Suediei, în traducere literală „ținuturile mici".

— Ce?

— Mă întorceam acasă de la bibliotecă și am auzit o femeie strigând. Stătea la marginea docului și sărea, agitându-și brațele. M-am grăbit într-acolo.

Ulrika s-a aplecat mai aproape de mine. Eu îmi aminteam totul de parcă ar fi fost ieri.

— Fiica ei căzuse în apă. Mai erau doi copii care se aflau pe chei și țipau. Fără să stau pe gânduri, m-am aruncat.

Ulrika și-a ținut respirația, dar eu am clătinat din cap. Nu voiam să mă înfățișez ca un erou.

— Ceva s-a întâmplat acolo. În clipa în care am sărit în apă, nu am înțeles ce era, însă acum știu. Era Dumnezeu. L-am cunoscut.

Ulrika a încuviințat, gânditoare. Nu m-a judecat și nici nu mi-a înghițit imediat povestea. Și-a păstrat obiectivitatea, dar cu o atitudine pozitivă.

— A fost de parcă un far puternic s-ar fi aprins în apa întunecată. Am văzut-o pe fetiță și am apucat-o cu o forță ieșită din comun, simțindu-mă mai hotărât ca niciodată. Nimic nu mă putea opri din a salva copila aceea. Abia dacă am făcut vreun efort. A fost ceva străin care a tras fetița la suprafață, care m-a făcut să-i insuflu viață. Mama și surorile ei erau lângă mine și strigau, în timp ce apa șiroia afară din gura ei, iar ea s-a ridicat. În același timp, Dumnezeu mi-a părăsit trupul, iar eu am redevenit aceeași persoană.

Ulrika a clipit de câteva ori, cu gura deschisă.

— Ce s-a întâmplat mai departe?

— A fost totul bine.

— Uimitor, a spus ea, cu un zâmbet fermecător. Și de atunci știi?

— Nu știu nimic, am spus cu fermitate. Dar cred.

7

În seara de sâmbătă în care viețile noastre aveau să se schimbe, m-am întors spre Dumnezeu. Mă neliniștea bluza pătată din mașina de spălat, însă am decis rapid să nu-i spun Ulrikăi despre ea. Petele acelea puteau fi orice și nu trebuia să însemne ceva. Nu exista niciun motiv să-i dau soției mele și mai multe motive de îngrijorare. În schimb, am închis ochii și m-am rugat la Dumnezeu să o protejeze pe fetița mea.

Mă sprijineam de blatul din bucătărie și răsuceam un pahar cu whisky de culoarea ambrei în mână, când Ulrika a coborât în fugă scările.

— Tocmai am vorbit cu Alexandra, a spus ea, cu răsuflarea tăiată. S-a dus să o trezească pe Amina. Se pare că s-a speriat când a auzit că Stella n-a ajuns acasă.

— Și ce a spus?

— Nu pare să știe ceva.

Am dat whisky-ul peste cap.

— Ar trebui să-i sunăm pe colegii ei de la H&M? am spus.

Ulrika a pus telefonul Stellei pe blat.

— Am încercat deja. Are doar numărul Benitei salvat, iar ea nu știa cine a lucrat astăzi.

Am oftat și am mormăit ceva. Neliniștea mi se amesteca deja cu iritarea. Oare Stella nu pricepea la ce ne supune și cât de îngrijorați eram? Când telefonul a început să vibreze pe blat, ne-am întins după el și eu, și Ulrika. Eu am fost mai rapid și am apăsat butonul verde.

— Da?

Am fost salutat de vocea gravă și ușor precaută a unui bărbat.

— Sun în legătură cu Vespa.

— Vespa?

Capul îmi vâjâia.

— Vespa de vânzare.

— Nu avem nicio Vespa de vânzare. Cred că ați sunat la numărul greșit.

S-a scuzat, însă a spus că nu avea numărul greșit, ci exista un anunț online cu acest număr, pentru o Vespa de vânzare. Un model Piaggio roz.

Am mormăit ceva despre o greșeală și am închis.

— Cine era? m-a întrebat Ulrika, nerăbdătoare.

— Vrea să vândă Vespa.

— Ce?

— Stella a postat un anunț.

Ne-am așezat pe canapea. Ulrika a trimis un mesaj tuturor, cerându-le să ne spună dacă știau ceva despre Stella. Eu mi-am turnat încă un whisky, iar Ulrika a pus iPhone-ul Stellei pe masa din fața noastră. Am stat acolo, uitându-ne la el, și, de fiecare dată când vibra, săream în sus. Timpul se oprea în loc cât Ulrika atingea ecranul cu degetul mare.

Câțiva prieteni de-ai Stellei și-au exprimat și ei îngrijorarea, însă majoritatea au spus că nu știau nici ei nimic.

Când am căutat numărul Stellei pe Google, am găsit imediat anunțul. Pusese Vespa la vânzare. Era cadoul de ziua ei. Ce însemna asta?

La televizor începuse un talk-show, iar eu am ținut-o pe Ulrika de mână. Neliniștea se insinuase ca o fantomă între noi.

— Să iau bicicleta și să merg să o caut?

Ulrika s-a încruntat.

— N-ar fi mai bine să rămânem pe loc?

I-am strâns degetele.

— De ce ne face iarăși asta? Nu înțelege cât de îngrijorați suntem?

Ulrika părea gata să izbucnească în lacrimi.

— Ar trebui oare să chemăm poliția?

— Poliția?

Propunerea ei mi s-a părut ușor exagerată. Să fi fost chiar atât de grav?

— Am niște contacte, a spus Ulrika. Măcar pot fi cu ochii-n patru.

— Nu cred că e înțelept, am zis și m-am ridicat. Nici necesar. Eu...

— Ssst, m-a întrerupt Ulrika, ridicând un deget. Auzi?

— Ce?

— Sună.

Am rămas nemișcat, privind-o. Eram amândoi morți de îngrijorare. Un semnal acustic prelung a străbătut casa.

— Telefonul fix? a întrebat Ulrika și s-a ridicat.

Nu ne suna nimeni pe telefonul fix, niciodată.

8

Stella nu a fost un copil planificat. A fost dorită și bine-venită, îndelung așteptată și iubită, cu mult înainte să înceapă să respire de una singură. Dar nu și planificată.

Ulrika tocmai terminase Facultatea de Drept și urma să înceapă lucrul la tribunal, când s-a așezat, într-o seară, în fața mea, mi-a luat mâinile într-ale ei și m-a privit adânc în ochi. Zâmbetul ei era stăpânit când mi-a dat fantastica veste.

Eu mai aveam un an până la absolvire și apoi încă un an ca ajutor de preot. Locuiam într-o garsonieră din Norra Fäladen[14], trăiam din bani împrumutați și condițiile pentru a aduce un copil pe lume erau departe de a fi optime. Mi-am dat seama, firește, că Ulrika avea îndoieli, fiindcă, după ce primul val de bucurie s-a risipit, i-a luat locul o ezitare neliniștită. Însă a mai durat o săptămână înainte de menționarea cuvântului „avort".

Ulrika era îngrijorată de lucrurile practice. Economii, locuință, educația și carierele noastre. Mai puteam aștepta câțiva ani pentru a avea o familie și nu era nicio grabă.

— Cu iubire poți face orice, am spus, sărutându-i burta.

[14] Cartier din Lund.

Ulrika a făcut un calcul, iar eu am cumpărat și am adus acasă șosețele cu textul *My dad rocks*.

— Nu ești împotriva avortului? mă întrebase ea, în primele zile în care ne îndrăgostiserăm.

— Ai o viziune foarte ciudată asupra a ceea ce înseamnă să fii creștin, am răspuns.

Acum, știu că nu a glumit. Credința mea în Dumnezeu o umplea de îndoieli și de teamă. Era cea mai mare amenințare la adresa relației noastre nou înfiripate, foarte fragile.

— Nici nu mi-am imaginat vreodată c-o să fiu cu un preot, spunea ea, uneori.

Nu ca să mă rănească. Era doar un comentariu ironic despre căile cele necunoscute ale Domnului.

— Poți fi liniștită, obișnuiam să-i răspund, fiindcă nici eu nu mi-am imaginat c-o să fiu cu o avocată.

Nu m-am gândit nici măcar o dată că n-aveam să aducem pe lume acel copil. Firește că mă lăsam uneori pradă îndoielilor, după discuțiile cu Ulrika, și eram deschis față de toate posibilitățile. Dar nu a durat mult și am ajuns la o decizie cu care am fost amândoi de acord.

Înainte de naștere, am mers la un curs și am făcut împreună exerciții de respirație. Ulrika a avut grețuri matinale, iar eu i-am masat picioarele umflate.

Cu o săptămână înainte de data estimată, Ulrika m-a trezit la patru dimineața. Stătea pe marginea patului, înfășurată în cuvertură.

— Adam, Adam, mi s-a rupt apa!

Am luat un taxi spre maternitate, iar la scurtă vreme după aceea Ulrika se afla în fața mea, pe un pat mobil, și se chircea de durere, în timp ce moașa o palpa cu mâinile îmbrăcate în mănuși lungi. Atunci mi-am dat seama ce se petrecea, care era miza și tot ce se putea întâmpla rău. A fost de parcă aș fi adunat toată teama și neliniștea care se ascundeau în mine și le-aș fi eliberat în același timp.

— Trebuie să faceți ceva!

— Tatăl poate sta jos, a spus o asistentă, arătând spre un scaun de lângă Ulrika.

Abia ce aterizasem pe scaun, că m-am ridicat iar.

— Acum ne calmăm puțin, a spus moașa.

Ulrika respira cu întreruperi și înjura. De îndată ce o sfâșia o nouă crampă, striga și se zvârcolea. Am apucat-o de încheietură și am șoptit rugăciuni printre dinți. Personalul ne vorbea mai departe pe un ton scăzut, asigurându-ne că nu aveam motive de îngrijorare.

În același timp, din privirile lor am înțeles că se schimbase ceva. Mișcările li s-au întețit, instrucțiunile moașei au devenit mai aspre și, curând, tensiunea a părut să crească. Un doctor, care vorbea suedeză cu un pronunțat accent finlandez, a fost chemat și am auzit că au pomenit ceva de cezariană, care trebuia efectuată de urgență.

— Ce se întâmplă? am întrebat de câteva ori.

Nu mă mai auzeau. Moașa s-a aplecat deasupra Ulrikăi și i-a spus, cu o voce necruțătoare:

— Umerii copilului s-au blocat. La următoarea contracție, împingi cât poți. Trebuie să iasă.

Am ținut-o pe Ulrika de mână. Se zgâlțâia din tot trupul.

— Poți face asta, iubito.

S-a încordat toată. În sală era liniște, așa că aproape am simțit valul de durere care a cuprins-o, când și-a forțat pelvisul să împingă.

— Ajută-mă, Doamne-Dumnezeule!

Moașa a tras, iar Ulrika a început să strige, cuprinsă de frisoane. Am ținut-o de mână și am jurat că, dacă lucrurile n-aveau să se încheie cu bine, nu L-aș fi putut ierta niciodată pe Dumnezeu.

Peste noi s-a lăsat liniștea, ca o pătură. Aproape că-l auzeam pe Dumnezeu pocnind din degete. A fost cea mai lungă secundă din viața mea. Tot ce avea însemnătate s-a oprit. Nu m-am mai gândit la nimic, însă știam că totul se decidea atunci, pe loc, în tăcere.

Când am privit din nou, am văzut o grămăjoară albăstruie, însângerată, pe un prosop. La început, nu am înțeles ce era. Apoi, sala s-a umplut de cele mai frumoase țipete de bebeluș pe care le-am auzit vreodată.

9

Chipul Stellei mi-a trecut prin fața ochilor, în timp ce alergam după Ulrika în bucătărie. Deși fata noastră avea nouăsprezece ani, mereu îmi imaginam fața ei de copilă. Ochii curioși, pistruii și codițele prinse cu elastice.

Ulrika a pus înapoi receptorul telefonului fix, care atârna pe perete ca o relicvă. Nu fusese folosit nici măcar o dată.

Am privit-o.

— Era Michael Blomberg, mi-a spus.

— Cine, avocatul?

— Tocmai a fost chemat să o reprezinte pe Stella. E la secția de poliție.

Primul meu gând a fost că Stella fusese victima unui atac. Speram să nu fie nimic serios. Era chiar în regulă dacă fusese jefuită sau bătută. Orice, numai nu violată. Am discutat cu alți tați despre asta și mi-am dat seama că nu eram nici pe departe singurul care trăia cu teama ca fiica lui să nu fie violată. Poate că există undeva o explicație pentru faptul că noi, bărbații, nu ne putem imagina o crimă mai cumplită împotriva unei alte persoane, și totuși nu putem înțelege pe deplin cum este să trăiești mereu cu riscul de a ți se întâmpla.

— Trebuie să mergem acolo de îndată, a spus Ulrika.

— Ce s-a întâmplat? M-am gândit la apelul străinului și la anunțul online. E vorba de Vespa?

Ulrika m-a privit de parcă nu eram în toate mințile.

— La naiba cu nenorocita de Vespa!

M-a lovit în umăr pe drumul spre hol.

— Ce a spus Blomberg? am întrebat, dar n-am primit răspuns.

Oamenii reacționează diferit la șoc și nimeni nu poate ști dinainte ce să creadă și cum să se poarte într-o situație dificilă. Eu sunt pregătit să administrez o criză, știu totul despre diversele faze de reacție și am lucrat cu nenumărați oameni care au trecut prin traume. Nimic din toate astea nu avea sens acum.

Ulrika și-a luat haina de pe cuier și era deja la ușă, când s-a întors brusc.

— Trebuie doar să mai fac ceva, a spus, și a intrat iar în casă.

— Dar spune-mi, ce a zis Blomberg?

Am urmărit-o prin bucătărie. În fața scării, s-a întors pe călcâie și m-a oprit.

— Așteaptă aici. Vin repede!

Am rămas în prag, uimit, și am numărat secundele. Curând, Ulrika a coborât iar scările și a trecut pe lângă mine.

— Ce ai făcut?

Am urmărit-o iar în hol și am continuat să o asaltez cu întrebări despre ce se întâmplase și ce spusese Blomberg.

Din nou, am văzut chipul Stellei în fața mea. Zâmbetul fără dinți, gropițele din obrajii ei moi. Și m-am gândit la tot ce îmi dorisem pentru ea și nu se îndeplinise încă.

10

Oamenii ne avertizaseră cu privire la prima fază a copilăriei. Ne spuseseră că nu vom putea dormi, că nu vor fi decât plânsete și strigăte, mâncare și necesități, că relația noastră va fi distrusă și că vom deveni artăgoși și scârbiți. Mulți au considerat că eram mult prea tineri. Alții, că ne distruseserăm viețile. Din când în când, mi s-a părut că se întrebau de ce lumea continuă să aducă pe lume copii.

Stella a fost un bebeluș exemplar. N-a durat mult până ce a ajuns să doarmă toată noaptea. Dormea oriunde, iar când se trezea era liniștită, mulțumită, ceea ce, firește, uimea multă lume. Așteptați numai, spuneau ei. Vine și vremea voastră. Prieteni și colegi, cunoștințe și rude, cu toții își dădeau cu părerea.

Să ai inima unei alte persoane bătându-ți la piept înseamnă să-L cunoști pe Dumnezeu. Stella era întinsă la pieptul meu, iar degetele mele nu se mai săturau de pielea ei, subțire ca hârtia. Trupul ei se modela ca sticla topită în palmele mele precaute. Respiram unul în celălalt.

E atât de ușor să crezi că mereu te așteaptă ceva mai bun. Bănuiesc că este un defect cât se poate de omenesc, de când Dumnezeu ne învață cum să ducem dorul.

De ce nu ne gândim niciodată la cât de repede trece timpul, în timp ce trece?

Primul cuvânt rostit de Stella a fost „abba". Îl folosea și pentru mine, și pentru Ulrika. Acum, majoritatea suedezilor l-ar asocia cu heringul marinat sau cu muzica pop, însă, în limba lui Iisus, aramaica, înseamnă „tată".

Timp de patru luni minunate de toamnă am avut parte de concediu de paternitate, pe care l-am petrecut cu Stella, și i-am urmărit personalitatea dezvoltându-se de la zi la zi. Ceilalți părinți de la activitățile pentru copii organizate la casa parohială spuneau că era, fără îndoială, *fata lui tata*. Nu am înțeles ce însemna asta până când nu a fost prea târziu. Într-un fel, viața mea a fost mereu guvernată de *l'esprit de l'escalier*[15]. Nu m-am bucurat de niciun minut și întotdeauna am stat prost cu sincronizarea.

Am fost condamnat la așteptare.

[15] În lb. franceză în original — echivalentul expresiei românești „mintea cea de pe urmă". (*N.r.*)

11

Ne aflam în hol. Aveam mâna pe clanță. Ulrika tremura din tot trupul.

De ce sunase Michael Blomberg? Ce făcuse Stella?

— Spune-mi, am zis.

— Știu doar ce mi-a spus Michael.

Michael Blomberg. Trecuseră câțiva ani de când îi auzisem ultima dată numele. Blomberg era bine-cunoscut nu doar în cercurile juridice. Își făcuse o carieră ca unul dintre cei mai buni avocați ai apărării din țară și reprezenta acuzați aflați adesea în lumina reflectoarelor. Apărea în ziarele de seară și la televizor, în calitate de expert. El o „adoptase" cândva pe Ulrika și îi pavase calea spre succes, ca avocat al apărării. Mie nu-mi plăcuse niciodată. Era necioplit și avea un aer de superioritate.

Ulrika respira greu. Ochii i se mișcau ca ai unei păsări speriate. A încercat să treacă pe lângă mine, însă am prins-o și am ținut-o în brațe.

— Stella e în arestul poliției.

Am auzit ce a spus, cuvintele s-au înregistrat, dar era imposibil de înțeles.

— Trebuie să fie o greșeală.

Ulrika a clătinat din cap. În clipa următoare, s-a lipit de pieptul meu, iar mobilul i-a căzut pe podea.

— E suspectă de crimă.

Am încremenit.

Primul lucru la care m-am gândit a fost bluza pătată a Stellei.

Ulrika a chemat un taxi, în timp ce ne grăbeam spre stradă. Lângă postul de reciclare, mi-a dat drumul mâinii.

— Așteaptă-mă o secundă, a spus, împleticindu-se printre containere.

Am rămas pe alee și am auzit cum tușea și vomita. Un taxi negru și-a făcut apariția pe stradă.

— Cum te simți? am șoptit, în timp ce ne puneam centurile, pe bancheta din spate.

— Ca naiba, a spus Ulrika, tușind în palme.

Apoi, a început să scrie cu degetele mari pe mobil, în timp ce eu am deschis geamul și mi-am aerisit fața.

— Puteți conduce puțin mai repede? a întrebat Ulrika, iar șoferul a protestat vag, înainte să calce accelerația.

M-am gândit la Iov. Să fi fost aceasta încercarea mea?

Ulrika mi-a explicat că Michael Blomberg ne aștepta la secție.

— De ce tocmai el? am spus. Nu e o coincidență cam stranie?

— Este un avocat extraordinar.

— Da, însă care erau șansele?

— Unele lucruri sunt întâmplătoare, dragule. Nu poți controla totul.

Nu voiam să spun că îmi displăcea Blomberg. Nu vorbeam așa despre alte persoane. Când cineva nu suportă o altă persoană din motive atât de neclare, când cineva condamnă persoana cu pricina aproape fără drept de apel, experiența mi-a arătat că problema este, de fapt, inerentă.

I-am lăsat bacșiș șoferului și a trebuit apoi să alerg spre scările secției, unde Ulrika împingea deja ușa.

Blomberg ne aștepta în hol. Aproape uitasem cât era de masiv. A venit spre noi ca un urs, cu poalele jachetei lovindu-i-se de stomac. Era bronzat, purta o cămașă albastră și un costum scump, iar părul lui, pieptănat pe spate, se ondula la ceafă.

— Ulrika, a spus, dar tot a pășit spre mine și mi-a strâns mâna, înainte să o îmbrățișeze pe soția mea.

— Ce se petrece, Michael?

— Ușurel, a spus el. Tocmai am terminat interogatoriul, iar coșmarul se va sfârși în curând. Poliția a luat o decizie foarte grăbită.

Ulrika a oftat adânc.

— O tânără a desemnat-o pe Stella, a continuat Blomberg.

— A desemnat-o?

— Probabil ați auzit despre cadavrul găsit pe un teren de joacă, pe Pilegatan?

— Să fi fost Stella acolo? am întrebat. Cred că e o greșeală.

— Asta și este. Dar fata asta locuiește în aceeași clădire cu bărbatul ucis și pretinde că ar fi văzut-o acolo pe Stella, seara trecută. Crede că a recunoscut-o, de la H&M. Pare să fie singurul lucru pe care-l au anchetatorii.

— Nu pare credibil. Chiar poți fi reținut din asemenea motive?

M-am gândit la seara anterioară și am încercat să-mi amintesc detaliile. Cum am stat întins, fără să pot dormi, și am așteptat-o pe Stella, și cum a ajuns în sfârșit acasă și a făcut duș, înainte să se încuie în camera ei.

— E arestată? a întrebat Ulrika.

— Care e diferența? am spus.

— Poliția are dreptul să rețină o persoană, însă fără a o aresta. Pentru a continua procedura, un procuror trebuie să solicite arestul, a spus Blomberg. Interogatoriul ar trebui să ia sfârșit acum, iar Stella să fie eliberată. Vă asigur. E o mare greșeală.

Părea mult prea încrezător, așa cum mi-l aminteam, iar asta mă îngrijora. Dacă nu ai îndoieli, siguranța aceea îți taie din acuratețe și angajament.

— Dar de ce s-au grăbit să o rețină? am întrebat. Dacă nu au alte dovezi?

— E ca un cartof fierbinte, a oftat Blomberg. Poliția vrea să acționeze rapid. Victima nu e un oarecare.

S-a întors spre Ulrika și a coborât puțin tonul.

— Este Christopher Olsen. Fiul Margarethei.

Ulrikăi i s-a tăiat respirația.

— Fiul Mar... Margarethei?

— Cine este Margaretha?

Ulrika nici măcar nu m-a privit.

— Victima se numește Christopher Olsen, a spus Blomberg. Mama sa este Margaretha Olsen, profesor de drept penal.

Profesor? Am ridicat din umeri.

— Ce contează?

— Margaretha este o legendă în domeniu, a spus Blomberg. Fiul ei și-a făcut și el un renume în multe anturaje, printre care și cel al oamenilor de afaceri de succes, proprietari și profesioniști.

— Chiar nu contează, am spus, tot mai iritat.

În același timp, mi-am amintit propriile cuvinte: situații ca acestea afectează doar alcoolicii și drogații. Firește că fusese o declarație marcată de prejudecată, dar se baza și pe teorie, și pe statistici. Uneori, trebuie să închizi ochii la excepții ca să nu fii absorbit.

— Poate că nu va avea importanță, a spus Blomberg, dar expresia lui arăta limpede că într-adevăr conta și că nu era sigur că era greșit.

— Fiul Margarethei Olsen, a spus Ulrika. Dar câți ani are... avea?

— Treizeci și doi sau treizeci și trei. Atac violent letal, prin înjunghiere. Poliția cunoaște detaliile. În timpul interogatoriului, au fost interesați să afle unde a fost Stella ieri și astă-seară.

— Când a fost ucis omul ăsta? a întrebat Ulrika.

— Nu știm sigur, însă martora a auzit strigăte imediat după ora unu. Erați acasă când a ajuns Stella?

Ulrika s-a întors spre mine, iar eu am încuviințat.

Eu fusesem cel care stătuse întins, fără să poată adormi. Eu fusesem cel care-i trimisese un mesaj și nu primisem răspuns. Se părea că grijile mele nu fuseseră tocmai nejustificate. M-am gândit la cum a ajuns Stella acasă și cum a trântit ușile de la baie și de la dormitor. Cât fusese ora atunci?

— Trebuie să existe cineva care să îi poată oferi un alibi, am spus.

Ulrika și Blomberg m-au privit amândoi.

12

Michael Blomberg s-a oferit să ne ducă acasă, în SUV-ul său. Seara de vară târzie invita la mânecă scurtă, iar trecătorii circulau pe străzile din Lund ca și cum nimic nu s-ar fi întâmplat. Erau oameni care-și plimbau câinii și petrecăreți, oameni care se îndreptau spre casă sau doar se plimbau, oameni cu joburi de noapte și insomniaci. Viața de zi cu zi refuza să încetinească ritmul, chiar dacă existența noastră se zdruncina.

Când am ajuns acasă, Blomberg ne-a întrebat dacă ar putea să ne mai ajute cu ceva. Nu avea nicio problemă să mai rămână.

— Nu este necesar, l-am asigurat.

Ulrika a rămas pentru o vreme pe alee și a vorbit cu el, în timp ce eu m-am grăbit să intru în baie. Tot trupul îmi ardea, iar gura mi se uscase precum iasca. Am băut apă de la robinet și mi-am tamponat fruntea cu apă.

Când am ieșit din bucătărie, ceasul trecuse bine de miezul nopții, iar Ulrika ședea cu capul în palme. În ciuda orei și obiecțiilor mele, și-a sunat contactele din poliție, niște jurnaliști și avocați, pe oricine ar fi putut ști ceva sau ajuta. Între timp, eu am căutat online informații despre crima de pe Pilegatan, despre Christopher Olsen și despre mama lui, profesoara.

Din când în când, mă uitam la ceas. Minutele se târau mai departe.

După ce a trecut o vreme, nu am mai putut sta liniștit.

— De ce nu primim niciun mesaj? Cât poate să dureze?

— Îl sun pe Michael, a spus Ulrika și s-a ridicat.

S-au auzit treptele scârțâind și apoi ușa de la biroul ei închizându-se. Îngrijorarea îmi rodea mintea, ca niște animăluțe, strecurându-mi-se pe sub piele. Am rătăcit fără sens prin bucătărie, pe hol și înapoi. Aveam telefonul în mână, când a sunat.

— Sunt Amina.

Suspina și icnea.

— Amina? S-a întâmplat ceva?

— *Sorry*, a spus ea, am mințit.

Exact cum bănuisem, nu se întâlnise deloc cu Stella vinerea trecută. Discutaseră despre asta, însă nu își puseseră planurile în aplicare.

— Am fost complet luată prin surprindere când ați întrebat, a spus ea. Am mințit de dragul Stellei. M-am gândit că poate... în fine, am vrut să verific mai întâi cu ea.

O înțelegeam. Nu aveam de ce să fiu supărat. Fusese doar o minciună nevinovată.

— Dar trebuie să existe altcineva care să îi ofere un alibi, a spus Amina, disperată. E complet aiurea!

Cu siguranță, părea ireal. Și totuși, cu fiecare oră care trecea devenea tot mai veridic. Mi-o imaginam pe Stella în camera de arest rece și murdară, la un loc cu criminali și violatori.

Ulrika a coborât scările până la jumătate.

— Procurorul a arestat-o pe Stella, m-a anunțat ea.

— A arestat-o?

Inima a început să pompeze, iar sudoarea, să curgă.

— O rețin la închisoare.

— Cum e posibil? Nu au probe!

— S-ar putea să fie doar niște măsuri care țin de anchetă. Lucrurile pe care poliția dorește să le verifice, înainte să îi dea drumul.

— Cum ar fi un alibi? am spus.

— De exemplu.

Nu știam ce să fac. Trupul mi se revolta. Am reușit să stau jos doar câteva clipe, apoi m-am ridicat iar. Am început să umblu ca un zombi prin camere, doar în șosete.

Când soarele a început să-și trimită razele dinspre răsărit, noi încă nu știam nimic. Băusem atât de multă cafea, încât stomacul mi-o luase razna, iar lipsa somnului îmi transforma mintea în piure.

Într-un târziu, a sunat Blomberg. Eu mă aflam în fața Ulrikăi, în bucătărie. Mi-am ținut respirația.

I-a răspuns scurt, mormăind. A rămas în picioare, cu receptorul lipit de ureche, chiar și după ce apelul s-a încheiat.

— Ce a spus? am întrebat eu.

Ulrika m-a privit, însă nu tocmai: părea să se uite prin mine.

— Trebuie să plecăm.

Vocea ei era doar un fir subțire, gata să se rupă.

— Hm? Ce se petrece?

— Poliția vine aici și va face percheziție.

M-am gândit imediat la bluza pătată. Ar fi putut să fie altceva decât sânge? Firește că exista o explicație! Trebuie să fie întocmai cum spusese Blomberg, o neînțelegere.

Stella nu ar fi putut niciodată... sau ar fi putut?

M-am strecurat în spălător și am ridicat maldărul de haine sub care ascunsesem bluza. Mâinile mi-au amorțit brusc.

Bluza nu mai era acolo.

Disperat, am căutat printre celelalte haine, fără să găsesc nimic. Nici pe sârme. Bluza dispăruse.

— Haide odată! a strigat Ulrika.

13

Viitorul era întotdeauna luminos, aproape orbitor, asemenea soarelui de iarnă printr-o ceață care se destramă. Nu existau griji, deși nici drumurile nu erau toate pavate. Mi-o aminteam pe Stella cu dinți de lapte și codițe. Cum refuzase să doarmă singură, după ce citise despre mica fantomă Laban. Am urmărit-o pe fereastra grădiniței în fiecare dimineață, an după an. Îmi aminteam privirea ei și cum nu se oprea din făcut cu mâna. Micuța Stella, care era tachinată și i se spunea „copilul lui Iisus", iar din cauza acelor băieți care îi spuneau așa, își înăbușea plânsetele în pernă și voia să plece de la grădiniță și să se mute la mii de kilometri distanță. Iar eu, care fusesem preot în închisori, care mă ocupasem de criminali și de violatori și eram specializat în metode terapeutice, m-am grăbit să-l apuc de braț pe unul dintre băieți și să-l ameninț cu niște consecințe oribile.

Îmi aminteam de o discuție despre educație pe care am avut-o la grădiniță, când Stella avea cinci ani. De fapt, era rândul Ulrikăi să o ducă, însă eu se întâmplase să fiu liber în dimineața aceea, așa că am decis să merg și eu cu ea. Am stat în sala de ședințe a personalului, în timp ce copiii se jucau în curte.

— Ar fi mai bine să coborâm obloanele, a spus educatoarea și s-a întins peste masă.

Avea în jur de patruzeci de ani, părul înspicat cu argintiu și o abilitate unică de a trece de la un ton blând la gesturi și recomandări aspre, în doar câteva secunde. Se potrivea cu fișa postului.

— Cum vă simțiți? ne-a întrebat când am ajuns.

Ulrika și cu mine ne-am privit și am încuviințat. Totul era bine.

Educatoarea, care se numea Ingrid, ne-a prezentat toate activitățile, atelierele de meșterit și jocurile educative în care fusese implicată Stella, în toamnă și în iarnă. Avea un dosar cu desene făcute de Stella și fotografii cu ea jucându-se în curte, veselă în excursie sau șezând într-un cerc pe podea. Ulrika și cu mine ne-am uitat, am zâmbit și am dat din cap. Am simțit tot timpul că așteptam altceva, de parcă ar fi fost doar un drum intermediar, o cale pentru ca Ingrid să-și adune curajul pentru ce urma.

După o scurtă pauză, Ingrid a început să răsfoiască dosarul, apoi a ridicat privirea spre noi.

— Există părinți care și-au exprimat îngrijorarea..., a început ea. Uneori, Stella poate deveni dominatoare și... se înfurie ușor dacă lucrurile nu merg așa cum vrea ea.

Firește că remarcaserăm și noi, deși speraserăm să nu se manifeste la grădiniță la fel de mult ca acasă. Faptul că alți părinți comentaseră purtarea Stellei mi s-a părut atât rușinos, cât și provocator.

— Dar nu e atât de rău, nu? Are doar cinci ani.

Ingrid a încuviințat.

— Unii dintre părinți au discutat cu directorul grădiniței. Este important ca Stella să fie ajutată în această privință, și la grădiniță, și acasă.

— Dar ce legătură au părinții? a întrebat Ulrika.

— Ne puteți da un exemplu? am intervenit eu. Ce face Stella greșit?

Ingrid a răsfoit dosarul.

— De exemplu, la jocul de rol. Când copiii se joacă, Stella ține neapărat să decidă pentru alții.

Ulrika a ridicat din umeri.

— Uneori e bine să preia cineva rolul de lider, nu?

— Știm că unora Stella le poate părea dominatoare, am adăugat eu. Întrebarea este în ce măsură trebuie să corectăm asta. Așa cum spune și Ulrika, poate fi un lucru pozitiv încurajarea abilităților de lider pe care le manifestă.

Ingrid și-a scărpinat sprânceana dreaptă.

— Săptămâna trecută, Stella a spus că ea este aidoma lui Dumnezeu. Că alți copii trebuie să o asculte, fiindcă ea este aidoma lui Dumnezeu, iar Dumnezeu decide totul.

Am simțit privirea arzătoare a Ulrikăi. Stella fusese cu mine la biserică, se arătase interesată de munca mea și deja pusese întrebări existențiale, însă eu nici n-aș fi visat vreodată să-i ofer soluții de-a gata sau răspunsuri deja cristalizate. Atotputerea lui Dumnezeu era ceva la care nu m-aș fi referit nici în absența fiicei mele.

— Vom discuta cu Stella, am spus eu, scurt.

În mașină, pe drumul spre casă, Ulrika a închis radioul, apăsând cu hotărâre butonul de pe bord.

— Nu mi se pare OK ca oamenii să aibă păreri despre copiii altora.

— Nu cred că e cazul să ne facem griji, i-am spus, dând din nou drumul la muzică. Are doar cinci ani.

Nu aveam idee cât de repede avea să treacă timpul.

14

Duminică dimineața, într-o cameră mobilată spartan din secția de poliție, aveam o cană de cafea aburindă în față, iar minutele treceau greu, dureroase și iritante. Ofițerul care ancheta cazul, pe nume Agnes Thelin, avea o expresie împăciuitoare. Pretindea că înțelege perfect prin ce treceam, fiindcă și ea avea doi fii de vârsta Stellei.

— Înțeleg că sunteți speriat și supărat.

— Nu sunt tocmai cuvintele pe care le-aș folosi.

Eram mai ales furios. S-ar putea să sune ciudat, cel puțin retrospectiv, însă cred că mă aflam în plin șoc. Îmi înăbușisem neliniștea și durerea și mă concentram la supraviețuire, la supraviețuirea familiei noastre.

— Ce căutați, de fapt? am întrebat.

— La ce vă referiți?

— La percheziție. Acum, casa noastră colcăie de polițiști.

Comisarul Thelin a încuviințat.

— Căutăm dovezi. Asta poate însemna aproape orice. De exemplu, am putea găsi ceva care să fie în favoarea Stellei, ceva care să-i susțină povestea. Sau am putea să nu găsim nimic. Vom încerca să ne dăm seama ce s-a întâmplat.

— Stella nu are nimic de-a face cu asta, am spus.

Agnes Thelin a încuviințat.

— Haideți să luăm totul pas cu pas. Puteți să ne spuneți, pentru început, ce ați făcut vineri?

— Mi-am petrecut aproape întreaga zi la biserică.

— La biserică?

A sunat de parcă ar fi fost ultimul loc de pe Pământ pe care l-ar fi vizitat.

— Sunt preot, am explicat.

Agnes Thelin a căscat gura, înainte să-și revină și să reînceapă să răsfoiască documentele din fața ei.

— Așadar... ați muncit?

— Am avut o înmormântare după-amiază.

— O înmormântare, a repetat ea și a notat ceva. La ce oră ați ajuns acasă?

— În jur de șase, aș spune.

I-am zis că am făcut un duș și am pregătit o friptură de porc, pe care am mâncat-o împreună cu Ulrika. Apoi ne-am uitat puțin la televizor și ne-am dus la culcare. Stella muncea până la șapte și un sfert, apoi trebuia să se vadă cu o prietenă, în oraș.

Agnes Thelin m-a întrebat dacă primisem vreun semn de la Stella în timpul serii, iar eu i-am răspuns că îi trimisesem un SMS, însă nu-mi aminteam dacă răspunsese.

— Obișnuiește să nu vă răspundă la mesaje?

Am ridicat din umeri.

— Aveți și dumneavoastră băieți adolescenți.

— Dar acum vorbim despre Stella.

I-am explicat că nu era deloc ceva neobișnuit. Fiica mea îmi răspundea la un moment dat, însă în ultima vreme se întâmpla tot mai rar. Iar de obicei, răspunsul ei era de multe ori un emoticon zâmbitor sau degetul mare ridicat.

— Cine era prietena?

Am înghițit.

— Ce vreți să spuneți?

— Cine era prietena pe care Stella urma să o întâlnească și cu care voia să iasă în oraș?

Am coborât privirea.

— Stella i-a spus soției mele că urma să se vadă cu prietena ei, Amina. Dar noi am vorbit cu Amina și știm că nu s-au văzut vineri.

— De ce credeți că a mințit Stella?

Exprimarea ei m-a enervat.

— Nu a mințit deloc. Amina mi-a spus că trebuiau să se întâlnească, însă și-a schimbat planurile.

— Ce credeți că a făcut, de fapt?

N-am răspuns. De ce să speculez? N-avea nicio importanță ce credeam eu.

— Știți ce a făcut? a insistat Agnes Thelin.

Asta era o întrebare mai rezonabilă.

— Nu.

Agnes Thelin și-a răsfoit hârtiile din nou, în tăcere. De fapt, au trecut doar câteva secunde, dar a fost suficient ca să mi se pară că tăcerea avea o semnificație.

— Ce fel de telefon mobil are Stella? a întrebat anchetatoarea.

I-am spus că era un iPhone, însă mereu încurcam modelele. Era alb, atât știam cu siguranță.

— Are și altele? a continuat Agnes Thelin.

— Nu.

Firește că poliția avea să-i găsească telefonul mobil la noi acasă și să i-l confiște. Pentru o clipă, m-am întrebat dacă era cazul să-i pomenesc lui Thelin că Stella își uitase telefonul acasă, dar am decis să mă abțin. Ar fi sunat straniu ca o adolescentă de 19 ani să-și uite telefonul. Era ceva nelalocul lui.

— Știți dacă Stella are vreun tub de spray cu piper?

— Spray cu piper? Așa cum folosește poliția?

— Da. Stella are un asemenea recipient?

— Firește că nu. Este legal?

Simțeam că mi se face rău.

— Cât era ceasul când v-ați dus la culcare vineri? a întrebat Agnes Thelin.

— Unsprezece, poate puțin mai târziu.

— Ați adormit imediat?

— N-am putut să adorm.

— Ați rămas treaz multă vreme?

Am inspirat adânc. Gândurile mă asaltau: imagini neclare cu Stella mică, adolescentă, femeie în toată firea. Fata mea. Familia mea. Ulrika, eu și Stella. Fotografia din fereastră.

— Am rămas treaz ca să o aștept pe Stella. Probabil că nu are importanță cât de mari sunt copiii. Grijile nu încetează niciodată.

Agnes Thelin a încuviințat. Cred că înțelesese.

Ce s-a întâmplat apoi e dificil de explicat.

Nu planificasem nimic. Venisem la interogatoriu cu intenția de a contribui cu informațiile de care dispuneam. Nici măcar o dată nu mă gândisem să mă abat de la adevăr.

— Erați treaz când a ajuns Stella acasă?

Ochii lui Agnes Thelin mă priveau țintă, îndemnându-mă să răspund.

— Mhm.

— Poftim?

— Da, am spus, dregându-mi vocea. Eram treaz când a ajuns Stella acasă.

— Aveți idee cât era ceasul?

— Știu precis cât era ceasul.

„E o minciună?" m-am gândit. La fel cum există mai multe feluri de adevăr, există și mai multe feluri de minciună. De exemplu, minciunile nevinovate, cele care scutesc de un adevăr dureros, erau acceptabile. Așa crezusem întotdeauna. Dar acum situația era diferită.

— Era 23:45 când a ajuns Stella acasă.

Agnes Thelin m-a privit, iar a noua poruncă mi s-a zvârcolit în stomac, ca un șarpe. În Biblie se spune că oricine va rosti o minciună va pieri. Dar, totodată, Dumnezeul meu este drept și iertător.

— De unde știți? m-a întrebat. Cu atâta precizie?

— M-am uitat la ceas.

— Care ceas?

— De pe telefonul mobil.

Există un verset în evanghelii în care se spune că o familie dezbinată nu poate exista. Mi-am dat seama că îmi uitasem familia. O neglijasem. O luasem de bună. Nu fusesem nici tatăl, nici soțul care ar fi trebuit să fiu.

Tot nu știam nimic despre ce se petrecuse cu omul care-și pierduse viața pe un teren de joacă de pe Pilegatan, însă știam cu siguranță un lucru: fiica mea nu era o criminală.

— Și sunteți sigur că a fost Stella cea care a ajuns acasă? a întrebat Agnes Thelin.

— Firește că sunt.

— N-ar fi fost posibil să fi auzit pe altcineva?

Am zâmbit. Înăuntrul meu, cedam.

— Sunt sigur. Am vorbit cu ea.

— Ați vorbit cu ea?! a exclamat Agnes Thelin. Ce-a spus? Ați remarcat ceva special?

— Deloc. Ne-am spus „noapte bună".

Agnes Thelin refuza să-și întoarcă privirea de la mine.

Șarpele mi s-a răsucit din nou în stomac. Am avut impresia covârșitoare că nu eu, ci o altă persoană se afla în camera de interogatoriu și spunea toate astea.

În prima scrisoare către Timotei, Pavel spune că oricine nu are grijă de propria familie și-a abandonat credința în Hristos. Eu nu fusesem suficient de bun pentru familia mea. Acum aveam șansa de a-mi repara greșelile.

M-am gândit că asta fac familiile. Se protejează reciproc.

15

În vara în care am împlinit șaisprezece ani, reușisem, în sfârșit, să o cuceresc pe Åsa, din clasa paralelă, pe care o iubeam în taină de ani de zile, și eram mai fericit ca niciodată. Dar, într-o săptămână petrecută în tabără, la Dalarna, am cunoscut-o pe Doris, care era cu doi ani mai mare decât mine, fuma țigări mentolate și lucra la un roman. Nu s-a întâmplat nimic între noi, dar, când m-am întors acasă, ros de remușcări, i-am spus Åsei totul despre Doris, chiar și că îmi dorisem să o sărut. Åsa m-a părăsit fără o vorbă și, curând, s-a răspândit zvonul că eram un porc infidel, pe care nu te puteai baza deloc. N-am mai avut alte iubite în Blekinge, însă, în inima mea, știam că procedasem corect.

Am crescut într-o familie care se ghida după valorile anilor șaptezeci: libertate și solidaritate. Tata cultiva legume bio și își lua micul dejun dezbrăcat, cu cafea și o pipă proaspăt umplută. Mama mi-a explicat despre ciclul menstrual și poluțiile nocturne înainte de școala primară. Regulile și admonestările abia dacă existau. Bunul-simț și etica inerentă erau suficiente.

— Ce-ți spune inima? m-a întrebat tata o dată, când aveam zece ani și mă prinsese în timp ce o trăgeam de păr pe sora mea așa de tare, că rămăsesem cu smocuri în mână.

A fost de ajuns ca să izbucnesc în plâns, copleșit de vină și rușine.

La fel făcusem și eu cu Stella de câteva ori.

— Ce-ți spune inima? am întrebat-o, când m-a sunat directorul școlii ca să-mi spună că-i aruncase fesul unei colege pe acoperiș.

Stella m-a luat prin surprindere.

— Nu-mi spune nimic. Nu face decât să bată.

Sunt ferm convins că nimic nu e mai dificil decât să fii părinte. Toate celelalte relații au o ieșire de urgență. Poți părăsi un partener de viață, așa cum se întâmplă în majoritatea cazurilor, dacă iubirea dispare, dacă se creează distanță, dacă inima nu-ți mai spune nimic. Poți lăsa în urmă prieteni și cunoștințe, la fel și rude, chiar și frați sau părinți. Îi poți lăsa și poți merge mai departe, văzându-ți liniștit de viața ta. Dar nu îți poți abandona copiii.

Ulrika și cu mine eram tineri și fără experiență când a venit Stella pe lume. Înțelegeam că urma să fie greu, însă ne îngrijoram mai degrabă din pricina lucrurilor lumești la care dădeam greș: somnul, alăptarea, boala. A durat o vreme înainte să înțelegem că, de fapt, partea cea mai dificilă din meseria de părinte e ceva complet diferit.

Timp de aproape zece ani, Ulrika și cu mine am încercat să-i dăruim Stellei un frate sau o soră. Uneori, întreaga noastră existență se învârtea în jurul acestei nereușite și ne solicita toate forțele. Porneam la război, înarmați cu cel mai nociv dintre instinctele de învingători. Ne imaginam că o cruciuliță pe testul de sarcină era soluția pentru toate.

Nu vedeam ce ni se întâmpla, cum ne afundam tot mai adânc într-un puț al vinovăției, al rușinii și al neputinței.

Ne aflam la clinica de fertilitate și ne priveam unul pe celălalt peste capul Stellei, care se juca pe podea cu piese Lego. Din nou primisem un mesaj negativ: fertilizarea nu se produsese.

În mașină, în drum spre casă, am strigat la Ulrika:

— Nu e un proces la tribunal! Nu există vinovați aici.

A suspinat, privind pe geamul încețoșat.

— Atunci, îl învinuiesc pe Dumnezeu. Îmi poți explica de ce Dumnezeu nu vrea să avem copii?

— Avem deja un copil, am spus, aplecându-mă și dând volumul radioului la maximum.

În ultimii ani, interiorizaserăm într-atât lupta împotriva firii, și unul împotriva celuilalt, încât probabil uitaserăm pentru ce ne luptam. Citisem despre soldații din tranșee din al Doilea Război Mondial, care uitau, la un moment dat, împotriva cui luptau, și începeau să-și împuște compatrioții.

În seara aceea, Stella a apărut pe hol, în pijama, cu părul ciufulit, privindu-ne adormită. Cred că tocmai începuse școala — probabil avea șase sau șapte ani. Ulrika și cu mine îmbătrâniserăm înainte de vreme, copleșiți de amărăciune. Tot ce mai părea să avem în comun era lupta noastră.

— Nu vreau niciun frățior, a spus Stella, limpede.

16

După interogatoriu, am sunat-o pe Ulrika. Tocmai trecuse pe lângă casa noastră, însă poliția era încă acolo.

— Ei chiar cred că Stella a făcut ceva, am spus. E un coșmar!

— Ce-ai declarat la poliție? a vrut Ulrika să știe.

— Le-am spus că știu precis când a ajuns Stella acasă, vineri. Le-am explicat că eram treaz și că am vorbit cu ea.

Ulrika a rămas tăcută o vreme.

— Cât era ceasul? m-a întrebat.

Am inspirat adânc. Detestam să mint. Cu atât mai mult să o mint pe soția mea. Dar nu vedeam nicio altă cale. Nu o puteam amesteca pe Ulrika în povestea asta. Nu știa nimic, fiindcă dormea când ajunsese Stella acasă. Cum aș fi putut să-i explic că mințisem poliția?

— 23:45, am răspuns.

Nu m-am simțit atât de oribil cum mă așteptam. De parcă rezistența îmi slăbea de fiecare dată când rosteam minciuna.

Ulrika mi-a spus că mergea să se vadă cu un avocat pe care-l cunoștea. Pentru moment, nu era nimic de făcut, deși aveam atâtea probleme de rezolvat. Am urcat spre

Bantorget[16]. Lumina soarelui era atât de puternică, încât a trebuit să-mi cobor privirea. Am iuțit pasul, fiindcă mi se părea că întregul oraș se holbează la mine.

După-amiază, poliția a plecat, în sfârșit. Când am ajuns acasă, Ulrika era interogată de comisarul Agnes Thelin, iar eu am descuiat ușa cu inima strânsă și am intrat dintr-o încăpere în alta. Nu aveam nimic de obiectat cu privire la grija arătată de poliție față de lucrurile noastre; urmele lăsate erau puține și abia se vedeau. Dar mă rodea sentimentul de a-mi fi fost invadată intimitatea.

Am străbătut parterul și m-am uitat în spălător, pe hol și în living. Am deschis până și cuptorul ca să arunc o privire înăuntru. Apoi, am urcat scările spre camera Stellei. Am rămas în prag o vreme și am fost uimit de cât de pustie mi se părea. Poliția luase multe lucruri.

M-am oprit apoi în fața ferestrei din dormitorul nostru și am privit fotografia pe care o stricasem accidental. Mi-am trecut degetul arătător peste ea, iar inima mi-a spus că era bine. Nu există nimic mai important decât familia.

Afară, amurgul învăluia încet peisajul într-o pătură de întuneric. Am urmărit cu privirea luminile scânteietoare ale felinarelor, gândindu-mă că lucrurile bune li se întâmplă celor răbdători. Cei drepți nu se abat din drumul lor.

De cealaltă parte a străzii, am zărit niște vecini, care arătau spre casa noastră. Am tras oblonul cu zgomot. Am hotărât să sun la consiliul parohial și să anunț că sunt bolnav. Președintele consiliului mi-a spus că îi pare foarte rău pentru mine, a rostit cuvinte de îmbărbătare și m-a sfătuit să rămân acasă cât timp aveam nevoie, fără să-mi fac griji pentru biserică.

16 Parc din orașul Lund.

Când am sunat-o pe Ulrika, tocmai terminase interogatoriul.

— Nu e atât de simplu cum a crezut Blomberg, mi-a spus ea.

Vocea îi tremura. Nu-mi dădeam seama dacă era din cauza legăturii proaste sau fiindcă Ulrika era pe cale să izbucnească în lacrimi.

— Ce vrei să spui?

Am auzit niște pârâituri și Ulrika a oftat adânc.

— Cred că poliția a găsit ceva la noi acasă, fiindcă procurorul tocmai a semnat un mandat de arestare.

17

Biroul lui Michael Blomberg se afla la etajul trei pe Klostergatan, la o aruncătură de băț de Grand Hotel. Luni dimineața, Ulrika și cu mine eram epuizați. Lipsa somnului se citea limpede pe chipul soției mele. Nici eu nu dormisem deloc în ultimele două zile, însă nu simțeam oboseala. Eram mult prea agitat.

Am fost serviți cu cafea sub tavanul înalt, decorat cu stucaturi, în timp ce Blomberg tropăia de colo-colo pe podea cu pantofii lui de piele lucioși și cu mâinile înfipte în buzunarele de la spate.

— Audierea acuzatei va avea loc la ora 13.

Inima mi s-a zbătut în piept. Măcar aveam să o vedem pe Stella.

— Poliția a găsit o urmă de pantof la locul crimei, a continuat Blomberg, scărpinându-se la ceafă. Aceeași mărime și același model cu încălțămintea Stellei.

Am prins-o pe Ulrika de braț.

— Asta e tot? am întrebat. E singura dovadă? N-au găsit nimic când au făcut percheziția la domiciliu?

— E încă devreme. Unele dintre lucrurile luate de la voi de acasă au fost trimise la laborator, pentru o expertiză tehnică.

— Dar asta nu va dura ceva? am întrebat.

— Nu mai mult de câteva zile, a spus Blomberg. La asta se rezumă așa-numita reținere temporară. Ideea este să o țină pe Stella în arest, în timp ce poliția așteaptă rezultatele de la laborator. Nu este atât vorba de a aresta pe cineva, cât de a-l suspecta pe baza unor probe solide.

— Doar o urmă de pantof?

Blomberg a privit-o pe Ulrika, de parcă ar fi așteptat să spună ceva. De parcă ar fi fost treaba ei să-i explice soțului său greu de cap cum stăteau lucrurile.

— Cred că trebuie să acceptați faptul că Stella va rămâne în arest.

Tonul lui era atât de profetic. De resemnat. Am privit-o pe Ulrika, iar ea a încuviințat. Despre ce discutam?

— Cine e procurorul? a întrebat.

— Jenny Jansdotter.

— Ar trebui să fie printre cei mai buni.

Îmi era greu să hotărăsc dacă era ceva pozitiv sau negativ. Nu fusese niciodată nevoie să studiez texte juridice despre detenție. Din fericire, majoritatea oamenilor nu trebuie să ajungă acolo.

Chiar dacă eram căsătorit cu o avocată, cunoștințele mele erau limitate. Știam că e nevoie de foarte puține dovezi pentru a aresta pe cineva. Auzisem adesea declarații ale polițiștilor care afirmau că făptașii erau eliberați înainte de a ajunge în arest, iar opinia publică era aceea că sistemul juridic suedez dădea rateuri și că mai degrabă proteja drepturile suspecților și condamnaților, în loc să se asigure că victimei i se face dreptate. Se cereau pedepse mai grele. Chiar eu lucram într-o instituție care avea aceeași poziție. Nu existase niciodată un motiv ca să-mi schimb punctul de vedere.

— În plus, procurorul are un martor. Vecina, a spus Blomberg, aplecându-se peste birou și citind numele: My Sennevall.

Vorbea atât de calm, de parcă ar fi acceptat, pur și simplu, situația. Ar fi trebuit să fie supărat? Să vrea să acționeze?

— Martora, am spus eu. De unde știe ea că a văzut-o pe Stella? Doar nu o cunoaște.

— A afirmat că a recunoscut-o de la H&M.

— A recunoscut-o, am mormăit eu.

Ulrika m-a înghiontit.

— Stella ce spune?

Blomberg și-a trecut o mână prin păr. Din nou, a privit-o pe Ulrika. Convingerea mea că era complet incapabil se întărea cu fiecare minut care trecea.

— După ce a închis magazinul, Stella a mers cu niște colegi la restaurantul Stortorget. Au mâncat ceva și au băut câteva pahare cu vin. La zece și jumătate, Stella a plecat. Așa declară toți colegii ei. Nu a spus unde se duce, însă toți au crezut că acasă.

— Dar nu a făcut asta?

— Stella a declarat chiar ea că a mers la Tegnérs[17] și apoi la alte localuri din oraș. Nu-și amintește precis unde s-a aflat, la anumite ore.

Ulrika și cu mine ne-am privit. Nu suna deloc a alibi solid. Dimpotrivă, părea să fie ceva declarat de o persoană vinovată. De ce nu depusese eforturi să-și amintească mai multe detalii?

— Trebuie să-și amintească mai mult, am spus. Trebuie să existe oameni care au văzut-o. Cunoaște jumătate din oraș.

[17] Restaurant din zona centrală a orașului Lund.

Blomberg a privit-o pe Ulrika.

— Avem mai multe detalii despre orele la care s-au petrecut faptele? a întrebat ea. Martora, My Sennevall, a auzit zgomote și agitație la ora unu?

— Așa este. Primele rapoarte indică faptul că a fost puțin după ora unu, însă așteptăm și rezultatele de la morgă, înainte de a stabili ceva concret.

Ulrika s-a uitat la mine.

— Dacă se stabilește că Christopher Olsen a murit la ora unu, ar însemna că Stella are un alibi.

— Așa este, a spus Blomberg.

Mi-a căutat privirea.

— Și nu orice alibi, a continuat avocatul vedetă, zâmbind bucuros. Toată lumea cu care am discutat spune că ești onestitatea întruchipată, Adam.

Am simțit un nod în gât.

18

Audierea a avut loc imediat după prânz. Trecusem pe lângă tribunal de zeci de ori, pe lângă fațada ciudată, din piatră lustruită, cu decorațiuni din cupru și clopotnița măruntă de alături. Pentru prima dată îi treceam pragul și a trebuit să-mi golesc buzunarele. Am stat, furios cum eram, la intrare, în timp ce un paznic mă cerceta cu un detector de metale. Apoi, m-am așezat lângă Ulrika pe o canapea din hol și am așteptat. Tensiunea era palpabilă.

De fiecare dată când se deschidea ușa, ne ridicam în picioare, așa că paznicii tresăreau și ei, iar în cele din urmă ne-au rugat să ne liniștim.

Într-un târziu, a ajuns și Stella, escortată de doi bărbați în uniformă. Arăta ca o stafie uscățivă între cei doi agenți cu aspect amenințător. Nici măcar n-a privit în direcția noastră. Ulrika s-a grăbit să o îmbrățișeze, însă a fost îndepărtată repede.

— Stella, fata mea dragă!

Mi-am făcut loc printre paznici ca să-mi ating fata, însă unul dintre indivizi și-a încrucișat brațele umflate și mi-a blocat drumul.

— Se va termina curând, Stella, a spus Ulrika.

Stella era cenușie la chip și avea o expresie goală, pe care nu i-o mai văzusem niciodată. Era resemnată. Oboseala de pe fața ei era cea pe care o vedeai la oamenii care se lăsaseră în voia sorții, sau, în acest caz, a sistemului. La oamenii care spun „faceți ce vreți". Le citești în priviri că au abandonat orice speranță.

Mai întâlnisem oameni care renunțaseră, oameni care nu mai găseau sens și putere, care nu mai erau capabili să acționeze nici măcar pentru a-și face singuri rău.

În timp ce Stella era adusă în sala de judecată, eu am rămas suspendat într-o stare de incertitudine. Simțeam că plutesc, zbătându-mă și căutând ceva de care să mă agăț.

Sala de judecată nu era mai mare decât un living. Judecătorul care prezida a cercetat niște hârtii în timp ce ne așezam în băncile amfiteatrului. Blomberg a tras un scaun pentru Stella, iar când a încercat să se așeze, fiica mea a părut dezmembrată — ca și cum părțile corpului său n-ar mai fi fost legate unele de celelalte. Blomberg a trebuit să o susțină cu ambele mâini.

Ulrika și cu mine ne-am prins de mână. Fetița noastră se afla la cinci metri de noi, iar noi nici măcar nu o puteam atinge.

A intrat procurorul, o doamnă ale cărei tocuri s-au făcut auzite pe coridor. Pășea ușor în hainele sale scumpe, zăngănindu-și bijuteriile din jurul gâtului și-al încheieturilor. Avea un trup antrenat: scund, subțire, bine lucrat. Purta ochelari cu rame pătrate, negre, iar părul îi era lipit de cap, fără niciun fir rebel. Și-a așezat hârtiile în trei teancuri pe masa din fața ei, le-a aliniat marginile cu unghiile rubinii și a dat mâna cu Blomberg și cu Stella.

Până să-mi dau seama că audierea începuse, judecătorul a și decis că aceasta se va desfășura cu ușile închise, iar Ulrika și cu mine trebuia să plecăm.

— Dar e fiica mea! i-am strigat în față.

Paznicul s-a uitat lung la gulerul meu preoțesc.

Iubirea este cea mai dificilă misiune omenească. Mă întreb dacă Isus a înțeles ce le cerea oamenilor când le-a spus să-și iubească aproapele ca pe ei înșiși.

Poți oare continua să iubești pe cineva care a ucis?

În timp ce mă aflam din nou pe coridor și așteptam, o idee a început iarăși să prindă contur în mintea mea. Încercase să se evidențieze mai devreme, însă numai acum îndrăzneam să o analizez. Era gândul că Stella ar fi putut fi vinovată.

Petele de pe bluză. Puteau fi orice. Dar de ce nu o văzuse nimeni pe Stella? Cineva care să fi putut spune unde fusese, ce făcuse. Câteva ore din noaptea de vineri erau învăluite într-o beznă totală. Ce făcuse în tot acel timp?

Mă aflasem în fața unor criminali deplorabili și le promisesem iubirea necondiționată a lui Dumnezeu. Dar iubirea omului e diferită. M-am gândit la cuvintele lui Pavel, despre iubirea care triumfă odată cu adevărul, despre iubirea credincioasă, indiferent de preț.

Pentru familia mea. Așa m-am gândit. Trebuia să fac tot ce-mi stătea în putință pentru familia mea. De prea multe ori eșuasem în încercarea de a fi cel mai bun soț și tată din lume. Acum, aveam șansa de a mă revanșa, de a deveni mai bun. Aș fi făcut orice pentru a-mi proteja familia.

Când s-a deschis din nou ușa sălii de judecată, trupul îmi era atât de greu, încât Ulrika a trebuit să mă ajute să mă ridic. În fața noastră se afla Stella, cu fața îngropată în mâini.

Ulrika și cu mine ne-am agățat unul de altul, ca doi oameni care se înecau.

Ușa s-a închis în spatele nostru, iar judecătorul a măturat sala cu privirea.

— Stella Sandell este acuzată de crimă.

Niciun părinte nu crede că va auzi vreodată numele copilului său într-o asemenea frază. Nimeni nu și-a imaginat așa ceva în timp ce își ținea copilul pe piept, iar acesta lovea cu piciorușele și gângurea. Asta li se întâmpla altora, nu nouă.

Am ținut-o strâns de mână pe Ulrika și m-am gândit că eram niște părinți exemplari. Nu aveam nicio adicție, eram absolvenți de studii superioare care câștigau bine. Eram sănătoși, atât fizic, cât și mintal. Nu eram o familie destrămată, dintr-o zonă periferică, având probleme financiare și sociale.

Eram o familie obișnuită, nu una aflată într-o asemenea situație.

Și totuși, așa stăteau lucrurile.

19

După audiere, Ulrika și cu mine am așteptat în tăcere în biroul lui Blomberg. M-am ridicat, m-am așezat și m-am ridicat iar. M-am apropiat de fereastră și am oftat.

— Unde e?

Ulrika era complet nemișcată și se uita la perete.

— Când putem vorbi cu Stella? am întrebat. E inuman să fie ținută izolată așa!

— Asta e procedura, m-a lămurit Ulrika. Se va afla sub interdicție pe toată durata anchetei.

Într-un târziu, a apărut și Blomberg. Pielea portocalie a obrajilor i se înroșise. Vorbea repede, ca o jucărie stricată.

— Mi-am pus oamenii să facă niște cercetări în privința lui Christopher Olsen. Se pare că avea câteva schelete în dulap, dacă-mi scuzați expresia.

Nu am făcut-o, însă eram prea curios ca să spun ceva.

— Ascult!

— Când faci afaceri, îți faci repede și dușmani, a continuat Blomberg. Dar, în cazul lui Olsen, nu e vorba despre orice fel de dușmani. Se pare că a intrat într-un conflict cu niște polonezi care au caziere stufoase.

M-am încruntat, sceptic. Suna a scenariu de roman polițist prost.

— Olsen a cumpărat o proprietate în primăvară. Polonezii aveau o pizzerie la parter, de care Olsen voia să scape. Evident, nu dădea deloc bine pentru apartamentele pe care voia să le vândă acolo.

— Dar modul de operare nu arată că ar fi mâna Mafiei, a remarcat Ulrika.

— Cine a pomenit ceva de Mafie? Eu v-am spus despre niște pizzeri polonezi. Dar devine și mai interesant.

Îmi displăcea conceptul. În lumea mea, poliția se ocupa de anchetarea infracțiunilor, și nu avocații. În plus, nu mi se părea în regulă ca victima să fie bănuită în felul ăsta.

— Cu doar șase luni în urmă, Christopher Olsen a fost acuzat în repetate rânduri de atac și viol. A fost demarată o anchetă preliminară, însă, după câteva luni, procurorul a ales să închidă cazul, din lipsă de dovezi.

Blomberg a făcut o pauză artistică, pentru a ne menține atenția trează.

— Cea care l-a acuzat pe Olsen a fost partenera sa din urmă cu trei ani. Conform declarațiilor sale, Christopher Olsen era un tiran violent, care i-a distrus viața.

Am văzut-o pe Ulrika luminându-se la față.

— Nu a primit deci un răspuns final?

— Nu, a spus Blomberg.

— Ar putea să vrea răzbunare cu orice preț.

Blomberg a încuviințat.

Ulrika s-a întors spre mine.

— Înțelegi ce înseamnă asta?

*

Planul lui Blomberg era să prezinte un alt posibil suspect, pentru a pune la îndoială vinovăția Stellei aducând niște argumente rezonabile. Pizzerii polonezi ar fi putut fi alternativa, însă un suspect mult mai convingător părea să fie fosta parteneră a lui Christopher Olsen.

— Dar e posibil să nu fi avut nimic de-a face cu asta, am spus eu mai târziu în seara aceea, în timp ce stăteam pe canapea lângă Ulrika, fără să putem adormi. N-ar fi mai bine să prezinte dovezile poliției?

Ea m-a privit de parcă n-aș fi avut nimic în cap.

— Așa procedează avocații.

— Dar e suficient pentru a dovedi nevinovăția Stellei? Eu mă gândesc că o altă persoană va intra în colimator. Iar după ce a fost bătută și violată, asta i-ar mai lipsi...

Ulrika s-a ridicat.

— Vorbim despre Stella. Fiica noastră e închisă într-o celulă!

Firește că avea dreptate. Nimic nu era mai important decât să o eliberăm pe Stella, cât mai repede posibil. Am dat peste cap ultima înghițitură de whisky. M-am apropiat de sobă, iar când am deschis ușița de sticlă, căldura m-a lovit drept în față, și a trebuit să aștept puțin înainte să vâr vătraiul și să scormonesc în cenușă. Vălătuci de fum mi s-au încolăcit în jurul capului.

— Mă iubești? am întrebat-o pe Ulrika, fără s-o privesc.

— Dragule, firește că da.

S-a întins și m-a atins pe gât.

— Vă iubesc mai mult decât orice, pe tine și pe Stella.

— Și eu te iubesc.

— E un coșmar, a spus ea. Niciodată nu m-am simțit mai vulnerabilă.

M-am așezat și am cuprins-o cu brațul.

— Indiferent ce s-ar întâmpla, trebuie să rămânem uniți.

Ne-am sărutat.

— Dar dacă ea..., am început. Crezi c-ar fi putut...

Ulrika a tresărit.

— Cum poți să gândești așa?

— Știu. Dar bluza...

Trebuia să aflu ce se întâmplase cu ea. Dacă Ulrika o luase, cu siguranță descoperise și petele. Nu puteai să nu le vezi.

— La ce te referi? m-a întrebat.

— La petele de pe bluză.

— Ce pete?

S-a uitat la mine de parcă băteam câmpii.

Oare nu se atinsese de bluză? În acest caz, poliția o găsise. Inima îmi bătea cu putere când Ulrika și-a pus mâna pe brațul meu.

— Știm că Stella era acasă când a murit bărbatul acela.

Apoi n-a mai spus nimic.

20

În noaptea dintre luni și marți, n-am închis un ochi. Eram măcinat de gânduri. Ce făcuse Stella?

Am dat cu aspiratorul, am frecat podelele și dulapurile din bucătărie. Eram leoarcă de sudoare și tot mai furios. Îmi era teamă de propriile gânduri. Stella era fetița mea. Ce fel de tată eram, dacă nutream chiar și o fărâmă de suspiciune în legătură cu nevinovăția ei? Simțeam că mă sufoc și a trebuit să ies în grădină ca să iau puțin aer.

Ulrika se închisese în birou. După câteva ore, am găsit-o dormind cu capul pe brațe, pe birou. Lângă ea se aflau o sticlă de vin și un pahar pe jumătate plin. I-am mângâiat părul, i-am adulmecat parfumul și am lăsat-o să doarmă.

Dimineața, m-am așezat la masa din bucătărie, extenuat, am luat ziarul și am văzut o fotografie cu terenul de joacă pe care murise Christopher Olsen. Oare Stella fusese acolo și de ce? Am alungat gândul și am urcat la Ulrika.

— Mă duc acolo. Vreau să văd cu ochii mei.

— Ce să vezi?

— Locul. Terenul de joacă.

— Nu cred că e o idee bună, a spus Ulrika. E mai bine să ne ținem cât mai departe posibil de toate.

Dar eu începusem să caut pe internet.

Până acum, informațiile despre crimă erau puține, însă era doar o chestiune de timp și, probabil, în doar câteva ore, aveau să curgă postările în diverse forme, pe rețelele sociale. Stella avea să primească, mai mult ca sigur, eticheta de vinovată. Nu iese fum fără foc, avea să se spună. Era cu atât mai delicat, cu cât era vorba despre fiica unui preot.

Puterea de a judeca le aparține oamenilor, indiferent de ceea ce consideră tribunalele, iar tribunalul oamenilor se bazează rareori pe aceleași dovezi precum tribunalele adevărate. De câte ori nu comentasem când un suspect fusese eliberat din lipsă de dovezi?

Am continuat, dar nu era suficient să citesc cuvinte și să văd imagini. Voiam să văd cu ochii mei și să mă aflu în miezul lucrurilor.

Nu i-am spus Ulrikăi unde mă duc. Părea atât de sigură că Stella nu fusese implicată! Am urcat în mașină, cu un sentiment apăsător în piept.

La jumătatea drumului prin oraș, mi-a sunat telefonul. Pe ecran a apărut numele lui Dino.

— Poliția a interogat-o pe Amina. Nu-mi place că este implicată.

Vorbea repede, cu o asprime neobișnuită în glas.

— Ce-au vrut să știe? am întrebat, însă Dino nu mă asculta.

— Imaginează-ți că, la un moment dat, iese la iveală faptul că Amina este implicată într-o anchetă de crimă — și asta în timp ce ea își construiește o carieră în medicină. Nu dă bine deloc.

— Trezește-te, Dino! Fiica mea e suspectă de crimă! Nu cred că Amina are probleme.

A tăcut o clipă.

— Știu, știu. Îmi pare rău. Doar că nu vreau ca Amina să sufere din cauza unui lucru în care n-a avut niciun amestec.

Firește că nu avea intenții rele. Dino nu era nici sensibil, nici diplomat. De-atâtea ori a trebuit să-i îmblânzesc reacțiile pripite sau cuvintele nepotrivite, pe terenul de handbal. Dar, de data asta, și eu mă aflam sub presiune.

— Crezi că Stella a fost cu adevărat implicată? am întrebat.

— Firește că nu, însă aici e vorba despre o carieră în medicină. Amina nu știe nimic despre ce s-a întâmplat vineri.

— Păi, nici Stella nu știe.

— E atât de previzibil că s-a întâmplat tocmai *acum*. Cu siguranță, nu e prima dată când Amina intră în bucluc din cauza...

N-a apucat să-și termine fraza. Nu era nevoie. I-am închis, cu degetul arătător tremurând.

Lângă Bollhuset, am oprit mașina și am mers pe jos. În spatele unui gard adiacent clădirii, am găsit terenul de joacă. Din benzile de restricție care fuseseră montate de poliție rămăsese doar o bucată albă, lipită de un stâlp de felinar. Pe terenul de joacă, o fetiță care râdea zglobiu prinsese viteză într-un leagăn, iar unul dintre pantofiori îi sărise din picior. La mică distanță, tatăl ei stătea cu brațele deschise, în fața leagănului, în timp ce frățiorul fetiței ezita să se urce și el.

Lângă gardul viu din spatele lor, oamenii făcuseră un loc de comemorare. Lumânări, trandafiri și crini, fotografii și o cartolină pe care, cu litere roșii pe fundal negru, stătea scris „DE CE?“ cu majuscule.

Fetița a sărit din leagăn, și-a ridicat pantoful și l-a pus înapoi în picior dintr-o singură mișcare, apoi a alergat spre tatăl ei, cu un chiot voios.

— Sst, a admonestat-o el, privindu-mă.

Am plecat capul în fața florilor și-a lumânărilor și m-am rugat în tăcere pentru Christopher Olsen.

Înainte, îi văzusem chipul numai în materiale de pe internet și pe ecranul telefonului mobil, în fotografii dintr-un reportaj și de la o prezentare de afaceri. Acum, îl vedeam pentru prima dată într-un context diferit, ca pe un bărbat în carne și oase, o persoană care le lipsea altora și pe care o regretau. În cea mai mare dintre fotografii, privea direct în obiectiv, cu ochi strălucitori și cu un zâmbet care părea să amestece bucuria cu surprinderea, de parcă ar fi fost luat pe nepregătite de fotograf. Moartea este rareori mai palpabilă decât atunci când vezi cât de viu a fost cândva un om.

Am fost copleșit de un sentiment brutal de neputință. Totul era dezgustător. Unui tânăr îi fusese luată viața chiar aici, pe pietricelele acestea care scrâșneau sub pantofi. Încă îți puteai da seama unde cursese sângele.

Cum ar fi putut cineva să creadă, chiar și pentru o clipă, că Stella ar fi fost implicată în așa ceva? Am privit fotografiile lui Christopher Olsen. Părea un tip simpatic, cu ochi veseli și viitorul oglindit în priviri. Era o tragedie fără sens.

M-am grăbit afară, pe pavaj, și am privit spre Pilegatan.

De ce pretinsese vecina aceea că o văzuse pe Stella aici, vineri? Cine era și de ce era atât de sigură? Dacă mințea în mod deliberat, cineva trebuia să-i explice unde ar fi putut duce asta.

Și dacă nu mințea? Dacă Stella fusese aici?

La capătul străzii am găsit casa galbenă, din secolul trecut, în care locuise Christopher Olsen. Am privit ferestrele frumoase și balcoanele elegante. Apoi am pus mâna pe poartă. Era deschisă.

Nu știam dacă existau temeiuri legale care să mă împiedice să discut cu martora. Din punct de vedere moral, firește că era condamnabil, chiar dacă îmi promisesem că n-aveam s-o influențez. Voiam doar să înțeleg ce văzuse. Trebuia și să afle că Stella era o persoană reală, cu o familie foarte îngrijorată. Trebuia să i se explice foarte clar că nu era un joc. Trebuia să vadă că eram prezent.

21

Am urcat încet, cu pași nesiguri. Mirosea a cafea și a pâine coaptă. Cât de macabru! Cum putea cineva să coacă pâine în asemenea împrejurări?

La primul etaj, m-am oprit ca să citesc plăcuța cu numele. Cu litere scrijelite pe metal lucios stătea scris *C. Olsen*. Vizavi erau două apartamente. În dreapta locuia cineva pe nume *Agnelid*, iar pe ușa stângă se afla un bilețel scris de mână, cu numele *My Sennevall*. Am recunoscut numele imediat.

Soneria a răsunat strident, iar eu am încercat să-mi dau seama ce urma să spun. Trebuia să-i explic de ce mă aflam aici. În curând, de partea cealaltă a ușii am auzit niște pași târșâiți, podeaua a scrâșnit — și atât. Am mai sunat o dată.

Oare stătea în spatele ușii și asculta?

— Bună, am spus, cu glas scăzut. E cineva acolo?

Am auzit broasca răsucindu-se și deschizându-se foarte lent. Ușa s-a crăpat atât de puțin, încât a trebuit să mă aplec într-o parte ca să deslușesc silueta din spatele ei.

— Bună. Îmi cer scuze că am apărut așa.

Am văzut doar o pereche de ochi scânteietori, în beznă.

— Mă numesc Adam Sandell.

— Aha.

— Pot să intru?

A mai crăpat puțin ușa.

— Vindeți ceva?

Vocea ei suna ca a unui copil.

— Vreau doar să-ți pun câteva întrebări despre Stella. Sunt tatăl ei.

— Stella?

A părut să stea pe gânduri.

— Acea Stella?

— Te rog. Vreau doar să știu.

Încă ezitând, a scos lanțul de siguranță de la ușă, iar eu am intrat în holul slab luminat. Pe raftul pentru pălării se afla o beretă, pe cuier atârna o jachetă de ploaie, iar alături, o umbrelă. În rest, era complet gol.

— Tu ești My? am întrebat. My Sennevall?

Fata s-a dat înapoi și m-a privit fix. Era micuță și drăguță. Părul îi ajungea până la talie. Părea cam de vârsta Stellei.

— Nu știu ce vreți, a spus. Am declarat deja totul la poliție.

— Nu stau mult, i-am promis, încercând să arunc o privire în jur.

Pereții erau goi. O singură lampă cu picior răspândea o lumină slabă în camera altfel întunecată. În fața ferestrei era un fotoliu bleumarin, peticit, care avea nevoie de reparații. Pe un raft al bibliotecii se aflau câteva obiecte de porțelan, dintre cele care se pot găsi la târgurile de vechituri. Niciun birou, niciun scaun, nicio altă piesă de mobilier. Doar un pat din anii '90, nefăcut, într-un colț.

— Bine, spuneți-mi ce doriți, a zis My Sennevall.

Nu eram sigur ce voiam.

— Îmi poți spune unde ai văzut-o? Trebuie să înțeleg ce s-a întâmplat.

My Sennevall a clipit de câteva ori.

— De obicei, stau aici, la fereastră, a spus ea, arătând spre fotoliul peticit. Îmi place să privesc.

— Ce?

— Tot ce se întâmplă.

Mi s-a părut ciudat. Ce era cu fata asta?

— Când ai văzut-o pe Stella? am întrebat. Ești sigură că era vineri?

A pufnit.

— Prima dată, în jur de ora douăsprezece și jumătate.

— Prima dată?

A încuviințat.

— Stella a apărut pe bicicletă, foarte grăbită. A împins poarta cu toată puterea și a alergat înăuntru.

My Sennevall a făcut câțiva pași lenți, a ajuns lângă fotoliu și a arătat pe fereastră. Vederea spre Pilegatan era excelentă.

— Apoi, am văzut-o iar, cam la jumătate de oră după aceea. Se afla pe trotuarul acela de vizavi. Sub copac.

Jumătate de oră mai târziu? My Sennevall văzuse o persoană despre care credea că era Stella nu doar o dată, ci de două ori în aceeași seară.

— De unde știi că era Stella? O cunoști?

A încuviințat.

— Știu că lucrează la H&M. Am spus asta și poliției.

M-a privit din nou. Firește, My Sennevall era puțin cam stranie, însă nu exista nicio dovadă că ar minți. Cu siguranță văzuse pe cineva vinerea trecută și era convinsă că era Stella. M-am trezit gândindu-mă că nu arăta ca o persoană care să mintă. Un gând ciudat.

— Recunoști pe oricine lucrează la H&M sau doar pe Stella?

A pufnit iar.

— Am o memorie neobișnuită a fețelor, a spus, privind pe fereastră. Memoria mea e foarte bună, în general. Remarc ce altora le scapă.

— Să spunem că e așa, am răspuns.

— V-am văzut fiica la H&M de multe ori. Când poliția mi-a arătat o fotografie, am fost sută la sută sigură. Au spus că este neobișnuit ca martorii să fie atât de convinși.

M-am lăsat puțin în jos, ca să am aceeași perspectivă ca și cum aș fi stat în fotoliu, și am descoperit că aveam o vedere nestingherită spre partea de vizavi a străzii.

— Apoi, m-am trezit fiindcă striga cineva. Sau plângea. Era un bărbat, în orice caz.

— Asta când se întâmpla?

— Tocmai mă dusesem la culcare, deci trebuie să fi fost în jur de ora unu.

Exact cum spusese Blomberg. Ora unu.

— Întotdeauna merg la culcare la ora unu. În fine, am alergat aici, la fereastră, și am privit o vreme. N-am văzut nimic, dar sunt convinsă că sunetele veneau de pe terenul de joacă de acolo.

Am încercat să-mi imaginez cum arăta pe întuneric. Cu siguranță, existau câteva felinare pe trotuar, însă tot nu puteai desluși niciun detaliu la miezul nopții.

— De unde ești atât de sigură că era ea? am spus. Înțelegi că poți distruge viața cuiva, viața mai multor oameni, dacă numești persoana greșită? Trebuie să fii complet sigură.

— Dar sunt. Așa am afirmat.

Suna atât de naiv, aproape ireal. Părea ceva nebunesc: Stella să fie încuiată într-o celulă pe baza afirmațiilor acestei fete.

Trebuia să mă calmez. Tot ce-mi doream era să o apuc pe My Sennevall și să o scutur.

— Nu o cunoști pe Stella! Ai văzut-o doar la magazinul la care lucrează. Cum poți să spui că ești sigură?

My Sennevall s-a uitat în ochii mei, cu o expresie plină de compasiune.

— N-a fost prima dată când a venit aici.

22

Când fetele aveau paisprezece ani, Amina a venit să mă caute la parohie într-o zi. A rămas în prag, picioarele bronzate îi tremurau și arăta de parcă lumea urma să o înghită în orice clipă.

— Preoții sunt obligați să păstreze un secret?

De îndată ce a spus acele cuvinte, am știut că lucrurile urmau să se schimbe. În privirea ei de căprioară speriată, am citit că se pregătea un cutremur în viețile noastre.

Amina a avut un rol important în devenirea Stellei. Uneori, Stella petrecea la fel de mult timp acasă la familia Bešic ca la noi acasă. Amina nu avea frați și, deși nu discutaserăm niciodată subiectul cu Dino și cu Alexandra, Ulrika și cu mine bănuiam că nici ei nu reușiseră să aibă încă un copil.

— Ce s-a întâmplat? am întrebat, punându-i o mână pe umăr.

În multe feluri, mă consideram un al doilea tată pentru ea.

— Sigur ești obligat să păstrezi secretul? a întrebat iar. Că nu vei spune nimănui ce-ți spun acum?

— Depinde ce vei spune.

Am rugat-o să stea jos, apoi i-am oferit suc de portocale și biscuiți Oreo. Înainte să ajungem la subiect, am discutat despre altele, despre cum se descurca la școală, despre prietenele de la handbal și despre planurile ei de viitor. Apoi, a spus că era vorba despre Stella.

Am așteptat două zile înainte de a aborda subiectul cu Ulrika.

— Droguri?

Soția mea s-a uitat la mine șocată. Părea să aștepte să-mi iau cuvintele înapoi ca pe o glumă.

— Asta pretinde Amina.

— Și de ce ți-ar spune Amina una ca asta?

Nu voia să creadă.

— E speriată, am spus.

Apoi, Ulrika a tras tot felul de sfori. I-a contactat pe directorul și pe asistenta școlii și a aranjat un test.

— Nu mă puteți obliga, la naiba, a spus Stella, încercând să se desprindă de noi, în fața centrului pentru sănătate.

— Firește că putem, i-a răspuns Ulrika. Ești minoră.

Oamenii au privit întrebător când Stella și-a continuat protestele zgomotoase în sala de așteptare. Am încercat să mă ascund cât de bine am putut, însă, în cele din urmă, a devenit atât de jenant, încât a trebuit să o târăsc pe Stella în laborator și să le explic oamenilor de ce nu mai puteam aștepta. Ulrika o ținuse pe Stella cu forța, în timp ce asistenta îi vârâse acul în braț.

Câteva zile mai târziu, am fost anunțați prin telefon că se găsiseră urme de canabis în sângele Stellei.

— De ce? repeta Ulrika, obsesiv. De ce?

Eu și Stella eram așezați la masa din bucătărie, iar Ulrika se învârtea în jurul nostru. Acum eu mă simțeam ca avocatul apărării.

— Fiindcă nu se întâmplă nimic, niciodată, a spus Stella.

Acesta avea să devină, curând, răspunsul ei clasic.

— Totul e atât de trist. Nu se întâmplă nimic, niciodată.

Ulrika a privit-o, cu pumnul strâns tremurându-i lângă șold.

— Droguri, Stella! Sunt droguri!

— A fost doar hașiș. Am încercat și eu.

— Ai încercat?

— Ca să fac lucrurile mai amuzante. Exact ca vinul tău.

Ulrika a izbit cu pumnul în masă, iar paharele au sărit în sus. Stella s-a ridicat și s-a lansat într-o tiradă de înjurături bosniace, pe care le învățase de la Dino.

În timp ce eram întinși în pat, în acea noapte, Ulrika s-a întors cu fața la perete.

— Draga mea, am spus, atingându-i cu blândețe spatele.

N-a făcut decât să suspine.

— Se rezolvă, i-am șoptit. Încercăm. Împreună, putem reuși.

S-a uitat la tavan.

— E vina mea. Am muncit prea mult.

— Nu e cazul să te învinovățești, am spus.

— Trebuie să cerem ajutor. Sun mâine la BUP[18].

BUP? Psihologi?

— Oare ce cred oamenii despre noi? am întrebat.

În seara următoare, am văzut-o pe Amina, în drum spre casă. I-am recunoscut geaca roz cu blăniță albă la guler și am dat drumul volanului ca să-i fac cu mâna, însă ea nu mi-a răspuns. Și-a încetinit pașii, până când s-a oprit, și am înțeles că lucrurile nu erau în regulă.

---

[18] Departament de psihologie pentru copii și adolescenți, care oferă sprijin întregii familii în cazurile de boli mintale, în Suedia.

În timp ce mă apropiam, umbra de pe chipul ei a devenit tot mai evidentă. Amina a ridicat o mână la obraz, încercând în zadar să ascundă vânătaia, în timp ce eu am încetinit și am scos capul pe geam.

— Amina, ce s-a întâmplat?

Și-a întors fața.

— Nimic, a spus ea, îndepărtându-se. Credeam că preoții sunt obligați să țină un secret.

Două săptămâni mai târziu, am avut o întâlnire programată la departamentul de psihologie pentru copii și adolescenți. Fusesem deja la o conferință la școală, în care se implicaseră profesorii și directorul, terapeutul, asistenta și psihologul. Mă simțeam cel mai ratat părinte de pe Pământ.

Terapeutul de la BUP avea o mustață îngustă și răsucită, atât de lungă, încât îți atrăgea privirea.

— De obicei, spun că problema unui adolescent este întotdeauna o problemă de familie, a zis el și s-a aplecat peste măsuța rotundă.

De îndată ce Ulrika și cu mine am încercat să spunem ce credeam, ne-a întrerupt, ridicând o mână.

— Nu trebuie să pierdem din vedere opinia Stellei. Tu ce simți?

Stella și-a privit vârfurile pantofilor.

— Nu-mi pasă.

— Dar, Stella..., am încercat într-un glas eu și Ulrika.

— Ușurel, ne-a oprit terapeutul. Are dreptul să se simtă cum vrea.

Mă mâncau degetele. Nu era fetița mea, cea care ședea acolo, cu brațele încrucișate și o mutră încăpățânată. Era o persoană complet diferită de bebelușul cu piele pufoasă, care mi se târâse pe piept, râzând în hohote. Voiam să o apuc de umeri și să o zgâlțâi.

— Te rog, Stella, a spus Ulrika.

Tonul meu era întotdeauna mai aspru.

— Stella!

Dar Stella a continuat doar să mormăie, la fiecare ședință.

„Tot nu pricepeți. Nu merită. Nu-mi pasă."

Încet-încet, m-am împăcat cu ce se întâmplase. Fiica noastră fumase canabis. Li se întâmpla și altora. Nu era neapărat dezastrul iminent de care mă temusem la început. În fond, majoritatea oamenilor care fumează hașiș la un moment dat în tinerețea lor devin, într-un final, cetățeni exemplari, de succes, fără probleme cu drogurile.

Dar drogurile fuseseră, firește, doar un simptom al problemei Stellei, și să nu o pot ajuta era frustrant. Acasă, Ulrika și cu mine călcam ca pe cărbuni încinși. Cel mai mărunt lucru putea cauza o explozie. Stella se întuneca, începea să țipe și să arunce cu lucruri.

— E viața mea! Nu puteți lua decizii pentru mine!

Când lucrurile scăpau complet de sub control, nu găseam nimic mai bun de făcut decât să o lăsăm să se încuie în cameră, până când se liniștea.

Spre sfârșitul toamnei, mustața de la BUP a fost înlocuită de o femeie blândă, cu părul roșu ca focul. Ea ne-a dat sfaturi despre ce puteam face acasă. *Unelte*, a spus ea. Aveam nevoie de unelte. Dar când Stella nu obținea ceea ce dorea și întorcea lumea cu fundul în sus, chiar nu mai conta ce unelte alegeam.

În urma unor teste, s-a stabilit că Stella suferea de incapacitatea de a-și controla impulsurile. Roșcata ne-a spus că de asta trebuie să ne ocupăm.

M-am confesat colegilor din congregație, care au fost minunați și m-au susținut. *Nu e deloc ușor cu adolescenții*, m-au compătimit ei. Cu toate acestea, nu m-am putut împiedica să nu suspectez că încercau o anumită satisfacție, cel puțin unii, o ușurare că până și fațada mea avea fisuri.

Într-o sâmbătă, când Ulrika și cu mine voiam să mergem să ne întindem puțin, am descoperit că Stella fugise pe fereastră. Am urcat pe bicicletă și am găsit-o destul de repede. Se afla pe un peron, împreună cu o duzină de alți tineri cu blugi rupți. Erau învăluiți în fum de țigară și plini de nerăbdare.

— Vii cu mine acasă, am spus.

Stella n-a protestat. A stat cuminte pe suportul de bagaje, tot drumul până acasă, iar când ne-am apropiat, m-a cuprins cu brațele și și-a lipit fruntea de spatele meu. Luni, am primit rezultatul unei noi mostre de urină. Era negativ.

Am început să văd luminița de la capătul tunelului.

23

În seara următoare, Ulrika și cu mine eram așezați în câte un colț al canapelei. Ne luptam cu timpul și cu rana deschisă din inima familiei noastre. Aerul era încărcat de toate lucrurile pe care nu ni le spuneam.

Gândul la My Sennevall mă rodea permanent. Cuvintele ei mă umpleau de neliniște, ca o otravă. Era absolut sigură că o văzuse pe Stella vinerea trecută, fiindcă nu fusese prima dată când Stella venise acasă la Christopher Olsen.

La ora două, Ulrika a adus încă o sticlă de vin. Când s-a întors, s-a împiedicat și s-a sprijinit de perete.

— N-ar trebui să mai bem, am spus.

— Noi?

Am ridicat din umeri.

În predicile mele, vorbisem în repetate rânduri despre felul în care tragediile și dezastrele erau adesea necesare pentru ca oamenii să se întâlnească și să fie uniți, să se oprească și să-și dedice timpul unii altora. În vremuri de restriște, ne redescoperim și devenim conștienți de ce înseamnă să fii om printre alți oameni. Nu avem niciodată nevoie unii de ceilalți ca atunci când suferim.

— Te rog, Adam, nu-mi spune ce ar trebui să fac și ce nu, a zis Ulrika. Fiica mea e suspectă de crimă.

S-a clătinat iar și s-a așezat în colțul ei de canapea. Am inspirat adânc. Eram o familie, trebuia să rămânem împreună. Nu era loc pentru minciuni și secrete între noi.

— Știi ce? Cred că Stella îl cunoștea pe bărbatul acela.

— Pe Christopher Olsen?

Am încuviințat, iar ea a sorbit din vin.

— Ce te face să crezi asta?

— E doar o bănuială.

Ulrika m-a privit lung. Să-i fi spus totul? Să-i fi dezvăluit că vorbisem cu My Sennevall?

Îmi era teamă că n-ar fi înțeles. Că avea să se enerveze și să creadă că încercam să-i influențez mărturia. Pentru ea, avea să fie o chestiune de onoare. Dacă ar fi aflat, s-ar fi putut simți obligată să declare la poliție ce făcusem.

— Cu ce am greșit, draga mea? am întrebat. Cum am ajuns aici?

Ochii Ulrikăi s-au încețoșat.

— N-am fost niciodată suficientă, a spus ea, aproape în șoaptă. Nu sunt o mamă bună.

M-am apropiat de ea.

— Ești o mamă minunată.

— Ah, Stella a fost mereu fata tatei. Toți au spus asta. Ați fost mereu tu și ea.

— Oprește-te.

Am dat să o ating, dar ea m-a respins.

— Tu și Stella aveți o relație minunată. În ultima vreme...

A clătinat din cap.

— Ceva a lipsit întotdeauna.

— Poate că așa trebuie să fie, am spus, deși nu eram foarte sigur la ce mă refeream.

Când somnul ne-a cuprins, în sfârșit, a fost unul agitat. M-am trezit cu trupul amorțit, întrebându-mă unde mă aflam și încercând să-mi dau seama ce era real și dacă eram doar niște stafii ale secvențelor din visele mele.

Ulrika se afla lângă mine, pe jumătate întinsă, cu respirația șuierătoare și pleoapele tremurând. La un moment dat, spre dimineață, cred că i-am simțit prezența în visele mele.

Când m-am trezit din nou, dispăruse. M-am grăbit să intru în bucătărie. Lumina dimineții se revărsa în casa tăcută. Am luat-o la fugă pe scări și am deschis ușa dormitorului. În clipa următoare, am auzit-o, din camera Stellei.

— Au venit rezultatele de laborator. Astăzi va avea loc o nouă înfățișare.

Stătea în prag, cu umerii lăsați și pungi întunecate sub ochi.

— Ce înseamnă asta?

— Poți fi arestat fie ca posibil suspect, fie pe baza unui motiv probabil. Aș spune că diferența este semnificativă. Un așa-numit arest în vederea anchetării, când există doar suspiciune rezonabilă, nu presupune prea multe, însă ca să arestezi pe cineva pe baza unor motive probabile este nevoie de dovezi mult mai serioase.

Cuvintele ei îmi răsunau în cap.

— Procurorul spune că dovezile împotriva Stellei sunt mai solide acum.

Dovezile erau mai solide? Mi s-a oprit inima.

— Ce-au găsit?

24

Ulrika și cu mine n-am discutat niciodată despre vinovăția și rușinea pricinuite de faptul că fata noastră se drogase. Ne respectam cu sfințenie programările la BUP, ne luam angajamente ferme pe viitor și vorbeam cu oricine dorea sau nu să asculte despre binele copilului nostru. Era mai important decât orice altceva, de parcă am fi crezut cu adevărat că asta ne deosebea de alți părinți.

În toamna aceea, Ulrika a început să petreacă mai mult timp acasă, deși avea cel puțin la fel de multe lucruri de făcut ca înainte.

Într-o noapte, m-am trezit și am auzit zgomot îndepărtat de taste. M-am strecurat în biroul ei, unde stătea în întuneric, doar în lenjerie. În ultimele luni, pierduse niște kilograme, iar în lumina slabă a lămpii de birou am descoperit niște urme roșii ca focul, cu bășici, chiar sub sâni.

Zona zoster, decretase medicul, a doua zi. A refuzat să-i prescrie somnifere, însă era gata să o interneze.

— Trebuie să te gândești și la tine, draga mea, am spus, în timp ce o ajutam să se dea cu un unguent cu efect răcoritor pe iritație.

— Trebuie să mă gândesc la Stella, mi-a răspuns.

Pentru Stella însă, viața continua la cote maxime. Bănuiesc că, la paisprezece ani, nu poți lua o pauză. E important să ții pasul, ca să nu fii lăsat în urmă sau pe dinafară. Adesea, mă gândeam la cuvintele lui Dino, care afirmase că Stella era propriul ei dușman. Că trebuia să câștige lupta cu ea însăși. Din când în când, mi se părea că acceptase deja înfrângerea.

— Să fie! Nu-mi pasă.

În primăvară, terapeuta roșcată a fost înlocuită de o versiune mai tânără, care era convinsă că terapia cognitiv-comportamentală era soluția pentru toate problemele, asta până când Stella a explodat în mijlocul unei conversații, aruncând cu referințe la organele genitale. Așa că am trecut la o terapeută de familie din Norrland[19], la fel de tânără, dar cu breton și cu un zâmbet foarte îngrijorat, care ne-a îndemnat *să înghețăm situația* când Stella scăpa de sub control.

— Vă opriți și discutați despre cum se simte și de ce s-a ajuns acolo.

Câteva zile mai târziu, Stella a aruncat cu un sandvici în frigider, când i-am spus că nu avea voie să meargă la o petrecere în Malmö.

— Mă terminați! a urlat. De ce să mai trăiesc, când nu pot să fac nimic?

M-am ridicat și mi-am atins brațele ca un arbitru de hochei.

— Acum, înghețăm situația.

— Termină!

Stella a fugit pe hol, dar am oprit-o.

— N-am chef, mi-a aruncat ea, trecând în grabă pe lângă Ulrika și urcând scările.

---

[19] Regiune suedeză în partea de nord, alcătuită din nouă provincii.

A trântit ușa în urma ei, iar eu și soția mea am oftat, dezamăgiți.

— Trebuie să aibă chef, am spus, sprijinindu-mă de blatul din bucătărie. Trebuie să avem cu toții chef.

— Nu înțeleg ce se petrece, a spus Ulrika.

Niciunul dintre noi nu înțelegea. La cinci ani, Stella stătea cu orele ca să termine un puzzle mult prea dificil. La grădiniță, nu se mai întâlnise copil care să aibă răbdarea ei. Acum, nu reușea să-și păstreze concentrarea nici pentru zece minute. Dar, de fiecare dată când psihologii aduceau în discuție deficitul de atenție, Ulrika intra în defensivă. Lor nu le expunea motive concrete, însă mie îmi explicase că se temea că un diagnostic ar fi stigmatizat-o pe Stella și s-ar fi transformat în predestinare.

— Când eram mică, adulții îmi spuneau iar și iar că sunt o fată bună.

Arăta de parcă ar fi gustat ceva scârbos. N-am înțeles la ce se referea.

— *Fată bună*, spuneau, și mă mângâiau pe cap. *Ulrika e o fată atât de bună*. Într-un final, n-am avut de ales decât să devin fata aceea talentată la care se așteptau toți.

La un moment dat, în timpul școlii generale, Stella n-a mai venit cu mine la biserică. N-am făcut caz din asta, fiindcă mi s-a părut o revoltă firească. Copiii devin adolescenți mult mai repede acum și se desprind de părinți încă dinainte de pubertate. Nu era de mirare că Stella dorea să fie independentă.

În plus, nici nu-mi trecea prin minte să-i inoculez credința în Dumnezeu.

Peste ani, a devenit ceva tot mai obișnuit ca Stella să dea vina pe religie pentru toate nenorocirile din lume, să ironizeze și să înjosească oamenii care aveau alte viziuni decât cea atee. Firește, înțelegeam că n-avea să ajute la nimic dacă încercam să-i schimb viziunea. Cândva, trecusem și eu prin asta. Problema era că nu mă îndoiam de faptul că făcea totul ca să mă rănească. Asta mă durea. Doare când îți vezi copilul apucând într-o direcție la care nu te-ai fi gândit.

Dată fiind atitudinea negativă a Stellei față de biserică, a fost o surpriză că a vrut să meargă într-o tabără de confirmare.

Ca nou membru al parohiei, unul dintre primele mele proiecte fusese să organizez o tabără de confirmare funcțională. Împreună cu parohia vecină, am găsit o fermă perfectă, lângă lacul Immeln, la granița cu Blekinge, și, printr-o întâmplare fericită, am reușit să-l recrutăm pe tânărul diacon Robin drept consilier.

Tabăra a fost un succes imediat și în anul acela am primit solicitări de la tineri și părinți din întregul oraș. Înțelegeam că mare parte din succes i se datora lui Robin, care era tânăr și fermecător, însă nu-i lipsea profunzimea, așa că am redirecționat și de data asta mare parte din bugetul parohiei pentru a-i finanța angajarea ca responsabil pentru tabără.

Sigur că vedeam felul în care îl priveau fetele care urmau să fie confirmate și înțelegeam că farmecul lui ascundea și primejdii, însă am fost suficient de naiv să nu ascult clopoțelul acela care mă avertiza.

Stella lăsa proba de urină la fiecare trei săptămâni și era negativă de fiecare dată, iar discuțiile de la BUP începuseră să se refere tot mai des la aspecte normale din adolescență, cum ar fi fost temele, prietenii sau problemele de concentrare.

— Cred că ar trebui să o lăsăm să meargă în tabăra de confirmare, am spus eu într-o seară de aprilie, atât de tensionată, încât pereții casei păreau să se strângă în jurul nostru.

Eram la cină, întreaga familie laolaltă. Trecuse deja o săptămână întreagă fără vreo izbucnire semnificativă.

— Serios?

Stella mi-a sărit de gât.

— Ești cel mai bun, a spus ea, cu gura plină. Te iubesc, tati!

— Să vedem mai întâi ce spune maică-ta.

Ulrika a căzut pe gânduri. Tocmai fusese angajată ca avocat asistent al apărării în ceea ce avea să devină unul dintre cele mai renumite procese ale Suediei. Se aruncase cu capul înainte în misiune și trecuse de la multă muncă la și mai multă muncă.

— Ce să spun?

A luat câteva înghițituri de lapte și s-a uitat la mine.

— Spune da, a rugat-o Stella, încă agățată de mine.

— Te rog, am zis și am zâmbit prostește.

Trebuie să mărturisesc că, într-o anumită măsură, vedeam tabăra de confirmare ca pe o ocazie pentru Stella de a descoperi noi valori în comunitatea creștină. O șansă de a se deschide și de a se regăsi. Speram că putea fi începutul către revenire, atât pentru Stella, dar și pentru mine, revenire la fiica de care îmi era dor.

— Evident că poți să mergi, a spus Ulrika, în cele din urmă.

Am simțit că ar fi putut fi un moment crucial.

Într-o vineri din august, Stella s-a urcat în autobuzul din parcarea bisericii. Ulrika ratase avionul de la Stockholm, însă eu eram prezent, făcându-i cu mâna, în timp ce autobuzul dădea cu spatele. Fața zâmbitoare a Stellei ocupa întregul geam din spate. Nu mi-a făcut cu mâna înapoi.

25

Miercuri după-amiază ne aflam din nou la tribunalul din Lund. Ulrika a trecut prin detectorul de metale înaintea mea. Când a fost rândul meu, aparatul a început să piuie. Toată lumea s-a întors spre mine, însă paznicul și-a dat seama foarte repede că uitasem să-mi scot lanțul de la gât.

Michael Blomberg ne-a salutat pe coridor. Avea fruntea transpirată, iar cravata îi stătea strâmb. Chiar era omul potrivit să o apere pe Stella?

Abia dacă îmi simțeam picioarele când am intrat în sală. Stella era deja acolo, iar din spate arăta ca o fată obișnuită, o tânără cu toată viața înainte. Doar când i-am văzut privirea lipsită de viață, m-am trezit la realitate. Nimic din toate astea nu era normal.

Audierea a început, iar de data asta nimeni nu a solicitat să se desfășoare cu ușile închise. Procurorul Jenny Jansdotter a luat cuvântul. A vorbit repede, fără nicio ezitare.

— Pe baza noilor dovezi care au apărut în cursul anchetei, aș dori să întăresc suspiciunea cu privire la Stella Sandell.

Nu-mi puteam lua ochii de la Stella. Era îngrozitor că se afla atât de aproape de mine, și totuși nu puteam vorbi cu ea. Tot ce-mi doream era să-mi îmbrățișez fiica.

Potrivit noilor rezultate ale analizelor de laborator, urmele de pantofi care fuseseră prelevate de tehnicieni de la locul crimei proveneau de la același tip de încălțăminte precum cel purtat de Stella, când fusese arestată. Cu toate acestea, nu se putea afirma cu siguranță că pantofii Stellei fuseseră cei care lăsaseră urmele.

Analiza probelor mai relevase și urme de capsaicină[20] pe trupul victimei, ceea ce însemna, probabil, că Olsen fusese expus la așa-numitul spray cu piper.

— În timpul interogatoriului, unii dintre colegii Stellei au afirmat că spray-ul cu piper nu-i lipsea din poșetă niciodată, a afirmat procurorul.

Am rămas uimit. De ce să fi avut Stella așa ceva la ea?

Mai mult, tehnicienii de la poliție descoperiseră un număr mare de dovezi în apartamentul lui Christopher Olsen de pe Pilegatan. Fire de păr, mostre de piele, fibre textile.

— Stella n-a putut explica aceste dovezi. Mai mult, n-a putut da o declarație coerentă privind ce anume a făcut în seara și în noaptea crimei.

Ulrika m-a luat de mână, dar n-am îndrăznit s-o privesc. Procurorul a spus că încă așteptau rezultatele de la morgă, pentru a se putea reconstitui în detaliu evenimentele.

Mă simțeam de parcă eram la o înregistrare TV. În ciuda carierei juridice a soției mele, fusesem prezent la audieri doar de câteva ori, și de fiecare dată percepusem

---

[20] Alcaloid care se găsește în diferite soiuri de ardei iute și care îi imprimă gustul picant.

experiența ca pe un soi de spectacol, ca pe ceva care se petrece pe o scenă, pentru un public, într-o perioadă limitată. Ca o nuntă sau ca o înmormântare. Dar când faci parte din acțiune nu mai este teatru. Când este vorba despre propria ta viață și despre familia ta.

— Anchetatorii au găsit dovezi și în calculatorul lui Christopher Olsen, a spus procurorul și a răsfoit un teanc de hârtii. Există multe conversații pe chat între Olsen și Stella Sandell. Acestea arată că Stella și Christopher se cunoșteau și că aveau o relație intimă.

Am simțit că mi se face rău. Imagini cumplite îmi treceau prin minte.

Blomberg a ridicat o singură obiecție când a luat cuvântul și judecătorul a declarat că dorește să delibereze. De data aceasta, paznicii au scos-o pe Stella din sală. Pe hol exista un pasaj direct spre subsol, iar până când ușa s-a închis în urma lor, Stella nu s-a întors nici măcar o dată.

— De ce nu protestează? am întrebat-o pe Ulrika. De ce le permite să facă asta?

Se părea că Stella era de acord cu tot. De parcă ar fi făcut parte din spectacol.

— Nu prea poate face nimic, a spus Ulrika. Probabil că e la fel de șocată ca noi.

Nici măcar nu voiam să mă gândesc la altă opțiune.

După doar zece minute, am fost rechemați în sală, iar judecătorul a declarat că tribunalul districtual decisese să o rețină pe Stella pe baza motivelor susceptibile pentru crimă.

Ne-am dus direct la biroul lui Michael Blomberg de pe Klostergatan. Avocatul vedetă se plimba de colo-colo pe podeaua care scârțâia, cu pași grei și ochii roșii.

— Este o anchetă scandalos de proastă. Atât Jansdotter, cât și poliția par să fie cu totul împotriva Stellei.

— De ce n-ai spus nimic la tribunal? am întrebat.

Blomberg s-a oprit brusc.

— Adică?

S-a întors spre Ulrika, de parcă ea, și nu eu, ar fi avut o părere.

— De ce accepți asta? am continuat. Ar trebui să protestezi. Are un alibi! De ce nu ai spus nimic despre asta?

Blomberg a făcut un gest evaziv cu mâna.

— Pe moment, n-ar ajuta la nimic. Sunt prea multe dovezi care o indică pe Stella, iar legiștii nu au stabilit încă ora exactă la care s-a comis crima.

— Dar martora? am spus. My Sennevall. A auzit zgomote la un moment dat.

Blomberg a privit-o pe Ulrika.

— E adevărat, a spus și soția mea. Ce informații ai despre această Sennevall, Michael?

Blomberg s-a așezat în spatele biroului.

— E posibil să fie cea mai ciudată martoră. My Sennevall își trăiește viața la fereastră. Literalmente. Iese doar după cumpărături sau la terapie, în rest doar stă acolo și își observă vecinii. Are o imagine uimitoare despre tot ce se petrece în cartier.

— Pare să fie o martoră foarte credibilă, am spus.

De fapt, știam că nu era adevărat.

— Fata este definiția ambulantă a bolii mintale. Are fiecare fobie și nevroză de care ați auzit.

Aproape că mi-aș fi putut da seama și singur de asta.

— Dar ce-are a face?

Atât Blomberg, cât și Ulrika s-au uitat mine.

— Ai putea crede asta, a spus Blomberg.

— Și cum a rămas cu fosta parteneră a lui Olsen? a întrebat Ulrika. Ai mai săpat după ceva despre ea?

Săpat? Suna ilegal. Am asociat termenul cu bârfele și calomnia, cu jurnalismul slab, de tabloide.

— Cred că spre ea vom aținti tunurile, a spus Blomberg. Linda Lokind.

— Așa o cheamă?

Blomberg a luat o bucată de hârtie de pe birou.

— Da. Linda Lokind, Tullgatan 10.

— Ai discutat cu ea? a întrebat Ulrika.

— Nu e prea vorbăreață. Spune că a declarat deja totul poliției și procurorilor, dar că nu o crede nimeni. Am încercat să trec peste protocolul anchetei preliminare, dar n-am reușit. Probabil se va rezolva de la sine. Trebuie să avansăm cu ajutorul tribunalului.

— Cât va dura? am întrebat.

Blomberg a pus cu zgomot capacul pixului.

— Încetișor, mi-a spus Ulrika, atingându-mi brațul.

— Încetișor? Vrei să fiu calm? Dacă această Lokind are motive, ar trebui să fie în interesul tuturor să o căutăm! Poliția chiar lucrează eficient?

— Poliția a interogat-o, a spus Blomberg, aruncându-și pixul pe birou. Informații.

— Se pare că nu e de ajuns, am spus.

Blomberg a privit-o cu îngrijorare pe Ulrika.

— Și când putem discuta cu Stella? Trebuie să putem vorbi cu fiica noastră!

Mă ridicasem de pe scaun.

— Stella este sub interdicție, a spus Blomberg. Nu poate vorbi cu nimeni în afară de mine.

— Are doar nouăsprezece ani, am spus.

— Din păcate, vârsta nu are importanță.

— E un copil!

Nu avusesem intenția să țip. S-a întâmplat. Am agitat pumnul, iar Ulrika m-a apucat de încheietură.

— Nu și în ochii legii, a spus Blomberg, precaut.

— Dar mi se rupe de lege. Eu vreau să vorbesc cu fiica mea!

Îmi țiuiau urechile. Până și Blomberg, care era cât un urs, a dat puțin înapoi când m-am scuturat de strânsoarea Ulrikăi și m-am ridicat de pe scaun.

— Asigurați-vă că Stella spune întregul adevăr la poliție. Fără alte secrete și surprize neplăcute. O persoană nevinovată nu minte.

26

Nu-i spusesem Stellei că urma să vizitez tabăra de confirmare. Poate fusese prostesc din partea mea, poate că ar fi trebuit să spun ceva, însă, pentru mine, era ceva evident. Eram vicarul uneia dintre bisericile organizatoare, tabăra avea loc la inițiativa mea, așa că firește că voiam să văd cum se descurcau tinerii.

Când am ajuns la fermă, tinerii tocmai terminaseră de făcut cârnați la grătar. Unii dintre ei se schimbaseră în costume de baie, unii intraseră în apă până la talie și tremurau, iar alții se aruncau de pe doc. Cele două lidere stăteau sub un copac, râzând, iar Robin stropea în jurul lui, în lac, fețe încântate, cu părul ud.

Am rămas o vreme pe colina ierboasă. Parcă priveam un tablou al bucuriei și al comuniunii, în cele mai frumoase culori.

Tinerii nu aveau timp pentru mine. Unii dintre colegii de clasă ai Stellei m-au salutat, însă majoritatea abia dacă mi-au luat în seamă prezența.

M-am îndreptat spre cele două lidere și ne-am strâns mâinile. Mi-au spus că totul era cum nu se putea mai bine, că grupul era minunat și că se ajunsese deja la câteva discuții foarte interesante și deschise.

Niciuna nu a pomenit-o pe Stella, și am luat-o ca pe o garanție că avuseseră grijă de ea. Hotărâsem să nu mă îngrijorez, însă, când mi-a devenit limpede că nu se întâmplase nimic, mi-am dat seama că fusesem tensionat și că acum răsuflasem ușurat.

A fost mai rău când Stella a descoperit că mă aflam acolo.

Și-a făcut apariția dinspre lac, cu părul ud, prins în cozi, și lipăind. Pe plajă, și-a înconjurat trupul cu un prosop.

Când m-a văzut, i s-a întunecat privirea.

— Ce faci aici?

— Am venit să văd cum vă descurcați.

Am încercat să zâmbesc.

— Lasă-mă în pace!

A dispărut pe deal, în zgomot de șlapi.

Nu fusesem niciodată capabil să discut cu fiica mea despre sex. Nu voiam să devin genul acela de părinte, un tată care să se jeneze de fiecare dată când se pomenea expresia „mijloace contraceptive", care să închidă ochii și să pretindă că sexualitatea fiicei sale adolescente nu exista, de parcă ar fi trăit într-o bulă complet izolată. Nutream ambiția de a deveni un altfel de tată, unul în care să se poată avea încredere, care să nu schimbe canalele când filmul ajungea la o scenă de dormitor sau care să strecoare prezervative în geantă fără să spună nimic. Nu știu ce se întâmplase și cum de ajunsesem așa.

Alți bărbați mi-au dat de înțeles că nu eram singurul. Vrem să credem că am avansat, că egalitatea dintre sexe a făcut ca majoritatea taților moderni să poată confrunta problemele legate de sexualitatea fiicelor lor adolescente. De fapt, indiferent cât de patetic ar suna, nu cunosc nici măcar un singur bărbat care să fi putut discuta cu fiica lui despre sex, în mod firesc.

Când, după prea multe beri, îl întrebasem pe Dino despre asta, fusese cuprins de un acces grav de tuse.

— Dacă se atinge cineva de Amina, îl tai.

Știam foarte bine că nu vorbea serios. Amina avusese mai mulți iubiți de-a lungul timpului și niciunul nu rămăsese fără vreo parte a corpului. Dar nu credeam nici că Dino avusese vreodată o discuție privată cu Amina despre sex.

Înainte de tabăra de confirmare, Ulrika și cu mine nu discutaserăm în mod special despre sexualitatea Stellei. Știam că Ulrika o ajutase când venise vorba despre menstruație, însă, altfel, Stella era doar o copilă, din toate punctele de vedere. Avea doar 15 ani. Nu știu dacă eu eram cel naiv.

Robin m-a convins să rămân la cină. Exista o cameră separată, în care puteam sta fără să trebuiască să mă vadă Stella.

Bucătarii erau pricepuți, iar mâncarea, delicioasă. Robin și cu mine am purtat o conversație interesantă, în care mi-a spus că aproape toți participanții credeau într-o putere divină, într-o forță mai presus de om. Robin îi întrebase de ce această forță nu era Dumnezeu și din răspunsurile lor înțelesese că ar fi putut fi vorba despre El.

Eu nu voiam să amestec aspectele personale, însă nu m-am putut abține.

— Și Stella ce a spus?

Robin și-a umplut gura cu cartofi asezonați cu rozmarin și m-a lăsat să aștept cât mesteca.

— E o fată inteligentă, să știi.

— Deci ce a spus?

— A spus că există cu siguranță un Dumnezeu, însă cel mai bine este să ne prefacem că nu există, fiindcă toate religiile duc la conflicte.

N-am reușit să-mi ascund zâmbetul.

— Acestea fiind zise, e o fată deșteaptă, a spus Robin.

După cină, am întrebat dacă ar fi fost posibil să mai rămân o vreme. Urma să plec acasă în curând, însă aveam lucruri de pregătit pentru ziua următoare, la biserică.

— Desigur, a răspuns Robin.

Mi-a explicat că grupul urma să fie separat în două mai mici și să continue exercițiile de conversație.

După câteva ore de muncă, era plăcut să fiu singur cu calculatorul și cu gândurile mele. Sunt foarte sociabil, însă m-aș caracteriza, mai degrabă, drept introvertit. Am prețuit întotdeauna intimitatea, chiar și în familie. Dreptul la o cameră separată este la fel de important pentru mine ca posibilitatea de a mă deschide și a discuta pe orice subiect. Cred că ne-a ajutat de multe ori, și pe mine, și pe Ulrika, faptul că am avut mereu posibilitatea de a ne retrage și de a petrece o vreme singuri. Cerințele de a împărtăși totul pot deveni foarte repede sufocante. Adesea, se spune că oamenii sunt animale de turmă, însă nu trebuie să uităm și că suntem animale solitare.

Când am terminat ce aveam de făcut, amurgul începuse deja să coboare peste lac. Timpul zburase, iar scopurile mele fuseseră mult mai ambițioase decât credeam. Fiindcă Ulrika lucra la Stockholm, nu aveam niciun motiv să mă grăbesc acasă. Îmi mai rămânea doar să-mi iau rămas-bun de la Robin. Preferam să o evit pe Stella, ca să nu dau naștere la alte motive de iritare. Faptul că tabăra se bucura de tot acel succes i se datora, în mare parte, lui Robin, asta fără îndoială. Mă bucuram că totul mersese atât de bine. Mi se ridicase o piatră de pe inimă și fiecare gură de aer proaspăt din curte îmi aducea liniște.

Ferma era compusă din trei clădiri separate. Cea mai mare cuprindea sala de mese, bucătăria și sala de adunare, iar de cealaltă parte a curții se afla clădirea cu dormitoarele. La o oarecare distanță, ascunsă în spatele unor trunchiuri groase, se găsea casa cea mai mică, unde dormeau liderii când nu stăteau de veghe pe timpul nopții.

Participanții erau implicați în activități de petrecere a timpului liber. Unii ședeau pe iarbă, dar majoritatea erau deja în dormitoare.

— L-ai văzut pe Robin? am întrebat-o pe una dintre lidere.

— Cred că s-a dus în casa unde dormim noi.

M-am grăbit printre copaci. Râsetele tinerilor răsunau sub cerul înserat.

M-am îndreptat spre ușă și am bătut. Nicio reacție. Poate că Robin era la toaletă? Sau la duș? Am tras de mâner, dar era încuiat. Doar nu adormise înăuntru?

Am răsucit mânerul și am aruncat o privire pe fereastră, deși am văzut doar un pat gol. Fără prea multă speranță, am continuat spre cealaltă fereastră. Acolo, perdeaua era trasă, însă puteam vedea o urmă de lumină venind din interior. Probabil că Robin adormise. M-am aplecat să bat în geam și am privit în direcția luminii, direct în cameră. Acolo, în semiîntuneric, se aflau două persoane, privindu-se panicate.

A fost nevoie doar de o privire. Au trecut patru ani și tot nu pot să uit imaginea aceea neplăcută, nici să vreau. Probabil că nu va dispărea niciodată.

Este imaginea lui Robin și a Stellei, încercând să se îmbrace în grabă.

27

Joi dimineață, Stella se afla deja în arest de cinci nopți. Mi-o imaginam într-un pat murdar dintr-o celulă de detenție întunecată. La micul dejun, străbăteam dintr-un capăt în altul bucătăria, măcinat de gânduri.

— Nu te mai stresa, a spus Ulrika. Nu rezolvi nimic așa.

— Atunci, ce să fac?

— Eu mă duc la muncă, a spus ea. Poate că ar trebui să faci la fel.

Măcar m-ar fi ajutat să mă gândesc la altceva. Mi-am pus o notificare pe telefon și am făcut o plimbare până la casa Adunării. Septembrie este adventul orașului. După liniștea de peste vară, străzile se umplu de studenți încântați, preocupați să-și arate fiecare identitatea. Peste tot dai de cicliști cu voci de GPS în buzunare, de tineri de douăzeci de ani care au răspunsuri la toate întrebările dificile ale vieții în gențile de piele sau în rucsacurile Fjällräven[21]. În octombrie, Lundul își revine la forma obișnuită și încorporează deja și cele mai străine elemente.

[21] Marcă suedeză, înființată în 1960, care produce echipament sportiv și funcțional.

Este dezavantajul, dar și farmecul universității. În fiecare toamnă este invadat de noi visători, care vor să schimbe lumea și care se bucură de săptămânile de vară indiană înainte de căderea frunzelor. Îți place sau te dezgustă, nu contează — până la urmă, te obișnuiești.

Colegii mei ședeau în bucătăria casei parohiale, iar vocile lor răzbăteau până pe hol, când mi-am agățat geaca în cuier.

— La început, am fost șocat, însă, când m-am gândit mai bine...

— A fost întotdeauna într-o dispoziție foarte proastă.

Nu puteam să nu aud ce spuneau.

— N-au reușit să impună limite. O fată ca Stella nu înțelege un limbaj normal.

— Ulrika și Adam au fost prea buni.

Am rămas nemișcat pe hol și am ascultat mai departe.

— Firește că nu este vina Stellei, a spus Monika, una dintre diaconi. E doar un copil, sau, în fine, o adolescentă.

S-a lăsat tăcerea pentru o vreme. Am închis ochii și m-am simțit ridicat de la pământ, de parcă pluteam. Apoi, discuția s-a reluat.

— Doar știți că Stella a trecut prin ședințe de psihiatrie infantilă.

— Asta nu mă surprinde.

— Stella nu a fost niciodată un copil bun. Întotdeauna a fost specială.

S-a lăsat din nou tăcerea. Cineva a tușit.

Îmi plac colegii mei. Am avut mereu încredere în ei și le-am simțit afecțiunea și prețuirea. Când am început să lucrez în parohie, s-au produs multe schimbări pozitive, și majoritatea ar fi fost de acord că era, în mare parte, meritul meu. Eram atât de nepregătit să fiu vorbit pe la spate astfel, încât mi s-au încețoșat gândurile. Ca un zombi, m-am îndreptat spre bucătărie și m-am așezat la masă.

— Dar... Adam! a exclamat Monika.

Cinci perechi de ochi m-au privit, mari și mute, de parcă asistau la Învierea Domnului.

— N-ar fi trebuit să vii la muncă, au spus într-un glas.

— Dar am o cununie în după-amiaza asta.

— L-am pus pe Otto să se ocupe, a spus Anita, administratoarea. N-ai văzut mesajul?

S-a înroșit.

— Nu ne-am gândit că vei...

I-am privit pe rând și am așteptat să comenteze cineva, însă nimeni n-a mai zis nimic.

Într-un târziu, Monika s-a ridicat și m-a luat de braț. Fiindcă lucra de mult în parohie, ea era stânca pe care ne puteam baza cu toții, în orice situație.

— Haide, a spus ea și m-a condus încet pe coridor, în timp ce gândurile mi se învălmășeau în cap.

Ne-am așezat unul în fața celuilalt, pe fotolii joase, în biroul ei. Monika și-a pus mâinile cu degete încărcate de inele pe genunchii mei și s-a aplecat în față, privindu-mă cu ochii săi de pisică blândă.

— Unde crezi că am greșit, Monika?

M-a prins de brațe și a clătinat cu tristețe din cap.

— N-ați făcut nimic greșit, a spus. Domnul ni le trimite pe toate cu un scop, chiar dacă nu l-am descoperit încă.

O parte din mine voia ca atât Monika, cât și Dumnezeu să se ducă la dracu', însă, din fericire, mi-am revenit și i-am mulțumit pentru bunăvoință.

— Acum, du-te acasă și odihnește-te. Ai grijă de Ulrika, a spus Monika, îmbrățișându-mă. Mă voi ruga pentru tine și pentru Stella.

În clipa aceea, m-am simțit aproape rușinat.
Dar mi-am dorit să-i pot urma sfatul.

Eram copleșit de ceea ce se petrecea cu mine. Gândurile mele păreau să se formeze în spatele unei perdele dense de ceață, iar inima îmi tresărea în piept. Trupul îmi spunea să fug, ca să nu simt durerea, așa că am fugit — sau am mers — kilometri după kilometri, până când mi-am simțit spatele scăldat în sudoare.

Am mers pe jos tot drumul până în oraș, iar când părăseam parcul de pe Mejeriet, m-am gândit cum ar fi fost să depunem o plângere împotriva lui Robin la poliție. O violase pe Stella, iar noi îl lăsasem să scape. Ce semnale îi trimisesem fiicei noastre? Ce fel de părinți eram?

Mi-am simțit inima zbătându-mi-se și mușchii tremurând. Am trecut în grabă pe lângă spațiul amenajat pentru câini de pe esplanada Södra.

Când am văzut indicatorul pe care scria „Tullgatan", m-am oprit și am privit lung.

Aici locuia fosta parteneră a lui Christopher Olsen. Blomberg ne citise adresa. Nu puteam doar să trec așa, nepăsător.

28

În mare măsură, a fost decizia Ulrikăi să nu depunem plângere la poliție împotriva lui Robin. Dacă era după mine, n-aș fi ezitat să-l denunț pe porcul ăla.

L-am lipit de peretele dormitorului comun și l-am amenințat, ridicând pumnul în aer, dar, în ultima clipă, am reușit să mă calmez. Am târât-o în schimb pe Stella prin pădurice, până la mașină. Nu-mi amintesc nimic din drumul pe autostradă până acasă.

Ulrika a spus că ar trebui să o ducem imediat pe Stella la spital, însă eu am crezut c-ar fi mai bine să sunăm întâi la poliție.

— A violat-o, am spus. Chiar dacă Stella a fost cea care s-a dus în dormitorul lui. Chiar dacă ea a fost sau nu cea care a avut inițiativa.

Ulrika se plimba de colo-colo prin bucătărie.

— Nici măcar nu știu cum e mai bine, a spus.

— Doar nu vrei să spui că Stella are simțul răspunderii. E doar un copil.

— Nu și în sens legal. Are 15 ani.

Ulrika s-a oprit la fereastră. Umerii i se zguduiau.

— Știu cum decurge un asemenea proces. Am trecut prin el.

Aproape că uitasem, dar, cu niște ani înainte, Ulrika apărase un tip care, împreună cu alți tineri, fusese acuzat de viol. Fusese mare scandal când tribunalul hotărâse să-i elibereze.

— Vor fi foarte severi cu ea, a spus Ulrika. Vor urmări fiecare detaliu. Ce a spus, cum a făcut ce a făcut, ce purta.

— Oprește-te, am spus. Este o victimă.

— Da, știu prea bine. Toată lumea știe. Dar, la proces, este hotărâtor cine ce a făcut, ce inițiative a avut Stella, cum s-a purtat înainte și după întâmplare. Tot ce poate risipi îndoielile va fi disecat de avocatul apărării.

M-am dus la fereastră și i-am cuprins talia cu brațele.

— Nu trebuie să fie așa. Nu poate fi așa.

Ulrika m-a mângâiat pe braț.

— Nu cred că se poate proceda altfel.

Mai târziu, în aceeași seară, mi-a povestit câteva detalii neplăcute care-i fuseseră smulse fetei violate, în timpul procesului. Nu mă consideram deosebit de naiv, însă am simțit că mi se face rău fizic când m-am lămurit cum se derulează un asemenea proces. Cu siguranță că toată lumea citea și auzea despre avocați care le întrebau pe victimele violate cât de lungi fuseseră fustele purtate și cât alcool băuseră, însă tot considerasem că ar fi niște excepții extreme. Doar atunci am înțeles că era o practică uzuală în acel tip de caz.

Nu am crezut niciodată că voi sfătui pe cineva, cu atât mai puțin pe propriul meu copil, să nu aibă încredere în sistem și să nu acționeze în justiție, însă, când am început să înțeleg ce ar fi însemnat pentru Stella, ce ar fi fost obligată să facă și să suporte, a trebuit să mă gândesc mai bine.

— Ce este mai important? m-a întrebat Ulrika, înainte să adormim. Ca Stella să ia atitudine sau ca Robin să fie pedepsit?

De parcă între cele două ar fi existat o contradicție. De ce să nu coexiste? Astăzi, îmi doresc să fi pus la îndoială acel tablou în alb și negru zugrăvit de Ulrika, fiindcă mi-am călcat pe inimă și am ales să nu facem niciun pas în direcția legală.

Trădarea față de Stella a fost de neiertat.

29

M-am îndreptat spre prima ușă de pe Tullgatan. Voiam doar să arunc o privire.

Poate că Linda Lokind se afla chiar atunci în spatele zidului? Fosta parteneră a lui Christopher Olsen. Blomberg păruse convins că era implicată în crimă.

Mi-a crescut pulsul când am citit numele de pe interfon. Jerbring, Samuelson, Makkah. Niciun Lokind.

Am continuat cu ușa următoare.

Poate că Linda Lokind m-ar fi putut ajuta să înțeleg. Mi-ar fi putut povesti despre Christopher Olsen. Poate că avea o idee despre cum se întâlniseră el și Stella și despre ce se petrecea între ei.

Am găsit-o pe a treia ușă. Lokind, etajul doi. M-am uitat lung la nume, o vreme. Ce făceam, de fapt? Am încercat ușa. Era încuiată. M-am aplecat și am privit pe casa scării. Ce aș fi putut să spun? Cum să mă prezint, fără să o sperii? Fără să par nebun? Dacă chema poliția?

M-am uitat iar și iar la numele de pe interfon și m-am oprit la I. Jönsson. Mi s-a părut că sună prietenos. Am apăsat pe buton, iar când o voce a răspuns „Da?", am spus că aveam o livrare de flori pentru o vecină care nu era acasă. I. Jönsson m-a lăsat imediat să intru.

Lângă lift se afla o scară îngustă, de marmură, pe care am urmat-o, de-a lungul pereților cu ramuri de copac și frunze pictate. La etajul doi, m-am oprit și am sunat.

Mi-am amintit de vizita făcută lui My Sennevall și m-am gândit cum să procedez mai simplu, de data asta. Când o vizitasem pe Sennevall, încălcasem deja limitele, însă asta era și mai rău. Dacă se afla că o căutasem pe Linda Lokind... Poate era periculoasă? În cel mai rău caz, era o ucigașă care acționa din răzbunare, iar în cel mai bun, o mincinoasă psihopată, care-și acuzase fostul partener de cele mai oribile lucruri. Aveam toate motivele să fiu precaut.

Când o femeie surprinsă mi-a deschis ușa, m-am dat înapoi. Oare ea era? Femeia din fața mea arăta ca un fotomodel.

— Linda? am întrebat.

— Da.

M-a privit bănuitoare.

— Vreau să vorbesc cu tine.

— Cine ești?

Am arătat spre gulerul preoțesc.

— Pot să intru?

A început să se agite.

— Ce s-a întâmplat? Nu e vorba despre mama, nu?

— E vorba despre Christopher Olsen.

Linda Lokind s-a liniștit imediat.

— OK, a spus, și m-a lăsat să intru. Dar am zis deja că nu vreau să mă implic.

Apartamentul ei era luminos și spațios. Peretele dormitorului era acoperit cu o hartă a lumii, iar lângă el se afla o vază înaltă de un metru, în care fusese pus un crin. Biblioteca avea câteva cărți prinse între elefanți ornamentali, colorați. Toate acestea erau scăldate în lumina unui candelabru de cristal imens, cu o formă modernă.

— Ne putem așeza? am spus, arătând spre măsuță.

— De ce? Ce dorești, de fapt?

Se oprise în prag, cu mâinile în șolduri.

— Reprezint familia Olsen, am spus, plin de încredere, de parcă planul fusese să mă aflu acolo dintotdeauna.

Trebuia doar să-l pun în aplicare.

— Am spus deja că nu vreau să mai fiu implicată.

— Haide să ne așezăm doar pentru o clipă, am rugat-o. Sunt aici fiindcă familia merită să aibă parte de un final demn.

— Ce familie? Margaretha?

— Exact, am încuviințat repede. Christopher nu mai este, așa că ne dorim doar ca adevărul să iasă la iveală.

— Ce vrei să spui?

Cu siguranță, nu mă așteptam să recunoască faptul că era vinovată, însă era interesant să-i observ reacția. Am fost întotdeauna priceput la demascarea mincinoșilor.

— Ce s-a întâmplat între tine și Christopher? am întrebat.

— Am spus deja totul poliției.

Cu o grimasă, a decis să se așeze, în sfârșit.

— N-ai putea să-mi spui și mie?

— Polițista aceea, Agnes Thelin, nu m-a crezut. Le-am cerut să-mi trimită pe altcineva, dar nu m-a ascultat nimeni.

Fără îndoială, Linda Lokind era o femeie atrăgătoare, deși, sub pielea netedă și chipul armonios, știam că se ascundea altceva: o fată stânjenită și neîncrezătoare.

Cât să fi avut? 22–23 de ani? Eram sigur că nu spusese tot adevărul, însă eram aproape la fel de sigur că nici ucigașă cu sânge rece nu era.

— Înțeleg că este dificil pentru Margaretha să accepte, însă fiul ei e psihopat. *A fost*, vreau să zic. Chris era un om bolnav.

N-am spus nimic. După ani de conversații, am învățat că tăcerea atrage deseori răspunsuri. Tăcerea este o replică în sine. Tăcerea este tentantă și cere să fie întreruptă. Din experiența mea, oamenilor le place să vorbească și mulți tânjesc după asta, dacă le arăți că ai de gând să-i asculți.

Timp de aproape doi ani, lucrurile merseseră bine, mi-a povestit Linda. Cel puțin, trăise cu impresia aceea. Apoi, descoperise că existau laturi întunecate: secrete, înșelăciuni, infidelitate. Dar a durat aproape doi ani ca fațada să se fisureze.

Când se întâlniseră, Linda fusese fermecată. Chris Olsen era chipeș, fermecător, sociabil și inteligent. Dintr-o dragoste pasională, lucrurile evoluaseră rapid spre planuri de viitor. Mult prea repede, își dădea seama acum. Poate că ar fi descoperit semnalele de avertizare mai devreme, dacă nu s-ar fi aruncat în relație.

— Nu te învinui, i-am spus. Și inima, și mintea te pot ghida corect. Doar după aceea îți dai seama pe ce drumuri n-ar fi trebuit să apuci.

A zâmbit. Deși îmi ascundea ceva, mi-am dat seama că îmi plăceau naivitatea ei fără ascunzișuri și dorința ei puternică de a fi înțeleasă.

— Când m-a lovit prima dată, mi-am jurat că nu se va repeta. Nu eram genul acela de femeie. Nici nu mai știu de câte ori am gândit așa.

— Nu cred că există cineva care să se identifice cu „genul acela de femeie".

A încuviințat. Zâmbetul îi dispăruse, iar ochii îi deveniseră sticloși.

— Nu sună prea convingător, însă Chris era și minunat. Asta când nu mă lovea. De fiecare dată, mă gândeam că era și ultima, că nu se va mai întâmpla, că ar trebui să-l părăsesc. Dar apoi totul se schimba, iar speranța reapărea. Poate că avea să fie de data asta, dacă i-aș mai fi oferit o șansă. Ce prostie, nu?

— Chiar deloc.

O credeam. Auzisem povești asemănătoare de la femei aflate în situații similare.

— Nu pot nici eu să înțeleg, dar să știi că am întâlnit mulți violatori, prin virtutea profesiei. Înțeleg că nu există doar o latură a omului și că nimeni nu poate fi într-un singur fel.

— A fost atât de ușor de înghițit, a spus Linda, ștergându-și ochii cu degetul mic. Nu mi-o voi ierta niciodată. Nu mă pot privi din nou ca pe ființa umană care credeam că aș fi. Nu cred că poți înțelege cât de cumplit este să ți se șteargă imaginea pe care o aveai despre tine.

Avea dreptate. Nu puteam să cred. Nu atunci.

— Dar Chris a fost un porc și merită să putrezească în iad. Ce mi-a făcut... poți citi totul, în detaliu, în rapoartele poliției. Eu nu mai pot îndura să povestesc încă o dată. Nu mai merge.

— De dragul Margarethei...

Linda m-a privit direct.

— Nu-mi pasă. Nu-mi pare rău că a murit Chris.

Privirea ei era rece ca gheața. Era limpede că spunea exact ce gândea și, pentru prima dată, chiar am crezut c-ar fi putut fi implicată în crimă. Poate că existaseră mai mulți făptași? Poate că angajase pe cineva să o comită?

— Nu sunt fraieră, să știi.

Din nou, am folosit tăcerea ca strategie și am așteptat.

— Cu siguranță i-a făcut și ei același lucru.

Am continuat să-mi înfrâng curiozitatea privind-o, însă, de data asta, n-a mai continuat. Cu buzele strânse, a început să privească pe fereastră.

— Cui? am întrebat.

— Stellei. Cea care a făcut-o.

Ce voia să spună? De unde știa numele Stellei?

— E doar o adolescentă, dar a făcut ce ar fi trebuit să fac eu, cu multă vreme în urmă.

Nu m-am putut împiedica să-mi imaginez. Un cuțit sclipitor, care tăia, și tăia, zâmbetul frumos al lui Christopher Olsen, întrerupt de un strigăt cumplit. Am încercat să șterg chipul Stellei din scenă. Nu putea fi adevărat.

— De ce spui asta?

— Ce anume?

— De ce crezi că Stella e vinovată?

Linda m-a privit surprinsă.

— Ea este cea arestată.

— O cunoști?

A clătinat din cap.

— Dar sper să scape.

Rămăsesem fără cuvinte. Ar fi fost posibil ca acest Christopher Olsen să o fi atacat pe Stella sau să o fi expus la ceva? Dacă da, de ce nu făcuse plângere la poliție? M-am gândit că Stella era, de fapt, adevărata victimă a întregii povești.

— Ce mai face Margaretha? a întrebat Linda Lokind.

Mă cufundasem în gânduri și nu i-am răspuns.

— Trebuie să-i fie tare greu, a continuat. Îmi plăcea de ea. Sau, cel puțin, nu mă deranja. A fost mereu amabilă cu mine. Nu e vina ei că Chris e psihopat.

— Nu, am spus, pe un ton ezitant.

Oare Margaretha chiar nu avea nicio vină? În fond, era mama lui.

— Și Stanne ce spune?

Mi-am scărpinat ceafa. Despre cine vorbea?

— Stanislav? a insistat Linda.

Privirea ei a devenit mai atentă.

— Ai spus că reprezinți familia Olsen. Nu știi cine e Stanislav?

— Ba da, firește.

Linda s-a ridicat de pe scaun și a făcut câțiva pași în spate.

— Cine ești, de fapt? Nu ți-ai spus numele.

— Nu?

În minte mi-a apărut de îndată un nume, însă nu voiam să mai spun nimic. De câte ori îmi puteam permite să mint? Mai devreme sau mai târziu, depășești limita decenței și demnității, indiferent cât de nobilă ar părea minciuna.

— Vreau să pleci acum, a spus Linda.

Se lipise de peretele lângă care se afla vaza mare de sticlă. Părea speriată, însă era și ceva sălbatic în privirea ei, ceva aproape de nebunie.

— Plec imediat, am spus, și am trecut în grabă pe lângă ea. Mulțumesc pentru timpul acordat.

S-a îndreptat spre ușă și m-a urmărit din priviri. A ridicat o mână, parcă pregătită să apese pe un buton.

M-am ghemuit pe coridorul îngust, ca să mă încalț. Am legat un șiret și tocmai trecusem la celălalt, când ochii mi-au căzut asupra raftului de lângă ușă. Acolo se aflau, probabil, șapte sau opt perechi de pantofi, însă una mi-a atras în mod deosebit atenția.

Cu degetele tremurând, am reușit să-mi leg celălalt pantof și am privit iar raftul.

Fără îndoială, pe raft se afla o pereche de pantofi cu același model ca ai Stellei. Poate și aceeași mărime? Erau aceiași pantofi precum cei care lăsaseră urme pe nisipul de la locul faptei. Același tip de pantofi cu cel purtat de ucigașa lui Christopher Olsen.

30

Am gonit prin oraș, cu gândurile zumzăindu-mi în cap ca un cuib de viespi. Linda Lokind avea o pereche de pantofi cu același model ca ai Stellei. Și privirea aceea pe care o avusese când s-a lipit de perete? Absentă, pierdută, și totuși plină de furie. Arăta ca o persoană care ar fi putut ceda unui acces de nebunie temporară. În același timp, teoria conform căreia Christopher Olsen ar fi abuzat-o pe Stella mi-a reapărut în minte. Nu o puteam ignora, fiindcă era un scenariu posibil. Oare monstrul ăla îi făcuse rău Stellei? Am iuțit pasul, izbind cu zgomot asfaltul. Nu din nou. Așa ceva era cu neputință. În același timp, nu-mi era deloc greu să-mi imaginez reacția violentă a Stellei, o izbucnire de furie oarbă, un cuțit care se întâmplase să fie la îndemână. Dar de ce acolo? Afară, pe un teren de joacă. Și de unde să fi avut cuțitul? Și de ce nu declarase la poliție ce se petrecuse?

M-am gândit să-i mărturisesc Ulrikăi bănuielile mele, însă îmi era teamă că le-ar considera doar niște aiureli și că ar încerca să mă facă să acționez diferit. Părea să aibă o părere complet diferită despre cum o puteam ajuta pe Stella. Nu înțelegeam de ce se baza atât de mult pe Michael

Blomberg. Deși era extrem de calificat din punct de vedere profesional, iar meritele îi erau recunoscute, mi se părea că nu era suficient de implicat. De ce era Stella arestată, în continuare? Și de ce nu o puteam vedea?

În schimb, am decis să vorbesc cu poliția. Era evident că Linda Lokind ar fi putut aduce elemente noi în anchetă. De ce era Stella în arest, și nu ea?

Am iuțit iar pasul, până când aproape că am luat-o la fugă pe Stora Södergatan. Când am urcat pe lângă restaurantul Stäket și pe lângă parcare, telefonul mi-a vibrat în buzunar. Era mama. A vorbit fără pauză între cuvinte, așa că unele s-au pierdut, însă mesajul a fost clar.

Toată lumea știa.

Ziarele de seară scriseseră despre Stella. După-amiază se difuzase și o scurtă știre la radio. Numele nu-i fusese rostit nicăieri, fiindcă se părea că încă se respectau legile, însă indiciile generoase nu lăsau loc prea multor dubii, dacă încercai să înțelegi.

— Mătușa Dagny a sunat deja să întrebe dacă e adevărat, a spus mama.

Părea devastată.

— Spune-i exact care e situația: poliția a greșit.

De îndată ce am închis, m-am strecurat pe aleea din spatele parcării acoperite, ca să găsesc un loc mai ferit. Am intrat direct înăuntru și am ieșit pe partea cealaltă. Pe o bancă de lângă Katedralskolan mi-am dedicat o jumătate de oră căutării autodistructive pe Google. Mai întâi, am citit ziarele și apoi am ajuns în zone mai dubioase. Informațiile generice despre Stella și familia noastră erau presărate cu minciuni și speculații nebunești.

Stella avea o carieră promițătoare în handbal, însă nu-și putea controla furia.

Probabil l-a așteptat pe terenul de joacă. Olsen valora milioane, cu siguranță a existat premeditare.

Am citit totul și am simțit că-mi vine să urlu. Efectiv, mintea mi se întuneca. Iar aceiași oameni care ședeau în fața ecranelor, scriind și citind aceste postări, erau cei pe care-i întâlneam pe stradă, la muncă, poate chiar la tribunal.

Trebuia să discut cu poliția. Am continuat să merg pe Lilla Fiskaregatan, însă am sunat-o pe Agnes Thelin și am anunțat-o că mă îndrept spre ea. Mi-a răspuns că mă așteaptă.

Pe drum, am fost oprit de câteva ori de către oameni curioși, care doreau să discute cu mine. Am fost silit să mă opresc și să vorbesc cu persoane care știau cine eram, dar al căror nume îl uitasem de mult, în timp ce bicicletele treceau în goană pe lângă noi, iar un bărbat de origine română cânta la acordeon tema muzicală din „Nașul", lângă Pressbyrån.

O femeie din parohie m-a oprit și ea.

— Cum vă descurcați? a întrebat, cu o privire tristă. Sunt convinsă că e o greșeală. Poliția le va da de urmă.

De obicei, nu am nicio problemă să stau într-o biserică plină și să oficiez o slujbă sau să salut orice persoană pe care o întâlnesc. Îmi place să mă opresc și să schimb câteva cuvinte cu o altă persoană, să încerc să spun ceva politicos și înțelept.

Dar acum era diferit. Mă simțeam sufocat.

La final, m-am panicat, mi-am ascuns fața și m-am îndepărtat în grabă spre Bantorget, pe sub viaduct și apoi spre secție.

*

Agnes Thelin m-a primit în sala de interogatorii. Mi-a oferit cafea, însă îmi tremura mâna atât de rău, încât lingurița a căzut pe podea când am încercat să-mi pun zahăr.

— Cum rezistați? m-a întrebat.

— Azi-noapte am reușit să dorm puțin.

Agnes Thelin mi-a zâmbit călduros.

— Speram să aflu vești de la dumneata, Adam.

Oare la ce se referea?

— Am crezut că *noi* ar fi trebuit să primim vești, am răspuns, iritat. Și, de fapt, nu ni se spune nimic.

Agnes Thelin și-a pus lapte în cafea.

— Ancheta se află într-un impas. Încercăm din răsputeri să aflăm ce s-a întâmplat.

— Chiar așa? am spus, încrucișându-mi brațele la piept. Chiar se întâmplă asta? Lucrați intens și eficient? Îmi vine mai degrabă să cred că ați decis deja cine este vinovata.

Pentru o clipă, mi s-a încețoșat privirea. M-am aplecat în față și mi-am apăsat mâinile pe frunte.

— E totul în regulă? a întrebat Thelin. Înțeleg cât de mult vă afectează ce se petrece.

Am privit-o pe sub sprâncene, încercând să mă adun. Nu voiam să par că o luasem razna.

— Linda Lokind, am spus. De ce nu o cercetați mai îndeaproape?

Thelin a sorbit din cafea.

— Firește că anchetăm tot ce poate fi relevant pentru caz, a spus ea, ștergându-și buzele.

— Știți că Linda Lokind are o pereche de pantofi ca a Stellei? Care se potrivește cu urmele de la locul crimei?

Polițista aproape că a scuipat cafeaua.

— Ce? De unde știți asta?

— Păi, nu asta este esențialul, de unde știu, nu? Mi-a spus cineva. Întrebarea este de ce nu ați investigat elementul ăsta. De ce nu ați făcut o percheziție acasă la Linda Lokind?

— Nu pot discuta aspecte care țin de ancheta preliminară cu dumneata, deși vă garantez...

— În momentul ăsta nu dau doi bani pe garanțiile voastre. Am impresia că nu știți ce faceți.

— E trist că gândiți așa, a spus Agnes Thelin. Dar nu este adevărat.

Am inspirat adânc.

— Linda Lokind a fost bătută și umilită de Christopher Olsen ani de zile. Când a îndrăznit, în sfârșit, să depună plângere, nu ați ascultat-o și ați oprit orice investigație. Avea toate motivele să-și facă singură dreptate. Voia răzbunare împotriva bărbatului care îi distrusese viața. Credeți că găsiți un motiv mai evident? În plus, are pantofi identici cu cei ai ucigașei. Puteți să-mi explicați de ce ea este liberă, în timp ce fiica mea este arestată și nici măcar nu i se permite să discute cu părinții ei?

Agnes Thelin a privit spre ușă. Era limpede că se stăpânea cu greu.

— Începe să arate ca o crimă comisă de un justițiar, am spus.

— Înțeleg că poate fi frustrant, însă știm mai multe decât dumneata, Adam. Trebuie să ai încredere că facem tot posibilul să aflăm adevărul.

— Atunci, de ce nu ne spuneți ce știți?

Și-a scărpinat nasul.

— Pot să vă spun un singur lucru. Nu există motive pentru a pleca urechea la spusele Lindei Lokind. Am urmărit cu minuțiozitate acuzațiile aduse de ea lui Christopher

Olsen, iar ancheta preliminară a fost închisă din lipsă de dovezi. Nu exista nimic care să susțină declarațiile ei.

— Vreți să spuneți că Linda Lokind minte în toate privințele?

Agnes Thelin și-a mușcat buza de jos.

— Vă spun doar la ce concluzii am ajuns după anchetă.

31

Agnes Thelin a așteptat să-mi amestec zahăr în cana de cafea.

Să fi fost păcălit de Linda Lokind? Era de fapt nebună și îl acuzase pe Christopher Olsen că o atacase și o violase din răzbunare?

— Este mai degrabă o regulă decât o excepție ca bărbații care-și maltratează partenerele să nu fie acuzați? am întrebat.

— Adesea, poate fi dificil să găsim dovezi care să țină, a răspuns Agnes Thelin. Dar, în acest caz, au existat atât de multe ambiguități, încât vă sfătuiesc să reacționați cu precauție la afirmațiile lui Lokind. Din păcate, nu pot spune mai mult decât atât.

Nici nu era necesar. Era sigură că Linda Lokind mințise în privința lui Christopher Olsen. Iar eu eram convins că Linda ascundea ceva.

— Dar asta nu schimbă nimic. Faptul că Linda Lokind era pregătită să aducă acuzații false împotriva fostului său partener înseamnă și că ar fi putut apela la violență. Înțelegeți?

Agnes Thelin a încercat să-și reprime un oftat.

— Înțeleg ce spuneți.

Mi-am încleștat maxilarul. Înțelegea ce spun, deși nu avea de gând să facă nimic în această privință.

— Când ați discutat ultima dată cu Stella la telefon? m-a întrebat.

N-am înțeles de ce spusese asta.

— Nu-mi amintesc. Nu vorbim la telefon aproape deloc. Am încetat să o mai sun fiindcă nu-mi răspundea. Foloseam doar SMS-urile sau serviciile de mesagerie.

— Ați spus că ați comunicat prin SMS vineri seară.

— Am trimis un mesaj, dar n-am primit răspuns.

— Sunteți sigur?

M-am abținut să răspund. Oare poliția reușise să recupereze mesajele Stellei? Sau ar fi putut să-mi ia telefonul și să-l examineze? Cu siguranță, nu exista niciun motiv să fiu prins cu minciuna, dacă, pe termen lung, nu avea însemnătate.

— Ca să fiu sincer, nu-mi amintesc. Poate.

Femeia și-a dres glasul.

— Când ați văzut ultima dată telefonul mobil al Stellei?

Ce? Mi-am întors fața, ca să nu vadă cât eram de surprins. Oare poliția nu-i găsise telefonul mobil? Crezusem că-l confiscaseră în timpul percheziției.

— Din păcate, nu-mi amintesc.

Agnes Thelin a notat ceva pe o hârtie.

— I-ați văzut telefonul după ce a fost arestată?

Asta ce mai însemna? Unde era telefonul Stellei, dacă poliția nu-l găsise?

— Nu, am răspuns.

Agnes Thelin a oftat dramatic, pe nas.

— Este important. Vă amintiți ce purta Stella când a ajuns acasă în seara aceea?

Am simțit că mă trec toate sudorile.

— Este un interogatoriu? Trebuie să vă răspund neapărat?

Thelin m-a privit doar.

— Nu sunt deloc un bun observator. Soția mea se supără mereu că nu remarc dacă și-a cumpărat haine noi.

Agnes Thelin a zâmbit.

— Dar ați vorbit cu Stella când a ajuns acasă? I-ați văzut hainele?

— Da.

— Și nu ați remarcat nimic special? Nicio pată, nimic?

— Era întuneric. Nu-mi amintesc...

A nu-mi aminti nu era, evident, același lucru cu a minți. Încercam să mă pliez după fiecare oportunitate de scăpare care se ivea. Thelin și-a răsfoit hârtiile cu degete încordate.

— Când ați auzit prima dată de Christopher Olsen?

— Sâmbătă, am răspuns, cu sinceritate. Când am aflat că ați arestat-o pe Stella.

— Deci nu i-ați mai auzit numele înainte?

M-am frecat la ochi.

— Nu, din câte știu.

— E o întrebare simplă, Adam. Ați auzit de Olsen, sau nu?

— Nu.

— Stella nu i-a menționat niciodată numele? A vorbit despre cineva care ar fi putut fi Olsen? Despre un iubit? Știați că se vede cu cineva?

— Stella nu avea iubit. Din câte am înțeles, s-a întâlnit de câteva ori cu Christopher Olsen. De ce ar fi vrut să-i facă rău? Nu are logică.

— Oamenii nu se poartă întotdeauna rațional.

— O fac de cele mai multe ori.

Agnes Thelin a luat o foaie de pe masă.

— Ascultați, a spus ea, citind cu voce tare. „Mă gândesc la tine mereu. Mi-e dor de tine.“ Sau: „Ești cea mai frumoasă, cea mai sexy ființă din lume. Mă bucur enorm că te-am cunoscut“.

M-a lovit o senzație de repulsie. Chiar făcuse asta? Părea ilegal, ca să nu zic imoral.

— Acestea sunt mesaje pe care Stella i le-a scris lui Christopher Olsen pe chat. Am găsit alte câteva pe calculatorul lui.

Mi-am încleștat mâinile sub masă și mi le-am apăsat pe coapse.

— De unde știți că a fost Stella cea care le-a scris? Cineva ar fi putut să-i spargă contul.

Thelin m-a ignorat.

— Înțeleg cum vă simțiți. Dar va fi bine. Vom trece prin asta împreună.

— Despre ce vorbiți? Nu trebuie să treceți prin nimic! Puteți merge acasă în seara asta și vă puteți îmbrățișa fiii. Fiica mea este cea care-și petrece încă o noapte într-o celulă!

— Știu, știu. Dar acum, singura cale de a merge mai departe este să aflăm adevărul. Chiar erați treaz când a ajuns Stella acasă?

— Da.

— Cât era ceasul?

Am inspirat adânc.

— Douăsprezece fără un sfert, am spus, cu toată stăpânirea de care eram capabil. 23:45 fix.

Agnes Thelin a încuviințat scurt și și-a împins scaunul de sub masă. S-a așezat cam la un metru de marginea ei, sprijinindu-se de spătar și uitându-se în tavan.

— Adam, Adam, a spus ea. Înțeleg de ce faceți asta. Poate aș proceda la fel.

N-am zis nimic. Habar nu avea cum era să te afli în poziția mea.

— Copiii noștri înseamnă totul pentru noi, a continuat ea. Stella este fetița dumitale. E cumplit să descoperi că nu-ți poți proteja propriul copil.

M-am gândit din nou la Iov.

— Nu încerc să vă judec, a spus Agnes Thelin. Dar nu cred că este calea potrivită. Nu este corect, Adam.

Am închis ochii. Nu era corect să-mi protejez copilul? Familia? Era posibil să fie greșit așa ceva?

— Am terminat aici, cred, am spus, ridicându-mă să plec.

Agnes Thelin a oftat și m-a privit.

Trebuia să dau de Amina.

I-am căutat numărul de telefon și am sunat. După un semnal sonor, o voce de robot m-a anunțat că abonamentul ei fusese suspendat.

32

M-am grăbit spre Arena. Antrenamentul fetelor avea să se termine din clipă în clipă. Speram să o găsesc acolo pe Amina.

De obicei, ador să intru pe Arena. Acele săli de sport sunt ca o a doua casă pentru mine: mirosul de sudoare dinspre vestiare, lipiciul de pe tălpile adidașilor, fluierele și suporturile pentru mingi. Când intru acolo, intru și într-un alt rol. Acolo nu sunt preot, ci, dincolo de antrenor și lider, doar tatăl Stellei.

Când am tras de ușă, de data asta, iar mirosul transpirației aproape că m-a asfixiat, am simțit doar neplăcere. Câțiva adolescenți în echipament sportiv pierdeau vremea la cafenea, iar o femeie se grăbea spre parcare. Orice rezistență s-a dovedit inutilă, dintr-odată. Privirile, întrebările, conștientizarea faptului că toată lumea știa. Asta fiindcă știau? Toată lumea își imagina multe și formula teorii. Creierul meu se încețoșase, iar inima îmi bătea în gât. Nu-mi plăcea ideea că trebuia să mă întâlnesc cu oameni cunoscuți.

M-am împleticit în parcarea pentru biciclete și m-am adăpostit după un copac. Acolo am rămas cu spatele lipit de coaja aspră, ascunzându-mă de lume și blestemând tot ce se petrecea. Asta nu ar trebui să se întâmple în Suedia. Aici, oamenii nevinovați nu sunt acuzați și executați în avans.

Aveam o revelație. Cum de îmi permisesem să fiu atât de naiv și să cred că mă puteam baza orbește, fără drept de apel, pe sistemul juridic suedez?

După o vreme, fetele au început să se reverse pe uși. Erau colegele Aminei. Am așteptat, fără să-mi dau de gol ascunzătoarea.

În sfârșit, Amina a ajuns în parcarea pentru biciclete. Tocmai când își fixa geanta pentru echipament pe suportul de bagaje și se apleca să-și deblocheze bicicleta, am salutat-o.

— M-ați speriat!

A făcut un mic salt înapoi.

— *Sorry*, n-am vrut să te sperii. Am încercat să te sun, dar...

— Mi s-a furat telefonul.

A strâns lanțul în coș și a scos bicicleta cu spatele din locul unde fusese legată.

— Am putea să discutăm puțin? am întrebat-o.

— Trebuie să plec acasă, mi-a răspuns, fără să mă privească. Am foarte multe de făcut, încep facultatea în trei zile.

— Pot să te conduc o parte din drum, am sugerat. Dacă mergi cu bicicleta.

A oftat și, cu ambele mâini pe ghidon, a început să pedaleze atât de repede, că aproape a trebuit să alerg ca să țin pasul.

— De ce nu vrei să vorbești cu mine? am spus.

— Cum adică? Nu vorbim acum?

Am urmat-o pe podul peste Ringvägen. Amina își fixase privirea în față și continua să meargă la viteză maximă.

— Tu știi ceva, Amina?

N-a răspuns.

— Te rog, trebuie să-mi spui, am zis.

— Nu știu nimic! Am spus tot ce știam poliției.

Am făcut câțiva pași rapizi și am ajuns în rând cu ea.

— Știai că Stella era în contact cu Christopher Olsen?

— Da, a spus scurt, și am continuat să mergem, intrând în parcul orășenesc.

— Erau un cuplu? Stella avea o relație cu tipul ăla?

Tocmai trecusem de cafenea, când a încetinit și m-a privit.

— Nu, nimic de genul. Se întâlneau uneori și se cunoșteau doar din vedere. Atât.

Ochii ei au sclipit în întuneric. Ținea acum ghidonul cu o singură mână, iar bicicleta se înclinase.

— Și tu îl cunoșteai? am întrebat-o.

S-a întors iar, a apucat ghidonul cu o mișcare hotărâtă și a început să împingă bicicleta pe aleea pietruită.

— Amina! am spus, cu o voce mult prea severă. Stella e arestată. Ai fost vreodată într-un centru de detenție? Știi cum arată o celulă?

Aproape că am fost lovit de un alergător cu căști în urechi, care a mormăit un „Idiotule!" în direcția mea, înainte să o prind iar din urmă. Amina încetinise puțin. Lacrimile îi curgeau pe obraji, și asta mi-a frânt inima. Primul meu instinct a fost să o îmbrățișez ca pe un copil, ca pe copilul care era încă, într-o anumită măsură. Dar i-am cerut iertare, în schimb.

— Nu mă simt bine, Amina. Situația mă înnebunește.

— Știu, a spus ea, printre suspine. Și eu mă simt ca naiba.

— Spune-mi, am rugat-o.

33

Amina și cu mine avuseserăm întotdeauna o relație specială. Existaseră momente în care preferase să discute cu mine, și nu cu părinții ei. De fapt, cred că știam lucruri despre Amina pe care nu le mai știa niciun adult.

Cu exact patru ani în urmă, în toamna de după Confirmare, fetele câștigaseră campionatul regional feminin, în prima ligă.

Într-o dimineață, Roger Arvidsen se afla pe treptele casei parohiale. Arăta neglijent și confuz, cu căciula lui de blană.

Roger Arvidsen părea mai în vârstă decât era de fapt. Împlinise recent cincizeci de ani, însă igiena precară și genele proaste, combinate cu viața sedentară, fumatul și consumul constant de cafea, îi dăduseră un aspect dezolant. Arăta uzat, cu dinții lui maronii, bărbia dublă și degetele murdare. În cartier i se spunea Monstrul.

În fiecare duminică, Roger își urma mama, cu care locuia, la biserică. Am adoptat repede obiceiul de a discuta puțin cu el de fiecare dată când ne vedeam, fiindcă presupuneam că nu era obișnuit să discute cu nimeni altcineva decât cu mama lui. Fără îndoială, Roger nu era foarte talentat, însă era un bărbat blând și timid, care merita lucruri bune.

Roger nu mă căutase niciodată și, când vorbeam, trebuia să-i smulg răspunsurile. Așa că am înțeles imediat că se întâmplase ceva când l-am văzut așteptând pe scări, fără mama lui.

Am întrebat dacă-l puteam ajuta cu ceva.

Câteva momente mai târziu, Roger ședea în biroul meu, cu căciula de blană pe cap și cu dinții lui maronii. Povestea lui îmi provoca durere fizică.

Roger mi-a spus că, în două rânduri, fusese vizitat de o tânără. De ambele dăți, se întâmplase chiar după ce mama lui plecase de acasă și se dusese să joace bingo. Știa că fata nu era singură, fiindcă o văzuse pe prietena ei la poartă, ținând de șase.

Fata îl întrebase dacă putea să-i ofere o cafea, iar Roger i-o oferise. Așa fusese educat. Când primeai o vizită, invitai musafirul la cafea.

Prima dată, discutaseră puțin, apoi fata dispăruse din nou. Dar, data următoare, îi ceruse brusc lui Roger să-și scoată pantalonii. El refuzase. Nu înțelegea care erau intențiile fetei, însă nu era atât de prost încât să creadă că i se făceau avansuri. După câteva rugăminți însă, o lăsase să i se așeze pe genunchi. Ea le făcuse o fotografie cu telefonul.

— Apoi, a vrut un miar, a zis Roger. Dacă nu-i dădeam banii, avea să trimită pozele tuturor și să depună plângere la poliție. A spus că toată lumea va crede că sunt pedofil, fiindcă deja există zvonuri despre mine.

Așa că îi dăduse o mie de coroane. Gestul său era dificil de blamat. Nu era nici primul, nici ultimul care se dezbăra cu bani de acuzații false.

Apoi, însă, primise un bilet în cutia poștală, în care fata cerea încă o mie de coroane, sau poliția primea fotografiile.

— Nu vreau să iasă prost, a spus el. E în aceeași măsură și vina mea.

Mi-am dat seama ce trebuia să fac și l-am asigurat pe Roger că mă voi ocupa de situație cât mai repede.

Nici măcar nu trebuia să-i pomenească numele. Era evident despre cine era vorba.

I-am spus Monikăi că aveam o migrenă și m-am grăbit acasă, unde am bătut la ușa de la camera Stellei până când m-a lăsat să intru.

— Ce naiba ai făcut?

Cum nu înjur niciodată, Stella a rămas mască. A recunoscut totul imediat. A promis că va înapoia banii de îndată, împreună cu niște scuze foarte sincere. Fusese o idee proastă. N-avea să se repete vreodată.

Nu i-am zis nimic Ulrikăi. Pe de o parte, m-am simțit prost, fiindcă asemenea lucruri se împărtășesc cu soția. Pe de altă parte, am scutit-o de un motiv de supărare, conform ideii că nu te poate atinge ceea ce nu știi. În retrospectivă, cred că mi-a fost rușine. Nu mă puteam împăca deloc cu ce făcuse Stella și nu voiam ca nimeni altcineva, nici măcar soția mea, să afle.

Când m-am întâlnit cu Roger la biserică, în duminica următoare, l-am luat deoparte, după slujbă. Din nou, a trebuit să-i smulg cuvintele cu forța.

— Ți-ai primit banii înapoi?

— Da.

— Toți?

— Da.

— Și Stella ți-a cerut scuze? Sincer? am întrebat.

— Da.

Roger a încuviințat iar și s-a dat înapoi, brusc.

— Dar n-a fost ea.

— Poftim?

Și-a vârât capul între umeri.

— Nu Stella a făcut-o, a spus. A fost cealaltă, micuța brunetă.

34

Amina și cu mine am continuat să mergem unul lângă altul prin parc. Aproape ajunseserăm la Svanegatan și auzeam zgomotul mașinilor.

— Eram acolo când Stella l-a cunoscut pe Chris, a spus Amina. A fost la Tegnérs. Părea un tip cât se poate de obișnuit, nimic special. Doar că era mai în vârstă, însă nu știam asta atunci.

— Când s-a întâmplat?

A ridicat din umeri.

— Acum câteva luni.

— Dar ce făcea Stella la el acasă? Poliția a găsit dovezi că a fost acolo.

— Doar l-a condus acasă.

Am regretat întrebarea. Nu voiam să știu mai mult.

— Poate a fost un after-party? a întrebat Amina. Nu știu precis. Nu am mai văzut-o pe Stella de weekendul trecut.

Bicicleta s-a clătinat puțin, iar eu m-am pregătit să o prind, în caz că se dezechilibra.

— V-ați văzut atunci cu Christopher Olsen?

Amina a prins mai bine ghidonul.

— Da, vinerea trecută.

— Era ziua Stellei.

— Ne-am văzut cu el doar pentru scurtă vreme, apoi Stella și cu mine ne-am dus la Stortorget și am băut un pahar cu vin. Aveam meci sâmbătă, așa că n-am exagerat.

— Și de atunci nu v-ați mai văzut? Dar ați vorbit? Sau v-ați scris?

— Nu direct. Dar mi-a scris vinerea trecută. Chiar trebuia să ne vedem în seara aceea, dar eu aveam antrenament și ea știa că nu mă simt prea bine. Apoi, sâmbăta trecută am făcut febră.

— Deci nu știi ce s-a întâmplat vinerea trecută?

A clătinat repede din cap. Am ezitat.

— Și ce-ai spus poliției când te-au interogat?

— Adevărul, firește. De ce să mint?

N-am răspuns.

De-a lungul anilor, am învățat că minciuna este o formă de artă la care unii se pricep foarte bine, iar alții, deloc. La fel ca oricare alta. Cei talentați își pot exersa abilitățile și le pot calibra, însă pare să fie vorba despre o predispoziție genetică. Stella a fost întotdeauna o mincinoasă pricepută. Încă din școala primară, îmi era greu să-i disting minciunile. Puteau fi despre cele mai banale lucruri.

Ți-ai făcut curat în cameră, Stella?

Da, tati.

Acum spunea adevărul, data următoare mă mințea în față. Era imposibil să-mi dau seama dacă era una sau alta.

Cred că Amina nu este deloc o mincinoasă talentată. După incidentul cu Roger Arvidsen, mi-a cerut scuze plângând și m-a făcut să-i promit că nu le voi spune nimic lui Dino și Alexandrei. A fost o promisiune pe care am respectat-o.

N-a reușit să mintă nici de data asta. Nu există nicio îndoială că ascundea ceva. Pe cine încerca să protejeze? Pe ea sau pe Stella?

Sau pe mine? Mă credea oare incapabil să suport adevărul?

Am luat-o la stânga pe Svanegatan. Pe lângă noi a trecut în trombă o mașină.

— Amina, crezi că Stella...? Crezi că Stella a făcut-o?

S-a oprit brusc.

— Nu! Stella n-a făcut nimic! Doar nu credeți asta?

Nu știam ce să cred. Cum de putea Amina să fie atât de sigură?

— Te rog, am spus iar, când s-a urcat în șa ca să parcurgă ultimii cincizeci de metri până acasă. Trebuie să știu.

— Ce să știți?

— Totul.

— Nici eu nu știu totul.

Amina și-a sprijinit tălpile de pedale.

— Nu știu mai multe decât dumneavoastră și probabil că nici pe Stella nu o mai cunosc așa cum o cunoșteam.

Mi-a făcut cu mâna peste umăr, îndreptându-se spre casă.

Știam că mințea.

35

Ulrika era în dormitor și privea pe fereastră, când m-am întors în seara aceea. Gândeam foarte lent și fiecare mușchi mă durea, de parcă aș fi urcat pe munte.

— La ce te uiți? am întrebat-o.

N-a răspuns. Când i-am înconjurat talia cu brațele, am descoperit umbrele de pe chipul ei și felul în care lacrimile păreau să-i fi săpat șanțuri pe obraji, uscându-i buzele.

— Iubito, am șoptit.

— Unde ai fost?

Vocea îi tremura.

I-am explicat că mă trimiseseră acasă de la muncă, într-un concediu medical pentru cel puțin o săptămână. Nu a reacționat. Ochii ei păreau lipsiți de viață. Pe fereastră nu vedeam decât beznă, o beznă profundă, de nepătruns.

— Ai auzit de Iov? am întrebat-o.

— Oarecum.

Mi-am sprijinit bărbia de umărul ei, însă, fără niciun avertisment, s-a scuturat și s-a întors spre mine.

— Doar nu crezi că este o încercare de la Dumnezeu?

Nu mai știam ce să cred.

— Iov era cel mai cinstit om de pe Pământ, i-am spus. Dar procurorul a postulat că e ușor să crezi în Dumnezeu când duci o viață la fel de bună ca a lui Iov.

— Procurorul?

— Așa scrie în Biblie. Este un alt nume pentru diavol.

Am întrezărit un zâmbet pe chipul soției mele.

— Ca avocat al apărării, nu am obiecții.

Când i-am povestit istoria lui Iov, cum Dumnezeu l-a lăsat pe procuror să-i ia tot ce avea, să-i ucidă vitele și cei zece copii și să-l îmbolnăvească rău, Ulrika a încuviințat.

— Deci, tu ești Iov? a întrebat ea.

Era greu să-mi dau seama dacă încerca să fie amuzantă sau doar ironică.

— Firește că nu. Soția lui Iov a considerat că ar fi trebuit să-i întoarcă spatele Domnului, pentru tot ce permisese să i se întâmple. Știi ce i-a răspuns Iov?

— Nu. Ce a spus?

— A spus că, dacă primim tot binele de la Dumnezeu, trebuie să fim pregătiți să acceptăm și răul.

Ulrika mi-a răspuns cu un chicotit. Nu eram sigur ce însemna.

Apoi a oftat.

— Nu putem rămâne aici.

— Poftim?

Ulrika a privit dincolo de mine, pe fereastră.

— Ai citit azi știrile online?

— Da. M-a sunat mama.

— Lund nu este un oraș mare. Majoritatea oamenilor ne cunosc.

Am continuat să privim în beznă.

— Nu crezi că exagerezi puțin? am spus.

— Nu înțelegi. Am trecut prin asta de atâtea ori. Oameni care au fost obligați să fugă, să renunțe la viețile lor și să o ia de la capăt în altă parte.

— Crezi deci că Stella va fi condamnată?

M-a privit de parcă eram un copil pe care era nevoită să-l dezamăgească.

— Poate nu de tribunalul districtual. E prea devreme să mă pronunț. Dar nu contează. Oamenilor nu le pasă de sentințe.

Nu puteam fi de acord cu asta.

— Exagerezi.

— Deloc. O săptămână în detenție și ești deja condamnat în ochii oamenilor. Chiar dacă Stella va fi absolvită de orice bănuială, o sămânță de îndoială va rămâne în sufletele celor care o cunosc. În orice caz, asta câtă vreme nu e condamnat altcineva pentru crimă.

Mi s-a părut cinică. Poate că vorbea experiența ei amară. Aproape douăzeci de ani de drept penal dădeau greutate raționamentului său. De câte ori nu considerasem chiar eu că un suspect era vinovat, chiar dacă tribunalul decisese contrariul? Dacă Stella era eliberată, însă nimeni altcineva nu era condamnat pentru crimă, multă lume avea să se îndoiască de nevinovăția ei.

— Vorbești serios când spui că vrei să ne mutăm din Lund?

Ulrika a încuviințat.

— Michael mi-a oferit un job în Stockholm.

— Michael?

— Blomberg.

Am clipit de câteva ori. Întunericul de afară îmi încețoșa privirea.

— Ce anume?

— Are un job pentru mine, pe termen lung, și va dura câteva luni să fie pus la punct. Vom sta în apartamentul agenției din oraș, până când găsim ceva al nostru.

— Să ne mutăm?

Mi-a înconjurat gâtul cu brațele.

— Nu cred că ne va fi bine dacă rămânem aici.

Căldura trupului ei m-a făcut să mă înmoi.

— Dar cum rămâne cu Stella?

— Stella vine cu noi, înainte să plece în Asia.

— Dar e arestată.

— După proces, a spus Ulrika, adulmecându-mi gâtul.

— După...?

— Nu putem face nimic acum. Cel mai probabil se va ajunge la proces.

— Așa crezi?

Mi-am răsucit partea superioară a corpului, însă Ulrika a rămas lipită de mine, apăsându-mi obrazul la pieptul ei.

— Știm că este nevinovată, am spus.

— Nu știm nimic, dragule.

— Adică?

M-am desprins din brațele ei. Era îngrozitor de obosită. Situația ne făcea mai mult rău decât îmi imaginasem.

— Are un alibi! am spus. Stella are un alibi.

Ulrika a întins mâna.

— Iubitule, eram trează când a ajuns Stella acasă, vinerea trecută. Știu exact cât era ceasul.

Ceva s-a rupt în mine. De ce nu spusese nimic? Știuse de la început că mințisem la poliție. Ce mai știa? M-am gândit la bluza pătată și la telefonul mobil.

— Ce s-a întâmplat de fapt cu telefonul Stellei?

— Ce vrei să spui?

— Am crezut că poliția l-a luat, însă nu a fost așa. Ce-ai făcut cu el?

— Eu...

Deși mă privea, m-am simțit de parcă s-ar fi uitat prin mine. M-am simțit singur și abandonat, și a trebuit să-mi mușc limba înainte să spun ceva pe care aveam să-l regret.

— Ce-ai făcut cu telefonul? am întrebat, din nou.

Mi-a mângâiat obrazul cu mâna.

— Telefonul nu mai e, a spus.

Respiram sacadat. Ce făcuse? Aruncase telefonul undeva? Dacă se afla, cariera ei era compromisă.

— Cum s-a terminat povestea lui Iov? m-a întrebat.

— Cu bine. Dumnezeu le-a dăruit alți zece copii.

M-am silit să zâmbesc, iar Ulrika m-a sărutat.

— Trebuie să rămânem uniți, dragule, a spus. Tu, eu și Stella. Împreună.

Aveam un sentiment puternic că până și soția mea îmi ascundea ceva.

36

Luni a sunat Blomberg. Am fi putut ajunge la biroul lui în acea după-amiază? Avea vești pentru noi.

— Nu cred că sunt vești bune, i-am spus Ulrikăi.

De-a lungul scurtei plimbări de la parcare la Klostergatan, am ținut-o strâns de mână. Când am trecut pe lângă pizzeria noastră favorită de pe Bangatan, un bărbat cu brațele încărcate de cutii de carton a deschis ușa, iar mirosul delicios s-a răspândit pe stradă, amintindu-mi de toate acele dăți în care stătuserăm înăuntru, privindu-ne în ochi. La fereastră se afla unul dintre angajați, care ne-a făcut cu mâna.

Poate că Ulrika avea dreptate și trebuia să plecăm din Lund. Îmi plăcuse Stockholmul întotdeauna. Avea câteva suburbii îngrijite și nici eu, nici Ulrika n-am fi avut dificultăți în a găsi joburi. Am fi putut începe de la zero. Cum fusese excursia pe Orust de vara asta. O pauză lungă de la tot ceea ce se transformase în rutină, o gaură în timp în care ne-am fi putut dedica exclusiv unul altuia. Aveam nevoie de asta, iar Stockholmul ar fi putut deveni sanctuarul nostru.

Evident că nu o puteam lăsa pe Stella în Skåne. Cât timp rămânea în arest, stăteam și noi aici. Mă hotărâsem deja.

Am cotit spre Klostergatan și am înaintat către poartă. Când am sărutat-o pe Ulrika, am simțit un miros slab de alcool. În liftul care ne-a dus spre biroul lui Blomberg, a scos o pudrieră și un gloss din geantă și și-a refăcut machiajul în oglindă.

— Stați jos, a spus Blomberg, îmbrăcat, în premieră, cu un tricou simplu.

Era ciudat să-l văd îmbrăcat atât de modest. Era aproape jenant, de parcă ar fi fost dezbrăcat.

— I-am spus despre oferta ta, a zis Ulrika.

Blomberg mi-a zâmbit. M-am simțit aiurea, pentru că el și Ulrika aveau discuții la care eu nu eram prezent.

— Ai spus că ai aflat lucruri noi, am zis eu.

— Așa este, a spus Blomberg, și s-a așezat vizavi de noi. Cum am spus, Chris Olsen are multe pe răboj, inclusiv lucruri care nu pot fi considerate cinstite.

— Cum ar fi? am întrebat.

— Tipul a fost implicat într-o serie de proiecte fantomă.

Blomberg a dat din cap, părând mulțumit de sine.

— V-am zis despre polonezii cu pizzeria? Se pare că Olsen pornise și o afacere de proporții cu mână de lucru ieftină din România. Sunt oameni pe care-i ține într-un nenorocit de hambar din Revinge, iar ei se spetesc pe proprietățile companiei lui.

— Pare o mișcare total greșită.

— Olsen cumpăra proprietăți abandonate, le renova și le închiria la prețuri exorbitante.

— Dar de ce ar avea asta legătură cu crima? am întrebat.

Blomberg a zâmbit larg.

— Unii dintre români începuseră să cârcotească în legătură cu condițiile și considerau că Olsen îi jefuiește. O parte dintre compatrioții lor, cu care am discutat în Revinge, sunt absolut siguri că aceia i-au făcut felul lui Olsen.

— Am informat-o pe Agnes Thelin, însă Jansdotter este cea care conduce ancheta preliminară.

— Agnes Thelin, am pufnit.

Ulrika m-a privit uimită.

— Continuăm să-i verificăm și pe polonezi, a spus Blomberg. Avem două nume pe care trebuie să le investigăm cu atenție.

Dezamăgitor. Asta era tot? Nu suna prea laudativ la adresa anchetelor private desfășurate de Blomberg. În fond, era treaba poliției să investigheze cazurile de crimă.

— Când o putem vedea pe Stella? am întrebat.

Blomberg s-a înroșit în jurul gâtului.

— Trebuie să știți că am făcut tot posibilul, dar nenorocita de Jansdotter refuză să vă permită să o vizitați!

— Mie mi se pare că e un caz clar de eroare judiciară. Poate că ar trebui să contactăm ziarele de seară? Să cerem o investigație?

Blomberg a clătinat din cap.

— E prea devreme pentru asta. Câtă vreme nu există nicio condamnare, nu vor fi interesați.

— Trebuie să vorbești cu Amina Bešic, am spus. Sunt convins că ascunde ceva.

Blomberg s-a tras de lănțișor.

— Nu știu ce să zic, a spus Ulrika.

Probabil se temea că i-ar fi supărat pe Dino și pe Alexandra.

— Am încercat, a spus Blomberg. Poliția a interogat-o, însă nu pare să știe ceva semnificativ.

— Ba știe, am insistat.

Ulrika mi-a dat un ghiont.

— Vorbim despre Amina! De ce ar minți?

— Știu că minte!

Nu puteam spune mai multe, fiindcă Ulrika nu știa că discutasem cu Amina. N-ar fi înțeles niciodată, ci ar fi considerat doar că încălcasem iarăși limitele.

— Cu toate acestea, fosta parteneră a lui Olsen, Linda Lokind, prezintă cel mai mare interes pentru noi, a spus Blomberg.

Pe frunte i se adunaseră broboane de sudoare și ne-a întrebat dacă era în regulă să deschidă geamul.

— Firește, am răspuns.

Blomberg s-a întors spre fereastră și a scos capul în bătaia vântului. Am început imediat să tremur.

— S-a demonstrat că Lokind are un istoric de anxietate și depresie, a spus Blomberg. Încă din adolescență, a început să meargă la psihiatru și a continuat de-a lungul timpului.

Nu m-a surprins. Linda Lokind era o tânără cu încrederea în sine distrusă. În multe feluri, îmi amintea de alte femei pe care le cunoscusem și care fuseseră victime ale violenței domestice. Știam că Linda mă mințise, însă nu și în ce măsură. Oare întreaga poveste despre comportamentul lui Chris Olsen să fi fost inventată? Să fi fost doar o răzbunare teribilă, fiindcă ea refuzase să accepte că acesta voia să se despartă de ea? Mă îndoiam că Linda Lokind ar fi fost capabilă de așa ceva, dar, în cazul acela, ascundea altceva.

— Este complet nerezonabil că poliția nu o anchetează pe Lokind așa cum trebuie, am spus. Trebuie să pui presiuni!

— A devenit aproape o regulă ca lucrurile astea să ajungă pe birourile avocaților, a răspuns Blomberg. Am oameni pricepuți, să știți. Dar trebuie să găsim ceva concret despre ea, ca să avansăm.

Ceva concret?

— Pantofii, am spus.

Ulrika și Blomberg s-au uitat lung la mine.

Pur și simplu mi-a scăpat. Aveam nevoie de ceva concret, iar eu știam ceva concret.

— Ce pantofi? a întrebat Blomberg, aplecându-se spre mine.

Am oftat. Am simțit-o pe Ulrika devenind rigidă lângă mine. Nu aveam altă soluție decât să dezvălui adevărul.

— Linda Lokind are pantofi asemănători cu ai Stellei. Sunt aceiași pantofi ale căror urme au fost găsite la locul crimei.

Blomberg a ridicat din sprâncene.

— De unde știi?

Am privit-o pe Ulrika. Era încremenită.

— Am fost la ea acasă.

Au părut să-și țină amândoi respirația cât timp am povestit despre vizita făcută Lindei Lokind pe Tullvägen. Îi văzusem pantofii de aproape și eram sută la sută sigur. Am tăcut apoi, simțindu-mă prins în capcană între cei doi avocați.

— Ce-a fost în capul tău?! a exclamat Ulrika. Cum de ți-a venit ideea să mergi la ea acasă?

— Trebuia să fac ceva. Stella e la închisoare! Nu pot doar să stau și să mă uit cum ni se distrug viețile!

Ulrika n-a spus nimic. Blomberg a privit-o și apoi au lăsat amândoi ochii în jos. Firește că mă înțelegeau.

37

Am ieșit la o plimbare prin cartier, cu un fes pe cap și aruncând priviri peste umăr, fiindcă mă temeam să nu fiu obligat să mă opresc și să vorbesc. Cu pași repezi, am cotit pe alee și am tras ușa după mine.

Ulrika stătea la masă, verificând niște hârtii cu un marker în mână.

— Ce faci? am întrebat.

— Chestia aia din Stockholm despre care mi-a povestit Michael. Mă face să mă gândesc la altceva.

Nu știam dacă era o idee bună. De ce să ne gândim la altceva, când Stella era arestată?

— Încuie ușa după tine, te rog, a spus Ulrika.

M-am așezat pe canapeaua din living și mi-am scos telefonul. De la etaj, am auzit vocea Ulrikăi. Vorbea la telefon. Mi-am turnat un whisky, l-am dat peste cap și mi-am mai turnat unul. Înapoi pe canapea, am căutat pe Google noi informații despre ceea ce presa numea acum *crima de pe terenul de joacă*.

Am început cu ziarele de seară, însă am renunțat curând, fiindcă nu voiam să fiu prins din nou în capcană și să fiu forțat să iau parte la cele mai oribile speculații în privința Stellei. Cineva care pretindea că ar fi avut o scurtă relație cu ea explica lumii întregi că Stella Sandell era o puștoaică perversă, care, fără îndoială, îl ucisese pe bărbatul de 32 de ani. Alții, care scriau pe același forum, o cunoșteau personal pe Stella, ceea ce făcea totul mult mai stânjenitor. O persoană care scria sub porecla Flikkis împărtășea detalii referitoare la perioada cât Stella fusese elevă. După el, Stella fusese *un copil furibund, care credea că i se cuvine totul*, însă îi venea greu să creadă că ar fi fost capabilă de crimă.

Era cumplit să citesc așa ceva, însă nu mă puteam abține. Cu toate astea, aș fi putut găsi informații prețioase. De câteva ori, m-am simțit de parcă aș fi stat cu mâinile legate și aș fi privit cum fetița mea era dusă la tăiere.

Despre victimă nu erau prea multe bârfe. Cineva pomenea, laconic, că fusese chipeș și bogat. Altcineva îl făcea psihopat, și m-am gândit la Linda Lokind. Oare aici găsise numele Stellei?

Am sorbit ultimele picături de whisky și mi-am sprijinit capul de spătarul canapelei. Aveam nevoie de somn. Am clipit de câteva ori și am încercat să închid ochii, în același timp continuând să mă uit pe telefon.

A început cu un comentariu anonim.

Cu siguranță tatăl ei a făcut-o. Preotul. A aflat că fiică-sa *și-o trăgea cu Chris Olsen.*

M-am ridicat și am continuat să dau scroll cu degetul mare.

Așa zic și eu. A fost tatăl! scrisese un utilizator care-și spunea Meow76. Curând, a primit susținerea multor altora.

Toată lumea din Lund știe ce fel de om este Adam Sandell, scrisese Misspiggylight. *Întotdeauna a fost ciudat.*

În următorul comentariu, Meow76 copiase informațiile mele personale din Eniro[22]. Nume complet, adresă și număr de telefon. Vârstă. Data nașterii.

Fierbeam de mânie. Era calomnie!

Mi-am deschis calculatorul în mare grabă și am trimis un e-mail la adresa de contact a forumului, amenințând că-i acționez în justiție. Apoi, am făcut capturi și am început să formulez o plângere la poliție.

Ulrika a coborât scările și am auzit-o deschizând răcitorul de vin.

— Vino puțin, dragă, am strigat.

După ce i-am citit e-mailul, i-am arătat capturile.

— Cu siguranță e calomnie, nu?

Am arătat ecranul cu degetul.

— Mă îndoiesc, a răspuns Ulrika. Indiferent la care te referi, nu prea ridică motive de urmărire publică.

— Adică?

— Plângerea ta nu va avea câștig de cauză.

Vineri dimineață, m-am trezit mai târziu decât de obicei, furios și neștiind cât era ceasul, dacă dormisem o oră sau o noapte întreagă. Când am coborât scările, Ulrika se sprijinea de blatul din bucătărie, într-un halat elegant, cu părul proaspăt periat. În fața ei erau două căni de cafea aburindă.

— Au venit rezultatele de la medicii legiști, mi-a spus. S-a stabilit că ora decesului lui Christopher Olsen a fost cândva între unu și trei dimineața.

— Asta înseamnă...

Ulrika a încuviințat.

---

[22] Bază de date, conținând adresele și numerele de telefon ale persoanelor.

— Sângerare externă, a spus ea, sec. Două tăieturi și patru răni.

Oricine îl ucisese pe Christopher Olsen nu înfipsese doar cuțitul în el. Nu fusese vorba despre o situație de legitimă apărare. Cineva îl tăiase de mai multe ori. Probabil cursese mult sânge.

M-am gândit la bluza pătată a Stellei. Firește că Stella putea deveni extrem de furioasă când își pierdea controlul. Și asta se întâmpla repede. Dar să fi fost capabilă să ucidă?

— Genul ăsta de violență înseamnă, de obicei, o răfuială personală, a spus Ulrika. Cel mai probabil, făptașul simțea o ură puternică față de victimă.

— Cum ar fi o fostă parteneră însetată de răzbunare?

— De exemplu.

Ulrika a suflat în cafea.

— Michael și cu mine am discutat despre apartament.

— Ce apartament?

— Despre cazarea din Stockholm. Ne putem muta săptămâna viitoare. Trebuie să ne luăm doar strictul necesar.

Mi-am ars limba cu cafeaua.

— Deja? Dar... n-ar trebui să ne gândim mai bine?

— Eu m-am hotărât, a spus, brusc. Nu pot să spun „nu" planului.

— Doar nu crezi că ar trebui să o părăsim pe Stella?

— Tot n-o putem vedea. Nu putem face nimic înainte de proces.

— Ai renunțat deja.

— Dimpotrivă, Adam. Mi-am dedicat întreaga viață dreptului penal. Ar trebui să ai încredere în mine.

M-am apropiat de ea — atât de tare, încât îi simțeam căldura respirației.

— Dă-mi pace! a spus.

Am coborât privirea și am descoperit că mâinile mele îi apucaseră antebrațele.

— Scuze. N-am vrut.

Ulrika s-a dat înapoi.

— Ești pe cale să... Nu te recunosc.

— Adică?

— Trebuie să rămânem împreună. Suntem o familie.

Mi-am lipit mâinile de coapse.

— Fac tot posibilul să țin familia asta laolaltă. Tu mă respingi.

— Michael este un avocat priceput, a spus Ulrika. Are o strategie, dar nu ne poate dezvălui toate detaliile. Trebuie să avem încredere în el. Și-a încălcat deja clauza de confidențialitate, nu pricepi?

— Nu am încredere în Blomberg.

— Dar trebuie, Adam.

Aproape plângea.

— Imaginează-ți că ea a făcut-o, am spus. Dacă a fost Stella?

Ulrika și-a întors fața, iar eu m-am apropiat din nou de ea.

— Ai aruncat telefonul și bluza. De ce? Crezi că Stella l-a ucis pe bărbatul acela?

Și-a pus mâinile pe pieptul meu. Lacrimile îi curgeau pe obraji.

— Iartă-mă, am spus.

Ulrika a clătinat din cap.

— Ești nebun. Ai fost acasă la Linda Lokind. Ai fost în apartamentul ei, Adam.

— Poliția nu face nimic. Cineva trebuie să facă ceva!

— Și eu fac ceva. Există multe căi de a face ceva, Adam. Dar nu așa. Există căi mai bune.

Și-a șters lacrimile. Nu o vedeam des plângând și eram sfâșiat de vinovăție.

— Alexandra mi-a scris ieri, a spus. E adevărat că ai așteptat-o pe Amina la sala de sport?

N-am știut ce să-i răspund.

— Nu a fost așa.

Nu înțelegeam de ce Amina îi spusese totul Alexandrei. În fond, erau vești bune, fiindcă acum avea să fie forțată să dezvăluie indiferent ce ascundea. Alexandra nu i-ar fi permis să păstreze tăcerea. Era evident că Amina știa lucruri care ar fi putut hotărî viitorul Stellei.

— Nu poți continua așa, a spus Ulrika.

— Ce să fac? Fiica mea e acuzată de crimă!

Am ieșit pe hol și mi-am smuls haina din cuier. Am deschis ușa și am închis-o cu zgomot în urma mea.

38

Am străbătut orașul cuprins de încordare. Priviri aruncate în urmă, pași apăsați. Începuse să-mi fie teamă pentru mine.

După-amiază târziu, m-a sunat Ulrika. Mă aflam pe o alee de pietriș din Lundagård, fără să știu cum ajunsesem acolo sau încotro mă îndreptam.

— Iartă-mă, iubitule, a spus ea. Nu trebuie să lăsăm asta să strice lucrurile între noi. E deja suficient de dificil.

Rezervase o masă la restaurantul Spisen și voia să știe dacă eram dispus să ne vedem acolo, seara.

Pulsul mi s-a calmat, iar eu am înconjurat lent catedrala. De fapt, nu era de mirare că lucrurile stăteau așa. Din nou, m-am gândit la cuvintele biblice: familia divizată nu putea rezista. Mi-am promis că voi fi puternic.

Am dat peste Jenny Jansdotter din întâmplare, în zona pieței. Că aș fi urmărit-o, așa cum avea să sugereze ulterior, era o prostie. De fapt, eram în drum spre Spisen, când m-am trezit cu ea în fața mea. Picioarele subțiri i se curbau, în timp ce mergea, de parcă ar fi pășit pe arcuri și nu pe tocuri înalte. Era așa de micuță, că ai fi putut-o confunda ușor cu un copil, dacă n-ar fi purtat pantofi cu tocuri stiletto, o jachetă și o poșetă luxoasă pe umăr.

Cuvintele lui Michael Blomberg, cum că Jansdotter era cea care conducea ancheta, mi-au răsunat în minte. Ea era cea care conducea acțiunile poliției și care, potrivit avocatului, lua deciziile în privința Stellei ca făptașă. Când am văzut-o acolo, nu am înțeles. De ce? Era atât de pătrunsă de munca ei, încât uita că existau și persoane reale, cu sentimente reale, care erau afectate de hotărârile ei? Cum ne putea refuza să ne întâlnim cu propriul copil? Eram chiar curios ce fel de persoană era capabilă de asta, iar când am văzut-o traversând piața Botulfs, nu m-am putut stăpâni. Am ajuns-o din urmă chiar în fața intrării dinspre vest a pieței.

— Scuzați-mă!

S-a întors repede. Cred că i-a luat câteva secunde până să-și dea seama cine eram.

— Este extrem de nepotrivit, a spus ea.

— Vreau doar să vă pun o întrebare.

Nici măcar nu mi-a răspuns. S-a întors ca mușcată de șarpe și a continuat să pășească apăsat.

— De ce nu o anchetați pe Linda Lokind? am întrebat, urmând-o. Știți că Lokind are o pereche de pantofi cu modelul pe care-l căutați?

S-a grăbit să traverseze piața și a trebuit să ridic vocea.

— De ce nu ne putem vedea copilul?

A încetinit și m-a privit cu o expresie rece.

— Vă faceți vinovat de influențare neautorizată.

— Chiar deloc. Încerc să înțeleg de ce faceți asta.

Jenny Jansdotter a clătinat din cap și s-a întors iar. În acuzația scrisă ulterior, a pretins că am apucat-o de braț și am încercat s-o opresc. Firește că nu era adevărat. De fapt, am întins doar mâna, într-o încercare disperată de a o face să mă asculte. Firește, am ridicat brațul, și nu am negat asta, însă nici nu mi-ar fi trecut prin cap să încerc să o rețin.

— Ne distrugeți viețile! am strigat după ea.

Oamenii se opriseră în jurul nostru. Fețe curioase, respirații șuierate și ochi arzători. Am ridicat mâna ca să-mi ascund fața și m-am grăbit să ajung înapoi pe trotuar, continuându-mi drumul spre cinematograf.

Ulterior, poliția avea să interogheze cel puțin zece persoane, însă niciuna nu putea confirma versiunea prezentată de Jenny Jansdotter.

39

Ulrika mă aștepta la o masă de lângă fereastră, la Spisen. M-am așezat lângă ea, iar ea și-a sprijinit capul de umărul meu.

— Scuze, iubito. Îmi pare rău.

— Nu mai suntem noi înșine.

— Te iubesc, am spus.

Corpul meu percepea foarte limpede că orice gând al unui viitor fără Ulrika era ucigător.

— Haide cu mine la Stockholm, a spus ea. Nu mai putem face nimic aici, acum. Înțelegi că nu aș putea-o abandona vreodată pe Stella, dar tot nu o putem vedea. Nu contează că suntem aici, în Lund, sau în altă parte. Trebuie să ne gândim și la noi. Am văzut mulți părinți în situația asta, familii distruse sau destrămate așa.

Avea dreptate. Câtă vreme Stella avea interdicție completă, nu puteam face nimic. Și mai rău ar fi fost ca Ulrika și cu mine să ne îndepărtăm unul de altul.

— Ce crezi că se va întâmpla cu Stella?

— Nu știu, însă procurorul pare hotărât să meargă mai departe cu acuzațiile.

Mi-a venit în minte chipul lui Jenny Jansdotter. Să-i fi spus Ulrikăi că dădusem peste ea?

— Ce crezi că s-a întâmplat în noaptea aceea? am spus.

Ulrika a devenit rigidă.

— Nu știu... Nu pot...

— Nici măcar nu te-ai gândit că s-ar putea?

— Ce să se poată? a spus, deși, probabil, pricepuse la ce mă refeream.

— Să... Dacă Stella a făcut... ceva?

Practic, îmi doream să spună „nu". M-aș fi bucurat să se supere și să se întrebe cum de îmi puteam permite chiar și numai un gând în direcția aceea, ca tocmai eu să fiu cel care se îndoia. Să mă întrebe cum de puteam renunța la logică, în loc să am dovezi pentru ideile mele.

— E clar că ideea a existat. E clar că a avut-o, însă eu refuz să cred că a și făcut ceva.

Suna atât de simplu. Prea simplu.

— Există multe indicii, a spus ea. Dar dovezile nu sunt solide.

De parcă ar fi fost doar o chestiune legală.

Și-a așezat mâna în poala mea, iar eu am mângâiat-o cu mișcări lente. După toți anii aceștia, îi cunoșteam pielea ca pe a mea.

— Nu pot să înțeleg ce ne ascunde Amina, am spus. E ceva ce nu ne spune.

Mâna Ulrikăi s-a retras.

— De ce ar minți Amina? Este cea mai bună prietenă a Stellei.

— Nu știu. Chiar nu știu. Tot ce știu e că nu ne spune totul.

— Dar nu crezi cu adevărat că Amina ar fi implicată în vreun fel?

— Nu știu ce să mai cred. Nu știu.

*

Ușor amețiți, am decis să facem o plimbare. Am mers prin oraș, fără să vorbim prea mult. Oamenii se uitau la noi, unii salutând, alții întorcând capetele. Dacă treceam pe lângă ei, le auzeam șoaptele. Ulrika mă luase de braț și mergea cu pași hotărâți, fără să se oprească.

Cred că a fost inițiativa Ulrikăi să trecem pe la Alexandra și Dino. Când am ajuns în zonă, s-a gândit că ne-ar prinde bine compania lor și le-a trimis un SMS că eram în drum spre ei.

În pragul ușii, Alexandra ne-a primit cu ochii mari.

— Voi sunteți?

În spatele surprizei, se ascundea și ezitarea. Poate că Ulrikăi îi scăpase, fiindcă a pășit hotărâtă în apartament, îmbrățișând-o strâns.

— Eram prin apropiere, în drum spre casă. Am trimis un mesaj, dar nu mi-ați răspuns.

Alexandra m-a privit peste umărul ei.

Dinăuntru a apărut Dino, purtând doar pantaloni trei sferturi și cu o bere în mână. Când ne-a văzut, a zâmbit larg și ne-a copleșit cu îmbrățișări.

— Ce mai faceți? a spus Alexandra. Ce mai face Stella?

Ne-am povestit ultimele evenimente. Dino m-a târât în living, unde se auzea vocea unui comentator de fotbal, în timp ce o muzică în surdină se revărsa din boxe. Ușa balconului era larg deschisă, iar aerul nopții se strecura înăuntru aducând un parfum de vară indiană.

— 2–1, a spus Dino, făcând un gest spre ecran.

— OK.

Puțin îmi păsa.

— Pari atât de obosit. Poate că nu-i atât de ciudat, a spus. Uite, ia o bere.

A luat o doză din răcitor și mi-a întins-o.

— Amina a primit orarul. Știi ce? Are cursuri și teste obligatorii sâmbăta. Au voie să facă așa ceva?

Nu eram sigur dacă vorbea serios.

— Am sunat oricum, să le spun.

— Chiar ai făcut asta?

— Amina are meciuri importante sâmbetele. Cred că ne-am clarificat. Așa mi s-a părut.

M-am întors și le-am căutat cu privirea pe Ulrika și pe Alexandra, însă se retrăseseră în bucătărie. Aș fi preferat să nu vorbesc cu Dino. Aș fi vrut să nu vorbesc deloc. Exista un singur motiv pentru care acceptasem să vin.

— Îți amintești că spuneam mereu că Amina învață lucrurile din cărți, iar Stella de pe stradă? a spus Dino. Se potriveau atât de bine, și pe teren, și în viață.

— Mhm.

Era dificil să mă concentrez, în timp ce muzica zumzăia și vocea comentatorului răsuna în continuare, iar vocile soțiilor noastre se auzeau dinspre bucătărie.

— Stella e o supraviețuitoare, a continuat Dino. O luptătoare.

Am mormăit ceva și m-am apropiat de boxele stației.

— E în regulă dacă opresc muzica?

— Sigur, a răspuns Dino și a oprit-o el.

În bucătărie, soțiile noastre vorbeau despre Stockholm. Alexandra spunea că i se părea o idee bună să ne îndepărtăm de toate, pentru o vreme.

Am privit spre camera Aminei.

— E acasă? am întrebat.

Dino a clătinat din cap.

— Nu e?

— Nu.

Și-a scărpinat gâtul și a luat câteva guri mari de bere.

— E în camera ei? am întrebat, arătând spre ușă.

— Nu, nu e acasă.

Am făcut un pas în față și am pus mâna pe clanță.

Adevărul trebuia să iasă la iveală.

— Ce naiba faci? Oprește-te!

Dino a sărit de pe canapea.

— Amina? am spus și am băgat capul pe ușă.

Într-un colț al camerei slab luminate, Amina stătea la birou și citea. S-a întors.

Dino s-a aruncat spre mine, prinzându-mă cu brațele și smulgându-mă cu forța din cameră.

— Opriți-vă! strigau Ulrika și Alexandra.

Dar Dino nu s-a oprit. Mi-a răsucit brațul la spate atât de tare, că aproape s-a rupt, și m-a împins în fața lui.

— Ce faci? a strigat Ulrika.

Alexandra a fugit să-l oprească pe Dino.

— Stai!

— Pleacă de aici în clipa asta, a spus Dino, împingându-mă pe hol.

Și-a proptit genunchiul în spatele meu și m-a lipit cu obrazul de perete.

— Ești nebun, am spus.

— Calmează-te! a strigat Dino.

În toată agitația, am surprins oroarea din privirea Ulrikăi.

— Ce s-a întâmplat?

Am încercat să răspund, dar Dino mi-a luat-o înainte.

— A intrat cu forța în camera Aminei.

Toate protestele mele au fost degeaba.

— Ce credeai că faci? a spus Ulrika.

Brutalitatea lui Dino m-a amuțit. Așteptam să răspundă la întrebarea Ulrikăi, să se ajungă la o explicație pentru această reacție complet exagerată. Dar, când am reușit să mă întorc, am văzut că nu pe Dino îl întrebase Ulrika, ci pe mine.

— Ai intrat în camera ei? Fără permisiune?

— Nu era încuiată, m-am bâlbâit. Dino a spus că nu e acasă.

— Ce se întâmplă, Adam?

Ulrika și-a cuprins fața în mâini. Avea obrajii foarte palizi.

Nu înțelegeam. Tot ce făcusem era pentru a ne ține familia laolaltă. Știam că tot ce se întâmplase mă schimbase. Dar eram un om mai bun, un tată mai bun, un cap de familie mai bun. Făceam totul pentru familia mea. Ulrika ar fi trebuit să aprecieze.

— Adam, a spus ea. Adam, te rog.

Dino m-a privit cu milă. Când mi-a dat drumul, m-am împiedicat de o pereche de pantofi de pe hol și am căzut lângă ușă.

— Minte, am spus. Amina știe mai multe decât spune.

Toți trei m-au privit ca pe cineva care dezvăluie că suferă de o boală incurabilă.

— Îmi pare rău pentru tine, a spus Dino și s-a întors spre Ulrika, dar nu o amestecați pe Amina în povestea asta.

Ulrika a încuviințat încet, iar Alexandra a înconjurat-o cu brațul.

— Am vorbit deja cu Amina. Nu știe nimic despre ce s-a întâmplat.

— Înțeleg, a spus Ulrika. Sper să ne puteți ierta. Nu mai suntem noi înșine.

Mi-am luat pantofii și haina și am ieșit pe scări. Simțeam că mi se dezintegrează creierul. Gândurile îmi treceau prin cap ca niște cai sălbatici, îmi urlau în urechi și făceau ca o mulțime de imagini să-mi danseze prin fața ochilor. Nu știu dacă am spus ceva în drum spre casă. În mintea mea e un gol când mă gândesc la asta. Delir temporar. Bănuiesc că un avocat al apărării priceput ar fi putut obține o achitare.

40

Restul weekendului am zăcut cu febră și cu o migrenă îngrozitoare. Doar să mă mișc de pe pat pe canapea presupunea un efort cumplit, și m-am hrănit cu supă de măceșe, tartă cu pui și Alvedon.

— Poate ar trebui să vorbești cu cineva? a spus Ulrika.

Am închis televizorul. Fiecare zgomot îmi răsuna în urechi ca un răcnet.

— Ce ar putea face un medic?

Ulrika s-a așezat pe canapea și m-a mângâiat pe genunchi.

— Nu m-am gândit la un medic.

Mi-am tras plapuma sub bărbie.

— Ai putea avea nevoie să discuți cu cineva.

— Ce să-i spun? Că am acționat împotriva tuturor lucrurilor în care cred, împotriva oricăror principii morale? Că am mințit poliția și am mers acasă la martori și i-am hărțuit? Am făcut totul pentru familia mea, însă acum soția mea e convinsă că sunt pe cale să-mi pierd mințile.

— N-am spus asta. Suntem în mijlocul unei crize. Nu mă mai mir că suntem gata să ne prăbușim.

— Noi?

Ulrika nu mă mai privea.

— Avem mecanisme diferite de a înfrunta crizele.

Luni dimineață, s-a dus cu avionul la Stockholm pentru niște întâlniri, dar și ca să preia cheile de la apartament.

Am primit un mesaj însoțit de un selfie și promisiunea că vom ieși cu bine din asta. Mi-a scris că mă iubește și că ar trebui să le putem rezolva pe toate.

Dimineață, i-am sunat pe Alexandra și pe Dino și i-am rugat frumos să mă ierte. Ar fi putut oare să-i transmită scuzele mele Aminei? Au fost înțelegători și au spus că sperau să se încheie curând coșmarul ăsta.

Am reușit să ies puțin din casă. M-am împleticit prin cartier, cu privirea încețoșată și gândurile învălmă-șindu-mi-se prin cap. Fiecare persoană întâlnită s-a uitat lung la mine. Un bărbat cărunt, cu geacă matlasată, a mormăit și a clătinat din cap, dar când am întrebat ce a spus, a părut ofensat, de parcă nu avea idee la ce mă referisem.

Ulrika înghesuise deja cutii pentru mutare pe hol. Începuse să împacheteze lucrurile importante. M-am oprit și m-am uitat lung la ele. Am deschis o cutie și am scotocit prin ea. Viața noastră, strânsă în opt cutii pentru banane. Am simțit o strângere de inimă.

Cu două săptămâni înainte, eram încă o familie foarte obișnuită.

Joi, am așteptat-o pe Ulrika în stație. S-a dat jos din autobuz și a zâmbit, în soare.

Ne-am îmbrățișat pentru o veșnicie. Am rămas acolo ca într-o bulă în timp și ne-am agățat unul de celălalt, două trupuri menite să fie împreună, sudate prin iubire, de vreme și de soartă. De Dumnezeu? În mijlocul autobuzelor și al bicicliștilor care claxonau, al studenților în întârziere, cu paharele lor de carton pline cu cafea, al reprezentanților clasei de mijloc, care purtau haine de la second-hand, m-am gândit nu că am fost făcuți unul pentru celălalt, că ar fi existat un plan pentru mine și Ulrika, dar că știam că timpul și iubirea ne legaseră pentru totdeauna, până când moartea avea să ne despartă.

Am mers strânși unul în altul pe Clemenstorget și am coborât pe Bytaregatan. În minte auzeam cuvintele lui Pavel: „Cel care nu are grijă de propria familie și-a abandonat credința în Hristos".

— Cum te simți? m-a întrebat Ulrika.

— Groaznic, am răspuns, cu sinceritate.

— Te iubesc, Adam. Trebuie să fim puternici.

— De dragul Stellei, am spus.

Apoi, ne-am așezat din nou în fotoliile din biroul lui Michael Blomberg. El purta o cămașă albastru-pal, cu pete mari de sudoare sub brațe.

— Am făcut rost de raportul anchetei preliminare împotriva lui Christopher Olsen, ne-a anunțat el, cu triumf în glas. Doar unele detalii rămân ascunse.

A fluturat un teanc de hârtii.

— Ascultați. Una dintre discuțiile cu Linda Lokind.

M-am lipit de fotoliu.

— *AN: Aceste detalii pe care le-ați oferit despre Christopher...*

— Cine este AN? l-am întrerupt.

— Agnes Thelin, comisar anchetator, a spus Blomberg, ridicând privirea. „AN" vine de la anchetator.

— OK, OK.

Blomberg a continuat să citească.

— *Înțelegi, Linda, că acestea sunt niște acuzații foarte grave împotriva lui Christopher. Dacă lucrurile pe care le-ai spus nu sunt întru totul adevărate, trebuie să recunoști acum.*

— Dar, sincer, am zis eu, gesticulând, chiar poate spune asta? Poate pretinde că Linda minte?

Blomberg a oftat adânc și a continuat.

— LL, adică Linda Lokind, a spus el, aruncându-mi o privire. *LL: Poate că da... Nu știu. Uneori, nu sunt sigură că lucrurile s-au întâmplat cu adevărat sau numai în imaginația mea. Simt că s-au întâmplat. Chiar așa simt.*

Blomberg ne-a privit cu gravitate, înainte să continue.

— *FL: Declari lucruri neadevărate, Linda? Tot ce vrem noi este adevărul. LL: Nu știu. Nu-mi amintesc. Totul se amestecă, realitatea și... visele.*

Nu știam ce să cred. Nu suna cum trebuie. Oare Linda Lokind chiar nu făcea deosebirea între vis și realitate? Blomberg i-a întins foile Ulrikăi.

— Continuă tot așa. Linda Lokind nu știe ce s-a întâmplat cu adevărat și ce a fost doar vis sau fantezie. Cu alte cuvinte, o nebunie. Nu e de mirare că ancheta preliminară a fost abandonată.

Soția mea cerceta teancul de hârtii.

— Deci Christopher Olsen nu a bătut-o niciodată pe Linda?

Poate că așa era, în fond? Dar că Linda nu distingea între vis și realitate, asta-mi venea greu să cred. Dimpotrivă, credeam cu tărie că mințea deliberat. Era ceva ce îi stătea în fire. Mă mințea pe mine, poliția, pe toată lumea. Trebuia să aflu în ce privință.

41

Ulrika și cu mine am părăsit biroul lui Blomberg și am străbătut trotuarele în zigzag din Klostergatan. Un bărbat mai în vârstă, cu o haină de culoarea nisipului, s-a oprit în fața noastră și s-a uitat lung la mine, de parcă aș fi fost o fantomă. Am trecut repede pe lângă el, privind în vitrine.

Am intrat în Patisserie, ne-am dus la o masă într-un colț mai ascuns, unde am băut cafea și am mâncat pateuri cu smântână și marțipan.

— Arăți diferit, a spus Ulrika.

— Sunt mai în formă? Am reușit să dorm puțin.

M-a privit o vreme, cercetându-mă pe îndelete. M-am simțit în siguranță, de parcă ochii ei m-ar fi acoperit de căldură și grijă.

— Acum știu ce e. Gulerul, a spus ea. M-am dezobișnuit să te văd fără el.

M-am uitat în jos, trăgându-mă de bărbie. Nu mă gândisem să renunț la guler; nici nu fusese decizia mea. În ultimele zile, uitasem să mi-l pun.

— Vrei să citești? m-a întrebat Ulrika, și a pus teancul de hârtii conținând ancheta preliminară pe masă.

Ne-am împărțit paginile și le-am citit alternativ. Din când în când, oftam, ne priveam și clătinam din cap. Fără îndoială, Linda Lokind părea o persoană confuză, care dădea constant impresia că ceva nu se potrivea. Pe baza rezultatelor anchetei preliminarii, nu prea puteai învinui Procuratura că îl absolvise pe Christopher Olsen de toate suspiciunile. Acuzațiile Lindei Lokind păreau fabricate de o parteneră răzbunătoare și instabilă mintal, care fusese dezamăgită și părăsită. Dar erau lucrurile chiar atât de transparente?

Când ne-am întors în stradă, Ulrika a vrut să dăm o raită prin oraș.

— Am nevoie de o eșarfă. Nu durează mai mult de jumătate de oră.

— Nu-mi place, am spus.

— Ce anume?

— Cum ne privesc oamenii.

— Mă grăbesc, a promis ea.

Mormăind, am urmat-o în Åhléns, cu capul plecat și subsuorile transpirate. M-am ținut tot timpul aproape de ea. Când am scăpat, în sfârșit, am lăsat o monedă în palma femeii care tremura la intrare. Mi-a urat să mă binecuvânteze Dumnezeu.

— Intrăm repede și în H&M? a întrebat Ulrika.

— Fără H&M. Imposibil.

— Lasă-i să se uite.

— Dar ar putea pune întrebări. Personalul, adică.

S-a uitat la mine și a ridicat o sprânceană.

— Se va termina curând. Când ne mutăm de aici…

Am inspirat adânc și mi-am urmat soția în nenorocitul de H&M, direct pe scări. Când am dat peste o fată din personal, m-am îndreptat spre zona dedicată bărbaților și am coborât iar. Încercând să mă protejez de lumea din jur, am scos niște cămăși din rând și m-am apropiat atât de mult de haine, încât mirosul lor de nou m-a izbit în nas. Au trecut câteva minute, iar eu am continuat să stau acolo, lipit de cămășile în dungi. Oare Ulrika avea să fie gata curând? Am făcut un pas într-o parte, să verific.

— Adam? Tu ești?

O singură greșeală și m-a costat! Am recunoscut vocea și tonul caracteristic ale lui Betty Boop. Cu siguranță, dacă trebuia să discut cu una dintre fetele de la H&M, o preferam pe Benita.

— Bună, a spus, privindu-mă cu un amestec perfect de implicare și încântare.

— Bună și ție, am spus, înghițindu-mi oftatul.

Benita era de vârsta Stellei și începuse să lucreze aici în același timp cu ea. De câteva ori, venise la noi acasă și îmi plăcuse de ea. Era inteligentă și optimistă, o fată deschisă, care visa să devină cântăreață. Discutaserăm, mai în glumă, mai în serios, că ar fi trebuit să concureze la „Idol".

M-a îmbrățișat.

— Mă gândesc tot timpul la voi, mi-a spus. Ce vești ai de la ea?

M-am uitat prin magazin. Părea liniștit. Nimeni nu trăgea cu urechea.

— Nu e bine, am spus. Totul sugerează că e nevinovată, și totuși procurorul refuză să o elibereze. Asta aproape că m-a făcut să-mi pierd încrederea... în sistemul judiciar.

— Înțeleg, a spus Benita. Verișorul meu a fost arestat vara trecută, doar fiindcă se întâmpla să cunoască pe cineva care împușcase pe altcineva.

Am încuviințat, dar nu am spus nimic. Nu pricepeam care era legătura cu Stella.

— Cât de aiurea că nu mai poate lucra! Dar îi puteți înțelege și pe șefi. Sentimentul de siguranță al clienților ar fi categoric afectat dacă ar recunoaște-o pe Stella, așa că ar fi publicitate negativă.

— Așteaptă, ce vrei să spui? Nu i se mai permite să lucreze?

Benita și-a acoperit gura cu mâna.

— Credeam că v-a povestit. Malin i-a scris acum câteva zile.

— Stella este sub interdicție absolută în arest. Nu poate comunica decât cu avocatul ei.

Benita a privit peste umăr.

— Eu..., a spus, arătând către case. Salutați-o pe Stella, în orice caz. Sper că totul se va termina cu bine.

— E în regulă, am zis, ca să o liniștesc.

Nu am ridicat deloc privirea cât timp m-am îndreptat spre scări. Ulrika nu era nicăieri. La jumătatea distanței, a trebuit să mă apuc de balustradă. Aerul a părut să se îngroașe și am văzut dublu. Am făcut ultimii pași clătinându-mă. Peste tot în jurul meu erau voci, însă totul se amesteca într-o magmă de sunete incomprehensibilă. O mână mi-a atins brațul, dar m-am tras la o parte, împingându-mă printre hainele dinspre ușă și am continuat spre ieșirea în stradă, în timp ce mașinile claxonau. În fața vitrinei agenției de turism, m-am aplecat și am inspirat adânc, convins că aveam să vomit în orice clipă.

42

Am străbătut în viteză Stora Södergatan. Era ceva ce nu mai suporta amânare. Trebuia să înțeleg ce se întâmplase. Mințise Linda Lokind cu privire la atacuri și la comportamentul tiranic al lui Christopher Olsen? Dacă era așa, de ce continua să susțină minciuna, acum că acesta era mort? Și de ce spunea, în interogatoriu, că amesteca realitatea cu fantezia? Nu se potrivea.

După vizita mea anterioară, aș fi putut jura că Linda ascundea ceva, dar, în același timp, auzisem de atâtea ori ce spusese ea de la alte femei, care fuseseră abuzate în relații intime.

Nu credeam că Linda Lokind era atât de bolnavă, încât să nu poată face diferența dintre realitate și fantezie. Poate că începuse să creadă asta când poliția nu-i luase acuzațiile în serios? În schimb, hotărâse oare să se răzbune pe Chris Olsen în felul ei? Nu părea foarte probabil să-l lase să scape, după tot ce îi făcuse.

Dar de ce pomenise numele Stellei? Știa ceva despre ea sau doar citise toate prostiile din mediul online? Întrebările mă asaltau. Trebuia să aflu răspunsurile.

Făceam doar ceea ce mi se părea important, așa cum ar fi procedat orice tată în situația mea.

M-am oprit pe Tullgatan, în fața clădirii în care locuia. Nu-mi amintesc prea bine cum am intrat, deși, alergând în sus pe scări, am spus o rugăciune de mulțumire.

Dumnezeul meu este drept și iertător.

Știam că fac lucrul corect. O familie destrămată nu poate exista. Oricine nu are grijă de familia lui și-a abandonat credința.

Linda Lokind a descuiat ușa și s-a uitat la mine prin crăpătura permisă de lanțul de siguranță.

— Iar tu?

Privirea i-a sclipit în penumbra de pe casa scării.

— Pot să intru? Am doar câteva întrebări la care am nevoie de răspunsuri.

S-a uitat la mine, încrețindu-și fruntea.

— Așteaptă puțin, a spus, închizând ușa.

Am presupus că va desprinde lanțul de siguranță, însă au trecut secunde bune și nu s-a întâmplat nimic. Am rămas acolo, uitându-mă la ușa închisă, tăcută. Nu voia să mă lase să intru? Am așteptat răbdător câteva minute, apoi am apăsat iar pe sonerie.

Imediat, picioarele ei au lipăit pe podea. S-a lăsat liniștea. I-am spus numele și, în sfârșit, a deschis ușa.

— Scuze, a durat puțin. A trebuit să... Hai înăuntru.

Mi-am agățat haina și m-am aplecat să-mi dezleg șireturile. Cu coada ochiului, m-am uitat la raft. Dispăruseră. Toți ceilalți pantofi rămăseseră pe raft, dar fix perechea la fel cu a Stellei dispăruse.

— Nu va dura mult, am spus..

M-a privit surprinsă și a arătat spre propriul gât.

— Nu ai...

— Gulerul de preot, am spus și am pipăit locul. Nici măcar preoții nu sunt mereu la datorie. Uneori au nevoie și ei de intimitate.

A zâmbit ezitant și s-a așezat.

— Da, așa este, am spus, gândindu-mă cum să formulez întrebările. Data trecută mi-ai povestit că Christopher te bătea. Cred că este adevărat.

— Așa, a spus ea, cu o expresie în continuare ezitantă.

— Dar de ce ți-ai retras cuvintele la interogatoriu? Ai spus că nu deosebeai realitatea de fantezie. Dar știai de fapt, nu?

— Nu mă credea nimeni.

— Deci ți-ai retras acuzațiile fiindcă nu te credea nimeni?

— Mhm.

— Ai dificultăți în a face deosebirea între realitate și fantezie?

Linda s-a uitat în altă parte.

— Poliția nu te-a ascultat, am spus. Ce voiai să faci?

Și-a schimbat poziția pe scaun.

— Nimic. Sau...

— Sau?

Și-a răsucit brațul și s-a scărpinat pe umăr. Nimic nu-mi spunea că femeia ar fi fost nebună și n-ar fi putut deosebi realitatea de fantezie. De ce afirmase asta în cursul interogatoriului?

— Știu cine ești, a spus, brusc.

Am încremenit.

— Ce vrei să spui?

— Am aflat după ce ai fost aici prima oară.

Am deschis gura, însă cuvintele mi s-au blocat în gât.

— Mă gândeam deseori să mă răzbun pe Chris, a spus Linda Lokind. Nu cred că aș fi fost în stare să-l ucid, deși mă gândeam la feluri de a-i face rău. Chiar așa.

S-a uitat la mine.

— Îmi pare rău, a spus, lăsând umerii în jos. Stella a fost cea care l-a ucis pe Chris. Eu am încercat s-o avertizez. Înțeleg că preferi să nu crezi, dar poliția are dreptate. Fiica ta a făcut-o.

Nu mă puteam mișca. Mă prăbușeam pe dinăuntru. Gândurile mi se înecau, iar eu eram blocat în beznă.

— Minți.

A clătinat din cap.

Și-a aranjat lent mâneca bluzei și s-a uitat la ceas.

S-a auzit o bătaie în ușă. De trei ori, tare.

Linda s-a ridicat, iar picioarele aproape că mi-au cedat când am urmat-o. Camera se învârtea cu mine.

— Trebuie să plec, am spus.

Linda mi-a luat-o înainte. Am rămas în mijlocul livingului, în timp ce ea a ieșit pe hol. Am auzit-o vorbind supărată. Pe casa scării se auzea vocea unui bărbat, însă nu mi-am dat seama ce spunea. Între timp, mă îndreptam spre bucătărie, căutând un loc în care să mă ascund sau o cale de scăpare, nu știam precis ce.

Am văzut doar spatele Lindei, când a închis ușa. Mișcările ei deveniseră ezitante. Din instinct, m-am tras la o parte, ca să nu fiu văzut.

A intrat un bărbat, fără să se descalțe. Călca hotărât pe podeaua de lemn, și, fără să mă gândesc, am făcut un pas într-o parte și am apucat gâtul vazei în formă de sticlă. Cred că e ceva inerent uman. Cine nu a avut vreodată parte de o amenințare directă la adresa lui și a familiei lui nu poate înțelege. Te aperi pe tine și pe cei dragi. Iei decizii iraționale și comiți excese. Oricine nu poate scăpa trebuie să lupte.

Am ridicat vaza de la podea, ca să-mi dau seama cât era de grea, și mi-am dat seama că aveam nevoie de ambele mâini. În timp ce priveam în jur, bărbatul a apărut în fața mea. I-am văzut ghetele negre, lucioase, și am simțit un val de adrenalină.

— Poliția!

S-a aruncat asupra mea.

Totul a decurs atât de repede, încât camera s-a rotit cu mine, iar cioburile au căzut în jurul nostru ca o ninsoare neașteptată. În clipa următoare, eram la podea, cu obrazul presat de ea, și nu mai puteam respira. Mă simțeam de parcă aș fi fost călcat de mașină, de parcă îmi rupsesem spinarea, iar durerea mă înjunghia ca un pumnal în coaste.

— Adam Sandell? a întrebat polițistul.

N-am putut decât să gem.

— Adam Sandell? a repetat el, până când, într-un târziu, am reușit să confirm că era numele meu.

Doar după ce m-a smuls de la podea, mi-am dat seama că erau doi. Celălalt polițist era lângă Linda și se uita la mine cu dispreț, în timp ce scotea cătușele.

— Ești înarmat? a întrebat.

— Înarmat? Ești nebun?

— N-ai asupra ta nici obiecte ascuțite?

Am fost percheziționat și mi s-a spus că ar trebui să-i urmez la secție, pentru a fi interogat. Când am vrut să știu dacă eram acuzat de ceva, am avut parte de răspunsuri evazive. Trebuia să aștept până când ajungeam la secție.

Rugămințile mele de a mi se slăbi cătușele au fost întâmpinate cu tăcere. Mașina s-a oprit în spatele secției, iar eu am fost condus prin parcare, ca un infractor, între cei doi polițiști masivi.

43

După treizeci de minute de așteptare, a apărut Agnes Thelin. A intrat în camera de interogatoriu și a pus cheile și portofelul meu pe masă.

— Îți reținem telefonul pentru verificarea tehnică, a spus ea, fluturând o decizie a procurorului.

— Verificare tehnică? De ce sunt acuzat?

Agnes Thelin a făcut o mină îngrijorată, de parcă i-ar fi păsat de mine cu adevărat.

— Linda Lokind ne-a contactat deja după ce ai fost prima oară la ea, Adam. Era speriată. I-ai smuls răspunsuri pretinzând că erai cine nu ești.

— S-a întâmplat să am gulerul de preot.

— Ai pretins că o reprezinți pe Margaretha Olsen.

Asta nu puteam nega, chiar dacă credeam că fusese doar o exagerare fără importanță. Cu siguranță nu justifica brutalitatea poliției.

— Am decis ca Linda să ne contacteze, dacă reveneai, a continuat Agnes Thelin. Așa că a durat ceva până când ți-a deschis ușa.

— Dar de ce mă aflu aici? Nu am încălcat nicio lege.

— Mi-ai lovit colegul cu o vază.

— L-am lovit? Asta pretinde el?

— Nu pretinde nimic. Erați patru în cameră.

— Dar trebuie să o interogați din nou pe Linda Lokind! A recunoscut, în fața mea, că toate acuzațiile aduse lui Christopher Olsen erau adevărate. A bătut-o în repetate rânduri și femeia s-a gândit la diverse moduri de a se răzbuna pe el.

— Nu pot comenta detaliile anchetei, Adam. Trebuie să ai încredere că ne facem meseria.

— Cum aș putea? Fata mea este arestată, în ciuda lipsei de probe!

— Tocmai am primit rezultate noi de la laborator. Tehnicienii noștri au găsit niște urme ușoare pe tălpile pantofilor Stellei care se potrivesc cu urmele de la locul crimei. Suntem convinși că urmele provin de la pantofii ei.

— Nu este adevărat.

— Firește că este.

— Dar le-ar fi putut lăsa oricând. Stella are un alibi!

Agnes Thelin și-a sprijinit bărbia în pumni. Avea ochii ușor sticloși, însă hotărâți. Am înțeles că nu ajungeam nicăieri cu asta. Totul fusese decis. Ea și procurorul Jansdotter hotărâseră că Stella era vinovată și că eu mințeam. Nimic din ce spuneam nu avea să-i schimbe atitudinea.

— Cum te simți, Adam? Ai încălcat niște limite în ultima vreme.

Mi-am apăsat tâmplele cu pumnii, ca să scap de pulsația continuă.

— Procurorul Jenny Jansdotter a depus o plângere împotriva dumitale, a continuat Thelin, ridicând o hârtie de pe birou. Ai atacat-o pe stradă, ai strigat la ea și i-ai vorbit amenințător.

— Am atacat-o? Am fost amenințător?

Am văzut negru în fața ochilor. Am căutat pe masă ceva de băut. Îmi simțeam gura uscată. Lumina era atât de puternică, încât a trebuit să mijesc ochii.

— Adam?

— Vreau un avocat.

M-am simțit aproape ușurat când Michael Blomberg a intrat pe ușă și s-a trântit lângă mine.

— Ai încredere în mine, a spus el, așezându-mi o mână imensă pe umăr.

Ulrika îl chemase aici.

— Nu am atacat-o pe Jansdotter, am reușit să îngaim.

— Firește că nu, a spus Blomberg. Sunt niște acuzații complet deformate. Nu trebuie să-ți faci griji.

Eram captiv într-un coșmar.

— Înțeleg că e cumplit, a spus Agnes Thelin. Și că nu te simți bine.

Blomberg a ridicat o mână.

— Am îndoieli tot mai mari cu privire la felul în care vă faceți treaba, a spus.

L-am privit. În sfârșit, făcea ceva.

Agnes Thelin a continuat, fără să pară deranjată.

— O să-ți spun ceva care poate ți se va părea șocant și oribil, însă, pe termen lung, cred că va veni ca o eliberare, Adam.

M-am întors spre Blomberg, care-și aranja cravata.

— Știu că încercai doar să-ți protejezi fiica, a spus Agnes Thelin. Dar nu mai merge așa.

M-a cuprins un soi de calm. Nu înțelegeam de unde venea. Pulsațiile din tâmple au încetat și am simțit un șuvoi de salivă. Am văzut din nou limpede. A fost de parcă, în sfârșit, mă racordasem la prezent.

— Ieri, am interogat-o din nou pe Stella, a spus Agnes Thelin. Au apărut informații noi.

Am văzut în fața ochilor ce urma să se petreacă, în câteva secunde. Viitorul era un film care rula în capul meu, chiar înainte să existe.

— Stella a declarat că nu a ajuns acasă atât de devreme cum ați spus.

— Nu?

— Crede că era trecut de unu, poate chiar spre două.

— Dar nu e așa.

Am clătinat din cap, cu fermitate.

— Era beată. Greșește cu privire la oră.

Secundele s-au scurs cu încetinitorul. L-am privit pe Blomberg, care s-a uitat la Thelin, care m-a privit pe mine. Știam toți trei. Era doar un joc, nimic altceva. Un spectacol.

— Stella nu a spus doar atât.

Mi-am umplut plămânii cu aer.

— A fost acolo, a spus Agnes Thelin. Stella a fost pe terenul de joacă de pe Pilegatan, când Chris Olsen a fost ucis.

— Nu, am spus eu. Nu a fost așa.

— A recunoscut că a fost acolo, Adam.

Mi s-a încețoșat din nou privirea. Aerul s-a îngroșat.

— Nu, am repetat eu. Nu, nu, nu.

— A recunoscut.

FIICA

„Nu crezi că o crimă atât de măruntă și-ar găsi iertarea după o mie de fapte bune?“

FEODOR DOSTOIEVSKI, *Crimă și pedeapsă*

„Știa că, de acum înainte, toate zilele lui vor fi la fel
și fiecare va purta cu ea aceeași suferință.
Și a văzut săptămânile, lunile, anii care-l așteptau,
care se succedau, fără milă, îl copleșeau, se prăbușeau
peste el și îl sufocau lent.“

ÉMILE ZOLA, *Thérèse Raquin*

44

Cel mai urât lucru la celula asta nu e patul tare, în care de abia te poți întoarce. Nu e lumina vagă. Nici măcar urmele dezgustătoare de urină învechită de pe scaunul toaletei. Cel mai urât este mirosul.

Este de nedescris.

Teddy nu e de acord cu mine. Totul poate fi descris, spune el. Da, da, sigur.

Spune că ar trebui să-l descriu fără adjective.

Fără adjective?

Înțeleg. E un truc tipic pentru profesori. Asta îi învață când participă la conferințele acelea de pregătire. Să oblige elevii să descrie ceva fără să folosească adjective. Să oblige mintea să facă adunări fără să folosească plus. Să te oblige să stai în mâini fără să îți folosești mâinile.

Gramatica e la fel de amuzantă ca un furuncul pe interiorul coapsei. *Adjectivele sunt cuvinte care ne învață cum sunt lucrurile.* Descriu însușiri, cum este ceva, cum arată.

Sau cum miroase.

Adjectivele există doar ca să descrie cum sunt alte lucruri. Este singura misiune în lume pentru adjective. Teddy vrea totuși să *nu* le folosesc ca să descriu mirosul de aici.

Pretinde că nu poate înțelege. Că exagerez, că mi s-a fixat în creier. Răspund că e posibil să am un simț al mirosului foarte dezvoltat.

— Sigur, așa se spune.

Râde.

Teddy râde adesea. Este o însușire plăcută. Majoritatea profesorilor aveau exerciții mai interesante decât râsetele.

— Serios, dacă există cuvinte speciale care descriu cum este ceva, de ce să nu le folosesc?

— Se numește *shaping*. Arăți, nu spui. Nu există o expresie potrivită în suedeză.

Râdem la ironia asta.

No wonder[23] că nu m-am descurcat la suedeză. Deși mi s-a spus mereu că scriu bine, că mă exprim frumos și tot așa, era prea multă gramatică, erau și alte chestii, reguli de urmat, excepții de înțeles foarte repede. Nu am fost niciodată o persoană care să se supună regulilor.

Cred că e vorba, în parte, și de o tulburare obsesiv-compulsivă. Dacă există o regulă, trebuie să o încalc.

Teddy nu e ca alți profesori pe care i-am avut. În liceu, am avut-o pe Bim la suedeză. Așa se numea. Bim. Era o tanti urâtă, care ar fi trebuit să se pensioneze în secolul douăzeci.

A fost mentorul meu. De obicei, spun că mi-a distrus cariera academică, deși e limpede că glumesc. Teddy înțelege. Se pricepe la asta. Înțelege ironia, are umor.

Îi citeai imediat lui Bim în ochi că nu mă plăcea. Cu siguranță, nu îi plăcea nimeni din clasa noastră, fiindcă vorbea doar despre cât era de talentat grupul de la științe sociale și despre faptul că nu cerea mult de la noi, elevii inutili din clasa de economie. Dar măcar trebuia să scriem rezonabil și să fim capabili să citim toate scrisorile de la

23 Nu e de mirare (în lb. engl. în orig.)

autorități pe care urma să le primim ca adulți. Mie chiar nu îmi pasă când nu mă plac oamenii — este dreptul lor, însă mă deranjează când oamenii sunt atât de proști, încât nu reușesc să o ascundă. Bim își lipea un zâmbet fals sub ochelarii cu rame pătrate și spunea: „Bună dimineața, băieți și fete".

Probabil că nu m-au plăcut mulți profesori. Nu de dragul meu așteptau cu interes să revină la muncă în serile de duminică. Nu am fost o elevă model. Probabil ar fi fost mai în regulă dacă eram băiat. Atunci ar fi existat explicația aceea cu *boys will be boys*[24] și tot așa.

Dar Teddy este diferit.

— Cum naiba ai ajuns tu profesor? întreb.

Atunci râde. Pare să-i țâșnească drept din inimă.

— Nu ai putut să intri în alt program, sau ce?

Înșiră repede toate clișeele despre profesia asta importantă, interesantă și amuzantă, și despre satisfacția de a lucra cu tinerii.

— OK, te referi la drogați și la membrii bandelor. Sună palpitant.

Oftează și dă ochii peste cap.

— Deci, câștigi aproape la fel de bine ca un asistent social? spun eu, ca să-l enervez.

Dar Teddy nu mi-o ia în nume de rău. Nu e genul care să se lase ușor provocat, ceea ce reprezintă, cred, un mare avantaj, dacă lucrezi în domeniul lui.

Așa că încă încerc. De dragul lui Teddy. Și pentru că nu am ceva mai bun de făcut. Încerc să descriu fără adjective.

— Aici miroase a... datorii vechi, sugerez, gata să și notez.

— Vechi...

— ... este un adjectiv. Da, da, ce naiba?

---

[24] Băieții rămân tot băieți (în lb. engl. în orig.)

Răbdarea lui Teddy este impresionantă. Nu i-am înțeles niciodată meseria. Eu încep să mă agit de îndată ce un client îmi cere prea multe și trebuie să respir într-o pungă ca să nu țip: „Hei, asta costă în jur de o sută zece coroane și încă mai poți cumpăra!"

În final, mă decid să formulez:

Aici miroase a claustrofobie. Anxietatea și teama se ridică precum fumul din podea. Fiecare gând pe care l-am avut între aceste ziduri mi se târăște afară din nas. Miroase a sudoare, a groază, a spermă și a vină.

Nici măcar un singur adjectiv.

Teddy mă laudă. Mă laudă mereu, fiindcă și asta e inclus în repertoriul său, deși, de data asta, pare diferit, dând impresia de realitate.

— Foarte sugestiv. Poetic.

Firește că m-a subestimat.

Înainte să plece, trebuie întotdeauna să ne strângem mâinile. Este un obicei ciudat și pare nefiresc. Poate că e un lucru care li se potrivește lor, tipilor duri din departament. Chiar și așa, nu spun nimic, îi iau doar mâna și o strâng. Este încă plăcut să ating o altă persoană, uneori.

— Atunci, poate ne vedem mâine, spune el.

Întotdeauna este „poate". Există o posibilitate să nu fiu plecată. Mi s-a explicat așa de prima dată. În rest, nu ești sigur de pe o zi pe alta. Oamenii sunt mutați, eliberați, condamnați. Unii mor.

Teddy nu spune nimic despre asta. E propria mea concluzie.

— Ne vedem mâine, spun eu.

Fiindcă știu că nu plec nicăieri, pentru o vreme.

45

Trebuie să recunosc un lucru: eram una dintre cei care cred că sistemul suedez de corecție este curat ca un lanț hotelier. Că nu e o pedeapsă să fii arestat în țara asta. Credeam că era, mai degrabă, un centru de relaxare, unde puteai să zaci în pat și să te uiți în prostie la seriale, să te îndopi cu bunătăți și să nu-ți pese de nimic.

În liceu, am spus cândva că nu înțeleg de ce există oameni fără adăpost în Suedia și că aș prefera să fiu în închisoare decât să trăiesc pe străzi. Acum nu sunt la închisoare, dar, după șase săptămâni de arest, nu voi mai afirma niciodată că aș prefera să fiu aici, și nici nu mai cred că ar fi ca la hotel.

Camera mea are nouă metri pătrați. Se numește „cameră“ fiindcă „celulă“ sună prea dramatic. Nouă metri pătrați înseamnă cam cât o boxă pentru cai. Este mai mică decât majoritatea serelor din Suedia. Are un pat, o masă, un scaun și un raft, alături de o toaletă și o chiuvetă.

Nu vreau să-i fie milă de mine nimănui. Sunt aici cu un motiv și nu sunt o victimă. Mă dor toate. Am slăbit, iar gândurile mă asaltează ca un țiuit permanent în urechi.

Dar nu îmi este rușine. În gimnaziu, aveam o expresie preferată, pe care o foloseam des, și care mi se pare, acum, foarte relevantă: *Cine a intrat în horă trebuie să joace.*

O dată pe zi, ni se dă drumul la aer — asta dacă există cineva să-ți facă turul. Câteodată, personalul lipsește, iar alteori, nu e posibil să se aranjeze transportul până la lifturi. Alteori, își bagă pur și simplu picioarele.

Pe acoperiș e ca într-un adăpost pentru câini. Nu poți face altceva decât să te plimbi în sus și în jos sau în cercuri strânse. Și ce dacă? Este o pauză, este altceva. Ești liber de mirosuri și de captivitate, pentru o vreme. Dar gândurile și ghemul din stomac rămân la locul lor.

Într-o seară, a plouat cu găleata, însă eu am tropăit pe acoperiș. Înainte, înapoi. Îmi înghețase spatele, iar ploaia îmi biciuia obrajii. Nu contase însă, fiindcă era ceva diferit de a sta sau de a mă întinde și apoi a mă ridica, doar pentru a mă așeza la loc.

Mi-a fost limpede de ce începusem cu suedeza. Studiasem cu plăcere engleză și chiar matematică, orice, deși nu poți lua parte la cursuri la care ai primit deja note. Mulțumesc, Bim-Urâta, sincer îți mulțumesc, fiindcă mi-ai sabotat notele la suedeză! Fără Teddy, m-aș fi dus naibii aici.

Radio, TV, internet? Nicio șansă! Sunt sub interdicție. Nu pot vedea, nu pot auzi și nu pot citi nimic care nu are o legătură directă cu cazul meu, cum ar fi documentele legate de arest, mesajele personale de la tribunal și alte lucruri simpatice. Fără maratoane de seriale, fără muzică, fără măcar un mesaj cât de mic. Nu pot suna și nu pot primi apeluri, și singura persoană care mă poate vizita e avocatul meu.

De trei ori pe săptămână apare căruciorul cu produse și mă scufund în Daim[25] și Cola, cam două mii de calorii. Zahărul este un drog extrem de subestimat și singurul care ajunge aici. E incredibil cât de cumplită e așteptarea ca doi necunoscuți să deschidă ușa și să intre cu o tavă de mâncare. În primele zile, am fost pe jumătate moartă. Numai să văd o altă persoană mă umplea de bucurie. Săream de pe pat și eram gata să mă arunc de gâtul lor, apoi lansam vreo cincizeci de întrebări despre tot ce era posibil în cer și pe pământ, fiindcă apoi trebuiau să plece iar.

De îndată ce rămân iar singură, gândurile mi se fac din nou auzite. Mirosul revine.

Eram aici de două zile când m-au trimis la psiholog.

— Nu am cerut un psiholog, i-am spus paznicului.

S-a uitat la mine de parcă eram o pată pe care o rataseră angajații de la curățenie.

— Probabil nu-ți va strica.

Cred că se numește Jimmy. Are niște trăsături scârboase, cum ar fi un soi de cioc cu fire ca de păr pubian la capătul bărbiei și niște ochi albaștri, reci ca gheața. Sunt sigură că-l cunosc de undeva, probabil din Etage sau din alt club.

Paznicii pot fi împărțiți cu ușurință în două categorii. Prima: cei care văd totul ca pe un job, ceva care, o dată pe lună, le aduce niște bani. Poate că slujba lor este doar o oprire temporară, în vânătoarea după un loc de muncă mai bine plătit. A doua: cei care se bucură de sentimentul de putere. Poate că au fost respinși la academia de poliție ca fiind nepotriviți, poate chiar de un psiholog. Cei cărora le plac agresivitatea și violența și privesc deținuții ca pe niște monștri. Înveți repede să recunoști diferențele. În

---

25 Baton suedez din migdale crocante, trase în caramel și ciocolată cu lapte.

ciuda faptului că mulți au aceeași privire, există o deosebire esențială între indiferență și dispreț.

Jimmy este, cu siguranță, unul dintre acei indivizi nebuni. Îmi dau seama după cum se uită la mine, parcă de sus și de jos simultan. De parcă s-ar considera mai bun decât mine, deși știe, de fapt, care este raportul dintre noi. Faptul că este tocmai pe dos îl înnebunește. Petrece prea mult timp la sala de sport. Are brațele mai groase decât coapsele, iar gâtul i s-ar potrivi mai bine unui taur. Am o dorință arzătoare de a-i lipi brațele supradimensionate de o parte și de alta a corpului.

Răspunde tuturor întrebărilor mele cu alte întrebări.

Glumești? Tu ce crezi? Arăt ca maică-ta?

Vreau doar să-i urlu în față.

Dacă unul dintre noi are nevoie de psiholog, nu sunt eu. Am o teorie cu privire la psihologi. Nu susțin că ar fi adevărată, însă am întâlnit câțiva reprezentanți ai profesiei de-a lungul anilor și, până acum, niciunul n-a făcut excepție. Iată cum stau lucrurile: ești pregătit timp de cinci-șase ani și devii tobă de modele explicative și diagnostice, și apoi devine inevitabil să vrei să aplici ce ai învățat. Orice altă cale ar fi stupidă. Așa că întâlnești oameni — clienți, pacienți, cum vrei să le zici — și adopți o atitudine prin care încerci să explici de ce sunt oamenii așa cum sunt și de ce fac ce fac. Treaba psihologilor este să îi forțeze pe alții să se încadreze în modelele lor.

Sugestie: ar trebuie să procedați taman pe dos!

Motiv: oamenii sunt unici.

Toți psihologii aceia au venit și au plecat. Aia era viață? Toate autoevaluările și testele de personalitate. Primul lucru pe care-l încearcă este, evident, o copilărie de rahat. Pare să fie visul umed al fiecărui psiholog să găsească un suflet frânt, care e străbătut de o mulțime de amintiri oribile din copilărie. Chestia ciudată în legătură cu diagnosticele în care se lansează este că le poți recunoaște la majoritatea oamenilor. Nu există niciun test psihologic la care să nu bifezi măcar ceva.

Pentru o vreme, am fost puțin obsedată de asta, fiindcă toată lumea credea că e ceva în neregulă cu mine, chiar și propria mea familie — poate mai ales familia mea — așa că am încercat să descopăr unde era buba. De fiecare dată, am înțeles că era cel mai bine să primești o etichetă, să dai un nume defectului și să știi că mai existau multe persoane cu aceeași problemă.

La început, am crezut că aveam o tulburare de atenție, apoi borderline, personalitate de tip schizoid, tulburare bipolară.

Am ajuns la concluzia că toate erau niște porcării.

Sunt ceea ce sunt. Diagnostic: Stella.

Știu că am o mulțime de defecte. Nu neg că sunt oricum, numai normală, nu. Creierul îmi joacă feste douășpatru din douășpatru. Dar n-am nevoie de alt nume decât de al meu. Eu sunt Stella Sandell. Dacă are cineva o problemă cu mine, poate-o fi el cel căruia îi trebuie tratament.

Faptul că psihologii au deseori propriile probleme psihologice nu este mare secret. Dacă nu aveau de la început, le dezvoltă pe parcurs. De la prea mult Freud e ușor s-o iei razna.

Pe vremea când citeam de toate, am devenit pasionată de psihopați. Se poate spune c-am dat peste ei. E un hobby foarte util, așa că am înlocuit handbalul cu psihopatia.

Psihologii pe care i-am întâlnit înainte de a ajunge în arest au avut anumite asemănări. Majoritatea au fost femei, multe roșcate, adesea manifestând o grijă aparte și îmbrăcate ca o profesoară de muzică de liceu. Uimitor, multe dintre ele vorbeau în dialectul din Småland.

Când paznicul Jimmy mă aduce la psihologul din arest, îmi este greu să-mi ascund surprinderea.

— Salut, Stella. Eu sunt Shirine, spune tânăra și-mi întinde mâna.

Are pielea măslinie și o expresie dulce, și părul, împletit în două cozi strânse — o versiune din Orientul Mijlociu a prințesei Leia.

— Nu am nevoie de psiholog, spun eu.

De fapt, mi-am pregătit un atac furtunos, cu vorbe complicate, precum „încălcarea intimității" și „abuz de putere", fiindcă asta îi irită mereu pe funcționarii publici, stresați că vor fi subestimați. Dar Shirine stă pur și simplu acolo, ca o nenorocită de *Lady* la o cină gratuită, iar eu nici măcar nu pot ridica glasul.

— E în regulă, spune ea. Îți înțeleg reticența, însă eu sunt cea care discută cu toți arestații, câte o oră pe săptămână.

Zâmbește deschis. E tare drăguță, în felul mătușilor și cățelușilor.

— Nimic personal, accentuez eu, chiar sunt sigură că ești bună la ce faci. Dar am fost la o mulțime de psihologi.

— Am înțeles, spune Shirine. N-o iau personal.

Apoi se lasă tăcerea, genul acela de tăcere pe care nu o suport. Shirine îmi zâmbește și își lasă privirea plină de înțelegere asupra mea.

— Deci, o să mă obligi? O să stăm aici o oră pe săptămână și o să credem una în cealaltă?

— Depinde numai de tine, Stella. Dacă vrei să vorbești, m-aș bucura.

Dau ochii peste cap. Nicio șansă, indiferent cât de blânzi i-ar fi ochii căprui și cât de elegant i-ar fi zâmbetul. Ce să spun? Nu voi putea spune nimănui despre lucrurile prin care am trecut, fiindcă nu va înțelege nimeni. Abia dacă înțeleg eu.

Începe jocul tăcerii.

Stăm și ne uităm una la alta. Din când în când, Shirine mai pune câte o întrebare, la care eu nu răspund. *Cum te simți aici? Ai vorbit cu familia ta? Dormi bine?* Ora trece foarte repede, încât aproape că o suspectez că trișează.

— Atunci, ne vedem săptămâna viitoare, spune ea și se ridică să cheme paznicii.

— Cu siguranță, spun eu, iar Jimmy vine să mă ia de la ușă și să mă mâne ca pe vite pe coridor.

Se uită la mine cu ochii aceia de gheață și îmi dă drumul în „camera" mea.

Detest singurătatea. Mă sperie. Totul pare să se strângă în jurul meu. Jimmy încuie ușa și mă lasă singură cu pereții și cu mirosul. Îmi vine să urlu și simt că sunt pe cale să explodez.

Nu știu dacă merită, dacă pot suporta. Știu că sunt mulți cei care nu mai ies vii de aici.

46

Erau, firește, în haine civile, însă nu trebuia să fi văzut prea multe episoade Beck[26] ca să-ți dai seama că erau polițiști. Două clișee cu umeri lați, priviri vigilente, blugi și adidași. Cu câte un walkie-talkie la centură.

Mai era doar o oră până la închidere și, după o sâmbătă aglomerată, clienții începuseră să se rărească. Eu mă aflam la casă și mă ocupam de o tanti căruntă, cu geacă de blugi, care se hotărâse, în sfârșit, să cumpere tunica aceea mov pe care o probase deja de dimineață.

— Bonul este în sacoșă, am spus, și i-am dat tunica oribilă, care avea să i se potrivească perfect.

Tanti a rămas la casă, ridicându-și ochelarii cu rame groase și cercetând bonul. Cei doi polițiști aproape că au luat-o pe sus.

— Tu ești Stella Sandell?

M-am uitat la ei. Lui tanti cu tunica îi picase fața.

— S-a întâmplat ceva? am întrebat.

O sumedenie de scenarii dezastruoase îmi treceau prin minte.

[26] Serial polițist suedez, bazat pe romanele scrise de Maj Sjöwall și Per Wahlöö.

— Să nu-mi spuneți că...

— Trebuie să vorbim cu tine, mi-a spus cel mai în vârstă, scărpinându-și barba rară. Trebuie să vii cu noi.

Avea ochi verzi, plăcuți. Părea genul căruia îi place să citească și să vorbească despre sentimentele lui, chiar dacă, probabil, avea în jur de cincizeci de ani. Probabil că se căsătorise de tânăr și acum lăsase în urmă o căsnicie cu probleme, începuse să acceseze serviciile de relații pe internet după ce plecaseră copiii, însă aparținea acelei categorii neliniștite care știe că iarba e mereu mai verde în altă parte. Tocmai de aceea nu reușea să aibă relații mai lungi de câteva luni.

— Există cineva care să te poată înlocui aici? a întrebat celălalt polițist.

Avea cu douăzeci de ani mai puțin, însă o privire mult mai obosită. După fața arsă de soare, aș fi zis că revenise după două săptămâni petrecute în Turcia. Arăta ca o persoană care se bucura pe deplin de un concediu acolo, cu nopți albe, Efes și raki[27], jocuri de cărți pe balcon. Avea nevoie de o săptămână să-și revină.

— Nu poate prelua nimeni treburile tale aici? a întrebat cel mai în vârstă, de parcă nu l-aș fi auzit pe colegul lui.

— E în regulă, am spus. Închidem într-o oră.

Malin și Sofie s-au oferit amândouă să preia casa. Apoi, s-au uitat îngrozite la mine, în timp ce îi urmam afară pe cei doi polițiști.

— Ce s-a întâmplat? a șoptit Sofie.

N-am auzit dacă a primit vreun răspuns.

*

[27] Băutură alcoolică îndulcită, deseori cu gust de anason, îndrăgită în Turcia și în țările balcanice.

Femeia care m-a interogat se numea Agnes Thelin. Dacă aș fi văzut-o în oraș, n-aș fi zis că era polițistă. Arăta, mai degrabă, a director artistic. Cu siguranță nu-și făcea cumpărăturile la H&M. Cred că locuia într-o vilă proiectată de un arhitect, cu un living și corpuri de iluminat concepute în Danemarca. Era una dintre acele persoane care n-ar fi recunoscut niciodată că nu le place sushi. Era genul care se pretindea de o sinceritate brutală, însă era anihilată total dacă îndrăznea cineva să o critice în mod direct.

Mi-a plăcut imediat. Poate fiindcă, într-o anumită măsură, mă identificam cu ea.

— Dacă spun „Christopher Olsen", ce mi-ai răspunde?

M-am uitat în ochii ei și am ridicat din umeri.

— Îl cunoști?

— Nu cred.

Agnes Thelin și-a lăsat capul într-o parte.

— E o întrebare simplă.

I-am spus că știu mii de oameni, de la școală, de la handbal, pe care-i întâlnesc online și offline, care-mi sunt doar familiari sau care sunt cunoștințe ale altor cunoștințe. Dar știu cum se numesc, însă pentru mulți am doar un prenume sau o poreclă, iar pentru alții, nicio idee.

— Ai spus Christopher?

— Christopher Olsen, a încuviințat Agnes Thelin. Lumea îi spune Chris.

M-am gândit câteva clipe.

— Chris? Da, cunosc cel puțin un Chris. Un tip ceva mai în vârstă?

Agnes Thelin a încuviințat. Și apoi, fără să mă prevină, a pus o fotografie cu el pe masă și m-a întrebat dacă la el mă refeream.

Inima mi-a bătut mai repede. Am privit fotografia îndelung, cu atenție. Am ridicat-o și am examinat-o cu atenție.

— Da, am spus, într-un final. Îl recunosc.

— Din păcate, este mort, a spus Agnes Thelin.

M-am auzit icnind.

Agnes Thelin mi-a spus că mama unui copil mic găsise cadavrul pe un teren de joacă de lângă Polhem.

— La naiba, am spus, ducându-mi mâinile la gură.

Credeam că o să vomit pe loc.

— Ai urmat liceul Polhem? a întrebat Agnes Thelin.

— La Vipan.

— Ai absolvit de curând?

Am încuviințat, iar Agnes Thelin s-a lăsat pe spătarul scaunului.

— Fiul meu cel mare a absolvit Katte[28] vara trecută. Acum e la Londra. Cel mic e în ultimul an de program IB[29].

Am încercat să mă prefac că îmi păsa. Probabil era un simplu truc ca să dea impresia de apropiere. Încerca să creeze o situație intimă.

— Și de ce m-ar privi asta pe mine? am întrebat. Era cazul să mă luați de la muncă pentru asta?

— Îmi pare rău, însă a fost necesar.

M-a privit cu atenție. Am simțit în stomac șarpele îngrijorării colcăind. Greața se transformase în ceva diferit, într-un avertisment că se va întâmpla ceva, care-mi provoca o teamă mușcătoare, rece ca gheața.

— Despre ce e vorba? am întrebat.

---

28 Formă prescurtată pentru Katedralskolen, una dintre școlile de tradiție din Lund, înființată în 1085.

29 International Baccalaureate, program dedicat tinerilor între 16 și 19 ani care le permite obținerea unei diplome de absolvire valabile la nivel internațional.

— Îmi poți spune ce ai făcut ieri? a întrebat Agnes Thelin.

— Am muncit. Până la închidere. Apoi, am mers la Stortorget și ne-am distrat. Am băut niște vin și am stat de vorbă.

— Cine au fost acești „noi“?

— Eu și niște colegi.

A apăsat capătul pixului și a notat ceva.

— Ce oră era?

— Închidem la șapte. Programul de muncă este până la și un sfert.

Agnes Thelin a întrebat cât timp am stat la Stortorget.

— Nu știu cât au stat ceilalți, însă eu am fost câteva ore acolo. Cred că am plecat în jur de unșpe jumate.

— Ce-ai făcut după aceea? m-a întrebat, lăsând pixul jos.

— Am luat bicicleta.

Am încercat să-mi amintesc precis ce se întâmplase.

— Mai întâi, am fost la Tegnérs. Acolo, am băut un cidru, dar n-am întâlnit pe nimeni cunoscut. Apoi am fost în... Inferno, sau cum s-o fi chemând locul ăla acum. Este vizavi de Bibliotecă.

— Inferno? Este un alt bar?

— Da.

— Cât ai băut?

Agnes Thelin parcă era tata. Avea privirea aceea tipic părintească. Pretind că sunt îngrijorați, însă nu fac decât să pară iritați.

— Nu prea mult. Trebuia să mă trezesc ca să merg la muncă.

M-a privit de parcă mințeam, iar eu m-am simțit ofensată.

— E adevărat. Alcoolul nu e tocmai genul meu.

M-am gândit la un lucru pe care-l spune tata. Susține că e dificil să minți, fiindcă multă lume nu se pricepe deloc la asta. Multă vreme, am crezut că nu are dreptate. În mod repetat, reușeam să-l conving. Nu mi se părea deloc dificil să mint. Oamenii erau foarte neatenți, îmi spuneam.

Asta până când mi-am dat seama că ar fi putut fi și invers. Că tata avea dreptate. Poate că nu oamenii erau dispuși să creadă orice, ci eram eu o mincinoasă de primă clasă.

Acum știu că e așa.

47

Când eram mică, tata era eroul meu. Era mai puternic decât Pippi[30], mai deștept decât Skalman[31] și mai curajos decât Ronja[32].

La grădiniță, spiridușul lui Moș Crăciun a râs de tata. Îl numeam așa fiindcă el purta tichia de spiriduș anul acela. A râs tare și le-a spus celorlalți că era foarte ciudat să ai un tată care e preot.

L-am împins pe spiriduș. S-a lovit de un raft și i-a căzut o geacă în cap. Tata s-a supărat când i s-a spus despre asta. Firește că nimeni nu îi explicase de ce făcusem una ca asta, doar că avusesem o ieșire și că-l lovisem atât de tare pe spiriduș, încât ajunsese la Urgențe. Eu n-am spus nimic.

Am sperat mereu că tata va înțelege. Mi se păruse important să nu fie nevoie să explic. Poate e o problemă personală, ceva ce alții nu văd în același fel, însă eu m-am simțit mereu rușinată să dau explicații pentru cine sunt.

---

30 Pippi Șosețica, eroină creată de scriitoarea suedeză pentru copii Astrid Lindgren.

31 Țestosul, personaj din benzile desenate suedeze cu ursul Bamse.

32 Eroină creată de scriitoarea suedeză pentru copii Astrid Lindgren, într-o poveste adaptată mai recent și ca serial animat.

De fiecare dată când tata nu înțelegea, eram dezamăgită, fiindcă ne îndepărtam tot mai mult.

Ironia este că am moștenit de la el acele părți care-l supără. Mestecă asta, Shirine!

Am o teorie: cred că psihologii ne iubesc familia. Un preot, o avocată și un copil nefericit. Am putea fi un exemplu în manualele lor.

O dată, în liceu, toată clasa noastră a fost criticată de Bim, mentorul nostru, fiindcă „aveam prea multe păreri". *Tipic generației voastre,* spusese ea. Întotdeauna ave*ți păreri despre orice!*

Cred că totul era mai ușor dacă tinerii tăceau și ascultau. Eu nu fusesem și nici nu aveam să fiu vreodată așa. Nu cred că ar fi contat dacă eram tânără în anii '80 sau acum.

Când mă gândesc la toate ședințele de la BUP, mai toți săpătorii de creiere aveau o anumită indulgență față de ei înșiși. Trebuie să fie ceva special să poți trage cu ochiul în spatele perdelelor unei familii aparent pline de succes, compusă dintr-o avocată care apărea uneori la televizor și dintr-un preot — Doamne, un preot! Era un privilegiu să capete acces la cele mai întunecate aspecte ale familiei noastre perfecte. Poate era răsplata lor fiindcă duceau o existență tragică de psihiatru de clinică din provincie.

Dar mă întreb dacă Shirine... Ea nu arată ca ei, sau nu așa cum mi-i amintesc eu.

A fost o vreme când doream să devin psiholog chiar eu. Mă gândeam că m-aș pricepe să caut înăuntrul oamenilor și să înțeleg lucruri pe care nici ei nu le conștientizează. Sunt o persoană sociabilă. Sincer, nu e doar impresia mea, ci o părere împărtășită de toată lumea. Vin la mine cu tot felul de probleme: de familie sau cu iubiți jalnici. Mă pricep la oameni și știu să-i analizez.

În clasa a noua, am participat la „Porțile deschise" cu reprezentanți de la Katte, Spyken[33] și Polhem — singurele licee pe care mi le puteam imagina. De la Katte veniseră doi tipi cu părul dat pe spate și cămăși descheiate la primii nasturi, care ofereau informații despre programul de științe sociale. Când le-am spus că voiam să devin psiholog, au râs de mine.

„Știi cât de greu e să devii psiholog?"

A fost o lovitură directă.

Săptămâna următoare, consilierul școlar mi-a confirmat că aveam nevoie de note maxime la toate materiile pentru a deveni psiholog. Era unul dintre cele mai căutate programe universitare. Nu aș fi preferat oare o carieră în HR? Era același lucru.

Cred că atunci am decis că nu-mi va mai păsa de liceu. Nu merita.

Câți oameni simt că și-au irosit trei ani din viață trăgând ca niște sclavi, ca să primească doar note mediocre? Că au luat pauză de la viața socială, că unii dintre ei au luat pastile și s-au tăiat pe mâini pentru un opt la engleză? Și pentru ce? Ca să-și petreacă zilele în sacou?

Bim a făcut mai mult decât m-aș fi gândit. La discuția privind dezvoltarea, i-a spus tatei că aș putea lua doar nouă și zece la majoritatea orelor. Doar să vreau.

Era *spot on*[34]. Eu nu voiam.

Am preferat o seară în oraș, pentru 25+, cu băuturi gratis, în loc de o temă la marketing. Am ales să plec la Copenhaga cu fetele și nu să dau testarea națională la mate. În loc de testarea la istorie, am stat într-un Espresso

[33] Liceu de tradiție din Lund, înființat în 1848.
[34] Avea perfectă dreptate (în lb. engl. în orig.)

House și m-am pipăit cu un tip, de parcă viața mea ar fi depins de asta.

A fost o alegere conștientă.

În anul trei, când lumea a început să vorbească despre testări pentru facultate și am fost invitată să particip la zile de prezentare ale universităților, eu îmi planificam călătoria în Asia. Eram sătulă de Lund și de Suedia. Urmăream doar clipuri din Malaysia și Indonezia pe YouTube și devenise singurul meu scop în viață. Îmi doream aventură, nopți lungi, oameni noi, petreceri și natură paradiziacă.

Asistenta școlară a apelat la tot ce știa ea ca să-mi înțeleagă rezultatele slabe. Droguri? Tulburare alimentară? Divorț? Cred că nu îi rămăsese nicio cauză pentru care să nu fiu testată.

— Tatăl tău e preot? a întrebat, privindu-mă de parcă întreaga ei lume se prăbușise.

— Preot? întreba Bim-Urâta, de fiecare dată când venea vorba despre tata.

Memoria ei nu era excelentă, însă tot nu explica privirea șocată.

— Preot? În Biserica suedeză?

Totul se rezumă la control.

Oamenii nu sunt de aceeași părere. Nevoia de control este asociată cu genul acela de pedant care face o criză dacă o hârtie ajunge pe partea greșită a biroului, care-și sortează garderoba după nuanțele hainelor. Oamenii se gândesc la fasciști structurali, care ar putea umple tratate de neurologie și care devin anxioși dacă nu își golesc imediat cutiile poștale sau o iau razna din cauza unor firimituri pe canapea sau pe blatul de bucătărie. La cei care umblă cu spirtoasele în geantă.

Dar e vorba de un alt tip de control. Se referă la a nu-ți pierde reputația. A nu lăsa pe cineva să se apropie prea mult.

Eram adolescentă când mi-am dat seama că familia noastră nu era singura care avea secrete. Fusese întotdeauna esențial pentru tata să păstrăm o fațadă pentru exterior.

„Vorbim când ajungem acasă." Nici nu știu de câte ori am auzit fraza asta. „Nu trebuie să fie implicat altcineva."

Am fost amăgită cu ideea că familia noastră era specială, că eram singurii care ascundeau o grămadă de mizerie sub covor. Poate că era din cauza profesiei tatei? Un preot este condamnat să își trăiască o parte a vieții intime în secret.

Sună complet aiurea, însă tata a fost ateu convins, înainte să fie mântuit. Cu mulți ani în urmă, am găsit un ziar școlar vechi, pentru care scria articole. Cred că abia începuse liceul. Detesta cu adevărat religia și scria despre cum creștinismul era o iluzie care distrusese lumea, iar botezul creștin ar fi trebuit considerat un atac îndreptat împotriva copiilor inocenți. Îi numea pe preoți „robe negre" și „glume ieftine".

Uneori, mă gândesc că totul ar fi fost diferit dacă tata avea altă profesie. Dacă ar fi fost funcționar sau manager, sau ce meserii normale or mai fi având alți părinți.

Sincer, cred că tata și cu mine semănăm destul de bine, dacă ne cercetezi cu atenție. Și eu mă arunc cu ușurință și sunt gata să mă implic total în ceva ce mi se pare esențial. În clasa a cincea, eram definiția vie a unei Potterhead[35]. Citisem cărțile și în engleză, și în suedeză, mă uitasem la toate filmele de cel puțin douăzeci de ori și scriam bucăți

[35] Fan expert în universul „Harry Potter" care cunoaște toate detaliile despre cărți și filme și este „obsedat" de tot ce ține de acestea.

interminabile de *fan fiction*[36] online, până când am renunțat cu totul la viața socială. Câțiva ani mai târziu, am avut o fază cu Broder Daniel[37], în care mă machiam ca un panda și-mi petreceam fiecare clipă liberă pe Helgon. Cred că avem o genă autistă în familie. Din fericire, spre deosebire de tata, eu am decis foarte repede să evit orice fel de religie.

— Niciodată să nu spui niciodată, mă tachina el. Înainte să împlinesc optsprezece ani, nici eu nu îmi înțelegeam chemarea.

— Aș prefera să nu, îi răspundeam. Aș spune mai degrabă „da" unei vieți *new age*, în care să merg într-o vacanță de nudiști în Ghana și să mestec khat[38].

— Mai vedem noi, râdea tata, ușor nervos.

La fel ca alți tineri de 19 ani, m-am gândit și eu ore bune la viitor, la educație și la diverse profesii. Și este adevărat că unele sunt suma mai multor profesii. Spre deosebire de casier la H&M, unde ești un vânzător numai zâmbet timp de cinci ore și te scuturi de mască la cinci minute după închidere. Nu face parte din identitatea mea. Aș trece cât ai clipi la Kappahl[39], dacă mi-ar oferi cu o mie în plus pe lună. Aș putea la fel de bine să lucrez la Clas Ohlson[40] sau la SIBA[41]. Cui îi pasă? Banii sunt aceiași, chiar dacă mi-ar

---

36 Literatură scrisă de fani, concept care se referă la ficțiunea scrisă de amatori pe baza unor opere reale.

37 Formație de rock alternativ, înființată în Göteborg în anii '80.

38 Plantă originară din Cornul Africii și Peninsula Arabică, ce conține un drog care acționează ca stimulent.

39 Retailer de modă suedez, care dispune de o rețea de peste 400 de magazine în patru țări.

40 Lanț de magazine suedez specializat în echipamente și obiecte pentru casă.

41 Fostă rețea suedeză de magazine care vindea electrocasnice, încorporată de Net on Net în 2017.

lipsi în cazul în care aș renunța la job. Ceea ce probabil se va și întâmpla.

Nu cred că tata era conștient de ce face când a devenit preot. Acum se străduiește din greu să se potrivească într-un clișeu: să fie stânca perfectă, tatăl perfect, omul perfect. Așa cum spune toată lumea că am face noi, tinerele fete. Se pare că nu suntem singurele.

Evident că doare dacă nu te potrivești în șablon. În cele din urmă, apar crăpăturile.

Uite aici, Shirine. Nu-i un exemplu prea rău de autoanaliză, nu? Cinci ani la universitate, note maxime la toate materiile din liceu — a meritat?

Sunt cel mai bun psiholog pentru mine însămi.

Nu am înțeles niciodată oamenii care se deschid ca o sticlă de șampanie agitată de îndată ce apare cineva dispus să-și încline capul într-o parte și să îi asculte. Oamenii care povestesc totul despre ei pe rețelele sociale, de parcă și-ar face niște tatuaje pe antebrațe despre cât de rău se simt și care înnebunesc pe oricine le iese în cale cu autoanalizele lor jalnice.

Am o singură prietenă, o singură persoană pe lume care știe totul despre mine și înțelege tot ce știu, gândesc și fac. Mi-aș dori să pot discuta cu ea acum. Am nevoie de ea. Fără Amina, nu știu ce să fac cu mine. Seara trecută m-am lovit cu fruntea de zid și am strigat atât de tare, încât m-am rănit. Singurul lucru care ar putea fi mai rău decât situația actuală ar fi să fie închisă Amina. Într-o după-amiază, când paznicul mă conducea spre lift, am crezut că o văd. M-am întors și i-am strigat numele, însă în spatele părului întunecat era o față străină. Celula asta mă înnebunește.

48

Agnes Thelin aproape că părea să-și ceară scuze când mi-a spus că eram suspectă. Gândurile mi se învălmășeau în cap ca o furtună. Suspectă? M-am prăbușit pe scaun și am încercat să mă adun.

Eram încă uimită când a intervenit avocatul și a solicitat să discute cu mine, între patru ochi.

— Se rezolvă, mi-a spus, așezându-și mâna stângă pe umărul meu, în timp ce mă prindea de cea dreaptă. Să nu-ți faci griji.

Mâna lui era mare și lipicioasă și arăta ca o combinație între Tony Soprano[42] și Lasse Berghagen[43]. Mare cât un urs, bronzat, avea lanțuri de aur în jurul gâtului și încheieturii. Purta o cămașă de culoare albastru-turturea, cu primii trei nasturi descheiați. Era genul de tip care conduce un SUV până la vila în care locuiește, deși zona e interzisă pentru mașini. Care deține un grătar mare cât o rulotă în curtea din spate și crede că totul era mai bine când era tânăr, deși el încă se simte ca la 23 de ani. Cu

[42] Personaj fictiv al serialului televizat „Clanul Soprano", conducătorul *de facto* al unei grupări mafiote.

[43] Cântăreț, compozitor și actor suedez.

siguranță se afla în capul listei de bărbați eligibili a mamelor de copii mici divorțate.

— Deci așa arăți, am spus.

— Adică?

— Nu-mi aminteam.

— Ne-am mai văzut? a întrebat avocatul.

— Așa cred.

I s-a aprins o scânteie de recunoaștere în priviri.

— Stella *Sandell*. Ar fi trebuit să-mi dau seama. Fata Ulrikăi?

Am încuviințat.

— Povestea se va termina repede, a spus el. N-au nimic împotriva ta. Pe polițiști îi cam mănâncă degetele zilele astea. Au de anchetat crime și altele asemenea și consideră că primele ore sunt absolut cruciale, așa că aleg primul nume care li se pare potrivit.

S-a așezat, cu picioarele larg desfăcute, sprijinindu-și palmele mari pe genunchi.

— Dar trebuie să aibă dovezi, am spus. Au zis că există o martoră care m-a recunoscut într-o fotografie.

— N-o prea poți numi martoră. E doar o fată care pretinde că te-a văzut de la fereastră. Pe întuneric! Și este sută la sută sigură că erai tu, deși nu te cunoaște. Mă îndoiesc că are vreo valoare mărturia ei.

O vedeam în fața ochilor. Era o siluetă ca o umbră, la etajul al doilea. Asta era tot ce aveau? De aceea mă aflam aici?

— Vor să continue audierea cât de repede posibil, a spus Blomberg. Ai noroc. Agnes Thelin este una dintre cele mai sensibile persoane din zonă. E chiar în regulă să vorbești cu ea.

S-a ridicat și s-a jucat puțin cu telefonul, la un centimetru distanță de nas. Probabil că ideea de ochelari îl făcea să se simtă bătrân sau urât, sau poate ambele.

— Am uitat să-mi pun lentilele, a mormăit.

Când m-am ridicat, picioarele mi se înmuiaseră precum piftia.

Avocatul mi-a luat-o înainte spre ușă.

— Ce ar trebui să spun, atunci?

Blomberg s-a întors atât de brusc, că i-a căzut bretonul în ochi.

— Cum adică?

— Ce să spun poliției?

— Spune-le adevărul.

M-a privit lent, de jos în sus, până când mi-am tras cardiganul peste sâni. M-am simțit ca o pisică de expoziție.

Avocatul și-a dus mâna la frunte și și-a dat la o parte bretonul ud de transpirație.

L-am oprit.

— Asta e tot ce ai? *Spune-le adevărul*. Asta e strategia ta?

Blomberg s-a dat puțin înapoi.

— Ce vrei să spui?

— Se presupune că ești un mare mahăr, am spus. N-ai câștigat o sumedenie de procese importante? N-ai o strategie mai bună decât asta?

Blomberg și-a desfăcut brațele.

— Despre ce e vorba, de fapt?

Reușisem să-i accentuez senzația de nesiguranță. Cândva, cred că un filosof a spus că puterea stă în cunoaștere. Așa și este. Ignoranța altora este un factor de putere important.

— Și dacă eu am făcut-o? am întrebat.

Blomberg s-a transformat complet. Intrase aici ca un mascul alfa ars de soare, iar acum îmi amintea, mai degrabă, de un băiețel răsfățat.

Mă gândeam la ce spunea tata, cum că arta minciunii era greu de stăpânit. Oare și Blomberg era de aceeași părere?

— De ce să fi făcut tu așa ceva? s-a întrebat el.

Firește, era o întrebare foarte bună.

49

Cartea cu care vine Teddy are 317 pagini. Este compusă din blocuri de text, fără pauze. O răsfoiesc nerăbdătoare, cu degetele tremurând. Citesc prima frază: *Era o vară posomorâtă, ciudată, cea în care i-au trimis pe soții Rosenberg la scaunul electric, iar eu nu știam de ce mă aflam la New York.*

Cu șase luni înainte, aș fi râs. Mi-aș fi imaginat că era o glumă proastă acest profesor care venea cu o carte veche de cincizeci de ani, cu fraze lungi și referințe pe care nu le pricepeam. Asta fără să iau în considerare că profesorul semăna cu Tintin[44], părea decupat dintr-un *boy band* și se numea Teddy.

În principiu, eram singura care-i spunea așa, dar ideea contează.

Nu-mi amintesc când am citit ultima dată o carte de la cap la coadă. N-am prea avut parte de liniște. După câteva minute, încep să mă frământe gândurile, iar eu uit complet ce am citit și trebuie să mă întorc și să o iau de la capăt. Dar, înăuntru, e diferit. Îmi doresc ceva care să-mi

[44] Personaj celebru de benzi desenate, creat de ilustratorul belgian Georges Rémi.

alunge gândurile pentru o vreme. Sunt atât de plictisită de mine însămi.

— Cum ai reușit să convingi procurorul?

— N-a fost ușor. A vrut să știe ce carte este și care ar fi scopul lecturii, conexiunea cu obiectivele cursului și tot tacâmul. Dar am convins-o.

— Mulțumesc, Teddy.

Zâmbește. Pare bucuros. Nu-l deranjează când îi spun Teddy. Când s-a prezentat drept Björn, l-am întrebat dacă nu avea nicio poreclă.

— Nu, sunt doar Björn[45], a răspuns.

— Doar Björn.

Am decis să-i pun o poreclă fiindcă îmi plac poreclele. În școala primară, lumea îmi zicea „steluță", după ce li se spunea ce înseamnă numele meu, însă, după o vreme, mi s-a părut jalnic. Aminei îi spuneam adesea Mini, până când mi-a spus tata că lui Dino îi displăcea asta. Omul ăla trebuia să aibă o părere despre orice. Chiar el îi spunea Aminei „pitbull-ul meu"!

Dar Teddy arată ca un ursuleț. Este blând și drăgălaș, cu obrajii lui rotunzi. Mă întreb dacă mi-ar fi plăcut la fel de mult dacă situația era diferită. Dacă am fi fost altundeva. Dacă nu era mirosul din celulă și gândurile care să-mi facă craniul să explodeze într-o mie de bucăți. Probabil că nu. Dacă-l vedeam pe Teddy pe o terasă de la Lilla Torg, într-o seară de vară, probabil nici nu l-aș fi remarcat.

Acum, mă apropii cât se poate fără să se aducă în discuție hărțuirea sexuală.

— Ce fel de carte e asta? întreb, citind coperta.

— Este un roman feminist clasic.

---

[45] Joc de cuvinte în original: Björn (urs, în lb. suedeză) și Nalle (în orig.), pentru care s-a ales traducerea cu eng. „Teddy" în loc de rom. „ursuleț".

Am ridicat o sprânceană.

— Dă-i o șansă. Cred că-ți va plăcea.

Îmi cumpăr o sticlă mare de Cola și două batoane Daim de la chioșcul ambulant. Gardiana care mă încuie este nouă, probabil una dintre înlocuitoarele care vin și pleacă. Mă privește oripilată, în timp ce mă întorc, fără niciun chef, la duhoarea mea de nouă metri pătrați. Rămâne în prag și îi simt privirea răsucindu-se asemenea unei omizi scârboase în jurul corpului meu.

— Ce naiba faci? întreb.

Își trage capul înapoi. Cască ochii. Arată ca o fată obișnuită, care a luat note bune, își cumpără haine de la Nelly[46] și de la Vero Moda[47] și îi plac versurile lui Håkan Hellström[48] pentru că el le știe pe toate. Într-o altă viață, am fi putut fi prietene.

— Nimic, spune ea, ascunzându-și fața în palme. Nimic.

Apoi, zăngănește cheile și pare foarte neliniștită. Când aud cheia învârtindu-se, mă întind pe pat, cu nasul în carte și gura plină de Daim și Cola. În sfârșit, mă pot elibera de mine însămi pentru o vreme. Mulțumită acestei cărți, în conștiința mea se deschide o lume complet nouă, iar eu mă arunc în ea cu capul înainte. Nu vreau să mai ies niciodată din ea și să mă întorc în nenorocita de celulă.

Nici măcar nu simt mirosul cât timp citesc.

*

---

46 Retailer internațional care comercializează îmbrăcăminte pentru femei provenind de la mai multe mărci.

47 Marcă daneză de modă pentru femei care combină un stil simplu cu cele mai noi tendințe.

48 Cântăreț suedez foarte îndrăgit care a debutat la începutul anilor 2000.

În dimineața următoare, Teddy se întoarce.

— Am citit-o. Să scriu un comentariu sau...?

Arunc cartea pe pat, iar Teddy arată de parcă l-aș fi călcat pe picior.

— Serios? Deja?

Ridic din umeri.

— Și, ți-a plăcut?

— A fost groaznic de deprimantă.

— Asta așa este.

Chipul lui Teddy este încărcat de vinovăție.

Nu știu de ce nu spun adevărul, că mi-a plăcut cartea, că m-a întristat și m-a deprimat, însă nu mă deranjează să fiu nici tristă, nici deprimată. Nu l-aș fi iertat niciodată pe Teddy dacă m-ar fi obligat să citesc vreo nenorocită de poveste fericită.

— Deci, scriu comentariul sau nu?

Teddy râde. Îmi amintește de o cămilă.

— Să scrii un comentariu? Asta-i ideea ta despre suedeză ca materie?

Nu prea înțeleg la ce se referă. Ce e rău la comentarii?

— Îmi poți aduce și alte cărți? întreb. Doar nu e suficient să citesc una singură ca să primesc notă, nu?

Zâmbetul i se lățește. Arată ca visul oricărei soacre când zâmbește așa și renunță la hohotele de cămilă. Mamei i-ar plăcea mult. Asta dacă ar fi cu zece ani mai tânăr.

— Firește că îți mai aduc și alte cărți.

— Ce bine.

Se așază la masă, își pune jos dosarul și își deschide penarul incredibil, cu animale în toate culorile curcubeului.

Miroase atât de bine. Nu are un miros tipic masculin și nu e parfum. Nu cred că e săpun. Poate o cantitate mică de balsam de rufe? Miroase a bărbat.

Lacrimile apar pe nepregătite. Nu-mi explic motivul. Poate un gând care a atins un punct nevralgic? Îmi apăs palmele pe față, care mă doare și mă ustură. Și mă gândesc la Esther, personajul din carte, la spitalul de nebuni.

— Ce s-a întâmplat? întreabă Teddy, cu blândețe.

Nu pot răspunde. Orice aș spune va suna slab, aproape de neînțeles. Probabil egoist. Viața mea e distrusă. Chris e mort, iar eu am dat-o de gard. Cum aș putea să-i mai privesc în ochi pe mama și pe tata? Nu mai am nicio soluție decât fuga.

— Vreau să pleci, acum, îi spun lui Teddy.

Merit numai întuneric.

50

Aminei și mie ni s-a spus mereu că suntem o pereche stranie. Ea este atât de calmă, de detașată, de corectă, pe când eu am fost mereu zgomotoasă și am găsit mereu o regulă ridicolă pe care să o încalc.

Dar, în spatele aparențelor, suntem foarte asemănătoare. M-am văzut mereu în Amina ca într-o oglindă. Pe dinăuntru, suntem făcute din același material. Am ales doar să arătăm laturi diferite lumii de afară. Așa funcționează. Avem cu toții secrete, profunzimi și întunecimi la care nu mulți au acces. Dacă sapi puțin, vei găsi lucruri de speriat la oricare dintre noi. Amina nu face excepție.

Chiar îmi doresc să fi fost și ea în tabăra de confirmare. Cred că lucrurile ar fi decurs diferit. Nu doar în tabără, de fapt, ci peste tot.

Se numește efectul fluture. Bătaia din aripi a unui singur fluture poate atrage după sine consecințe imense și poate afecta tot ce se petrece. Dar Amina nici măcar nu îndrăznise să-și întrebe părinții dacă ar fi putut merge. Mama ei nu ar fi avut nimic împotrivă, însă tatăl ei este musulman. Nu că l-aș fi văzut vreodată făcând ceva legat de islam, ci dimpotrivă. Dino adoră berea și nu a postit niciodată, nici nu a îngenuncheat cu fața spre Mecca. La meciurile de handbal striga invective genealogice, la care Allah ar fi obiectat cu siguranță.

Dar asta nu conta. Amina nu putea cere voie să meargă în tabăra de confirmare. Era musulmană și era important să spui dacă erai musulman, chiar dacă nu erai practicant și nu îi păsa nimănui. La naiba, pregăteau cârnați și coaste acasă, însă, la cantina școlii, cerea mereu „fără porc".

Cred că Amina m-ar fi oprit, dacă ar fi fost cu mine în tabăra de pe marginea micului lac. Mi-ar fi spus ce idee stupidă era. M-ar fi scuturat să-mi revin în simțiri, ar fi făcut pe sora cea mare și m-ar fi convins să rămân în camera mea și să joc cărți cu ceilalți candidați.

Nu m-aș fi dus după Robin, dacă ar fi fost Amina acolo.

Poate nu m-aș afla aici, acum.

Efectul fluture.

În vacanța de vară dintre clasele a șaptea și a opta am participat la un campionat de handbal în Danemarca. Am adus aurul acasă, ca de obicei, iar eu am fost declarată cea mai bună marcatoare. Ne-am petrecut nopțile dormind pe saltele gonflabile într-o sală de clasă duhnind a transpirație și răsunând de sforăituri, iar în două dintre seri s-a organizat o discotecă într-un cort din curtea școlii.

Deja din prima zi, Amina și cu mine am fost urmărite de un grup de băieți din Croația, cu câțiva ani mai mari, ochi căprui irezistibili, pectorali bine dezvoltați și brațe care te făceau să-ți lase gura apă. La început, am făcut pe inabordabilele. Au fost iritați, deși așa era de așteptat să procedăm — așa e de așteptat să procedeze toate fetele. Dar, în timpul ultimului meci din grupă, s-au așezat în tribune și au fluierat de fiecare dată când eu sau Amina atingeam mingea, așa că în seara aceea am plecat din discotecă împreună cu croații. Am stat în cerc pe plajă, în timp ce pescărușii dădeau târcoale deasupra coroanelor copacilor, iar valurile se izbeau într-o spumă albă de țărm. Băieții au pregătit o țigară și, când mi-a ajuns în mână, mi-am dat seama că nu era una obișnuită.

— *Not strong*[49], a spus Luka.

Ochii lui verzi, de pisică, au sclipit în beznă. Fusesem pierdută de când îl văzusem prima dată. Amina, în schimb, îl plăcea pe portarul croat.

Am tras câteva fumuri. Am tușit și am râs, iar vocile din jurul meu au devenit lente și parcă estompate, însă, altfel, nu s-au schimbat prea multe.

Când țigara a ajuns la Amina, ea a refuzat.

— *She doesn't want to*[50], am spus.

Luka și ceilalți m-au privit întrebător.

— *You have to respect her will*[51], am adăugat, întinzându-mă să iau țigara.

O oră mai târziu, eram întinsă pe spate, ceva mai departe, iar Luka mă săruta pe gât, lăsându-mi urme adânci. Apoi, și-a vârât degetele înăuntrul meu și a încercat să mă farmece cu replici din filme porno.

O vacanță de vară. Când mă gândesc la ea acum mi se pare o veșnicie, însă a fost doar o vară. Viețile noastre s-au schimbat și întreaga lume s-a deschis pentru noi.

Aveam 14 ani și totul era o aventură. Mă consideram aproape adult și nu aveam deloc nevoie de părinți care să

---

49 Nu e puternică (în lb. engl. în orig.)
50 Nu vrea (în lb. engl. în orig.)
51 Trebuie să-i respectați alegerea (în lb. engl. în orig.)

se amestece. Îmi era din ce în ce mai greu să-mi controlez ieșirile și fiecare zi mi se părea ca la război.

Mama a început să se eschiveze. Lucra peste program, avea migrene.

Cu tata, era diferit. El era în stare să alerge după mine prin tot orașul, când nu ajungeam la timp acasă. Am remarcat că-mi controla buzunarele, iar în fiecare seară mă aștepta la ușă, ca un nenorocit de portar.

— Suflă, spunea, aplecându-se ca să-i respir în față. Încă o dată.

Adulmeca aerul ca un câine și mă privea cu îndoială.

— N-ai fumat, nu?

Chestia amuzantă e că tata n-ar fi recunoscut mirosul de iarbă nici dacă i-o presărai sub nas.

Firește că îngrijorarea lui nu era complet nefondată. După excursia în Danemarca, în care prinsesem gustul de iarbă, am început să fumez în fiecare zi. Îmi încețoșa gândurile, mă făcea ușoară și liberă. Dar, în mod ironic, încă îmi era teamă de mama.

— Promite-mi că nu-i spui mamei, ziceam și o îmbrățișam strâns pe Amina.

— Jur.

— Pe Coran?

— Pe ce carte vrei.

Amina și mama avuseseră întotdeauna o relație specială, iar în vara aceea mi se părea că se apropiaseră și mai mult. Ajungeam acasă și le găseam în grădină, râzând pe o temă pe care nu mi-o puteau explica, ci doar părea deosebit de amuzantă.

Eu cunoscusem un tip din Landskrona[52] care-mi făcea rost de alcool și de iarbă. Asta îmi oferea totul, iar eu mă

---

52 Oraș medieval din provincia suedeză Scania.

simțeam mai vie ca niciodată. Într-o noapte, nu m-am întors acasă și am dormit sub cerul liber, privind spre Ven[53]. Mi-am pierdut virginitatea într-un desiș spinos și am avut o relație de două săptămâni cu un danez pe nume Mikkel.

Mi se părea că totul dansa și îmi zâmbea când îmi umpleam plămânii cu fum.

— Nu-mi place că faci asta, a spus Amina.

— Eu sunt de altă părere, am răspuns. E doar pentru distracție, acum, în timpul vacanței.

Deși ne îndepărtaserăm pentru o vreme, fiindcă Amina prefera să evite gașca din Landskrona, nu mă îndoisem niciodată de prietenia noastră. Amina era mereu acolo.

La doar o săptămână după ce-mi promisese, m-a așteptat în fața casei, într-o seară.

— Tatăl tău m-a încolțit după antrenament.

— Și?

M-am înfiorat și mi-am strâns geaca pe lângă trup. Reîncepuseră antrenamentele la handbal, însă nu mă dusesem la primul fiindcă nu avusesem chef.

— Ce a făcut?

Amina avea lacrimi în ochi.

— M-a tot întrebat o mulțime de lucruri. Cu cine îți petreci timpul, dacă ești cu cineva, dacă facem sex.

— Dacă facem sex?

Nu-mi venea să cred.

— A întrebat tata dacă facem sex?

Amina a încuviințat.

— Dacă fumezi, dacă bei și tot așa.

— E nebun. Serios acum, nu e deloc normal ce a făcut.

[53] Insuliță suedeză, aflată între Scania și Danemarca.

Amina s-a clătinat pe picioare. Și-a dat șuvițele de păr la o parte de pe obraji. Îi era teamă. Tata o amenințase că-i va spune totul lui Dino, deși Amina nu bea, nu fuma și nici nu făcea altceva. Abia dacă ne însoțea uneori. Prefera să stea acasă și să se uite la televizor, să joace handbal sau baschet, să iasă cu colegii de clasă. De fiecare dată când venise în Landskrona fusese doar de dragul meu.

Era atât de aiurea că tata o amenințase!

Câteva zile mai târziu ne-am întâlnit la gară. Amina era obosită și palidă. Arăta ca un cadavru.

— Îmi pare atât de rău, a spus.

Am luat-o de mână și am tras-o pe un peron pustiu. I-am dat părul la o parte de pe față și am lovit-o ușor peste obraji.

— Spune-mi ce s-a întâmplat.

Respira neregulat.

— Tatăl tău, a spus ea încet. I-am spus. A trebuit.

— Ce i-ai spus?

A coborât privirea și a început să plângă. Nu m-am putut abține și am început s-o scutur de umeri, disperată.

— Ce i-ai zis tatei?

A reușit să scoată cu mare greutate cuvintele.

— A... trebuit. M-a apucat... tare... de braț.

— Nenorocitul! am exclamat. Ce i-ai zis?

A clătinat din cap, disperată.

— Hașiș, a strigat ea. I-am zis despre hașiș.

M-am uitat lung la ea. Era prietena mea de o viață. Era sufletul meu pereche. Singura persoană care mă cunoștea cu adevărat.

Trădarea era copleșitoare.

— Cum naiba ai putut?!

Amina s-a frecat la ochi.

I-am privit mâna contractându-se. Mușchii se încordau și se relaxau. Nu m-am putut abține. Am ridicat pumnul și aproape că am văzut totul din afară, de parcă aș fi privit o scenă de film.

Amina n-a avut nicio șansă. Pumnul meu i-a lovit bărbia. Maxilarul i-a trosnit, iar sentimentul a fost înălțător. Mai puternic decât drogurile. Nu mai simțisem niciodată ceva asemănător.

51

Paznicii nu bat la ușă. Cheia se răsucește în broască și, în clipa următoare, intră în camera mea.

Sunt Jimmy, cel cu cioc, și fata cea nouă, care mă privise dubios de lângă chioșcul ambulant. Au venit să-mi ia tava cu mâncare.

— N-a fost bun azi? întreabă Jimmy și zâmbește.

Am lăsat o baltă de fasole pe farfurie. Nu sunt mofturoasă și mănânc aproape orice. Dar cu fasolea roșie pur și simplu nu mă împac.

— Avem chioșc în seara asta? întreb eu.

Jimmy încă râde. Arborează mereu surâsul acela, deloc prietenos. E infatuat, de parcă și-ar zâmbi propriei perfecțiuni închipuite.

— Mai vedem. E atât de ușor să uiți să descui tuturor. Nu-i așa, Elsa?

Fata cea nouă nu răspunde. Abia dacă ridică privirea. Probabil că nu vrea să fie prinsă.

— Ai auzit ce a spus, Elsa, zic eu, cu o voce foarte limpede. Ești martora mea. Dacă nu pot să cumpăr lucruri în seara asta...

Îmi revin. Nu merită. Nu pot câștiga împotriva unuia ca Jimmy.

— Cred că glumești, spune el, hohotind.

O lasă pe Elsa să ridice tava. Zâmbetul i se șterge, iar el mă privește cu dezgust.

— E adevărat că l-ai înjunghiat de câteva ori în piept?

Mă lupt cu mine însămi. Știu precis ce face și n-am de gând să-i dau satisfacție.

Jimmy se întoarce spre Elsa.

— Poți să-ți închipui că domnișoara asta delicată este un criminal feroce? întreabă el.

Elsa îl privește de parcă ar prefera să fie altundeva, departe de mirosul ăsta, acasă, în lumea ei normală, acolo unde totul este roz și pufos.

Dar Jimmy nu vrea asta.

— Nu-ți vine să crezi, nu? spune el. Așa-i, Elsa?

Elsa coboară privirea.

— Nu te poți uita la o persoană care a omorât pe cineva?

Îi apreciez curajul.

— O persoană? Dar nu vorbim de o persoană aici! spune Jimmy, râzând cu cruzime. Elsa, și eu eram naiv când am început să lucrez aici. Înveți tu. După cinci ani petrecuți aici, am aflat că totul este o porcărie. Dimpotrivă, chiar poți să te uiți la gunoaiele astea. Majoritatea criminalilor arată exact așa cum îți imaginezi: sunt niște țigani cu pielea întunecată, de obicei jegoși. Rareori ai parte de surprize.

Ochii Elsei se măresc. Arată de parcă ar vrea să se târască afară din propria piele.

— Dar taci odată, îi spun lui Jimmy.

Nu pot să-mi țin gura. Am mereu problema asta. Oamenii mi-au spus: abține-te, fă un pas în spate, nu trebuie să spui tot ce gândești. Control al impulsurilor bruște, îl numesc psihologii. La un test am obținut cele mai proaste rezultate posibile. Sunt genul de copil care și-ar hali vata pe băț dintr-o înghițitură, dacă ar avea ocazia.

— De unde ai căpătat aerele astea?

Jimmy își trece mâna peste cioc și îmi suflă drept în față.

— Las-o așa, îi spune Elsa, din spate.

Dar Jimmy n-are de gând să se oprească.

Se postează în fața mea, la jumătate de metru, cu ura arzându-i în priviri.

— Ucigașă jegoasă! Gândește înainte să vorbești!

Nu știe că am un control al impulsurilor egal cu zero. Dacă ar ști, n-ar face asta.

— Ajunge, spune Elsa și îl prinde de braț. Ai întrecut măsura. Mie îmi place de ea.

— Am întrecut măsura?

Jimmy se scutură și Elsa se dă înapoi.

— Ce nenorocită de măsură?

— Nu trebuie să te porți...

— Despre ce dracu' vorbești acolo? Îi iei apărarea târfei ăsteia criminale?

O împinge cu brațul.

— Calmează-te, spune Elsa.

— Să mă calmez? Cred c-ar trebui să te gândești mai bine dacă e locul potrivit pentru tine aici.

Sufăr alături de ea. Ar trebui să-și trăiască viața pe tărâmul de lapte și miere de unde vine, acolo unde toate poveștile au un sfârșit fericit.

— Aici există doar două tabere, spune Jimmy. Ești cu noi sau ești cu ei.

Apoi, se întoarce încet spre mine.

Ar fi trebuit să se gândească mai bine. Ar fi trebuit să urmărească mai atent situația. Nu e un începător, iar eu nu sunt singura de prin zonă căreia îi lipsește controlul impulsurilor.

Mă pregătesc, vrând să lovesc drept la țintă. În clipa în care se întoarce, nu ezit și dau unde doare mai tare.

Geme și se îndoaie de mijloc.

Elsa și cu mine ne privim, în timp ce Jimmy se tăvălește de durere la picioarele noastre. Deși îi arăt clar că nu intenționez să opun rezistență, mă pune la pământ cu un soi de figură de judo. Obrazul mi se lipește de podeaua murdară, iar genunchii ei îmi apasă șalele.

Gata cu complicitatea. Dar o fată bună face compromisuri. Firește, niciodată cu abilitățile ei.

Elsa primește repede ajutor de la doi colegi și, după câteva secunde de deliberări, decid să mă ducă la celula Obs.

Mă târăsc din cameră și mă cară la lift, iar eu nu opun rezistență, fiindcă nu are rost.

De fapt, celula de observație este menită să-i protejeze pe deținuți de ei înșiși. Este mică și întunecată și are doar o saltea pe podea, iar tot ce faci e monitorizat printr-o ferestruică tăiată în ușă.

O să zac acolo toată noaptea. Nu ajută dacă bat în pereți, dacă urlu, dacă ameninț că voi depune plângere.

Dimineața, când sunt dusă înapoi în camera mea, sunt frântă de oboseală.

— Bine ai venit acasă, spune paznicul care descuie celula.

Mirosul mă copleșește.

Mă arunc în pat și dorm până la prânz.

52

Încă nu m-am iertat fiindcă am lovit-o pe Amina. Au trecut cinci ani, iar amintirea îmi revine de câteva ori pe săptămână. Ce fel de persoană își lovește cea mai bună prietenă?

În secunda de după, am făcut o criză. Am țopăit ca o maniacă, strigând și agitându-mi brațele. Nu puteam accepta ce făcusem. Voiam să șterg ultimele câteva minute și să fac ce ar fi făcut un om normal.

Mai rău era că îmi plăcuse cu adevărat. Sentimentul acela fantastic de eliberare pe care-l trăisem când pumnul meu îi întâlnise bărbia!

Pe o bancă, lângă mine, stătea Amina, cu fața în mâini. I-am dat mâinile la o parte și am examinat ochiul vânăt și umflătura purpurie care-i cuprinsese deja o parte a obrazului.

— Îmi pare atât de rău!

Nu mai puteam repara așa ceva și nimic nu avea să mai fie la fel. Stricasem totul. Singurul lucru care era permanent în viața mea, care venea necondiționat și însemna ceva.

M-am așezat în genunchi și am luat-o de mâini. Unii trecători s-au oprit să întrebe dacă era totul OK.

Nu era. Nimic nu era OK.

O lovisem. Îi făcusem rău Aminei.

— Nu face nimic, a spus ea. Am meritat-o.

— Prostii! E numai vina tatei.

— N-ar fi trebuit să-i spun nimic. Mă poți ierta?

— Termină! Nu tu ar trebui să ceri iertare!

Nu mai avea importanță ce spunea ea. Știam că un asemenea lucru nu se poate ierta. Poți spune că ierți, da, însă, în adâncul sufletului, nu uiți niciodată.

Ne-am lipit frunțile laolaltă și am plâns.

În iarna aceea, am avut mai multă nevoie de Amina ca niciodată. Mamei nu-i păsa de nimic și se ascundea mai tot timpul în birou. Uneori, părea să prefere să discute cu Amina, nu cu mine. Mă gândeam c-ar fi preferat să mă înlocuiască cu tot ce reprezenta ea. În timp ce eu eram dezamăgirea întruchipată, cred că mama se vedea pe ea însăși în Amina: fata deșteaptă, talentată, care nu greșea niciodată.

Cam în același timp, tata a devenit tot mai paranoic. Îmi căuta prin buzunare, prin poșetă și prin cameră. Solicita liste de apeluri ca să vadă cu cine vorbisem la telefon. Verifica istoricul de pe computer și îmi cerea toate parolele.

Era pentru binele meu. Așa spunea. De fapt, mă speria.

Tata a lucrat câțiva ani ca preot de închisoare și făcea mereu referire la asta. Știa ce-ți pot face drogurile, fiindcă văzuse multe cu ochii lui.

Am creat rapid diverse strategii ca să răspund nevoilor tatei, continuând să duc o viață relativ decentă. O terminasem cu hașișul, deși erau multe altele: băieți de sărutat, nopți de trăit la maximum, petreceri nebune. L-am lăsat pe tata să-mi caute prin haine, să-mi adulmece respirația, să-mi cerceteze privirea și să creadă că totul era transparent. E mult mai ușor să ascunzi ceva când dai impresia de sinceritate.

Când au început discuțiile despre tabăra de confirmare, am ciulit urechile. Circulau multe zvonuri interesante despre tabăra de anul trecut. Alcool, sex, țigări. Multe activități interzise.

Cireașa de pe tort era un lider pe nume Robin care, potrivit tuturor surselor, era cel mai sexy bărbat imaginabil.

Elementele creștine ale taberei mă lăsau complet rece. Firește că nu credeam în Dumnezeu, însă nici ceilalți participanți nu credeau. Majoritatea nu dădea doi bani pe asta, câtă vreme primea cadou o săptămână de vacanță. Poate că există undeva o putere supranaturală, însă, în adolescență, e cam la fel de importantă cum e viața pe Marte. Eram singura care luase o poziție mai activă în cele câteva dăți în care se discutase despre credință la școală, iar atitudinea mea ostilă față de biserică și religie era, cu siguranță, legată de tata.

Știam exact cum să pun problema. Tata nu mai spera că aveam să fiu interesată din nou de Biblie, așa că urma să fie ușor de convins.

— Ce zici? i-a spus mamei, la cină.

Mai rămăseseră doar câteva zile în care puteau fi depuse cereri.

— Să o lăsăm să meargă?

Mama a răspuns cu o privire absentă.

— Nu știu. Poate.

Fusese răspunsul ei standard în ultimele șase luni. Dormea prost noaptea, abia se atingea de mâncare și umbla prin casă ca un zombi. Îmi era greu să reacționez la apatia aceea, mai ales fiindcă mă simțeam vinovată. În loc să-mi vâr coada între picioare și să încerc să ajung la ea, m-am îndepărtat și mai mult. Cu toate că starea mamei se degradase din pricina mea, argumentam că era treaba ei să-și rezolve treburile.

— Voi m-ați făcut. Eu nu am cerut să fac parte din familia asta.

Copilăresc? Cu siguranță, însă era vorba doar de două săptămâni!

Apoi, când tata a spus că mama era extenuată și că se va îmbolnăvi, am obiectat.

— Muncește mereu. De aceea e atât de obosită.

Mama și-a scăpat furculița pe podea și a durat foarte mult până să o ridice. Tata și-a mușcat buza de jos.

— Spune că va munci mai puțin, dar urcă în fiecare seară și se reapucă de muncă. Nu înțelegi?

Tata n-a spus nimic. Poate era o strategie? Era mai bine decât să vină din partea mea.

În orice caz, s-a decis curând că voi pleca în tabără. Mama și tata au căzut de acord, iar eu am început să mă pregătesc.

Am adus cu noi tutun și alcool în toate formele. Când abia ai împlinit 15 ani, nu-ți permiți să fii mofturos. Cineva umpluse o sticlă de șampon cu whisky și cu lichior din dulapul de băuturi al tatălui. Altcineva avea o jumătate de sticlă de vin tare din pivnița bunică-sii, iar niște fete reușiseră să convingă pe cineva să le cumpere puțin Explorer. Țigările erau ascunse bine la fundul genților, învelite în folie de aluminiu, împachetate în caserole de plastic sau în cutii pentru mâncare.

Prima zi în tabără a trecut foarte repede. Nici n-am apucat să ne gândim la sticlele din bagaje. Noaptea târziu m-am strecurat în pădure cu niște tipi și am fumat trei jointuri la rând, până când am început să tușesc și aproape că am vomitat. Cineva o pățise deja din prima seară și acum zăcea sub pătură, în dormitorul nostru.

Exista un lac, în care făceam baie zilnic. Într-o dimineață, Robin a stat și s-a uitat multă vreme la suprafața lui, cu apa până la genunchi și razele soarelui sclipindu-i pe pieptul ud.

Celelalte fete au alergat spre mal, chicotind.

Apa era prea rece să poată sta cineva în ea mai mult de un sfert de oră.

Eu m-am îndreptat lent spre Robin, i-am întâlnit privirea și am zâmbit. Știam că a continuat să mă privească și cât timp am înaintat pe plajă. Am zăbovit multă vreme să mă aplec să-mi culeg prosopul.

Puțin mai încolo, pe iarbă, două dintre lidere zâmbeau. Mi-am strâns părul ud și mi-am înfășurat prosopul în jurul corpului, înainte să mă îndrept spre case.

Când am dat de tata, evident că n-ar fi trebuit să fiu surprinsă. Dar am simțit o tristețe dureroasă.

Stătea acolo, ca și cum ar fi fost firesc, și zâmbea ezitant. Nici măcar aici nu mă lăsa în pace. Nici măcar aici.

I-am spus să se ducă naibii, apoi am alergat la case.

Atunci m-am hotărât.

O profeție împlinită, tati? Dacă voia haos, aveam să i-l ofer.

53

— Cum te simți azi? întreabă Teddy, cu grijă.

Nu răspund.

Îmi pune o carte nouă pe masă.

— Asta nu e la fel de deprimantă precum *Clopotul de sticlă*[54].

Citesc coperta cărții și urmăresc rândurile, puțin distrasă.

— Mi-a plăcut mult când eram de vârsta ta, spune Teddy.

Pare să fie despre Holden, care are 17 ani și crede că mai toată lumea e idioată. Îmi place titlul în limba engleză mai mult decât cel în suedeză: *The Catcher in the Rye*[55].

— Ce s-a întâmplat ieri? întreabă Teddy.

Se pare că a aflat despre noaptea petrecută în celula de observație.

— Nimic.

Nu vreau să vorbesc despre asta. Sincer, nu cred că Teddy pricepe cum merg lucrurile aici. Nu e prost, nu asta vreau să spun, ci doar naiv. Mă gândesc că, dacă închizi

---

[54] Primul roman al Sylviei Plath, scris sub pseudonim în 1963.

[55] *De veghe în lanul de secară*, roman al lui J.D. Salinger, publicat inițial în 1951.

ochii suficient de tare, poți continua să trăiești în negare pentru totdeauna. Teddy are niște păreri clare. Știe cum vrea să fie totul și tot ce îi contrazice această imagine este ignorat.

Centrele de detenție din Suedia sunt locuri bune. Aici, ai drepturi și ești pe mâini bune înainte de un posibil proces. Faptele penale, violența și abuzul de putere sunt doar filme, în lumea lui Teddy.

— Poate ar trebui să discuți cu Shirine despre asta? sugerează el.

Ignor sugestia lui.

— Ești aici ca să mă înveți engleză. La restul poți să renunți imediat!

Teddy arată ca un cățeluș care a făcut pipi pe podea.

— Să scriu un comentariu despre asta? întreb, fluturând cartea în aer.

Ridică brațul, de parcă m-aș pregăti să-l lovesc.

— Fie, poți scrie un comentariu.

— Mersi.

În dimineața următoare, mă trezesc cu cartea pe pernă. Imagini amestecate din timpul nopții îmi rămân lipite în interiorul pleoapelor și mi-e greu să-mi dau seama ce am citit și ce am visat. Mă simt ca Holden, când se trezește pe canapeaua din casa bătrânului său profesor, care îi mângâie părul. Stau lângă chiuvetă și-mi dau cu apă pe față multă vreme.

Când vine micul dejun, mă simt mai bine. Paznicul e în toane bune și, măcar o dată, cafeaua nu are gust de pipi.

Răsfoiesc cartea în timp ce mănânc, încercând să-mi dau seama cât am citit până să adorm, când se deschide iar ușa.

Una dintre gardienele mai în vârstă, o femeie care pare potrivită să lucreze într-o grădiniță, se uită la mine, cu ochi strălucitori și un zâmbet stângaci.

— Avocatul tău a venit să te vadă, Stella.

— Să aștepte. Acum îmi beau cafeaua.

Mă privește uimită și nu spune nimic. Într-un târziu, mă ridic, oftând din greu, îndoi sandviciul la mijloc și mi-l îndes în gură, înainte să-mi torn pe gât și ultima gură de cafea.

Merg târșâindu-mi pașii între gărzi, spre camera în care mă așteaptă Michael Blomberg.

— Am vești bune, îmi spune el, strângându-mi mâna. Procurorul a admis vizite din partea părinților tăi.

Asta mă șochează.

— Când? Cine a solicitat asta?

Blomberg zâmbește și se împunge cu degetul în piept.

— Subsemnatul.

— Dar...

Viermele îngrijorării mi se răsucește în stomac. Mama și tata.

— Mersi, dar nu, mersi, spun eu.

Blomberg se apleacă îngrijorat spre mine. Fața i se încețoșează. Simt că amețesc.

— Ce vrei să zici?

Inspir adânc și închid ochii.

— Nu pot să suport, spun, și simt că-mi dau lacrimile. Nu vreau să-i văd.

54

Știam cât de mult ținea tata la Robin. Îl auzisem lăudându-l în repetate rânduri.

Să-l ademenesc pe Robin în pădure n-avea să fie dificil. Și, dacă reușeam, nu-mi putea rezista. Apoi, gașca veselă avea să ne surprindă asupra faptului și să dezlănțuie haosul.

Cu siguranță asta îl va dispera pe tata. Știam că încă nu plecase, fiindcă mașina lui era încă parcată în fața sălii de mese.

Prima parte a planului meu a funcționat bine. Dar, când l-am dus pe Robin printre copaci, ascuns de restul participanților, am început să ezit. Robin m-a privit diferit de cum mă privise înainte, când a ridicat mâna să mă atingă. A făcut-o cu tandrețe, de parcă i-aș fi plăcut cu adevărat.

— Nu putem face asta, a șoptit el, atingându-mă cu degetele lui atente.

Avea dreptate. Eram pe punctul de a distruge totul pentru el. Urma să-și piardă postul și să nu mai primească un altul în Biserica Suediei, cel mai probabil. Sau mai rău.

Pe tata voiam să mă răzbun, și nu pe Robin.

— Peste câțiva ani, am spus, ferindu-mă încet de mâna lui. Peste doi ani și unsprezece luni voi fi majoră.

A zâmbit.

— Crezi că poți aștepta? am întrebat.

Mai aveam câteva minute la dispoziție înainte ca băieții să se strecoare printre copaci. Am privit buzele lui Robin, care tânjeau.

Îmi doream atât de mult să-l sărut. Doar o dată. Ce rău putea face?

— Tatăl tău, a spus, întorcând capul. Adam este tatăl tău.

— Așa, și? Ți-e teamă de tata?

— Teamă?

A râs.

— Cui i-ar putea fi teamă de Adam?

— Atunci, care-i problema?

— Nimic. Doar că ești atât de diferită.

M-a luat de mână și am intrat mai adânc în pădurice.

— Hai cu mine.

Dinții lui au sclipit în beznă.

Voia să-mi arate ceva în camera lui din cabana liderilor. Când i-am amintit că era interzis participanților să se afle în zona aceea, a râs.

— Ce nu știi nu te poate atinge.

Ignoranța înseamnă putere.

— Și tata? am spus, privind neliniștită în jur.

Robin nu m-a auzit.

— Haide, mi-a zis, descuind ușa.

În casa personalului erau patru camere. Un hol îngust, cu oglindă, și patru uși. Miros de cabană de vară. Robin dormea în cea mai îndepărtată, pe stânga.

S-a apropiat de fereastră și a tras obloanele.

— Stai jos, a spus, arătând spre pat.

Era dezordine: gadget-uri și haine peste tot, pe podea, pe pat, pe măsuță. Lângă pat se afla geanta întredeschisă a lui Robin, iar eu am privit curioasă înăuntru. Deodorant, lenjerie, chiloți.

— Vin imediat, a spus, dispărând din nou pe hol.

Am stat pe pat și am simțit că inima îmi bătea cu putere. Curând, l-am auzit pe Robin trăgând apa la toaletă.

Nu sunt fraieră. Da, aveam 15 ani, dar știam clar că Robin nu voia să-mi arate nimic acolo. M-aș fi putut ridica de pe pat și aș fi putut fugi, mi-a și venit ideea, dar am vrut să rămân acolo. Am vrut să fiu în continuare cuprinsă de adrenalină.

Acum nu exista riscul ca gașca să ne surprindă asupra faptului și să dezlănțuie haosul. Cel mai rău lucru care se putea întâmpla era să înceapă să ne caute și... Am trimis un mesaj.

Anulare! M-am răzgândit.

Am primit un emoticon cu degetul mare ridicat, ca răspuns.

În clipa următoare, Robin a deschis ușa. Avea o expresie diferită pe chip, ciudată, dar hotărâtă. Buza lui superioară s-a ridicat când m-a prins în brațe. Gurile ni s-au întâlnit, limba lui mi-a pătruns în gură și ne-am sărutat.

Mi-a plăcut.

S-a lipit de mine și asta m-a excitat. Voiam să continue.

După un timp, m-a împins pe pat. M-am întins pe spate, iar el s-a așezat deasupra mea, cu toată greutatea, mi-a apăsat gura cu buzele și mi-a vârât limba adânc în gât.

Nu mi se mai părea la fel de plăcut. Simțeam că nu am aer.

M-am zbătut sub greutatea lui. Am încercat să țip. Nu-și dădea seama că îmi făcea rău?

Nu puteam respira, însă Robin a continuat. Nu mai era nici urmă de tandrețe în gesturile lui. Mișcările lui erau puternice, emanau forță și tărie. Eram ca o pradă pe care o capturase.

Într-un final, am înțeles că orice rezistență era inutilă. Singurul lucru pe care-l mai puteam face era să închid ochii și să aștept ca răul să dispară. Să sper că va trece repede.

Robin mi-a tras chiloții peste șolduri și mi-a depărtat picioarele. Ceva a explodat în interiorul meu.

Am rămas captivă în strânsoarea lui și nu puteam face nimic.

Dintr-odată, s-a oprit.

Nu știam dacă eram încă vie.

Robin s-a ridicat și s-a împleticit în jurul patului.

— E cineva acolo, a șoptit, cu pantalonii în vine.

Mi-am umplut plămânii cu aer, iar și iar. În sfârșit, am reușit să respir din nou.

— Este Adam!

Robin privea îngrozit pe fereastră, în timp ce-și căuta cu disperare cămașa. M-a apucat de brațe și a încercat să mă ridice de pe pat.

— E tatăl tău!

Am închis ochii și am expirat.

Tata.

Slavă Cerului.

Era tata.

55

Îmi este atât de dor de mama și de tata, însă nu știu cum aș putea să dau din nou ochii cu ei. Îmi este dor de Amina. Îmi este dor de lumină.

Înăuntru, mă îmbolnăvesc. Amintirile mă bântuie tot timpul și nu am unde să fug.

În mijlocul nopții, mă trezesc cu gândul că mor. Că mă înec.

Mă zvârcolesc în pat. Lovesc pereții, încerc să smulg ușa. O lovesc până când îmi cad degetele de la picioare. Strigătele mele îmi sparg timpanele.

Într-un târziu, paznicul Jimmy deschide ușa. Patru gardieni năvălesc în cameră, iar eu nu am timp să mă gândesc. Se aruncă asupra mea și mă țin nemișcată.

Mâna aspră a lui Jimmy îmi apasă fața pe podea și îmi sufocă strigătele în pielea lui urât mirositoare, de reptilă.

Amintirile violului sunt cât se poate de vii, imagini clare ca sticla. O parte din mine va rămâne mereu în patul acela din cabana liderilor, unde nu puteam să respir.

Îmi prind mâinile la spate și mă ridică. Încerc să strig, dar gura mi-e astupată.

Patru bărbați musculoși mă scot din cameră. Mă zbat, iar ei mă târăsc pe coridor. Aterizez cu zgomot pe podea, iar unul dintre ei mă lovește în față. Nu știu dacă intenționat sau nu.

Le ia un sfert de oră să mă ducă la lift. Jos, în celula întunecată, sunt ajutați de alți câțiva gardieni să mă așeze pe pat. Îmi strâng curele în jurul gleznelor și încheieturilor. Zac pe spate, plângând și tremurând. Sunt înapoi în cabana din tabăra de confirmare. Mă înec în gâfâielile lui Robin. Sudoarea și lacrimile se amestecă. Este dezgustător felul în care o altă persoană îmi domină trupul. O altă persoană mă silește să fac lucruri, privându-mă de orice demnitate și de orice drept la propriile decizii, pe care le consideram inerente.

Cine pretinde vreodată că nu s-a gândit la răzbunare, cine poate spune cu mâna pe inimă că orice replică violentă și sângeroasă nu se justifică, nu a fost victima unui viol. Chiar și în Biblie scrie: ochi pentru ochi, dinte pentru dinte. Asta înainte ca Isus să distrugă totul, cu povețele lui stupide despre cum să întoarcem și celălalt obraz.

56

Două zile mai târziu, Elsa, fata cea nouă, mă însoțește la psiholog.

Elsa miroase a vanilie. Pare să aibă o mulțime de întrebări în minte, însă este mult prea bine pregătită ca să spună ceva.

— Stella.

Shirine îmi face semn să stau jos.

Ochii ei mici, de Bambi, sunt plini de milă și de încredere. E dificil să gândesc lucruri rele despre Shirine, așa cum mă strădui. E dificil să nu o placi. Aș adora să fiu capabilă să-i urăsc pe oamenii ca ea.

— Cum ți-a fost săptămâna?

— Ca un sejur all inclusive în Tenerife.

Își alungă zâmbetul.

— M-am gândit la ceva. Ai spus că ai fost la mai mulți psihologi înainte. Ce nu ți-a plăcut?

Știu că încearcă să lucreze cu mine. Nu e doar o cale de a mă face să vorbesc. Și totuși, refuz să cooperez.

— Sunteți cu toții atât de obsedați de diagnostice. Vreți să încadrați oamenii în tipare predefinite. Eu nu cred în asta.

— Știi ce? spune Shirine. Nici eu nu cred. Promit să nu încerc să te diagnostichez.

Pare sinceră.

— Pentru o vreme, mi-am dorit să devin și eu psiholog, spun și pufnesc. Ridicol, nu?

— Chiar deloc.

Mă las pe spătar, cu brațele încrucișate.

— Uite, spune Shirine, vrei să-mi dai o șansă? De obicei, sunt de părere că merităm cu toții o șansă. Cred că este un lucru bun.

— Deci te gândești să-mi dai și tu mie o șansă?

Ea zâmbește.

— Nu ar trebui să mă judeci pe baza faptelor altor psihologi. Nu sunt ei, sunt eu.

— Deci nu ai nicio idee preconcepută despre mine? Deși știi de ce mă aflu aici?

Shirine ezită puțin. Ține mult la sinceritatea ei, însă nu vrea să riște totul.

— Toți oamenii au prejudecăți, firește, însă eu voi încerca să le evit pe cât de mult posibil. Asta îți pot promite. Sunt curioasă în ceea ce te privește, Stella. Vreau să te cunosc.

— Fiindcă sunt o ucigașă?

— Nu știu nimic despre asta. Încă așteptăm procesul.

Shirine este alunecoasă. Cum, necum, a reușit să înceapă o conversație.

— Aici, în închisoare, văd tot felul de oameni, spune ea. Vinovați, nevinovați, în sens legal și moral. Nu mă aflu aici ca să judec.

— I-auzi.

Este irezistibilă. Sau poate că sunt eu disperată după interacțiune socială.

— Ai frați sau surori, Stella?

Devin bănuitoare. Vrea să vorbim despre copilărie? Este începutul unei forme de analiză?

— De ce întrebi?

— Trebuie să începem de undeva, spune ea. Dacă e să te cunosc.

Îmi strâng brațele mai tare la piept.

— Sunt copil unic.

— Și eu, spune Shirine. Dar în psihologie suntem numiți copii finali, și nu copii unici. Există studii care afirmă că suntem lideri mai pricepuți decât ceilalți. Adesea, ne bucurăm de mare succes. Dacă vrem, ne putem inversa rolurile cu părinții noștri și îi putem impresiona cu atitudini net superioare vârstei noastre.

Strâmb din nas.

— Eu sunt excepția care confirmă regula.

— De ce spui asta? întreabă Shirine.

— Păi... de succes?

Îmi lovesc palmele într-un gest plin de înțeles.

— Nu tocmai, nu?

Mă uit la ceasul din spatele lui Shirine. A trecut doar un sfert de oră. Mai sunt 45 de minute. Trebuie să fac ceva bun din asta. O oră pe săptămână în afara celor patru pereți, departe de miros și de captivitate. Nu pot doar să zac și să aștept să treacă timpul.

— De ce te-ai făcut psiholog? întreb eu.

Shirine își atinge cercelul de argint din ureche.

— Din cauza părinților.

— Ei au vrut?

— Nu, dimpotrivă.

Își arcuiește gâtul și-și trece degetele prin păr.

— Ei au vrut să devin medic. Bunicul meu este medic și părinții sunt tot medici. Ei consideră că omul este, în primul rând, o creatură biologică. Nu cred că se pot vindeca boli vorbind despre emoții și alte lucruri abstracte.

Zâmbește, în ciuda deprimării din vocea ei și a ochilor umezi.

— Deci te-ai făcut psiholog ca să te revolți?

— Nu chiar. Cu siguranță aș fi devenit medic, dacă nu mi-ar fi fost groază de germeni. Copil final cum sunt, am vrut mereu să le fac pe plac părinților.

— Germeni?

Shirine încuviințează.

— Am făcut terapie.

— A ajutat?

Zâmbește vag.

— Poți încerca un tratament.

În dimineața următoare, se întoarce Teddy. Se oprește în prag și mă privește atent. Elsa îi spune ceva, înainte să intre și să se așeze la masă, cu dosarele lui și cu penarul simpatic.

— Am avut și eu un penar la fel, în clasele primare, spun eu, imediat.

Se uită la mine cu o privire de profesor.

— Fiica mea l-a ales.

Se pare că e un subiect sensibil.

— Cum ți s-a părut cartea? mă întreabă.

— Poți citi în comentariu.

Teddy râde.

— Dar ai spus că nu va fi la fel de deprimantă.

— A fost? Au trecut mulți ani de când am citit-o. Îmi amintesc doar că mi-a plăcut.

— Ajunge psihopat, spun eu. Uneori, mă întreb dacă e posibil să sfârșești altfel în lumea asta bolnavă. Sinucidere sau psihopatie, pare că nu există nicio altă cale.

Teddy se înroșește.

— Nu trebuie să fie așa, spune el. Viața poate fi și ușoară. Nu trebuie să o faci atât de dificilă.

Mă uit lung la el. Vrea să spună că e vina mea? Că Esther Greenwood și Holden Caulfield ar fi putut să aibă parte de o viață mai simplă și mai normală dacă ar fi ales diferit în viață și dacă nu ar fi complicat totul într-atât?

— Ce este? întreabă Teddy.

Clatin din cap. Nu știu cum să-mi exprim iritarea în cuvinte.

— OK, spune el. Să vedem comentariul.

Mă uit la el.

— Ce crezi despre mine, Teddy?

Obrajii îi sunt încă rozalii, iar acum buzele i se strâmbă de parcă l-ar durea ceva.

— Nu pricep.

— Ca și ceilalți, spun eu, și tu crezi că sunt vinovată.

Își ferește privirea.

Ar trebui să-i spun. Să încerc să-i explic ce s-a întâmplat. Teddy n-ar trebui să înțeleagă, dar nici să judece. Ar trebui să asculte și să facă tot posibilul să vadă dincolo de morală și de idei preconcepute.

— Vrei să știi? întreb.

Tot nu mă privește.

— Vrei să știi ce s-a întâmplat, Teddy?

Icnește ușor.

Îi dau timpul de care are nevoie. În final, se întoarce spre mine și clatină din cap.

— Nu, Stella. Nu vreau să știu.

57

Chiar nu voiam să ies în oraș. Fusese o vineri lungă la muncă, și numai gândul de a mă îmbrăca în pantaloni eleganți, de a-mi aranja părul și de a mă machia mă obosea.

— Haide, a spus Amina, aranjând paharele de shot pe masă. O dată n-am și eu mâine meci!

Voia să mergem la Tegnérs, dar era deschisă la sugestii.

— Știi de ce ai nevoie? a spus și mi-a întins un shot. De o aventură de o noapte.

— Serios? Singurii tipi de care am nevoie acum sunt Ben & Jerry[56].

Plină de îndoieli, am cântărit paharul în mână.

— Noroc, a zis Amina, și le-am dat peste cap.

Eram acolo de dragul prieteniei. Pentru Amina și pentru alcool. După două pahare de cidru și câteva shoturi mai mult sau mai puțin forțate, mi-au mai crescut și ritmul cardiac, și temperatura corpului.

De obicei, nu beau foarte mult. Amina a pus playlistul nostru *Party like an animal* pe Spotify și, până la urmă, ne-am urcat într-un taxi și am pornit spre Tegnérs.

[56] Marcă americană de înghețată super premium.

Luminile reflectoarelor făceau ringul să se reverse. Cascadele de culori ne inundau din toate direcțiile, iar vibrațiile basului îmi duduiau în piept ca niște mitraliere. Amina și cu mine ne-am abandonat muzicii. Am trântit poșetele pe podea și ne-am înălțat brațele în aer.

Au apărut niște tipi de la fostul liceu și au fost surprinzător de amuzanți. În timp ce vorbeam te miri ce cu ei, Amina a dispărut la bar.

— Trebuie să beau un pahar cu apă, a zis ea.

După o vreme, băieții au plecat, iar Amina tot nu apăruse.

Am găsit-o la bar.

Stătea pe vârfuri. Întotdeauna își dorise să aibă cu zece centimetri în plus. Ochii îi străluceau, iar între buze avea înfipt un pai lung, care dispărea într-o băutură verzuie. Lângă ea se afla un tip cu o cămașă cu modele alambicate, care vorbea cu un debit de parcă i-ar fi fost teamă că poate rămâne fără oxigen din clipă în clipă.

— Deci aici te-ai ascuns?

Amina a tresărit. Tipul a tăcut brusc și s-a uitat la mine de parcă tocmai i-aș fi distrus seara. Era arătos în stil clasic, cu păr des, pieptănat pe spate, și ochi de un albastru-deschis. Mi-am dat seama că era mai în vârstă. Cu cel puțin zece ani în plus față de noi.

— Cine-i bunelu'? am întrebat, privindu-l precaută.

Amina a mârâit, însă Cămașă Alambicată a râs, relaxat.

— Chiar atât de bătrân par?

— Totul este relativ. Al Pacino are vreo 75. Iar Avraam avea peste niște sute bune.

— Avraam? a repetat Cămașă Alambicată, făcând semn barmanului.

— Din Biblie, am spus. Un soi de strămoș al tuturor religiilor.

A comandat o băutură și s-a uitat la mine.

— Deci ești creștină?

— Nici pe departe. Se numește cultură generală.

A râs din nou. Dinții lui erau puțin cam prea drepți și prea albi ca să fie naturali.

— Îmi cer scuze, a spus Amina. Nu e obișnuită cu băutura.

— La naiba cu spirtoasele, am spus.

— Are și părți bune, dacă te uiți lung și adânc.

— Câți ani ai, de fapt? am întrebat. Că *sigur* ai ceva.

S-a bosumflat puțin. Și-a dus o mână în șold și și-a umflat pieptul, zâmbind iar.

— Câți îmi dai?

— 35, am spus.

A făcut pe ofensatul.

— 29? a ghicit Amina.

— Frumos. Și încă din prima încercare, a spus el, și a prins-o ușor de braț. Ai câștigat o băutură la alegere de la bar.

Amina s-a întors spre mine.

— El este Christopher.

A întins mâna și, după o ezitare calculată, am strâns-o.

— Chris, a spus, făcându-mi cu ochiul. Îmi poți spune Chris.

Voiam să dansez, și Amina mi-a promis că mi se alătură imediat. Avea doar ceva de făcut.

Mi-am ridicat brațele în aer și am început să sar pe ritm. Am simțit că am heliu în piept, că îmi cresc aripi.

Timpul a trecut, iar Amina nu mai apărea. Când am simțit că transpirasem suficient, am căutat-o iar. Era la o masă, cu ochii adânciți într-ai lui Chris.

— Bem spumant, a spus el, oferindu-mi paharul lui.

Am încercat să fac contact vizual cu Amina. Ce era asta? O interesa tipul? Amina nu e genul care să flirteze. N-ar aduce niciodată acasă un băiat pe care l-a cunoscut la bar. Ultima dată când a fost îndrăgostită de cineva cu adevărat eram în clasa a cincea. În plus, tipul ăsta era cu zece ani mai în vârstă decât noi. Avea aproape 30 de ani.

Mi-am umplut gura cu spumant și am avut senzația că toată povestea era stranie și că nu se potrivea ceva.

— Cu ce te ocupi? am întrebat.

Chris a zâmbit larg, parcă apreciind întrebarea.

— Cu câte puțin din toate, de fapt. Mai mult cu proprietăți imobiliare. Am câteva firme.

Mi s-a părut dubios.

— Amina mi-a spus că se pregătește să devină medic, a spus Chris. Tu ce planuri ai?

Am încercat să prind privirea Aminei, dar ea avea ochi numai pentru Chris.

— Pentru o vreme, am vrut să mă fac psiholog, am spus. Dar nu cred că mi-ar plăcea. Oamenii au prea multe probleme.

Chris a râs iar. Niciodată nu am suportat oamenii ca el, în aparență perfecți. Trebuie să existe niște defecte grave în spatele imaginii pe care o afișează.

— Aș putea deveni avocat, am spus. Mama este avocat. Dar aș prefera să fiu judecător. Trebuie să mă decid.

— Și mama mea este avocat, a spus Chris. Mai nou, profesor.

— Interesant.

A sunat mai ironic decât intenționasem.

— Chiar deloc, a râs el. Dreptul se rezumă doar la cuvinte bine alese și fire despicate în patru.

— Nu cred asta.

— Așteaptă și o să vezi.

— Ah, am spus, întinzându-mă. Nu dau doi bani pe drept și plec în Asia. Visez de ani de zile o excursie în Cambodgia, Laos și Vietnam.

— E complet obsedată de excursia aia, a spus Amina. Întreab-o ceva și o să-ți împuie capul.

— Minunat. Și mie îmi place să călătoresc, a spus Chris.

Nu prea exista colț de hartă pe care să nu-l fi explorat. Văzuse întreaga Asie, cu excepția Mongoliei. Locuise la New York, Los Angeles, Londra și Paris. Dar Lund era orașul copilăriei sale. Revenise mereu aici, fără să știe de ce.

Mă întrebam cu ce se ocupa, de fapt. Arăta și părea o persoană care nu trebuia să-și facă griji pentru bani, iar asta mă făcea și curioasă, și sceptică.

— Totuși, trebuie să fie bine să ai un profesor de drept în familie, dacă te ocupi de firme și chestii, nu?

Chris a încuviințat.

— De fapt, am beneficiat mult de experiența mamei, în ultima vreme. Dar nu în afaceri. Acolo nu se amestecă.

— Atunci, ce s-a întâmplat?

Pentru prima dată, a tăcut și s-a uitat în jos.

— Nu ne privește, a spus Amina, orgolioasă.

— Nu e mare lucru, a zis Chris. Am trecut prin niște rahaturi. Dar... e o poveste lungă.

— Închid tocmai la trei, am remarcat eu.

M-a privit. Zâmbetul lui era diferit acum: buzele purtau o urmă de blândețe.

— Am avut o urmăritoare, a spus.

— O urmăritoare?

— Serios?

Amina a ridicat din sprâncene.

— O persoană foarte bolnavă, a explicat Chris.

58

Lui Chris nu-i plăcea să danseze, așa că, atunci când Amina și cu mine ne-am întors în marea de neon de pe ring, a rămas la masă, cu șampania și zâmbetul.

— Serios, Amina, am strigat. Chiar îți place?

— Termină! Tu ce crezi?

Ne-am ținut de mâini și ne-am rotit. Basul îmi vibra plăcut prin tot corpul.

— Nu e urât, am spus.

— Am văzut și mai rău.

Am râs și m-am lansat în câteva mișcări lascive.

Apoi, nu sunt sigură ce s-a întâmplat, de fapt. Așa cum am mai spus, de obicei nu beau mult. În timp, mi-am dat seama că nu am nevoie de alcool, fiindcă îmi pot obține adrenalina prin alte metode. Băutura mă face repezită, insuportabilă, și mahmură ca dracu' a doua zi.

Până la urmă, a apărut un tip care a început să danseze cu mine. Ne-am lipit unul de altul și curând buzele lui îmi apăsau gâtul. Ne știam de dinainte, din primăvară. Sexul fusese OK, dar nu cred că-mi aminteam numele lui, ce făcuse sau despre ce vorbiserăm.

— Trebuie să-mi găsesc prietena, am spus, după o vreme.

— Ce naiba?

Arăta de parcă i-aș fi dat o veste medicală proastă.

Am străbătut ringul în căutarea Aminei. Era aproape trei și jumătate. Stătea din nou cu Chris și așteptau nota? M-am împleticit printre mese, am trecut pe la bar, însă n-am văzut-o nicăieri. Când am luat mobilul ca să-i scriu un mesaj, primisem deja unul de la ea.

Sorry!!! M-am dus acasă vomitat la baie nu te-am găsit.

Am răspuns că era în regulă, că înțelegeam, că mergeam și eu acasă. Am primit un emoticon verde, care vomita.

După ce am dat pe gât un pahar mare cu apă la bar, am ieșit pe trotuar. Noaptea era numai un ciripit de păsări. Mirosea a transpirație, a parfum și a polen. Pe cer, puzderie de stele.

— Taxi? a spus o voce de bărbat în spatele meu.

L-am ignorat. Nu merg niciodată cu taxiul la negru.

— Putem împărți, a continuat, și atunci m-am întors.

Era Chris.

— Numai dacă vrei. Va fi mai ieftin.

A zâmbit din nou în felul lui modest. Lumina unui felinar stradal se reflecta în ochii lui strălucitori.

— Nu știu în ce direcție mergi, am spus, remarcând că îmi venea greu să stau dreaptă.

Chiar voiam să iau un taxi cu el?

— Spre Pilegatan, a spus el. Chiar lângă Polhem.

Măcar mergeam în aceeași direcție.

Chris s-a apropiat de un taxi și mi-a făcut semn să-l urmez. Cât de periculos putea fi? Aveam să petrecem cinci minute împreună pe o banchetă.

Ne-am strecurat în spate, fiecare pe o latură, iar eu mi-am lipit genunchii.

Mașina a pornit smucit, iar mie mi s-a întors stomacul pe dos. Aveam gura uscată ca iasca și încercam să închid ochii și să-mi alung greața.

— Cum te simți? a întrebat Chris.

Am încercat să-l ignor, dar totul clipea și se învârtea.

— Ești în regulă? a spus, punându-mi o mână pe braț.

— Ca o prințesă, am zis, înăbușindu-mi un râgâit cu palma. Cred că e de la mâncarea chinezească, am glumit. Nenorocita de rață.

— Rață stricată. Am trecut și eu prin asta. Nu-i o amintire plăcută.

M-am uitat pe geam. Am deschis telefonul și i-am scris Aminei.

Sunt în taxi cu bunicul Chris.

Nu a răspuns. Dacă se supăra?

Fără resentimente? am scris.

De data asta, răspunsul a sosit repede.

Ha, ha, poți să-l păstrezi pe bunelu'.

Emoticon. Bătrân fericit cu ochelari de soare.

— Vii des aici? a întrebat Chris.

Zâmbetul acela îngrozitor de perfect, din nou.

— La Tegnérs? Păi, nu prea ai de unde alege când ești tânăr.

— Sau prea bătrân, a spus.

Era amuzant. Îmi plăcea că știa să se autoironizeze.

— La vârsta ta se merge la Gloria's[57]? am spus.

— Vrei să spui în comuna Eslöv[58]?

Taxiul a frânat, iar stomacul mi s-a revoltat iar.

— Ești bine? a spus Chris.

[57] Restaurant suedez cu specific grill și diverse evenimente sportive televizate.
[58] Una dintre cele 290 de municipalități din Suedia.

Am inspirat adânc și am mormăit ceva despre care erau șansele ca el să fi ales cel mai prost taximetrist din oraș.

— Ai încercat Tinder? am întrebat. Sau Happy Pancake? E plin de oameni de vârsta ta.

— Happy ce?

— A apărut o chestie nouă. Se cheamă internet. E o rețea digitală disponibilă peste tot în lume, dar poate mai mult destinată nouă, tinerilor utilizatori.

A râs, însă expresia i s-a schimbat într-una serioasă.

— Am avut niște experiențe urâte.

— Pe internet?

— Cu fetele.

Am râs, dar zâmbetul lui Chris părea forțat și trist. Taxiul a cotit la stânga și a încetinit. Poate că taximetristul mă auzise. Dar stomacul meu se revolta serios și îmi era teamă că voi vomita din clipă în clipă.

— Aici locuiesc eu, a spus Chris, și numai atunci mi-am dat seama că mașina se oprise. Plătesc toată cursa, așa că trebuie doar să-i spui șoferului unde să te lase.

S-a aplecat între scaune ca să-și treacă American Express-ul prin cititor.

Mi-a vibrat telefonul. Era un mesaj nou de la Amina.

Ai spray-ul cu piper la tine??? Nu se știe.

Dar ce credea?! Am dat să-i răspund, dar greața mi-a urcat în gât, gura mi s-a umplut de salivă și n-am mai putut aștepta. Am deschis brusc portiera și am năvălit afară. Am aruncat o privire spre asfalt, apoi m-am clătinat spre niște tufișuri, mi-am aruncat geanta pe jos și am dat totul afară. Am icnit și am tușit, așa că a mai ieșit un rând, până când n-a mai rămas decât bilă.

Cum de mi se făcuse atât de rău? Doar nu băusem atât de mult! Uite de asta nu-mi plăcea să beau.

Oare era fiindcă îmi strecurase cineva ceva în pahar?

Când am fost sigură că nu mai am ce vomita, am încercat să mă șterg cu un șervețel umed din poșetă. După aceea, m-am întors, rușinată, și am descoperit că taxiul plecase. Puțin mai jos pe trotuar, Chris mă aștepta cu asprime în priviri.

— Hai, a spus. Trebuie să te ridici și să-ți revii.

M-am gândit la mesajul Aminei și am pipăit prin poșetă după spray. Am scotocit mai bine. Ce naiba? Mi-am băgat toată mâna înăuntru. Nimic. Aveam întotdeauna spray-ul la mine. Întotdeauna.

Acum, nu mai era acolo.

59

Chris locuia la etajul unei case galbene, foarte aproape de Liceul Polhem. Pe ușă scria „C. Olsen".

Ce căutam eu aici? Eram amețită și complet amorțită, după ce-mi vomitasem jumătate din conținutul stomacului.

Când m-am aplecat pe hol să-mi scot pantofii, aproape că am căzut în cap. Chris m-a prins și m-a ținut cu brațele pe lângă corp.

— Stai jos pe canapea, a spus, conducându-mă cu blândețe în living.

M-am rostogolit pe canapea. Am zăcut acolo ca o epavă și am privit la tavanul înalt, cu decorațiuni magnifice. Între timp, Chris făcea zgomot în bucătărie. Mi se închideau pleoapele și vedeam deja ca prin ceață.

— Dormi? a spus Chris.

A așezat un pahar mare cu apă pe măsuța de cafea.

— Bea asta.

Lumea s-a învârtit cu mine, când m-am ridicat. Am băut apa cu înghițituri mari.

Chris m-a privit, în expectativă.

Când am pus jos paharul, mi-am dat seama cât de naivă eram. Știam prea bine că existau droguri pe care le foloseau violatorii și care n-aveau niciun gust. De ce eram atât de neglijentă? Dar, fie, eram la el acasă, și, probabil, în acel moment eram cea mai oribilă fată din nordul Europei. Probabil că nu aveam de ce să-mi fac griji.

— Ce ai spus despre fete... la ce te-ai referit?

— Ce am spus despre fete?

— Că ai avut experiențe urâte.

— Ah, asta.

Și-a mușcat buza de jos și a părut să regrete că spusese ceva.

— Gata, am zis eu. Nu trebuie să vorbim despre asta.

Chris s-a sprijinit de canapea și și-a pus mâinile în poală.

— Știi urmăritoarea aia de care am pomenit?

— Doar că ai zis că a existat.

Memoria mi-a revenit treptat.

— Nu a fost o urmăritoare oarecare, ci fosta mea parteneră.

— Oh.

A încuviințat și și-a scărpinat bărbia.

— N-a putut suporta că se terminase între noi. E adevărat că n-a fost frumos. Am întâlnit pe altcineva și m-am îndrăgostit. Deloc frumos, însă nu poți să garantezi pentru felul în care funcționează inima, nu?

— Ai înșelat-o?

— Depinde cum privești lucrurile. Nu s-a întâmplat nimic între noi, fizic, nici măcar un sărut. Dar am înșelat emoțional, e adevărat, și nu sunt deloc mândru de asta.

Îl înțelegeam. Detest infidelitatea, însă nimeni nu-și poate controla sentimentele.

— Mi-am dat seama foarte repede că i-aș face rău Lindei, așa că am terminat relația. Dar n-aș fi visat că avea să reacționeze așa.

— Ce a făcut?

Chris și-a scărpinat din nou bărbia.

— Linda are un istoric lung de boli mintale, a spus el.

— Ce fel de boli mintale?

— Știam că e labilă. Fusese depresivă, avusese tulburări alimentare și altele asemenea, în adolescență. E un suflet sensibil.

Suna prostesc. Al cui suflet nu e sensibil la abandonul de către persoana iubită?

— S-a înfuriat când i-am explicat cum stau lucrurile. A avut o ieșire violentă. Chiar dacă e apartamentul meu și îl aveam de trei ani când a apărut Linda în peisaj, a refuzat să se mute. A trebuit să stau la mama câteva săptămâni și să o ameninț cu poliția, înainte să renunțe.

— Atunci ai profitat deci de mama ta?

— Printre altele. Lucrurile s-au înrăutățit. Linda a început s-o hărțuiască pe noua mea prietenă. Îi trimitea sute de mesaje. Apoi, apărea brusc la biroul fetei și o urmărea.

— Asta e nebunie curată.

Era ca un scenariu de film.

— Întotdeauna am crezut că e posibil să discuți cu ea. Fuseserăm trei ani împreună. Fata a vrut să depună plângere la poliție, dar am convins-o să renunțe, fiindcă o cunoșteam pe Linda.

— Ce poveste stranie. Înțeleg de ce ești precaut când vine vorba de fete.

Chris a încuviințat.

— Devine și mai interesant. Linda s-a dus la poliție și a depus plângere împotriva mea. A făcut o mulțime de acuzații urâte. Abia dacă mă pot gândi la asta. A pretins că o abuzasem și o violasem. Absurd!

— Complet absurd, am consimțit.

— Mi s-a permis să asist la un interogatoriu și să ascult toate tâmpeniile pe care pretindea că le-aș fi făcut. Au fost cele mai urâte momente prin care am trecut vreodată. Pentru o vreme, am crezut că avea să-i iasă schema. Mi se părea că anchetatorii o credeau. Eram pe cale să fiu etichetat drept agresor și violator. Viața mea ar fi fost distrusă.

— Groaznic!

N-a mai spus nimic, apoi. Chris adoptase o expresie gravă, de parcă și-ar fi amintit brusc totul, iar mie îmi era rușine că mă gândisem la drogurile pe care le folosesc violatorii ca să-și amorțească victimele.

De fapt, nu făcusem nimic rău. Viața mă învățase să-l tratez pe fiecare bărbat ca pe un potențial violator. Mai bine previi decât să tratezi. N-ar fi trebuit să mă simt rușinată, deși, când am văzut cât de teamă îi era lui Chris, nu m-am putut abține.

— După o vreme, relația s-a încheiat. Fata a spus că mă susține, dar am remarcat că avea îndoieli. Probabil nu aș fi putut-o învinui, pentru că nu se simțea în siguranță. Dar nu pot să fiu cu cineva care crede că i-aș putea face rău.

Ochii lui albaștri străluceau, iar gândurile mele îmi treceau prin cap ca un stol de păsări.

— De aceea sunt singur și îmi e puțin teamă de fete, a spus Chris, zâmbind sincer. Probabil că va dura o vreme până când voi putea avea din nou încredere în cineva.

— Înțeleg.

A oftat din greu și a lăsat capul în jos. Din reflex, am pus o mână pe genunchiul lui, ca să-l liniștesc. Căldura lui mi s-a răspândit prin corp. Avea ochii umezi.

Nu știu la ce mă gândeam. Cred că îmi părea rău pentru el. Alcoolul îmi transformase creierul într-un soi de fruct zemos.

— Of, am zis, cuprinzându-i gâtul cu brațul.

Când și-a ridicat fața, mi-am apropiat buzele de gura lui și l-am sărutat.

— Oprește-te, a mormăit el, trăgându-se într-o parte.

I-am dat drumul. Ce naiba făceam?

— Nu așa, a spus. Nu acum.

Voiam doar să mă târăsc sub canapea și să dispar.

— Cred că ar fi cel mai bine să pleci acasă, a spus Chris și a butonat telefonul. O să-ți chem un taxi. Unde locuiești?

Cât de jenant! Nici nu puteam să mă uit la el.

I-am dat adresa și m-am clătinat spre hol, în timp ce suna. Când m-am privit în oglindă, imaginea era dureroasă: arătam ca un strigăt de ajutor.

Pe telefon aveam un mesaj nou de la Amina.

Ce se întâmplă? Unde ești???

Sunt în drum spre casă, am răspuns.

Chris m-a condus până la poartă și m-a îmbrățișat. Se terminase. Eram convinsă că n-aveam să-l mai văd niciodată, iar când a apărut taxiul, am regretat că-i dădusem adresa mea.

60

Michael Blomberg are o cămașă nouă, albastru-delfin cu nasturi albi și mâneci suflecate. Poartă o eșarfă împăturită neglijent în buzunarul de la piept. Se apleacă peste capătul opus al mesei, cu un zâmbet supradimensionat.

— Mi-ar plăcea să te întâlnești cu mama ta. Trebuie să discutăm toți trei.

— Nu e posibil, spun eu.

Simpla idee mă sperie de moarte.

— Ce crezi c-ar trebui să-i spun, atunci? întreabă Blomberg. Că nu vrei să-ți vezi propria mamă?

Firește că vreau. Nu-mi doresc nimic mai mult. Dar Blomberg n-ar înțelege.

— Spune-i ce vrei. Nu-mi pasă.

Oftează adânc.

— Sau poți s-o minți, îi sugerez. Probabil te pricepi suficient cât să născocești ceva credibil.

Avocatul cel masiv clatină din cap.

— O cunosc de multă vreme pe Ulrika...

— Știu. O cunoști destul de bine, nu?

Blomberg devine rigid. Nu e prima dată când fac o aluzie similară, și nu va fi nici ultima. Îl las să se întrebe. Ignoranța este putere.

— O cunoști și pe Margaretha Olsen? întreb.

— Așa și așa. Este...

— Profesoară.

El ridică din umeri. Are o expresie iritată.

— Lund este un...

— Sătuc.

— Oraș mic, completează el. Lund este un oraș mic.

— Și ea crede că sunt vinovată?

— Cine?

— Margaretha Olsen. Crede asta?

— Habar n-am, spune Blomberg. Ce contează? Să nu-ți pese ce cred oamenii. Important este să aducem argumente favorabile în fața curții.

— Chiar asta contează? Atunci de ce simt că toată lumea a dat deja sentința?

— Care toată lumea?

— Poliția, procurorul, toată lumea.

Blomberg se foiește, dar pare la fel de impenetrabil ca înainte.

— Se numește confirmare părtinitoare, îmi spune el. Ai o teorie și ignori toate dovezile împotriva ei. Este extrem de întâlnită. Nu e neapărat și conștientă, probabil spre deloc.

— Dar o anchetă ar trebui să fie obiectivă.

Ridică din umeri.

— Vorbim de oameni. Suntem oameni cu toții.

Își pipăie lănțișorul din jurul gâtului și se pregătește să lanseze bomba.

— Linda Lokind.

Mă țintuiește cu privirea.

— Ce-i cu ea? întreb.

— O cunoști?

— Așa și așa. Lund este un...

— Sătuc.

Blomberg se lasă pe spate și-mi face cu ochiul.

— Spune-mi, Stella. Ai avut vreun contact cu Linda Lokind?

— Să am contact? Sună atât de formal. Știu cine e.

— Știi?

Blomberg încuviințează încet. Întrebarea e cât de multe știe.

— Am întâlnit-o, cândva. Atât.

— Dar ea spune că a fost partenera lui Chris Olsen câțiva ani. Au locuit împreună.

Încerc să par surprinsă, însă Blomberg nu pare deloc convins.

— Intenționez să o prezint pe Linda Lokind ca posibil suspect.

— Cui? Poliției?

Aprobă din cap.

— Nu poți face asta!

Simt că amețesc. Mi se învârte capul.

— Dar te-ar putea elibera, spune Blomberg.

Crede că Linda l-a ucis pe Chris? Mă întind după paharul cu apă și vărs pe masă când îl iau. Blomberg îmi urmărește fiecare mișcare.

— Linda Lokind a depus plângere la poliție împotriva lui Christopher Olsen după ce relația lor s-a încheiat, în primăvara aceasta. Potrivit spuselor sale, Olsen era un tiran. Dar nu exista nicio dovadă, așa că ancheta s-a închis rapid. Un motiv bun pentru răzbunare, nu crezi? Indiferent dacă este sau nu adevărat, în capul lui Lokind, Olsen era un bărbat violent, care a molestat-o în moduri inimaginabile.

— În capul ei? Crezi că minte?

Blomberg își agită mâinile.

— Asta nu are importanță. Sunt multe aspecte care o indică pe Lokind ca făptașă. Am aflat multe lucruri despre ea.

— Cine a aflat? Nu ești polițist, spun eu. Ar trebui să-mi aperi mie drepturile și atât, nu să te joci de-a detectivul.

Îmi aruncă o privire compătimitoare.

— Așa stau lucrurile. Când poliția nu-și face meseria, o facem noi pentru ei. Nu e vorba despre a o învinui pe Lokind. Mă voi asigura doar că există suficiente motive de îndoială cu privire la tine.

Transpir la greu. Aerul a devenit sufocant.

— Nu, spun eu. Nu este OK. N-o amesteca pe Linda.

Pare surprins.

— Dar asta te poate salva, Stella. O să discut cu mama ta.

— Trebuie să respecți confidențialitatea. Aș putea renunța la serviciile tale.

Blomberg își duce o mână la piept. Pare să-i fie milă de mine.

— Nu știi prin ce a trecut Ulrika pentru tine.

— Ce vrei să spui?

Își împinge scaunul și se ridică.

— Ce dracu' vrei să spui? întreb. Mamei nu i-a păsat decât de ea și de cariera ei. Prin ce să fi trecut pentru mine?

— Revin, spune Blomberg.

Se întoarce și bate în panoul de sticlă.

— Și tu crezi asta, nu? îl întreb.

— Ce?

— Și tu crezi că eu am făcut-o.

61

Duminică, eu și Amina ne-am întâlnit într-un local cu hamburgeri din oraș. Duhnea a grăsime prăjită. La mese, oamenii aveau ochii roșii și părul ciufulit.

Amina m-a luat de braț.

— S-a întâmplat?

Am așezat tava pe masă, cu zgomot.

— Nu, am răspuns.

— Haide, ceva tot s-a întâmplat, a insistat ea. V-ați prostit puțin?

Părea iritată, deloc entuziasmată.

— Ești geloasă?

— Termină.

Dintre prietenii mei, Amina este singura persoană care mănâncă hamburgeri folosind furculița și cuțitul. A înfipt furculița în hamburger și l-a tăiat cu cuțitul.

— Scuze. Nu trebuia să merg cu el. Am vrut doar să împărțim un taxi.

— Termină. Nu sunt geloasă.

— Jur că nu s-a întâmplat nimic.

Amina a tăiat burgerul cu atâta putere, că a sărit pe farfurie.

— Știi, am continuat, hărțuitoarea aia despre care ne-a povestit era de fapt fosta lui prietenă.

— Ce?

I-am spus întreaga poveste despre fosta parteneră a lui Chris, care refuzase să accepte că el se îndrăgostise de altcineva. Despre cum Linda o hărțuise pe noua prietenă a lui Chris și apoi se dusese la poliție să-l acuze că el o bătuse și o violase.

— Cât de aiurea, a spus Amina, strâmbându-se dezgustată. Ar trebui să te ferești de tipii ăștia.

— De cine? Nu e vina lui Chris dacă fosta lui e nebună.

Amina nu părea să fie de acord.

— Te mai vezi cu el?

— De ce aș face asta?

Păream mult mai sigură decât eram.

Am muncit toată ziua de luni. Am găsit spray-ul cu piper într-un buzunar al jachetei și l-am pus înapoi în poșetă. Am venit acasă târziu și m-am schimbat în pantaloni de trening, m-am așezat pe canapea cu două sandviciuri cu unt de arahide și am început să-mi verific conturile de pe rețelele sociale. Atunci am descoperit cererea de prietenie a lui Chris.

Ce voia de la mine? Un tip de 29 de ani, stilat, care conducea câteva firme și călătorise prin toată lumea. Firește că am înțeles exact ce căuta. Ar fi trebuit să urmez sfatul Aminei. Nu era cazul să continui discuția cu el.

Am ezitat, dar am acceptat. În fond, era doar Facebook. Nu era ca și cum m-aș fi căsătorit cu el.

A trecut cam jumătate de minut înainte să sosească primul mesaj.

Mă gândesc la tine, a scris.

Era ceva legat de exprimare pe care nu l-am putut identifica atunci, însă acum știu. Scria la prezent. Nu-i așa, Teddy? De parcă s-ar fi gândit la mine atunci, pe loc.

Stella? a continuat, când nu am răspuns imediat. *E un nume foarte frumos.*

Am scris un răspuns scurt, l-am șters, am scris altul, am șters iar. Într-un final, am trimis ceva.

Înseamnă *„stea" în italiană.*

Mi-a răspuns cu un emoticon în formă de stea.

Tatei îi place Italia, am scris mai departe. *E puțin obsedat.*

Chris mi-a trimis un emoticon cu degetul mare ridicat.

Italia e frumoasă. Cinque Terre, Toscana, Liguria.

Am răspuns cu un emoticon care căsca gura.

Bula cu trei puncte de suspensie mi-a arătat că scria iar, însă nu a apărut textul. Am așteptat, cu telefonul în mână. Într-un târziu, a apărut.

Știi, când îi întrebi pe oamenii aflați pe moarte ce regretă cel mai mult în viață, răspund că nu regretă ce au făcut, ci ceea ce nu au făcut.

Ce? Așa flirtau bărbații de 29 de ani?

Eu nu voi regreta nimic, am scris.

Mi-a trimis un zâmbăreț.

Cred că semănăm, mi-a scris. Nu ne vom găsi niciodată liniștea. Așa că trebuie să ne căutăm pe noi înșine ca să supraviețuim.

Încerca să mă analizeze. Detest oamenii care fac asta.

Nu știi nimic despre mine, am răspuns.

Răspunsul lui:

Cred că știu mai multe decât crezi.

Era deja prea mult.

De exemplu, cred că dormi dezbrăcată.

Ce mama naibii! Am recitit de trei ori.

Aș fi putut să-l trimit la plimbare, dar nu m-am putut abține să-i scriu. Fusese prea neașteptat.

Trebuie să mă culc acum, i-am scris.

A răspuns:

Somn ușor, steluță.

Am sunat-o imediat pe Amina. Părea supărată.

— Fă ce vrei, mi-a spus.

— Las-o baltă. Nu mă interesează.

Chiar și mie mi-a sunat a minciună.

— Sunt doar plictisită fiindcă nu se întâmplă nimic, am zis. Viața e atât de tristă.

— Dar vei călători curând.

— Curând?

Eu și Amina nu avuseserăm niciodată noțiuni similare despre timp.

— Mai durează câteva luni bune, asta dacă reușesc să plec.

— Cu siguranță vei reuși. Timpul zboară.

M-am urcat în pat cu laptopul. Cu câteva zile înainte, găsisem un site american despre psihopați, care se dovedise o adevărată mină de aur. Mulți cercetători și psihiatri postau acolo articole extrem de interesante și foarte detaliate. Am citit că psihopații sunt uneori descriși drept prădători umani care manipulează mediul cu un șarm și o charismă neobișnuite. Persoanele expuse la farmecul seducător al psihopatului înțeleg rareori că sunt manipulate — de obicei, când e deja prea târziu. Un psihopat minte des și fără nicio mustrare de conștiință. Minte pentru beneficiul personal, pentru a-și construi o imagine mai bună despre sine și a-și stabili un scop în viață. Am fost întotdeauna foarte pricepută la mințit. Să fie o caracteristică a psihopatiei?

Psihopatul știe că minte. Știam și eu. Firește, se întâmpla să mint ca să obțin beneficii pentru propria persoană. Nu eram sigură că aveam vreo mustrare de conștiință când mințeam. Asta ce spunea despre mine?

Am citit despre o femeie care-și distrusese viața când întâlnise un bărbat care o înșela în cele mai mărunte privințe. Firește că mi-a părut rău pentru ea, dar am simțit și dispreț.

Eram la muncă vineri, când am văzut mesajul lui Chris. Nu-mi scot niciodată telefonul când sunt de serviciu, sau, cel puțin, nu când e Malin prin zonă. E în stare să facă o criză dacă vede pe cineva folosindu-și mobilul în timpul programului.

Fiindcă sunt plătită cu ora, e posibil să nu fiu concediată, dar de ce aș risca? Regulile sunt reguli. Așa e Malin. Se zvonește că nu i-a mai dat de lucru unei fete fiindcă mesteca gumă la casă.

Dar eram în pauză când am văzut mesajul de la Chris. Am avut noroc că eram singură în încăpere, fiindcă reacția mea a fost exagerat de exuberantă.

Poți să fii gata la ora 18? Te va lua o limuzină. Sugerez să porți niște haine. Poate pijama. Stai, doar dormi dezbrăcată.

M-au trecut fiorii când am citit.

Pe de o parte, Chris era prea mult. Pe de alta, viața mea era foarte plicticoasă. Nu mersesem niciodată cu limuzina și recunosc că sunt materialistă și ușor de impresionat.

Cât de periculos putea să fie? Era o întâlnire. Cine nu vrea să se aranjeze și să meargă cu limuzina la un restaurant superb, cu mâncăruri ale căror nume nu le poate pronunța?

Am așteptat o vreme înainte să răspund. Adevărul este însă că nu ezitasem defel. Era o ofertă prea bună să o pot refuza.

La ora 18 stăteam pe trotuar în cea mai nouă și mai sexy rochie pe care o aveam, când a apărut limuzina. Era imensă, avea canapele albe și un bar bine aprovizionat. Am deschis o sticlă de Moët și am ciocnit, în timp ce traversam podul spre Copenhaga.

— Mă bucur că ai acceptat să mă însoțești, a spus Chris.

Îi străluceau ochii.

Când am ajuns, a înconjurat mașina și mi-a deschis portiera. Apoi, m-a condus în fața lui, cu o apăsare ușoară a mâinii pe șold.

Restaurantul avea stele Michelin și era faimos în toată lumea. I-am uitat numele. Mâncarea era ciudată și, deși am încercat patru feluri, nu mă săturasem când am urcat iar în limuzină.

— Putem opri aici? i-am strigat șoferului când am trecut pe lângă un chioșc cu înghețată.

Am cumpărat o înghețată imensă, cu frișcă și dulceață în vârf. Apoi, ne-am așezat la o masă de picnic, înconjurați de pescăruși, iar Chris a făcut ochii mari când m-am murdărit de dulceață și mi-am lins toate degetele.

— Îmi place stilul tău, a spus.

Nu am înțeles la ce se referea, dar m-am simțit flatată.

Am încheiat seara într-un sky bar cu vedere spre Oresund, până spre Suedia.

Un tip roșcat cânta melodii triste la pianină, iar Chris m-a privit atât de lung și de intens, încât aproape m-am înroșit.

— La ce visezi? m-a întrebat.

— Scuze, mă gândeam doar...

— Nu, m-a întrerupt el, făcând gropițe în obraji. Care sunt aspirațiile tale? Ce vrei să faci în viață?

— Ah, la asta te referi.

M-a cuprins neliniștea.

— Urăsc întrebarea asta.

— De ce?

— Fiindcă nu pot răspunde.

Chris a ridicat din sprâncene.

— Așa este, am spus. Toți prietenii mei știu precis ce vor să facă. Au deja întreaga viață planificată. Călătorii, educație, job, familie. Nu funcționează pentru mine. Mă plictisesc prea repede.

— Și eu. Sună groaznic. Nu la asta mă refeream.

— Cred că e greu să-mi planific și weekendul viitor dinainte. Vreau să fiu surprinsă.

Chris a râs, iar ochii i-au scânteiat ca niște diamante.

— Așa sunt și eu.

I-am zâmbit. În ciuda diferenței de vârstă, aveam multe în comun.

— Majoritatea celor de vârsta mea duc vieți foarte calculate, a spus, în timp ce pianistul cânta melodia compusă de Elton John pentru *Regele Leu*. Când aveam vreo 25 de ani, oamenii mi se păreau atât de plictisoși. Toate zilele arătau la fel, te uitai la aceleași seriale, ascultai aceleași melodii pe iPod, mâncai aceleași mâncăruri, mergeai la aceeași sală de sport, urmăreai aceleași conturi pe Instagram și gândeai exact la fel, de la politică până la vreme.

— Ah, sper să nu ajung niciodată așa.

— Nu cred că e posibil. Tu și cu mine nu suntem așa.

A fredonat refrenul *Can you feel the love tonight?*

— De aceea n-am mai vrut să joc handbal. Eram bunicică, fusesem în cantonament cu echipa națională, tot tacâmul. Dar, dintr-odată, totul a devenit atât de strict! Fiecare atac era plănuit în avans, iar dacă aveai inițiativă, erai marginalizată de antrenori. Nu mai era distractiv.

— Au ucis creativitatea, a oftat Chris.

— Și entuziasmul. Cât de amuzant poate fi, dacă totul se hotărăște dinainte?

— Pari atât de înțeleaptă.

— Pentru vârsta mea?

A râs.

— Vârsta e doar un număr. Pentru majoritatea oamenilor, e precum caloriile goale. Anii se adaugă, dar dezvoltarea stagnează.

O oră mai târziu, șoferul nostru a apărut, a oprit și mi-a ținut portiera. Cu coada ochiului, am văzut priviri invidioase.

În mijlocul podului Öresund, Chris a deschis capota și ne-am ridicat. Am stat apropiați, cu părul bătut de vânt. Mi s-a părut că pluteam. Eram copleșită când ne-am cufundat din nou pe canapea. Ne-am privit și m-am simțit de parcă tocmai făcusem sex. Chris a râs atât de aproape de mine, încât buzele noastre s-au întâlnit, inevitabil. Un sărut rapid, și mi-a dat drumul.

— Scuze, a spus. M-a luat valul.

M-am lăsat pe spate, cu brațele la ceafă, și mi-am întins picioarele.

— Nu te mai scuza și sărută-mă.

Dar umerii lui Chris s-au lăsat și privirea i s-a îngustat.

— Chiar nu vreau nimic mai mult, a spus el.

— Dar?

M-am îndreptat, mi-am îndoit genunchii și mi-am prins părul cu o mână.

— Încă nu am trecut complet peste tot ce s-a întâmplat cu fosta mea parteneră. Promit că nu are nicio legătură cu tine. Am doar nevoie de timp.

— Înțeleg.

M-am gândit la Amina. În toți anii prieteniei noastre, nu fuseserăm niciodată interesate de același tip. Dar luasem în calcul că exista acest risc și ne promiseserăm că nu vom lăsa vreun tip să intervină între noi. De data asta, era straniu, fiindcă Amina îl întâlnise prima pe Chris, la bar. Cu siguranță păruse interesată. Probabil că ar fi trebuit să renunț, să-l uit și să merg mai departe.

— Mulțumesc pentru înțelegere, a spus și și-a așezat mâinile în poala mea. Va veni și vremea noastră.

62

— Nu pot citi cartea asta, îi spun lui Teddy și i-o dau înapoi.

Se numește *Violență* și este cea mai subțire și mai recentă dintre câte mi-a adus până acum, dar textul de pe spate m-a terminat.

— Adică? întreabă Teddy.

— Nu pare a fi ceva potrivit pentru mine.

Cu o față acră, Teddy îndeasă cartea în servieta de piele.

— Pentru cineva care a citit foarte puține cărți, pari să ai o idee foarte clară despre ce îți place și ce nu.

Purtarea de acritură nu i se potrivește.

— Îmi place să provoc, spun eu. Dar nu ăsta e motivul pentru care n-o pot citi.

— Atunci de ce?

Merită o explicație. Teddy este singurul pe care-l am aici, înăuntru, și nu pot risca să pierd relația firavă pe care ne-am străduit să o construim.

— Nu pot citi despre viol, spun.

Simt privirea lui insistentă.

— Nu? zice el.

— Nu, aproape că șoptesc.
— Îmi pare rău. N-am știut.
— De unde era să știi?

Mă întorc încet și-l privesc pe Teddy în față. Lumina din privirea lui de băiețel e întunecată de nori.

— Nu știe nimeni, spun eu. Noi n-am depus niciodată plângere.

— Noi?

Inspir adânc și mă uit în pământ în timp ce-i povestesc despre tabăra de confirmare, despre Robin și despre tata, despre planul meu de răzbunare complet idiot și despre ce s-a întâmplat după aceea.

Teddy mă atinge ușor pe spate.

— Îmi pare rău, Stella.

Vocea mi se stinge.

Nu înțeleg de ce fac asta. Indiferent câte bariere se ridică, avertizându-mă să mă opresc, eu tot spun. Nu așa am fost crescută. Nimeni altcineva nu trebuie să știe. Unele lucruri se păstrează în familie.

Nici măcar Aminei nu i-am spus totul, timp de câțiva ani. Am crezut că era din cauza mea, fiindcă eram diferită. Orice gând și orice sentiment îmi provocau rușine. Dacă îmi destăinuiam cele mai intime gânduri cuiva, m-ar fi catalogat drept psihopată și m-ar fi îndopat cu cele mai puternice medicamente.

Da, știu. E un clișeu nenorocit, zise fata de 14 ani care crede că este unică și că nimeni nu o poate înțelege.

Dar nu acesta a fost motivul pentru care am amânat atât de mult să-i povestesc Aminei despre viol. A fost altceva: voiam cu disperare să fiu fata aceea puternică pe care o vedea toată lumea și nu mă puteam identifica deloc cu rolul de victimă. Chiar eram o victimă? Mama și tata au spus că eu aveam să sufăr cel mai mult dacă depuneam plângere. Timp de o săptămână, m-am gândit că, de fapt, nu suferisem niciun fel de abuz. Eu fusesem cea care se dusese în cabană, fusese planul meu de la bun început. Cel mai tare mă supărasem pe tata, fiindcă ne spionase.

— Dar, la naiba! ridică vocea Teddy. Ai fost expusă unui abuz, iar părinții tăi nu au luat lucrurile în serios.

— Dar eu îi înțeleg, spun. Acum îi înțeleg.

— Ce? Cum adică?

— Mă bucur că nu am depus plângere.

Teddy icnește uimit.

— Să trebuiască să stau într-o sală de judecată și să explic cum l-am sărutat și l-am urmat în cameră? Să mă întrebe de ce nu m-am opus sau de ce nu am strigat după ajutor? Oamenii m-ar judeca, chiar dacă eu am fost victima.

Teddy clatină din cap.

— Trebuie să ai încredere în sistem.

— Nu, nu trebuie. Aș vrea să pot, m-aș bucura să fac asta, dar nu *trebuie*. Trebuie doar să mă protejez.

Teddy are o privire de parcă s-ar fi dezlănțuit ceva în el. Mi-e teamă că am spus prea multe.

63

Sâmbătă seara, stăteam în balconul Aminei și ne întrebam unde să ieșim. În clipa asta, Amina era cea super-entuziasmată, iar eu ezitam. În clipa următoare, eram eu cu chef maxim, iar ea dădea înapoi.

— Am meci mâine, a spus. Tu nu muncești?

Ar fi trebuit. În principiu, muncesc zilnic pe timpul verii.

— N-ar trebui să i se spună „muncă", fiindcă, de fapt, nu e deloc greu. E doar distractiv. Să învăț a fost groaznic, dar să lucrez la H&M nu e deloc obositor.

Amina a râs.

— Chiar ți-a fost greu la școală?

— Poate nu atât mie, cât celor care s-au străduit.

Amina se afla printre ei, firește. Eu mă descurcasem binișor cu niște cunoștințe OK, instinct de supraviețuire și simțul limbii. Dar Amina are ceva ce-mi lipsește: sentimentul datoriei, acea capacitate de acceptare, de executare a lucrurilor fără să te întrebi de ce sau să protestezi. Spune că e treabă de jongler, dar eu am dubii. A fost întotdeauna așa. Amina încuviințează, ascultătoare, și face tot ce i se spune, doar ca să-și reverse emoțiile după aceea. Eu mă opun, mă scutur și refuz vehement, în vâltoarea clipei.

— OK, atunci rămânem acasă, am decis eu. Stăm aici și medităm despre cât de inutil este totul.

Pe stradă au trecut câteva fete, în timp ce Amina a mai turnat vin în pahare.

— Ce face Chris în seara asta?

— N-am idee, am spus. Ce fac ăia de treizeci de ani. Ia cina cu perechea? Are o întâlnire la bancă? Face cumpărăturile săptămânale?

Amina i-a scris numele pe Facebook.

— Profil privat.

— Deloc ciudat, când ai o hărțuitoare.

— O prietenă în comun, a spus Amina. Stella Sandell. Poți intra pe pagina lui.

— De ce?

— Ca să-ți bagi nasul.

Am luat telefonul și i-am căutat profilul. În fotografie, privea drept la cameră, cu o scânteie în ochi.

Pagina lui era aproape goală. Avea câteva actualizări de stare și fotografii din diverse locuri, o recomandare de restaurant și doar 177 de prieteni.

— Caută prin fotografiile de copertă, a spus Amina. Oamenii uită tot timpul să șteargă istoricul.

Am apăsat pe coperta reprezentând o plajă albă, infinită, scăldată de un apus portocaliu. Mai erau două alte fotografii de copertă. Una dintre ele era a emblemei clubului de fotbal Liverpool. În cealaltă, Chris se afla în fața unui zid de piatră. Era bronzat și ținea o femeie de mână.

— Ea este? Fosta?

Amina mi-a luat telefonul.

— Nu știu.

Dar am simțit că știam de fapt. Trebuia să fie ea. Linda.

Femeia din fotografie arăta ca un super model. Avea părul blond, creț, și niște ochi albaștri demențiali, pometi înalți și obraji ca de piersică.

— Nu arată a psihopată, a comentat Amina.

N-am răspuns. Nu-mi plăcea ce vedeam.

— Ia uite aici, a spus ea, arătând spre ecranul telefonului.

Ajunsese pe o pagină cu date personale. Sus se afla numele Christopher Olsen. Adresa se potrivea: Pilegatan, Lund. Mai jos scria că activa în patru companii. Era necăsătorit și era născut în decembrie. Urma să împlinească 33 de ani.

— Treizeci și...? Dar n-a spus...?

— A mințit.

Amina s-a uitat îngrijorată la mine.

Eu nu aveam nicio îndoială că era un mincinos de primă clasă.

M-am întors acasă pe bicicletă, în aerul călduț, cu poșeta atârnată de ghidon. Toate luminile din case erau stinse. Lundul dormita.

Când a sunat Chris, m-am gândit mai întâi să nu-i răspund. M-am lipit de ghidon în tunelul de cale ferată de pe Trollebergsvägen și am ținut în mână telefonul care vibra. Numele lui pe ecran m-a convins și am cedat.

— Poți veni pe la mine? m-a întrebat.

— Acum?

M-am uitat la ceas. Era trecut de miezul nopții.

— Da, acum.

Fusese la o cină simandicoasă în Helsinki și vorbea ușor împleticit.

— Mi-e dor de tine, a spus.

Părea să vorbească serios.

Încă aveam chef de petrecere, ușor dezamăgită că Amina nu voise să ieșim.

— Bine, vin.

Ce se putea întâmpla rău?

Poarta casei din cărămidă galbenă era deschisă, iar eu am luat-o repede în sus pe scări. Chris purta o cămașă cu pătrățele și cravată. Avea un miros masculin, iar aerul a devenit mai dens între noi.

— Eram foarte neliniștit, a spus el, luându-mi geaca. Nu mi-am dat seama că... Îmi doresc foarte mult să te sărut, Stella.

Mi-a luat mâinile și m-a privit în ochi.

Am ezitat. De ce mințise despre vârsta lui?

— Câți ani ai spus că ai? am întrebat.

A răspuns imediat, fără ezitare.

— Am spus că am 29. De fapt, am 32.

— Deci ai mințit?

S-a rușinat.

— Îmi era teamă să nu te sperii. Când Amina a spus 29, am intrat în joc.

O minciună nevinovată. Îmi adăugasem și eu ani la vârsta reală, de câteva ori.

— Vârsta e doar un număr, am spus.

Chris a zâmbit.

— N-aveam de unde să știu că așa crezi și tu. Dar îmi pare rău. Ar fi trebuit să-ți spun mai devreme.

— E în regulă.

M-am ridicat pe vârfuri și l-am sărutat. Vârful limbii lui mi-a alunecat cu blândețe în gură. Am închis ochii și totul a început să se învârtă.

Inima îmi bătea cu putere. În sfârșit, se întâmpla ceva.

Nu după multă vreme, eram întinsă pe canapea, iar Chris mă mângâia lent, uneori cu privirea, alteori cu degetele. Eram în al nouălea cer.

64

Sunt iarăși în biroul lui Shirine. Arată calmă și demnă, iar privirea de Bambi e mai mișcătoare ca oricând. Ca atunci când mama puiului de căprioară din film a fost împușcată.

— Ce mai faci? mă întreabă.

Abia dacă ridic din umeri.

— Ți-am adus ceva.

Îmi dă o broșură care se numește „Profesii: Psiholog". O iau și o răsfoiesc, fără prea mare entuziasm.

— Mersi, îi spun. Dar nu cred că pot deveni psiholog.

Shirine se strâmbă, surprinsă.

— Nu poți sau nu vrei? Cred că ai fi un psiholog excelent.

— Serios?

Pun broșura pe masă.

— Care-i faza? întreabă Shirine.

— Adică?

— Resemnarea asta. De parcă nu ai crede în tine deloc.

— Glumești? Mă aflu aici pentru că sunt acuzată de crimă. Chiar dacă aș fi achitată la proces, tot sunt pierdută în ochii lumii. Chiar crezi că pot deveni psiholog? Haide.

Shirine se apleacă în față.

— Nu ești terminată, Stella. Ești inteligentă, amuzantă, isteață... și arăți bine.

Mă stânjenește.

— Te dai la mine? spun.

Shirine râde; e un râs puțin forțat.

— Despre ce dorești să vorbim azi? întreabă.

— Numai nu despre mine.

— Putem vorbi despre altcineva. Tu decizi.

Mă gândesc la tata. M-am gândit mult la el în ultimele zile.

— Despre orice? întreb.

— Firește.

— Nevoia de control. Ce știi despre asta?

— Nevoia de control?

— Este la fel ca obsesiile?

— Nu tocmai, răspunde Shirine, și mă privește peste recipientul de plastic cu apă. Comportamentul controlator poate fi compulsiv, dar nu trebuie să fie așa. Multă lume asociază nevoia de control cu un simț al ordinii pedant, dar aș spune că este, mai degrabă, o nevoie de a cunoaște, de a prezice viitorul.

Îmi torn apă în pahar.

— Pentru a evita surprizele?

— Multă lume se teme de faptul că realitatea este schimbătoare. Caută siguranță în viață. De aceea, consideră că dețin controlul dacă au șansa de a prevedea ce se va întâmpla și când pot lua deciziile potrivite, din motivele bune.

Nu apuc să înghit toată apa și mi se scurge puțin din colțul gurii.

— Ce înseamnă o decizie potrivită?

Shirine îmi întinde un șervețel.

— O decizie despre care crezi că e cea mai bună pentru tine și familia ta.

Sună rezonabil. Firește, există o diferență între a lua o decizie bună din punct de vedere obiectiv și o decizie despre care doar tu consideri că e nimerită.

— În societatea actuală, când oamenii devin mărci și totul trebuie documentat pe rețelele sociale, mulți au nevoie să apară într-un anumit fel în ochii altora. Asta poate duce la o conduită controlatoare nesănătoasă.

Cuvintele tatei îmi răsună în urechi. Să păstrăm lucrurile în familie. Detestă rețelele sociale. Unele lucruri sunt personale.

— Paradoxal este că, pe cât încerci să controlezi, pe atât simți că ai mai puțin control. Se transformă într-un cerc vicios. Pierzi controlul, așa că devii stresat și încerci să contrabalansezi devenind și mai controlator.

Shirine mă privește lung. Arată îngrijorată, ca și cum i-ar păsa cu adevărat, și nu ar fi doar un job.

Apoi, i se limpezește privirea. Pune mâinile pe masă și mi se adresează răspicat.

— Vorbim despre Christopher Olsen?

— Ce?

Durează puțin să mă deconectez.

— A încercat să te controleze, Stella? Era gelos?

Mă lupt cu impulsurile care nu-mi dau pace. Christopher Olsen? Aici voia Shirine să ajungem de la început? Încearcă să mă interogheze? Totul a fost doar un joc.

— Să te ia naiba!

Îmi sprijin palmele pe masă și o fixez cu privirea. Shirine își împinge scaunul în spate și mâna îi alunecă sub masă. Știu că acolo este un buton de panică.

— Du-te dracului, îi spun. Ești ca toți ceilalți.

Apoi mă ridic, în timp ce doi paznici năvălesc înăuntru și îmi prind mâinile la spate.

65

Săptămânile următoare au fost fantastice. Chris și cu mine am mâncat înghețată pe podul cel lung din Bjärred, iar el și-a strecurat mâna sub fusta mea și mi-a sărutat firimiturile de caramel de pe buze.

— Mergem la Ystad Saltsjöbad[59], a spus în seara următoare, când ne-am întâlnit după job, cu o bere în față, la Stortorget.

— Muncesc tot weekendul, am spus, cu un zâmbet dezamăgit.

— Nu în weekend. Acum!

Firește. De ce să așteptăm?

Am sunat-o pe Malin și i-am zis că sunt bolnavă.

— Am niște dureri menstruale cumplite. Abia mă pot ridica din pat.

Ne-am petrecut toată ziua în halat, am făcut dragoste din oră în oră, iar când a venit seara, am luat un coș de picnic cu șampanie și căpșuni și ne-am uitat cum apune soarele, împrăștiind o lumină trandafirie peste Marea Baltică.

---

[59] Hotel pe plajă, aflat în Ystad, la Marea Baltică.

Duminică, m-a sunat Amina, în timp ce ieșisem la plimbare pe plajă.

— Eram îngrijorată, a spus ea. Nu răspunzi la mesaje.

— Scuze!

Mi-am dat seama că pierdusem complet noțiunile de timp și spațiu. Chris îmi ocupase lumea și eram fermecată.

— Vineri, i-am spus Aminei, ieșim în Tegnérs.

Chris mi-a făcut cu ochiul și m-a prins de mână.

Am continuat să lipsesc de la muncă. Luni, am luat un tren spre Tivoli[60] și am urlat împreună în *montagne russe*, ne-am cazat la hotel când s-a înnoptat și am făcut dragoste dimineața până când c ei de la recepție au sunat și au spus că ar fi trebuit să predăm camera cu o oră înainte.

Vineri, Amina a venit la mine acasă, cu pizza.

Am mâncat vesuvio cu mâinile, uitându-ne la Dr. Phil[61] și discutând marile probleme ale vieții. Dacă este un avantaj să pomenești în CV că ai jucat într-un reality show (depinde de telenovelă și de jobul pentru care candidezi), ce citat am prefera să ne tatuăm și unde (*I fear no evil*[62] pe gât sau *Doare să știi, dar și să te întrebi* pe antebraț) și, firește, dacă soția lui Dr. Phil chiar își făcuse încă o operație estetică și dacă face parte din public la fiecare episod și pleacă de la studiouri braț la braț cu el când se termină show-ul.

N-a durat mult și mi-a scris Chris.

— Pot să văd? a întrebat Amina, trăgând de telefon. Ce îți scrie? Porcării?

— Porcării?

60 Parc de distracții din Copenhaga.

61 Show de televiziune american, despre problemele reale ale oamenilor.

62 Nu mă tem de rău (în lb. engl. în orig.)

— Haide! a râs Amina. De ce ești atât de misterioasă?

Nu știam de ce. De obicei, nu am nicio problemă să povestesc chestii deocheate. Dimpotrivă, îmi place să le disec în cele mai mărunte detalii. Nu există nicio zonă erogenă a corpului meu pe care Amina să nu o cunoască. Dar, cumva, fiind vorba despre Chris, era diferit. Mi se părea greșit să discut despre el prea detaliat. Cu atât mai puțin despre sex.

— Deci, sunteți împreună? m-a întrebat Amina.

— Cu siguranță nu.

— Dar îți place?

— Așa și-așa. Nu știu.

Era ideal să nu simt prea mult. Întotdeauna putea duce la ceva prost. Nu plănuiam să mă îndrăgostesc, cu atât mai puțin de cineva de 32 de ani.

— Mă gândesc la el ca la un pisoi de-o vară.

Amina m-a lovit în braț.

— Ești dusă. Un pisoi de-o vară?

— Da, poate fi pisoiul meu de-o vară. Cu care te joci în vacanța de vară și apoi îl abandonezi.

Amina a izbucnit în râs.

De fapt, fusese ceva inventat. Părea amuzant, dar, când pronunțam cuvintele, am știut că nu era adevărat. Nu așa simțeam.

Problema era că tot ce descopeream despre mine mă speria de moarte.

— Ești o nenorocită fără suflet! a strigat Amina.

— Ar trebui să-ți găsești și tu un pisoi, am râs. Sunt foarte jucăuși.

Am dormit la Chris după Tegnérs și m-am trezit cu un mic dejun în stil bufet, cu pâinici proaspăt coapte și lumânări. Chris a umplut storcătorul cu portocale și mi-a masat umerii în timp ce beam sucul proaspăt.

— Nu poți să nu te duci la muncă azi?

— Nu, am spus eu. Nu din nou.

Aveam nevoie de job. Aveam nevoie de fiecare coroană ca să plec în excursia în Asia. Dar n-am spus nimic despre asta. Mi-era teamă să nu-l dezamăgesc pe Chris și să încerce să mă facă să-mi schimb planurile.

Sau, mai rău, să nu vrea să mă însoțească.

Nu eram pregătită pentru o asemenea discuție.

— Termin devreme azi, am spus, mângâindu-i brațul. Ne vedem curând.

A clătinat din cap.

— Nu înțeleg ce îmi faci. De îndată ce pleci, mă simt singur.

Ne-am sărutat de câteva ori la plecare și apoi am alergat pe scări și am mers pe bicicletă ca o nebună. Gâfâind, am intrat în magazin cu cinci minute întârziere. Malin m-a privit fix.

— Meci în deplasare?

Eram la casă de multă vreme, când a venit Benita să mă schimbe. Lipsa de somn din ultimele săptămâni începuse să se simtă.

— Atunci, doriți să o cumpărați? am întrebat o clientă, care încercase patru bluze diferite în aceeași paletă de nuanțe.

S-a uitat urât la mine.

Ca să scap pentru un timp, m-am îndreptat spre departamentul pentru bărbați și am început să aranjez niște tricouri noi. Am căzut pe gânduri, așa că am tresărit când am auzit o voce în spatele meu.

— Bună, Stella.

O fată între 20 și 30 de ani, cu bucle blonde, se afla chiar în spatele meu, frângându-și mâinile.

— Te cunosc?

Era ceva familiar la ea, dar nu-mi dădeam seama ce.

— Nu ne cunoaștem, a spus ea. Dar îl cunoști pe Chris.

Atunci, mi-am dat seama cine era: fata de pe coperta profilului de Facebook.

— Ce vrei?

Am făcut un pas înapoi.

— Mă numesc Linda, a spus ea. Cred că Chris ți-a vorbit despre mine. De aceea ești atât de speriată?

Inima îmi bătea cu putere. Am privit în jur, dar nu se zărea nimeni.

— Cred c-ar trebui să pleci.

— Așa o să fac. Nu trebuie să-ți fie teamă de mine, Stella.

Era micuță și slăbuță, foarte drăguță, și nu arăta nici cel mai mic semn c-ar fi fost instabilă sau periculoasă.

— Vreau doar să ai grijă, a spus. Chris nu e ceea ce pare.

Am trecut pe lângă ea, împingând-o ușor cu cotul.

— Te rog, trebuie să mă asculți. Chris abia așteaptă să te amăgească.

M-am îndreptat repede spre scări, dar am simțit că mă urmărește.

— Uită-te în dulapul cel mare din camera lui. Din „biroul" lui, cum îi spune el, mi-a zis fata, în timp ce coboram scările. Este o cutie încuiată, sus, în partea dreaptă. Găsești cheia în capătul din stânga jos.

M-am dus spre case.

M-am întors doar când am ajuns la secțiunea pentru copii și m-am simțit mai în siguranță. Am văzut doar spatele Lindei. Ieșea pe ușa de sticlă.

— Ce s-a întâmplat? a întrebat Betina, din spatele meu. Arăți speriată.

Am încercat să respir mai calm.

— Nimic, am spus. Chiar nimic.

Nu știam ce să cred.

66

— Serios? spun, când Teddy apare cu alte cărți. Asta e de-a dreptul obscen de groasă.

— E un proiect, răspunde el, și îmi spune că voi scrie un eseu.

— Ce naiba mai înseamnă și asta?

Nu-mi place deloc când oamenii folosesc cuvinte pe care eu nu le cunosc.

Îl privesc și încerc să arăt ca și cum nu mi-ar plăcea deloc ideea, însă firește că e doar de ochii lumii, iar el știe perfect asta și continuă, nestânjenit.

Crimă și pedeapsă. 646 de pagini de roman rusesc din secolul XVIII.

— Deci, în mod normal, spun, răsfoind, dacă ar trebui să aleg între a citi asta și a avea dureri menstruale timp de 14 zile…

— O să-ți placă.

— O s-o citesc. Doar ca să scap de miros pentru o vreme. Fiindcă n-am altceva de făcut aici.

Teddy râde.

— Și asta, spune el, și-mi mai arată o carte.

Se numește *Thérèse Raquin* și este din același secol, însă are doar 150 de pagini — nu cu multe în plus față de un catalog H&M.

— Cred c-o să încep cu asta, spun.

Cât citesc cuvântul-înainte și primul capitol, Teddy stă cu mine, cu nasul îngropat în dosare. Cred că-și trăiește jumătate din viață între coperțile acelea.

Cartea e destul de tristă și conține multe descrieri ale Parisului, iar gândurile mi se rătăcesc imediat. Mă uit la Teddy, care-și deschide penarul cu animale colorate. Îmi dau seama că nu știu mai nimic despre el.

— Câți copii ai? îl întreb.

— Doar unul, spune el, puțin surprins. Lovisa.

— De ce?

Pare uimit.

— Fiindcă e un nume frumos. Mătușa soției mele se numea Lovisa.

— Nu. De ce ai copii?

— Ce? exclamă el, cu un zâmbet atât de larg, că trebuie să fie cauzat de vreo formă de anxietate.

— Sau a fost o greșeală? Un prezervativ care s-a rupt?

Zâmbetul lui Teddy dispare imediat.

— N-a fost nicio greșeală, mârâie el. Mi-am dorit dintotdeauna copii. A părut momentul potrivit. Nu... nu știu.

Îmi dau ochii peste cap.

— Am o teorie, Teddy.

— Te ascult, oftează el.

— Cred că multă lume face copii de dragul lor. Cam ca atunci când totul este cenușiu și trist, iar tu ieși în oraș și îți cumperi un ruj nou, ca să te simți bine o vreme.

— Compari aducerea pe lume a unui copil cu a-ți cumpăra un ruj nou?

— Sigur, comparația e ușor trasă de păr, însă pricepi tu ce spun. Oamenii se simt bine, își definesc identitatea, își alungă plictiseala, înțelegi?

— Sau poate este cel mai important lucru care ți se poate întâmpla și cea mai frumoasă exprimare a dragostei din câte există. Sensul vieții?

— Pe dracu', Teddy. Sensul vieții, puah.

Clatină zâmbind din cap și se retrage din nou între coperți.

— O să aveți mai mulți? întreb.

— Mai mulți ce?

Teddy se preface că citește.

— Mai mulți copii. Tu și fata... concubina... soția ta o să aveți mai mulți copii?

— Cred că da. E bine să ai frați.

Tot nu mă privește.

— Părinții mei și-au dorit același lucru. Ani întregi au încercat să mai aibă un copil. N-a mers. Nu știu, poate că Dumnezeu nu era prea mulțumit de cum se descurcau cu copilul pe care-l aveau deja? Uneori, mi se pare că jumătate din copilăria mea s-a învârtit în jurul fratelui sau surorii care n-a mai venit.

Teddy ridică privirea.

— Asta poate fi o tragedie.

— Eu voiam doar să mergem mai departe. Eram deja o familie.

— Înțeleg.

— Să nu-i faci asta fiicei tale, micuței Lovisa, spun eu. Promite-mi.

— Promit.

*

Teddy îmi spune că un eseu este un text personal, bazat pe fapte.

— Ar trebui să-ți scrii propriile gânduri pe baza celor două romane din secolul XVIII. *Thérèse Raquin* și *Crimă și pedeapsă*. Tema eseului este crima. Ce face dintr-o ființă umană un criminal? Sunt toți criminalii la fel de cumpliți?

Privesc la foile goale. Pe prima pagină scriu, cu majuscule: ESEU. Este un cuvânt urât. Știu că se spune *essay* în engleză, însă în suedeză sună a ceva purtat de bătrâni în buzunarul de la piept. *Ai eseul la tine, Karl-Gustaf?*

Răsfoiesc puțin cărțile, de dragul lui, însă nu mă pot concentra deloc la citit.

— Succes! spune Teddy, înainte să plece.

Zâmbesc și dau din cap, apoi pun cartea deoparte.

În schimb, mă gândesc la ideea lui Michael Blomberg de o acuza pe Linda. Ca posibil suspect, a spus. A discutat cu mama despre asta, cel mai probabil. Iar mama a vorbit, cu siguranță, cu Amina.

Știu cum funcționează lucrurile în Suedia. Dacă există doi potențiali făptași, trebuie să se dovedească fără drept de apel cine dintre cei doi a comis fapta sau că amândoi sunt vinovați în egală măsură. Altfel, niciunul nu poate fi judecat. Mi s-a părut mereu o chestie bolnavă, care trebuie să se schimbe.

Mă doare sufletul când mă gândesc la Amina. Mi-e groaznic de dor de ea. De Amina, de mama, de tata.

Îmi amintesc când eram mică, iar tata era cel mai bun din lume. Ar putea să fie din nou așa? Ar fi posibil sau a fost totul distrus? Poate cel mai bine ar fi să spun totul poliției și să termin odată cu prostia asta.

Apoi, privesc în jur. Mirosul, pereții, timpul care se târăște, nopțile care mă termină. Curând, nu voi mai suporta. Îmi vâr capul în pernă și urlu. Trebuie să ies de aici.

67

— E o nebunie, mi-a spus Amina, când i-am povestit ce se întâmplase. Dacă are dreptate? Cum poți fi atât de sigură că Linda e cea instabilă, și nu Chris?

— Haide. Dacă recunoaște cineva o persoană psihopată, eu sunt aia.

Mergeam cu bicicletele prin parcul orașului. Un grup mare de femei de vârstă mijlocie, în colanți și adidași colorați, făceau yoga pe una dintre peluze.

— Părea... deranjată?

Amina m-a privit. N-am știut ce să-i răspund.

— Nu e ciudat să o cauți pe fata cu care se întâlnește fostul tău iubit?

— Poate, a spus Amina. Dar a spus că vrea să te avertizeze. Dacă tot nu ai sentimente față de Chris, ai putea să...

I-am aruncat o privire iritată.

— Îl cunosc pe Chris.

— De cât timp, de trei săptămâni?

— De suficient timp să știu că nu e psihopat.

Firește că eram curioasă ce se afla în cutia despre care vorbise Linda, însă am decis să nu-i pomenesc Aminei despre ea. I-ar fi dat numai apă la moară.

— O să-i spui lui Chris? a întrebat ea. Că a venit Linda la H&M?

— Asta chiar nu știu.

Firește că ar fi trebuit.

Dar ignoranța înseamnă putere.

— Promite-mi că ai grijă, mi-a spus Amina, înainte să ne despărțim lângă arenă. Ai spray-ul la tine?

Am pipăit prin geantă și am încuviințat.

Am mers cu bicicleta până acasă la Chris, am făcut duș, m-am schimbat. M-a sărutat ușor, iar mirosul gâtului său mi-a făcut genunchii să tremure.

— Îmi tulburi mintea, mi-a spus. N-ar trebui să mă arunc în așa ceva.

Mă întrebam la ce se referea prin „așa ceva", dar am presupus că era mai bine să nu știu.

Am băut vin și am jucat Trivial Pursuit. Chris a fluierat când am știut cu ce regizor fusese căsătorită Sharon Tate, una dintre victimele lui Charles Manson. M-am bucurat de apreciere, deși nu credeam că e o idee bună să descopere că eram pasionată de psihopați.

La final, l-am lăsat să câștige.

De fapt, a câștigat pe drept. Jongla cu o mulțime de regi și de ani din vremuri imemoriale. Mie nu mi-a plăcut niciodată istoria. Prefer viitorul.

— Am obosit, mi-a spus, scuturând ultimele picături de vin din sticlă.

Ne-am ridicat în același timp, iar el mi-a pus o mână pe șold. Privirea lui a devenit dură și tăioasă. Cu o mișcare hotărâtă, m-a condus spre dormitor.

— S-a întâmplat ceva? mi-a șoptit în ureche.

Am clătinat din cap.

Abia adormisem, când ne-a trezit telefonul lui Chris. S-a rostogolit pe partea lui de pat și s-a întors cu spatele cât a vorbit despre o întâlnire, negocieri și o licitație.

— Culcă-te înapoi, mi-a spus, sărutându-mă pe spate. Trebuie să plec chiar acum la o întâlnire.

— Acum? Dar cât e ceasul?

— Cinci și douăzeci.

— Rahat.

Cu ochii întredeschiși, am văzut cum își punea costumul excesiv de scump și își prindea butonii în oglindă.

— Cred că o să rămân aici până te întorci.

S-a întors și m-a ciupit de degetul mare de la picior.

— Tinerii din ziua de azi.

— De fapt, sunt adolescentă și am nevoie de somn.

A zâmbit, iar ochii i-au sclipit.

— Deci azi nu lucrezi?

— Ba da, din nefericire, am oftat. Dar încep doar la zece fără un sfert.

S-a aplecat și cravata i s-a bălăngănit între sânii mei când m-a sărutat.

— Ușa se închide automat. Trebuie doar să o închizi în urma ta.

După ce a plecat, am încercat să adorm iar, deși, când reușeam să ațipesc, simțeam că sunt încă trează. Am rezistat un sfert de oră, răsucindu-mă pe toate părțile și aranjându-mi perna de o sută de ori. Într-un târziu, am renunțat și m-am strecurat în bucătărie, cu cearșaful în jurul meu.

Frigiderul era plin-ochi cu bunătăți și mi-am pregătit un mic dejun ca la hotel. Apoi, am mâncat stând cu picioarele ridicate pe un scaun și am ascultat cum se trezea Lundul prin ușa întredeschisă a balconului.

Cuvintele Lindei îmi răsunau în minte. *Dulapul cel mare, sertarul din dreapta sus, cheia din stânga jos.*

Am ieșit pe hol. Am stat și m-am gândit un timp, în fața oglinzii.

Trebuia să merg la toaletă. În baie, am adulmecat grăbită printre medicamente. Spray nazal, pastile antialergice. Voltaren. Nimic interesant.

M-am spălat și am intrat în camera pe care Chris o numea birou.

Lângă fereastră se aflau un birou și un scaun ergonomic. Pe perete atârna o pictură spectaculoasă, de doi metri lățime. Era imposibil să-mi dau seama ce voia să semnifice, dar nu mă îndoiam că valora mai mult decât salariul pe un an la H&M.

Peretele opus era ocupat de un dulap mare. Despre acela vorbise Linda.

M-am uitat pe fereastră. Era o trădare împotriva lui Chris, dar ar fi fost o prostie să nu văd ce era în cutie, dacă nu pentru altceva, măcar ca să risipesc îndoielile pe care totuși le aveam. Chris nu avea să afle.

M-am ghemuit și am tras afară sertarul din stânga jos. Înăuntru erau două cutii de plastic cu capac. Prima era plină de lucrușoare: brățări, brelocuri, logouri vechi, gadgeturi pe care nu se îndurase să le arunce.

Următoarea era mai mică. Capacul era puțin stricat, dar am reușit să-l dau la o parte. Pe fund erau câteva zeci de chei.

Am cercetat sertarul din partea dreaptă sus a dulapului. Erau două chei care s-ar fi putut potrivi.

M-am oprit la prima și am încercat-o, fără rezultat. Am decis să o încerc și pe cealaltă. Când am răsucit-o, a făcut clic.

Am scos sertarul și m-am uitat înăuntru.

Oare la ce mă așteptasem?

Consternată, am rămas pe loc și am încercat să-mi pun gândurile în ordine.

68

Trântesc *Thérèse Raquin* cu o așa forță, că Teddy se uită urât la mine. La început, m-am recunoscut puțin în Thérèse, în frustrarea ei provocată de plictiseală și de faptul că nu se întâmpla nimic. Thérèse e, gen, căsătorită cu forța cu Camille, verișorul ei, care nu este o fată, așa cum am crezut la început. Cu siguranță îi plac snobii, doar vorbim despre secolul XIX. În orice caz, Thérèse începe o relație cu prietenul soțului ei, Laurent. Închiriază cu toții o bărcuță, iar amantul, Laurent, îl aruncă pe soț, Camille, peste bord, iar acesta se îneacă.

După crimă, Thérèse și Laurent se învinuiesc unul pe celălalt. Amândoi își pierd mințile și vor să se omoare reciproc. La final, se sinucid împreună.

— Nu mi-a plăcut, spun eu, ca să-l tachinez.

— Nu contează, răspunde Teddy. Ideea nu e să-ți placă, ci să înveți să analizezi.

De parcă ar fi ceva de învățat. Timp de 19 ani, oamenii au încercat să mă analizeze și, de fapt, îi analizam eu pe ei. Dacă mă pricep la ceva, atunci e să analizez.

Teddy îndrugă ceva despre „analiză literară". Pretinde că așa voi analiza cărțile, însă știm amândoi că nu crede asta. De fapt, vom aprofunda subiectul „Stella Sandell și mintea ei bolnavă“.

După prânz, am o oră la dispoziție pentru sport. Pe bicicletă, îmi muncesc coapsele, lăsând sudoarea să-mi curgă de pe frunte până formează un lac sub mine.

Apoi, fac câteva serii de exerciții rapide. Forța mea e autentică. Pe terenul de handbal, îmi plăcea să prind mingea cu una sau două apărătoare în spatele meu. Era cel mai mișto când atârnau ca niște rucsacuri și se chinuiau să mă țină pe linia de șase metri. Cinci ani la rând am câștigat premiul pentru cea mai bună marcatoare din ligă.

Uneori, îmi e dor. De comunitate, de competiție, de a avea un scop și de a lupta din greu ca să ajung acolo. Dar, într-un final, n-am mai suportat ca antrenorii să decidă fiecare pas pe care-l făceam, fiecare pasă, fiecare aruncare. M-am simțit ca un pion într-un joc dictat de alții și toată dorința de a juca handbal mi s-a risipit.

După sală, petrec multă vreme la duș, plimbând jetul în sus și în jos și lăsând apa să mă învăluie într-un vuiet asurzitor. Simt cum mă părăsește mirosul.

Ies de la duș ca un nou-născut, mă usuc și mă îmbrac, înainte să vină să mă ia paznicii.

— Aproape că miroși bine, spune Jimmy, cu o strâmbătură dezgustătoare.

Celălalt râde tare. Are niște ochi verzi strălucitori și o cicatrice în formă de S deasupra arcadei. Cred că e albanez. Mă escortează prin subsol și mă înghesuie în lift, rânjind în continuare. Privirile lor mi se lipesc de trup ca niște mâini.

Încerc să respir fără zgomot. Reușesc să-mi înfrânez impuls după impuls. De fapt, chiar mă descurc. Tac. Apoi,

Jimmy se apleacă și apasă butonul roșu. Liftul încetinește, îmi pierd echilibrul, mă împleticesc în spate și mă lovesc de albanez, care mă prinde cu mâinile de talie.

Jimmy se holbează la mine. Îi citesc și dezgust, și excitare în priviri. Fără niciun avertisment, își lansează mâna în aer, parcă pentru a mă lovi, dar, în ultima clipă, deviază, iar pumnul lui mare rămâne în aer, la câțiva milimetri de fața mea.

Botul i se lățește într-un rânjet urât. Respirația lui mă lovește în față. Mă zbat și împing, dar degeaba, fiindcă albanezul mi-a prins mâinile la spate.

Jimmy îmi gâfâie în ureche. Țepii de pe bărbia lui mi se freacă de obraz.

— Târfă mică. Acum nu mai ești atât de dură.

Simt un nod în gât și îmi încleștez fălcile, până mă doare.

— Nu ești niciodată în siguranță înăuntru, spune Jimmy. Pot să te iau când am chef. Eu am cheia.

Rânjetul urât îi dispare de pe buze și el face un pas înapoi. În același timp, îmi prinde un sân și mă ciupește. Mă încordez și nu las nicio emoție să pătrundă. Jimmy mă privește în ochi, plin de dispreț și furie, și își lasă mâna să-mi alunece pe abdomen.

În spatele meu, albanezul râde cu un nechezat.

Apoi, Jimmy apasă butonul, iar liftul își reia traseul, cu o smucitură.

Imediat după ce mă întorc în celulă, scriu primele fraze din eseu.

Orice persoană este capabilă de crimă.

Dacă o persoană este profund rănită, nu există nicio limită pe care să nu o poată depăși.

Nu este ceva ce cred. Știu.

69

Firește că Amina a reacționat imediat, ca o bună prietenă ce este.

— Dar nu e normal, Stella. Nu e sănătos.

Ne aflam în living, cu picioarele pe marginea canapelei, și tocmai îi povestisem despre lucrurile găsite în fișetul încuiat al lui Chris. Mama și tata erau plecați la un târg de gastronomie italiană și aveau să rămână peste noapte la un castel din Österlen[63].

— Sunt mulți oameni care preferă lucrurile astea, am spus. Bondage, S&M. Se leagă și alte chestii. E o practică mai obișnuită decât crezi tu.

— Serios, acum. Ai face asta?

— Eu, nu.

Doar ideea de a nu avea control, de a fi blocată în timp ce fac sex îmi dă fiori.

— De ce a vrut Linda să vezi chestiile alea?

Nu știam. În fișetul încuiat găsisem un căluș de piele neagră, cu o bilă care putea fi îndesată între fălci, o sticlă de plastic care conținea un lichid transparent, o cârpă

[63] Regiune din provincia suedeză Scania.

cenușiu-închis și niște cătușe de metal solid. La fund de tot, era un briceag cu lame foarte tăioase.

— Linda vrea să mă sperie. Chestiile alea nu sunt deloc dovezi că Chris ar fi psihopat.

— Dar cuțitul! De ce ar avea un cuțit?

— Spune-mi tu.

Eu abia dacă îndrăzneam să mă gândesc.

— Ai de gând să-l întrebi?

— Și ce să-i spun? Că am găsit din întâmplare cheia fișetului încuiat?

Deja îmi trimisese trei mesaje la care nu răspunsesem. Nu știam ce să fac.

— A mințit legat de vârsta lui, a spus Amina.

— O minciună nevinovată.

Amina a oftat.

— Nu putem face altceva? am spus. Să plecăm undeva?

Mi se învârteau prea multe gânduri în minte.

— La Jerker Lindeberg e petrecere, a spus Amina, trecând cu degetul mare peste ecranul telefonului.

— Lindeberg. Nu locuiește în Bjärred?

— Barsebäck.

Și mai rău. Erau cam trei kilometri până acolo.

— Putem lua mașina tatei, am propus. Pe ei i-au dus niște prieteni.

Amina a strâmbat din nas.

— Stăm puțin. Dacă e naspa, plecăm.

Nu era prima dată când împrumutam mașina tatei. E foarte mare, inutil de mare, dacă mă întrebi pe mine, parcă aș conduce un camion. Mă descurcam mult mai bine cu Fiatul micuț de la școala de șoferi.

Am ieșit din oraș, am trecut de Nova și am condus de-a lungul coastei. Amina și-a conectat mobilul la sistemul stereo și a dat muzica la maximum. Am râs de versurile unei trupe dance cu acompaniament de saxofon, despre munți înalți și văi adânci, când un Audi TT micuț, dar viclean, mi-a apărut în față de nicăieri.

Am lovit mașina în partea pasagerului și am trimis-o afară de pe drum, într-un câmp de căpșuni. Șoferul era un bătrân ridat, care și-a suflecat pantalonii ca să nu se păteze de căpșuni, înainte să mă certe și să-mi spună cum crezuse el întotdeauna că femeile nu se pricepeau deloc la șofat, iar acum avea și dovezi ale teoriei sale.

Tata și mama au trebuit să plece în grabă de la petrecerea la castel. Ne-am întâlnit cu ei la secția de poliție. Tata era furios, iar eu nu mă puteam opri din plâns.

Din fericire, nu a existat un proces. Am semnat o declarație cum că voi plăti o amendă, iar acasă mi-am înjurat propria prostie.

„Incidentul cu mașina“, i-a zis tata.

Condus ilegal și neglijență în trafic, i-a zis poliția. O amendă pe măsură. Treizeci de mii de coroane duse pe apa sâmbetei.

Eram așa de supărată pe mine că m-am încuiat în cameră. Treizeci de mii erau jumătate din banii economisiți pentru călătorie. Nu era nicio șansă să mai plec în toamnă.

Eram blocată iar.

Zăceam în pat, cu muzică în căști, și citeam despre psihopați și despre sex. Știam că mai citisem cândva aceleași lucruri, însă trebuia să-mi împrospătez memoria.

Pentru un psihopat, sexul înseamnă putere.

La început, psihopatul se concentrează complet asupra partenerei, în timpul actului sexual. Dar pe psihopați îi atrag lucrurile incitante și varietatea. Curând, va dori să aducă lucruri noi în dormitor, adesea activități care-o fac pe parteneră să se simtă inconfortabil. Psihopatul testează pas cu pas limitele partenerei și astfel dobândește putere. Dacă partenera refuză să-i accepte propunerea, o acuză sau o amenință că o va înlocui.

Am simțit un gust grețos în gură.

M-am gândit la plimbarea noastră pe plajă. La mirosul lui Chris, când dormeam la pieptul lui, la felul în care m-a hrănit cu căpșuni la apus, la cum mi-a strâns genunchiul cu putere în vagonetul din *montagne russe*.

Nu putea fi așa.

Când a sunat Chris, am încremenit și m-am uitat la telefon de parcă ar fi luat foc.

— Ce s-a întâmplat? m-a întrebat el.

Am îndepărtat puțin telefonul de obraz în timp ce-i povesteam despre accident.

— Am primit o amendă, am spus. Iar compania de asigurări a solicitat o sumă mai mare.

— Se rezolvă, Stella. Sunt doar bani. Cel mai important e că tu și Amina n-ați pățit nimic.

— Dar nu înțelegi. Visez de ani de zile la excursia în Asia. E scopul meu cel mare. Am economisit și am economisit...

Vocea mi s-a frânt la telefon. Chris a tăcut.

— Acum nu mi-o mai pot permite, am scâncit.

— Se rezolvă, Stella. Cu siguranță vei pleca în Asia.

70

— Simt că nu mai vreau nimic de la viață.

Firește că Amina a fost de părere că exageram. A strâmbat din nas și m-a privit peste masă.

— Nu mai dramatiza atât.

Tocmai terminase antrenamentul și ne aflam în cafeneaua arenei, înconjurate de iz de transpirație și miros de cafea.

— Ție-ți vine ușor să vorbești. Ai știut mereu ce vrei să faci. Carieră de medic, nuntă, doi copii, vilă în Stångby și casă de vacanță în Bosnia.

— Sună foarte trist.

Am râs amândouă, iar Amina a băut din shake-ul proteic.

— Îmi doresc de atâta timp să evadez.

— Știu, a spus Amina. Dar e clar că vei merge. În cel mai rău caz, o să amâni câteva luni.

Am oftat din greu. Câteva luni? Părea că viața dura o nenorocită de eternitate.

— Sunt atât de sătulă să nu se întâmple nimic! Acum ce urmează? Cincizeci de ani de tristețe și apoi moartea?

— Cincizeci?

Amina a clătinat din cap.

— Poate șaizeci, șaptezeci.

— Dar știi, am spus, cu ochii strălucind, părinții mei au devenit mai OK când au înaintat în vârstă. Acasă parcă e o altă atmosferă.

— Mi-a plăcut mereu de ai tăi.

Credea că știe totul. Oare Amina nu-și dădea seama că nu avea acces la cele mai ascunse părți ale familiei noastre?

— Săptămâna viitoare pleacă în concediu. Au închiriat o căsuță pe insula Orust.

— Romantism leșinat.

— Trebuie să vii să-mi ții companie.

— Păi și pisoiul?

Amina a lins și ultima picătură de shake.

— Pisoiul?

— Chris!

— N-am idee, am spus, trecându-mi mâinile prin păr. De fapt, vreau doar să plec în călătorie.

— Vei face asta, a spus Amina și a zâmbit. Mai devreme sau mai târziu.

A salutat, absentă, o coechipieră care a trecut pe lângă noi. Apoi s-a ridicat, a calculat distanța și a aruncat sticla de plastic de unică folosință în cel mai apropiat coș.

— Pare atât de simplu să fii tu, am spus.

S-a uitat la mine de parcă ar fi vrut să-mi dea un șut.

Pentru prima oară, tata n-a gătit mâncare italienească la cină. Mama i-a aruncat priviri drăgăstoase peste masă, iar tata i-a zâmbit. După ce a mâncat, a vrut să-mi arate ceva pe calculator.

— Curând va fi ziua ta.

Găsise o Vespa roz. Supermișto, dar scumpă ca dracu'.

— Asta ca să nu mai trebuiască să împrumuți mașina, a zis.

— Dar, tati, treizeci de mii! Sunt prea mulți bani. Am zis deja că vreau doar o contribuție la excursie.

S-a uitat la ecran.

— Mai vedem. Îmi place asta.

— Dar nu e ziua ta, am spus.

Restul serii l-am petrecut între mama și tata, pe canapea. Între ei circula o energie blândă. Erau neobișnuit de tăcuți. Nu am schimbat prea multe vorbe, dar nu era necesar. M-am simțit confortabil.

M-am afundat în canapea și am închis ochii puțin. Când m-am trezit din picoteală, era trecut de doișpe. Tata sforăia cu gura deschisă și cu nasul în carte. În celălalt colț al canapelei se afla mama, cu genunchii ridicați sub bărbie și lacrimi pe obraji.

— Ce s-a întâmplat? am întrebat.

— Cățelul..., a spus, arătând spre ecran. Câinele a murit.

— Mami, Hollywoodul ucide câinele de fiecare dată, nu știi deja?

Mi-am căutat mobilul sub perne.

Patru apeluri ratate de la Chris. Un mesaj nou.

Am făcut clic pe mesaj și am descoperit că fusese trimis de la un număr pe care nu îl aveam în listă.

Acum, se poartă minunat cu tine. Așa a fost și cu mine, la început. Mi-a luat doi ani să înțeleg cine era, de fapt. Să nu faci aceleași greșeli ca mine. Ai grijă.

Ce mama naibii? Oare Linda era chiar atât de tulburată, încât nu putea trece peste povestea cu Chris? Încerca să controleze cu cine se vedea? Să distrugă tot ce l-ar fi putut face fericit?

Am recitit mesajul, apoi l-am șters și am blocat numărul Lindei Lokind.

Urcând scările, l-am sunat pe Chris.

— În sfârșit, a spus el. Îmi făceam griji serioase.

Zgomote în fundal. Motoare, un fluierat.

— Scuze, am adormit pe canapea.

— Trebuie să ieși, a spus. Sunt în mașină. Am rezervat un apartament pentru noi la Grand.

71

Elsa îi descuie lui Teddy, care ezită puțin în prag.

— Ești bine? întreabă el precaut.

— Da.

Sunt întinsă pe pat, dar sunt complet îmbrăcată.

— Au spus că ți-a fost rău ieri, îmi explică Teddy.

Aproape că uitasem.

— Ah, nu m-am dus la psiholog.

Teddy nu pare convins, deși își scoate dosarul și penarul.

— Nu înțeleg de ce ne obligă să mergem, spun eu.

Teddy răsfoiește *Crimă și pedeapsă*.

— Înțeleg că asemenea lucruri pot fi stresante. M-am gândit de multe ori că mi-ar plăcea să merg la terapie, dar mi-a lipsit voința.

Mă așez lângă el, cu carnețelul.

— Cum merge eseul? întreabă el.

— Nu grozav.

Textul constă însă din patru fraze.

— Hai să vorbim puțin despre asta și te va ajuta să începi, spune el, răsfoind mai departe romanul lui Dostoievski. Ce părere ți-ai făcut despre el?

Mă gândesc puțin.

— A fost lung.

Când mă gândesc că am citit, voluntar, un roman rusesc din secolul XIX, fără ca măcar să-l detest!

Raskolnikov are puțin peste 20 de ani și se crede mai deștept decât oricine.

Fiindcă are nevoie de bani, decide să jefuiască și să omoare un cămătar, pe care-l descrie ca fiind o persoană oribilă, care nu merită să trăiască.

Nu e nevoie de studii superioare ca să te prinzi ce urmărește Teddy.

— Care e punctul de plecare? întreabă, arătând spre titlul de pe foaie: ESEU. Ai nevoie de o problemă. De exemplu, sunt toți criminalii la fel de abominabili sau pot exista circumstanțe atenuante?

Mă uit la el, gânditoare.

— Cât de implicat ești, de fapt?

— Implicat? În asta?

Încearcă să pară surprins, dar Teddy n-ar putea păcăli un copil de grădiniță.

— Este vorba despre aceste două romane, spune el. Nimic altceva.

Încuviințez și zâmbesc sarcastic.

— Cu siguranță pot exista circumstanțe atenuante, zic.

— E chiar atât de evident?

— În cărțile astea, poate că nu, însă pot exista. Ipotetic vorbind.

— Ipotetic, spune Teddy, de parcă e prima oară când aude cuvântul. Cum ar fi? Ce ar putea justifica luarea unei alte vieți omenești?

— Asta-i ceva diferit. Nu vorbim despre justificări, ci despre circumstanțe atenuante.

— Dă-mi un exemplu, spune Teddy și gesticulează.

— Autoapărare.

— Asta e altceva. Nu mai vorbim despre crimă. Ai dreptul de a te apăra. Vreau un alt exemplu.

Îmi scarpin obrazul.

— Unii nu merită să trăiască.

Ochii lui Teddy se îngustează.

— Nu cred că e OK să mergi de colo-colo și să iei viețile oamenilor, spun. Dar există oameni care și-au uzat dreptul la viață. O soluție la problemă ar fi un sistem legal funcțional. Dacă violatorii și criminalii ar fi pedepsiți corespunzător...

— Adică susții pedeapsa capitală?

— Cred că, în principiu, majoritatea lumii o susține. E foarte ușor să fii împotriva ei câtă vreme nu suferi chiar tu. Întreabă pe cineva care a avut un membru al familiei ucis și cred că răspunsul e ușor de intuit.

Teddy face o mutră uimită.

— Nu crezi că oamenii merită a doua șansă? spune el.

— După ce au violat și au ucis?

Nu știu dacă încearcă să mă provoace în mod deliberat, dar reușește.

— Bărbatul care m-a violat, spun eu. Crezi că merită a doua șansă?

— Eu... ei, bine...

— Aveam cincisprezece ani. Cincisprezece! M-a ținut cu forța, până m-a sufocat. M-am zbătut cu disperare, în timp ce își vâra membrul dezgustător în mine.

Fața lui Teddy înțepenește într-o grimasă grotescă.

— Nu există circumstanțe atenuante, spun eu, cu fermitate. Mi-ar fi plăcut să-l văd pe porcul ăla murind.

Teddy are înțelepciunea de a nu obiecta. Clipește de câteva ori și își privește mâinile.

— Ar fi trebuit să mă sinucid, spun.

72

M-am trezit în apartamentul de la Grand. Chris se afla în fotoliul de vizavi, cu o ceașcă de cafea în mână și cu picioarele încrucișate pe suportul din fața lui.

— Bună dimineața, frumusețe.

Am zâmbit și am trecut pe lângă el. Am intrat în baie, m-am spălat pe față la chiuvetă și m-am așezat pe marginea căzii. Simțeam un ghem de neliniște în stomac.

— La ce oră începi munca? a strigat Chris, din fotoliu.

— La zece fără un sfert.

Oră care se apropia cu repeziciune.

M-am îmbrăcat și am făcut efortul de a părea fericită și recunoscătoare, când l-am îmbrățișat pe Chris.

— Nu uita asta, a spus și mi-a dat harta.

Fusese un cadou. Mi-l dăduse în timp ce beam șampanie în pat, rulat ca un pergament și prins cu o panglică frumoasă de mătase. Îl desfăcusem și îmi sărise inima. Era o hartă a Asiei, pe care Chris marcase locurile speciale cu steluțe aurii. Erau locuri pe care voia să le vedem împreună. Nu spusesem nimic. Aveam deja o hartă asemănătoare, însă mult mai mare, prinsă cu piuneze.

Ar fi trebuit să fiu fericită când am luat liftul și am ieșit pe Lilla Fiskaregatan. Problema era că aveam atât de multe emoții! Nu voiam să le recunosc existența. Nu puteam să merg în Asia, în călătoria vieții mele, cu un bărbat de 32 de ani. Era de neimaginat. Și, chiar și așa, ceva mi se aprinsese în piept și îmi spunea să nu mai analizez atât și să las lucrurile să se întâmple.

O rupere de nori m-a surprins în timp ce traversam Stortorget și mai aveam maximum două minute până la job. A început să plouă cu găleata, era prima dată în câteva săptămâni.

Încă ploua când am părăsit magazinul, în seara aceea. Ideea era să mă strecor după colț și să iau un autobuz din piața Botulf. Calculasem totul precis, ca să nu mă ud până la piele.

Dar abia făcusem câțiva metri, când am văzut două persoane sub o umbrelă.

— Stella!

Amina m-a prins de braț.

— Haide, trebuie să auzi asta.

Părul ei era ud, iar privirea, agitată.

— Ce s-a întâmplat?

— Hai la adăpost, a spus, încercând să mă tragă după ea.

Lângă ea tremura Linda Lokind. Avea umbrela într-o mână, iar cu cealaltă își ținea gulerul hainei.

— Ce mama naibii, Amina?

Plănuise o ambuscadă împreună cu Linda Lokind? Erau înțelese? M-am smuls din mâna ei și am privit-o urât.

— Te rog, trebuie să asculți ce are de spus Linda.

Ploaia îi curgea pe față. Era ceva disperat în expresia ei.

— Bine, am spus, uitându-mă la Linda. Dar să fie repede.

Am găsit un loc la adăpost, iar Amina și-a dat la o parte de pe față șuvițele ude. I-a cerut Lindei să-mi spună și mie aceeași poveste pe care se părea că i-o spusese ei.

— Am fost cu Chris timp de trei ani, a început Linda Lokind. Credeam că viața mea e perfectă. Nici măcar nu am remarcat când a început să se schimbe.

M-a privit neliniștită.

— Continuă, a spus Amina.

— S-a întâmplat treptat. Mi-am spus că nu se va repeta și că nu va fi mai rău. Chiar îmi doream să fie totul bine.

Ploaia răpăia deasupra noastră. Niște băieți fugeau după autobuz. L-au prins și s-au agățat de ușă, până când șoferul i-a lăsat să intre.

— Primul lucru pe care l-am remarcat a fost gelozia, a spus Linda. La început, mi s-a părut drăguț, de parcă mă iubea cu adevărat. Dar a devenit tot mai rău. O dată, a lovit un tip pe stradă fiindcă i se păruse că flirtam cu el.

Am privit-o direct în ochi. Nu era niciun semn că Linda n-ar fi spus adevărul.

— Studiam când ne-am cunoscut, dar m-a obligat să mă opresc. Era mai bine să încep să lucrez în firma lui, mi-a spus. Nu aveam nevoie de educație. După aceea, părinții mei au început să-și facă griji, iar el m-a obligat să întrerup legăturile cu ei. După o vreme, n-am mai petrecut timp nici cu prietenii mei. Exista mereu o scuză. Când îi spuneam că fuseserăm invitați la cineva acasă, Chris tocmai plănuise să mă surprindă cu un weekend la Praga. Așa că, într-un final, nu a mai rămas nimeni. Doar Chris.

M-am gândit la fotografia lui de copertă de pe Facebook. Arătau fericiți, ea și Chris.

Erau doar niște invenții? O răzbunare crudă și calculată?

— Mi-am redus întreaga viață la Chris, a continuat ea. Așa cum își dorise. Încet, încet, m-a supus.

Un autobuz a trecut pe lângă noi, stropindu-ne. M-am întors spre Amina. Înțelegeam că făcuse asta din grijă, dar tot îmi era greu să accept. La ce se gândise? Apăruse de nicăieri, cu Linda Lokind după ea. Avea încredere în femeia asta?

— Îți va face la fel și ție, a spus Linda, scuturându-și umbrela. Era îngrozitor de suspicios. Nu am văzut de la început, însă, după câteva luni, gelozia și-a arătat colții. Voia să știe tot ce făceam, cu cine făceam și unde eram. Într-un final, tot el m-a înșelat.

M-am gândit la ce spusese Chris. *Am înșelat-o emoțional, însă nu s-a întâmplat nimic fizic.*

— Am găsit un mesaj în telefonul lui. De la o fată pe care o cunoșteam amândoi și pe care o credeam prietena mea. Era clar ce se petrecea între ei, dar, când l-am întrebat, Chris m-a izbit de un perete.

A închis umbrela și a privit spre stradă.

— Mi-a rupt splina. La spital, am mințit amândoi că aș fi căzut cu bicicleta.

Nu. Chris nu era violent.

— Asta când a fost?

— Iarna trecută. Chiar înainte de Crăciun.

Chris spusese că se întâlnise cu fata cea nouă și se despărțise de Linda doar în primăvară.

— De ce nu ai plecat? am întrebat-o.

— Nu e atât de simplu. Nu pot explica, dar era de parcă aș fi fost proprietatea lui. Eram speriată mereu. După ce m-a lovit prima dată, am intrat într-o rutină. De fiecare dată, îmi promiteam că nu se va mai întâmpla. Dar el... N-o să-mi iert niciodată că am rămas.

A strâns tare din ochi. Erau oare lacrimi sau picături de ploaie cele care-i curgeau pe obraji? Amina mi-a atins brațul ușor, parcă cerându-și scuze.

Aveam de ales? Indiferent dacă era sau nu adevărat, nu puteam continua să mă întâlnesc cu Chris. De fapt, era deja prea mult că permisesem să se ajungă aici. Sigur, era interesant, sexy și avea mulți bani, dar nu mai era suficient. Nu mai puteam suporta altă dramă.

— Ai deschis cutia? m-a întrebat Linda.

Am încuviințat.

— Chris m-a forțat să particip la chestii pe care nu le voiam. A spus că, dacă îl iubeam cu adevărat, trebuia să o arăt. Mi-a legat mâinile la spate și mi-a vârât călușul în gură. Abia dacă puteam respira.

Am simțit imediat că mă sufoc. Amintirile mă copleșeau.

— M-a violat. De fapt, cred că-și dorea să mă împotrivesc. Am simțit că asta voia. Atunci am înțeles.

M-am gândit la mâinile pricepute ale lui Chris, în cada de la Grand. La apa care ni se lovea ritmic de trupuri. Nimic din ce îmi spunea Linda nu se potrivea cu ceea ce știam despre Chris.

— De ce nu ai fost la poliție?

— Am fost, însă au renunțat la anchetă. Mama lui Chris este profesoară de drept și cunoaște fiecare judecător și fiecare procuror din țară. Chris este un antreprenor de succes, milionar. De ce m-ar crede cineva pe mine?

— Când ai depus plângere la poliție? am întrebat.

Linda și-a mutat greutatea de pe un picior pe altul.

— În aprilie.

— După ce l-ai părăsit? a întrebat Amina.

Linda a încuviințat.

— După ce *tu* l-ai părăsit pe *el*? am spus. Sau invers?

A închis ochii și și-a șters obrajii.

— Invers, a spus încet.

Am scuipat pe trotuar. Prin fața mea a trecut un autobuz, și o femeie cu o valiză s-a ferit într-o parte, când apa a țâșnit spre ea.

— E autobuzul meu, am spus, și am alergat să-l prind.

73

— De ce ai avut o reacție atât de urâtă la ultima noastră întâlnire?

Shirine își trage șalul colorat sub bărbie și mă privește. Continuă să-mi pună întrebări, în ciuda tăcerii mele încăpățânate.

— E dificil să te gândești la asta? Crezi că te poate ajuta să vorbești despre asta?

Oftez. Nu știu de ce mă aflu iar aici. Aș putea să continui să joc murdar, să protestez cu sălbăticie și să mă împotrivesc.

— Cunoști conceptul „dependent de adrenalină"?

Îmi încrucișez brațele la piept și fixez un punct de pe peretele din spatele lui Shirine. N-ar trebui să-și imagineze că totul este OK acum. Mi-a promis că nu va manifesta prejudecăți în ceea ce mă privește, și totuși a presupus că vorbeam despre Chris când m-a întrebat despre nevoia de control.

— Studiile au arătat că unii oameni au nevoie de stimuli suplimentari pentru a avea parte de plăcere. De obicei, se numesc dependenți de adrenalină, spune ea. De exemplu, cei care fac sporturi extreme, cum ar fi bouldering sau bungee jumping. Dar poate fi vorba și despre implicarea în relații riscante și despre căutarea conflictelor.

Fac un efort să par plictisită, dar, de fapt, ascult cu atenție.

— Christopher Olsen era interesant? spune Shirine.

De data asta, e mult mai atentă când îi pomenește numele. Își ține spatele drept și, probabil, degetul pe butonul de panică.

— Renunță, oftez.

— Îți plac senzațiile tari, nu-i așa?

Chicotesc puternic.

— Îmi plac analizele tale. Serios. Dacă am vreodată nevoie de terapie, te sun.

Apoi o privesc în ochi.

— Umorul tău..., începe ea.

— E un mecanism de apărare, nu?

Nu răspunde.

În sfârșit, îmi spun. În sfârșit cedează.

Înapoi în celula mea, stau întinsă pe pat și mă uit la un punct din tavan, până când acesta începe să crească, să prindă viață și să plutească, într-o explozie optică de culori și modele amestecate.

Mă gândesc la Chris. Poate că Shirine a avut dreptate în discursul ei despre reacțiile chimice din creier, despre emoții și nevoia de stimuli. Dar înseamnă asta că ar trebui să mă blamez? În fond, este absolut necesar ca orice ființă umană să-și asume răspunderea pentru acțiunile sale? Dopamina, serotonina și adrenalina nu pot fi considerate niciodată responsabile. Circumstanțe atenuante? Nu știu.

Știam cine era Chris Olsen și ar fi trebuit să înțeleg. Impulsurile și emoțiile sunt reacții instantanee. Am crezut mereu că iubirea e diferită, că este o alegere conștientă. O pasiune se aprinde și se stinge. La naiba, eu mă îndrăgostesc de zece ori într-o zi de marți, în octombrie!

Dar am ales să nu mă îndrăgostesc de Chris. Sau nu? Oare chiar putea cineva să aleagă?

De ce am un junghi în stomac când mă gândesc la asta?

Îmi revin toate amintirile. Confuzia și dezgustul.

Trădarea.

Când mă gândesc la Amina, mi se pare că se destramă lumea. Vina și durerea se umflă, pulsează și îmi fac rău. E oare posibil să treci prin viață și să rămâi cu mintea intactă?

Venirea lui Teddy mă ia pe nepregătite. Sar pe marginea patului și îmi ascund lacrimile ducându-mi mâinile la ochi.

— Ce s-a întâmplat? întreabă el și își lasă servieta de piele pe masă.

— Nimic, mormăi eu. Sunt doar obosită.

Se apleacă și îmi pune o mână blândă pe umăr.

Mă întorc încet să-l privesc și las lacrimile să-mi curgă în voie.

74

Vineri, Amina și cu mine am împărțit un platou cu kebap pe canapea, chiar dacă le promisesem mamei și tatei să mănânc doar în bucătărie sau la masa din living.

— Să nu-l dezamăgești pe tata, a fost ultimul lucru spus de mama, înainte să plece.

Povestea vieții mele, într-un fel.

— Nu pot să cred că mi-ai adus-o pe psihopata aia, am spus, privind-o urât pe Amina.

— Dar ce era să fac? Nu puteam scăpa de ea!

— Sincer, Amina. Linda Lokind a aflat cine ești fiindcă mă căuta pe mine. Trebuie să te fi urmărit, la fel cum l-a urmărit și pe Chris.

Amina și-a mușcat buza. Voia să protesteze, dar și-a dat seama că nu era momentul.

Căutasem online mai multe informații despre Linda, însă era invizibilă virtual.

— Ai ceva acolo, a spus Amina, arătând cu furculița de plastic. Nu, acolo. Mai sus.

Am pipăit cu degetele pe obraz și am șters niște urme de sos.

Amina a oftat. Era jenată când făceam mizerie sau eram neglijentă. Ea folosește tacâmurile de parcă ar fi instrumente chirurgicale, ducând la gură porții minuscule, care alunecă parcă fără să trebuiască să o deschidă. Nu o vezi niciodată mestecând.

— Tegnérs diseară? a întrebat. Te rog, te rog, te rog.

— Eu, nu.

Avusesem o durere de cap toată după-amiaza și nu voiam decât să mă prăbușesc pe canapea și să dorm zece ore. Voiam să petrec o seară liniștită acasă. Și nu trebuia să-mi fac griji nici pentru Chris. Îmi scrisese că se întâlnea cu un vechi prieten și că ne auzim în altă zi. Hotărâsem să mă despart de el, însă nu știam încă dacă voiam să fac eu pasul sau să las totul să se destrame de la sine.

— Te rog, a spus Amina. Te implor.

Voia să danseze, să petreacă, să cunoască oameni. În calitate de cea mai bună prietenă, am acceptat. Am dansat prin casă, ne-am înghesuit în fața oglinzii ca să ne schimbăm ținutele de câteva ori. Chiar înainte de miezul nopții, ne-am luat bicicletele și am pornit spre Tegnérs.

Am dat din cap și am transpirat în explozia de lumini de pe ring. Amina m-a ținut de mână în slalomul printre trupurile din clubul de noapte și am aterizat, abia mai respirând, la bar, unde am comandat cidru.

Eram leoarcă și inima îmi bătea cu putere.

— Ia uite! a spus Amina, arătând de cealaltă parte a barului. Nu era vorba că se vede cu un prieten vechi?

Chris era cu spatele la bar, aplecat ușor spre o fată cu umerii goi și cercei argintii. Râdeau împreună, iar mâna ei îl prinsese de cot.

— Cine e? a întrebat Amina.

Mi-am luat cidrul și am înconjurat barul.

Chris tocmai se întorcea, încă râzând, când a dat cu ochii de mine.

— Stella! Sunteți și voi aici?

M-am crispat în semn de protest când m-a îmbrățișat.

Fata cu cercei argintii mă privea uimită.

— Ea este prietena mea, Beatrice, a spus Chris.

Am privit-o atent, când ne-am strâns mâinile. Avea cam 25-30 de ani, era machiată puternic, avea buzele mari și un corp lucrat.

— Scuze, am spus. Când ai spus „prieten vechi", am crezut...

— Vechi? a spus Beatrice, râzând.

Chris a părut rușinat.

— De unde vă știți? am întrebat.

— Prin fosta lui Chris, a spus Beatrice.

Chris s-a prefăcut că nu aude și mi-a complimentat bluza. Nu părea să-i placă deloc conversația, dar eu nu aveam de gând să renunț.

— Vrei să spui Linda?

Beatrice l-a privit pe Chris, care s-a dat înapoi, ridicând din umeri.

— Linda și cu mine suntem prietene din liceu, a spus Beatrice. Eram cu ea când s-a întâlnit prima dată cu Chris. Am petrecut mult timp împreună la începutul relației lor, înainte să... se îmbolnăvească.

A lăsat puțin capul în jos.

— Să se îmbolnăvească?

Beatrice a încuviințat, fără să dea explicații.

— Linda a venit să mă caute, am spus, întorcându-mă spre Chris, care și-a frecat fruntea.

— Serios?

— A căutat-o și pe Amina. A vrut să ne avertizeze cu privire la tine. Ne-a spus niște lucruri complet demente despre tine...

— Ce mama dracului, a exclamat Chris. Ajunge! Chiar se gândește să-mi distrugă viața?

— E foarte trist, a spus Beatrice, atingându-i brațul. Linda era cea mai bună fată din lume, când am cunoscut-o eu. Era drăguță și amabilă. Era deja de pe atunci ușor bănuitoare și geloasă, dar cine ar fi crezut că avea să se ajungă aici?

— Primește ajutor? am întrebat. Psihiatric, sau...?

— Linda merge la psiholog de când era adolescentă, a spus Chris.

— Din păcate, a devenit tot mai rău odată cu trecerea anilor, a spus Beatrice. Când Chris a încheiat relația, a luat-o razna complet.

Exact cum credeam. Am privit spre Amina și am făcut un gest cu subînțeles.

Ea și-a pus o mână pe umărul meu.

— Toaletă, a zis.

— Dar...

— Acum, te rog. Altfel fac pe mine.

Ne-am încuiat într-o toaletă și am făcut pipi cu rândul.

Îmi era cald și mă durea capul. Poate era vreun virus? Poate muncisem prea mult?

— Ce ai? m-a întrebat Amina.

— Nu știu. Sunt terminată.

Aș fi preferat să fiu acasă, în pat.

— Acum mă crezi? am întrebat. Crezi că Linda Lokind este o persoană foarte tulburată?

Amina și-a lovit fruntea cu palma, ca să-mi arate cât fusese de proastă.

— De unde să știu? Nu puteam risca.

— Stai liniștită.

— E delicios, a spus Amina, cu un zâmbet viclean.

— Cine?

— Pisoiul tău de-o vară.

Am râs, dar nu m-am simțit deloc confortabil. Nu știam de ce sau ce însemna, însă mi s-a strecurat în suflet.

— Haide, a spus Amina și a deschis ușa.

Ne-am îndreptat spre centrul ringului care fierbea. M-am luptat cu oboseala, în timp ce Amina se dădea în spectacol. Brațele ei zvâcneau, iar hohotele i se ridicau de pe buze ca niște baloane de săpun.

Curând, ni s-a alăturat și Chris, care a dansat aproape de mine, cu mâinile pe șoldurile mele. Respirația lui, caldă de la alcool, îmi mângâia gâtul. Vibrațiile puternice îmi răsunau în stomac. Mi s-au înmuiat tot mai tare picioarele.

L-am luat pe Chris de braț.

— Unde e Beatrice?

— S-a dus acasă, la iubitul ei.

— Nu mă simt deloc bine. Vreau să plec și eu.

Chris și Amina s-au uitat îngrijorați la mine.

— Să merg cu tine? a întrebat Chris.

— Nu. Rămâi cu Amina. Eu îmi iau bicicleta și mă duc acasă.

L-am sărutat scurt și am îmbrățișat-o pe Amina.

— Ești sigură? a întrebat.

— Scuze, am spus.

Aerul proaspăt m-a ajutat imediat să-mi revin puțin. Nu îmi mai simțeam capul atât de greu și picioarele mi-au prins din nou putere, în timp ce mergeam cu bicicleta prin oraș. După două capsule de Alvedon și un Resorb m-am prăbușit în pat, cu telefonul, și am tras obloanele instant.

M-au trezit vibrațiile telefonului. L-am căutat; căzuse între capul patului și saltea.

— Da?

Amina gâfâia în receptor.

— Trebuie să-ți spun ceva.

— Ce este?

— Am mers cu Chris acasă.

Am simțit o lovitură în inimă. Ce voia să spună?

— S-a întâmplat. Am împărțit un taxi. Am uitat că aveam bicicleta la Tegnérs.

A tras adânc aer în piept. Inima îmi bătea cu putere.

— S-a întâmplat ceva? am întrebat.

— Nu, nimic.

— Nimic?

Mi-am lăsat iar capul pe pernă.

— Firește că nu s-a întâmplat nimic. Ce naiba îți imaginezi?

— Nu, firește.

— Am vrut doar să-ți spun că am fost la el acasă.

Am spus că era OK, că nimic nu se schimbase.

De fapt, hotărâsem să mă despart de Chris.

Acum nu mai eram la fel de sigură.

— Te simți mai bine? a întrebat Amina.

— Așa cred.

M-am uitat la ceas. Era patru și jumătate dimineața.

— Hai, du-te acasă, înainte să se îngrijoreze Dino.

Amina a râs nervos.

— A sunat deja de două ori.

— Ne vedem mâine. Pup.

Cinci la sută baterie. Mi-am căutat încărcătorul pe podea și mă pregăteam să-l bag în priză, când am descoperit un mesaj nou de la un număr necunoscut.

Te rog, stai departe de Chris. E periculos.

75

Mă trezesc și mi-e frig. Nu știu cât e ceasul. Poate fi înainte de miezul nopții sau aproape de zori. Aici, timpul trece fără să conteze.

Ceva mă urmărește. Mă dau jos din pat și mă învârt prin cameră. Mirosul e același, la fel de puternic ca atunci când am ajuns aici.

Isteric, bat în ușa încuiată, în timp ce în minte îmi pătrund imagini oribile. Sunt atât de reale, încât limita dintre realitate și fantezie devine incertă.

— Vreau să ies! strig la ușă și continui să lovesc cu pumnii, până când mă dor.

Văd trupul scăldat în sânge al lui Chris pe pământ. E cuprins de spasme de fiecare dată când un șuvoi nou de sânge iese prin găurile din stomac.

— Deschideți ușa!

Mă dau cu capul de metal și mă las în genunchi, în timp ce zgârii disperată ușa. Într-un târziu, se deschide, iar o pereche înfricoșată de ochi mă privește. Este Elsa.

— Ajutor, scâncesc eu.

Mă înec. Trupul meu cade, chiar dacă zace deja grămadă pe podea. Mă forțez să mă ridic și întind mâinile, dar aerul s-a îngroșat prea tare. Parcă aș încerca să înot în ciment.

— Mamă! Mamă!

Elsa îmi spune să mă îndepărtez de ușă și o aud strigând după ajutor. Zac pe spate și privesc la tavan, în timp ce ei mă examinează. Vocile lor sunt îndepărtate, ca niște șoapte vagi la mare distanță.

Imaginea lui Chris murind revine mereu. Corpul însângerat, zvâcnind pe pământ.

Un asistent medical îmi apare în față. Explic că nu pot respira, că e ceva în neregulă cu gâtul meu. Îmi apropie un pahar de apă de buze, dar aproape toată îmi curge pe obraji și pe bărbie. Apoi, ajutat de un paznic, mă ridică în picioare.

Câteva mâini străine mi se plimbă pe față. Mănuși de plastic îmi bagă degete în gură. Cineva îmi dă două tablete și spune că voi adormi.

— Nu! urlu eu și mă zbat.

Somnul este periculos. Nu vreau să mă întorc acolo.

— Opriți-vă! strig eu.

Mă țin de la spate.

Inspir adânc și apoi îmi țin respirația. Aproape că simt oxigenul curgând în sânge și încetinindu-mi bătăile inimii.

În colțul din fața mea se află Elsa, care tremură, cu ochi de copil fără adăpost.

— Poliția, reușesc să spun. Vreau să vorbesc cu poliția.

Nu știu ce să spun: tot adevărul, părți din adevăr, sau ceva care nu are nicio legătură cu adevărul. Trebuie să vorbesc, atât. Trebuie să spun totul, altfel explodez.

76

Chris voia să vină la mine acasă.

Vreau să văd unde locuiești, mi-a scris el. Mi-ar plăcea să îți cunosc și părinții, dar poate ar trebui să așteptăm. Dacă așa crezi și tu, atunci se potrivește perfect că sunt plecați acum.

M-am uitat în jur. Haine, genți, gadgeturi, toate împrăștiate peste tot. Bucătăria mirosea de parcă înăuntru ar fi fost un animal mort, iar în spălător clădisem un munte de lenjerie.

OK, i-am răspuns lui Chris. *Dar lasă-mi două ore.*

Trebuia să vorbesc cu el. Nu puteam continua așa.

Deși îi apreciam atitudinea nonșalantă și dorința de a trăi în prezent, trebuia să știu că aveam aceeași idee despre ce se petrecea între noi. Îmi era teamă că unul dintre noi avea să sufere.

După incidentul cu mașina, n-ar fi stricat să fac ordine în casă, înainte ca părinții mei să se întoarcă, vineri. Am început cu livingul. Am strâns totul, am șters praful de pe masă și am continuat cu bucătăria, unde am golit mașina de spălat vase și am umplut una nouă, am pus vesela în dulapuri și am frecat blatul până l-am făcut sclipitor. La final, aveam o întreagă colecție de saci de gunoi pe hol. Mirosul m-a mușcat de nas când i-am scos afară.

După ce am aruncat sacii la tomberon, am rămas pe alee și m-am bucurat de un moment prețios de liniște.

Ador serile călduțe de vară, când soarele a apus, dar mai rămâne o urmă de lumină pe cer, când aerul e neclintit, iar păsările cântă cântece de leagăn.

Ceva s-a mișcat în tufișuri. Repede. Poate o pasăre?

Când m-am apropiat să verific, s-a mișcat iar.

Mi-a stat inima.

— E cineva acolo? am spus tare.

La cinci metri distanță, tufișurile s-au mișcat iar. Frunzele au foșnit, a trosnit o creangă.

— Cine e?

Am scotocit în buzunar după telefonul mobil. La naiba, trebuia să rămân în casă!

Am fugit repede înăuntru și am tras ușa după mine, am încuiat și sus, și jos, și mi-am ascultat propriile icnete.

Îmi imaginasem totul? Deveneam paranoică?

Poate era doar o pasăre. O pasăre mare. Sau alt animal. O pisică?

Sau cineva se strecurase acolo?

Chris îmi adusese un buchet de trandafiri. Mi-am revenit și nu am spus o vorbă despre ce se întâmplase.

S-a purtat ca un vizitator la muzeu. S-a așezat pe patul meu și s-a legănat, parcă pentru a verifica dacă era suficient de solid. Apoi, s-a uitat la peretele acoperit de harta mea asiatică, plină de piuneze.

— Aveai deja o hartă?

Era jenant. N-aș fi putut spune nimic când primisem darul, iar acum nu știam ce să spun.

— Știi ceva? a spus Chris. Am aranjat să fiu liber februarie și martie, anul viitor. E o vreme potrivită pentru o călătorie în Asia.

Am zâmbit. Ce era să spun? Că preferam să merg singură? Că nu exista nicio șansă ca el să mă însoțească?

Chris s-a apropiat de mine. Cu o mișcare pricepută, mi-a desfăcut părul și m-a sărutat. Mâna i-a alunecat pe pielea mea și am văzut artificii. Nimeni nu mă mai excitase așa.

— Unde dorm părinții tăi?

Fără să-mi dea drumul, a ieșit pe ușă.

— Aici? a întrebat, arătând cu mâna.

M-a condus pe hol, parcă într-un dans ezitant.

Nu era nevoie să mai spun că n-aveam de gând să mă culc cu el în patul părinților mei. L-am împins înapoi, dar Chris a insistat. Ușa s-a deschis și noi am intrat împleticit în dormitor. M-am întins, am apucat cadrul ușii și m-am zbătut.

— Nu aici.

Chris a râs și mi-a dat drumul. A rămas în fața patului dublu al părinților mei.

— Deci aici doarme tatăl tău, preotul.

Când s-a uitat la mine, i-am citit ironia din zâmbet.

— Haide, a spus el, luându-mă în brațe. Vreau să te am în patul lui mami și tati.

— Nu, oprește-te.

M-am împotrivit. A încercat să mă răstoarne pe pat, însă mi-a subestimat forța. Mi-am înfipt picioarele în podea și l-am împins. Trecusem prin lupte mai aprinse pe linia de șase metri.

— OK, OK, a spus Chris, cu un râs dezarmant. A fost doar o idee. Un experiment. Nu-ți plac experimentele?

M-am gândit la lucrurile din fișetul încuiat.

— Nu așa, am răspuns.

— Nu?

Toată dorința îmi dispăruse.

— Hai să ne așezăm pe canapea puțin.

Chris a făcut o grimasă jignită și a așteptat o clipă înainte să mă urmeze pe scări în jos. Am deschis televizorul și mi-am așezat capul pe umărul lui. Gândurile mă amețeau. Ce anume mă adusese lângă el? Fusesem atât de plictisită, fiindcă niciodată nu se întâmpla nimic amuzant, așa că, atunci când a apărut, m-am aruncat cu capul înainte în necunoscut.

Dar acum? Nu voiam un iubit — cel puțin nu unul de 32 de ani. Nu voiam să experimentez în patul părinților mei. În mod ideal, voiam doar să plec în călătoria la care visam de o viață. Niciun tip nu avea să mi se pună în cale.

L-am privit. Era una dintre cele mai frumoase creaturi de care fusesem aproape vreodată. Dar ce contează? Nu aveam nici 19 ani. Aveam toată viața înainte.

Chris m-a privit multă vreme. Zâmbetul lui era din nou plăcut. Toate lucrurile urâte s-au topit.

Nu știam ce să spun. Nu știam cum s-o spun. Știam doar că trebuia să spun ceva.

77

În dimineața următoare, Chris se grăbea la o întâlnire. După un mic dejun rapid, am inspectat cu atenție casa, cu un spray de mobilă și o cârpă, ca să șterg orice urmă că fusese acolo.

I-am scris Aminei.

Vreau să-l părăsesc pe Chris.

De ce??? a răspuns ea.

Am salvat ciornă după ciornă, am șters și am rescris. Într-un târziu, am trimis mesajul:

Cred că începe să se îndrăgostească de mine.

Amina nu a răspuns timp de aproape o oră. Apoi a scris că, probabil, era cea mai înțeleaptă alegere.

Târziu, după-amiază, mama și tata s-au întors acasă din concediu.

— Cât de frumos arată totul, a spus mama.

I-am întrebat dacă s-au simțit bine și amândoi au aprobat.

— Ar fi trebuit să fii cu noi, a zis mama.

Sau poate nu.

Erau într-o dispoziție exuberantă. Tata glumea și se agita. În timp ce mama încerca să-și despacheteze geanta, a gâdilat-o, a prins-o în brațe din spate și a sărutat-o pe gât.

— Ce i-ai făcut? am întrebat.

— Ce? a chicotit mama.

— Da, ce? a spus și tata, ciupindu-mă și pe mine, așa că a trebuit să fug în bucătărie.

— A luat antidepresive sau ce?

— Sunt unicul antidepresiv de care are nevoie tatăl tău, a râs mama.

Am luat bicicleta și m-am dus să mă întâlnesc cu Amina după antrenament.

Începuse să se întunece, însă în parc era încă plin de oameni care se bucurau de căldura verii. Cineva cânta la chitară și din gură, o gașcă de băieți jucau fotbal, câteva cupluri se plimbau.

De pe lac a ieșit o rață, cu rățuștele după ea. Am încetinit și am coborât de pe bicicletă, ca să le fac loc să treacă.

Stăteam acolo, zâmbind la călătoria sinuoasă a rățuștelor pe aleea pietruită, când am auzit pași apropiindu-se. Am dat într-o parte bicicleta, încet, să nu sperii rațele.

— Te rog să mă asculți acum.

Când m-am întors, Linda Lokind se afla la doi metri în spatele meu.

— La naiba, am spus. Lasă-mă în pace. Nu e nimic serios între mine și Chris. Poți sta liniștită.

M-a privit de parcă aș fi vorbit într-o limbă străină.

— Știu totul despre tine, am continuat. Ai nevoie de ajutor, de tratament, ceva. Dacă nu mă lași în pace acum, nu știu de ce sunt capabilă.

— Clar, a spus ea. Chris pretinde că sunt bolnavă. Psihoză, nu?

Am clătinat din cap.

— Nu e doar Chris. Nici poliția nu te-a crezut. Și am cunoscut-o pe vechea ta prietenă, Beatrice.

Mâna Lindei a aterizat pe buzunarul pantalonilor. S-a întors într-o parte, ca să nu văd ce făcea. Avea ceva în buzunar? Am adus bicicleta în fața mea.

— Ți-am spus despre fata cu care mă înșela, a zis Linda. Am găsit un mesaj de la ea în telefonul lui.

Am iuțit pasul, dar Linda s-a ținut după mine.

— Era Beatrice, cea mai bună prietenă a mea. S-a culcat cu ea. Apoi, i-a spălat creierul. Ea crede în continuare că a fost numai vina mea și că sufăr de un soi de psihoză.

M-am oprit și am întors bicicleta, ca să creeze o barieră între noi.

— Minți.

Nu mai puteam suporta. Chris, Linda și Beatrice puteau cu toții să se ducă dracului.

— E adevărat, jur!

— Nu-mi pasă, am zis.

Pe iarba din fața noastră, câteva familii așternuseră un picnic pe pături înflorate. Două fetițe de vreo cinci ani alergau în jurul lor, pe bețe cu capete de cai. Una dintre ele arăta exact ca mine când aveam vârsta ei.

— Într-o zi, iarna trecută, agățam un tablou în dormitor, a spus Linda. A căzut când Chris a aruncat cu o sticlă de bere în perete. După ce l-am pus înapoi, a venit și s-a uitat la el. *Atârnă ca dracu'. Cuiul e îndoit.* Am spus că îmi pare rău și am promis că-l rezolv imediat.

Cuvintele ei curgeau ca sângele dintr-o rană deschisă. Nu îndrăzneam să-mi mut privirea de la fetițele care râdeau în iarbă.

— Când m-am întins după ciocan, Chris mi-a luat-o înainte. M-a aruncat pe pat și a agitat ciocanul în aer. *Nu ești în stare nici să agăți cum trebuie un tablou!*

Mi se făcuse pielea de găină. Linda se afla în fața mea, în timp ce fetițele de pe peluză nu mai puteau de bucurie.

— M-a violat cu ciocanul.

M-a copleșit dezgustul.

— Ajunge!

Linda și-a apăsat mâna în buzunar.

— Mi-ar plăcea să-i fac rău. Aș vrea să sufere cum am suferit și eu.

Obrajii i se împurpuraseră, gâtul i se încordase, iar sprâncenele aveau o expresie dramatică. Mă speria.

— Ar fi trebuit să-l ucid.

Am încălecat pe bicicletă și m-am îndreptat spre arenă. Înainte ca Amina să iasă de la antrenament, am căutat numărul lui Chris în agendă și l-am șters.

78

Michael Blomberg stă în fața mea, cu cămașa lui de culoarea cerului descheiată aproape până la buric. Își pune pumnul de urs pe masă și mă privește de parcă ar fi tata.

— De ce vrei să vorbești cu Agnes Thelin?

— Ca să-i povestesc.

— Ce?

Ridic din umeri.

— Ce s-a întâmplat.

Flutură din mâna lui mare.

— Ascultă. Am discutat cu Ulrika. Trebuie să păstrezi tăcerea cât mai mult posibil.

Îmi încleștez mâinile sub masă.

— Încă v-o mai trageți?

Blomberg arată de parcă ar fi încasat un șut în scrot.

— Nu răspunde. Prefer să nu știu.

Își duce mâna la gură.

— A fost acum multă vreme, spune el, încet. Înainte de povestea asta, nu am mai văzut-o de mulți ani.

Își șterge sudoarea care-i curge pe gât și în spatele urechilor. Apoi își pune laptopul pe masă, se holbează la ecran și apasă cu furie tastele, înainte să se uite iar la mine.

— Ipoteza procurorului este că Amina și Christopher Olsen te mințeau.

— Serios?

— Crede că Olsen te-a înșelat cu Amina și că tu ți-ai făcut dreptate.

Azvârle cuvintele fără milă. Știu că e vorba despre mine, însă mi se pare totul atât de ciudat — parcă ar fi ceva citit în Flashback[64].

— M-a înșelat?

Încuviințează.

— Crede că i-ai descoperit și ai decis să-l ucizi pe Olsen.

— Stai așa. Procurorul crede că l-am ucis pe Chris fiindcă el și Amina... fiindcă ei... s-au culcat împreună?

— Da.

— Din gelozie?

— Fiindcă ai fost geloasă, te-ai simțit trădată, ce știu eu? spune el.

— Dar e absurd!

Clocotesc de furie. Trebuie să spun totul, ca toată lumea să știe ce s-a întâmplat de fapt.

— Ții la Amina? spune Blomberg.

— Ce naiba vrei să spui? O ador!

— Dacă da, atunci ascultă-mă.

Pufnesc, dar mă forțez să o fac.

— De dragul Aminei, spune Blomberg.

O văd în fața mea, îi văd teama din ochi, visele distruse, și simt că mă dezintegrez. Fără Amina, nu știu unde aș fi azi. Nu m-a dezamăgit niciodată.

— Procurorul va pretinde, probabil, că te-ai dus acasă la Olsen ca să-l ucizi. Dar dovezile sunt subțiri, spune

[64] Companie media suedeză care publică reviste, cărți, site-uri și a lansat cel mai mare forum de discuții din Suedia, în mai 2009.

Blomberg. Firește, au mărturia acelei vecine, care spune că te-a văzut lângă casă. Dar fata aceea este o ființă fragilă și n-are credibilitate.

Privește direct în ecran.

— Apoi, au urma de pantof și rămășițele de spray cu piper. Există fire de păr, fragmente de piele, de material. Dar nu există dovadă directă care să confirme că tu l-ai ucis pe Olsen.

— OK.

Întoarce ecranul spre mine, dar nu pot citi literele micuțe.

— Au găsit chestii în computerul lui Olsen. Mesaje, chaturi. Au niște liste de apeluri.

Vocea lui este sigură și fermă.

— Cel mai important lucru din lume acum este alibiul tău, Stella.

— Da? spun, fără să-mi dau seama la ce se referă.

Mă privește iar.

— Teoria procurorului nu ține fiindcă ai alibi pentru ora la care legiștii au afirmat că a fost comisă crima.

Cuvintele mi se învârt în cap.

— Am alibi?

Pare improbabil.

— Conform declarației de la morgă, Olsen a murit între orele unu și trei noaptea.

Tot nu pricep.

— Atunci erai deja acasă, Stella.

— Eram? Nu cred.

— Tatăl tău s-a uitat la ceas. E absolut convins că ai venit acasă la douăsprezece fără un sfert.

Tata? 23:45?

Percepția mea asupra timpului e complet deformată. Nu pot să o reglez.

— Nu poate fi așa.

— Este clar că e așa. Dacă tatăl tău spune că e sigur, atunci e.

Abia dacă mai aud ce spune Blomberg. Încep să-mi dau seama ce se petrece.

— Doar nu crezi că tatăl tău ar minți?

79

Firește că tata a fost cel care a ales un restaurant pentru ziua mea. Italian, fiindcă e obsedat de mâncarea italiană și de orice altceva are legătură cu nenorocita de țară de macaronari, despre care e sigur că mama și cu mine gândim la fel.

Toate vacanțele acelea în Italia! Sincer, îmi vine să vomit de la atâtea *bruschette* și *pasta, birra grande* și *vino rosso,* de la chelnerii aceia cu păr uleios, care flirtează și îți spun „Ciao bella".

Cu alte cuvinte, nu aveam mari speranțe pentru ziua mea, dar mama și tata mă cicăliseră jumătate de vară și, dat fiind incidentul cu mașina, nu voiam să-i dezamăgesc prea tare.

Seara nu a început prea grozav. Restaurantul notase greșit rezervarea noastră, sau poate a fost vina tatei — nici nu știu. Apoi, nu m-a lăsat să comand vin.

— Am 19 ani, am spus. Legea e de partea mea.

— Legea nu e perfectă, a spus el.

Măcar a zâmbit.

— Sau ce zice avocatul?

Din fericire, și mama era de partea mea.

— Sigur că poate comanda vin.

Nu că ar fi fost important ce beam la masă. Era vorba despre principii.

După ce am mâncat, am primit o cartolină cu o hartă mică, pe care trebuia să o urmez. M-a dus afară din restaurant și după colț. Acolo se afla Vespa roz, cu o fundă oribilă pe ghidon. Nu mi-a venit să cred! Tata ignorase toate rugămințile mele privind banii pentru călătorie și aruncase treizeci de mii pe o Vespa!

— Dar am zis că...

— Un „mulțumesc" e suficient, a spus tata.

Mă detestam. Ar fi trebuit să fiu recunoscătoare, firește, să mă arunc de gâtul lui, și iată-mă, cu călcâiele înfipte în pământ și plină de emoții contradictorii. Ce nu era în regulă cu mine?

După desert, am tăcut și ne-am uitat urât unul la altul peste masă. Din când în când, îmi verificam telefonul. Pe Facebook primisem o grămadă de urări, deși Amina încă nu mă contactase.

— Cred că trebuie să plec curând, am spus.

Firește că tata s-a supărat. Ei îmi pregătiseră o cină de ziua mea, iar eu mă gândeam doar să plec.

— Ies cu Amina, am zis, punându-mi geaca. Mulțumesc frumos pentru cină și cadou.

— Iei Vespa? a spus tata.

M-am uitat la paharul de vin. Acela era motivul? Dacă luam Vespa, nu puteam să beau.

— Nu-ți face probleme, a spus mama. Ne ocupăm în seara asta de ea.

S-a ridicat cu un zâmbet trist și am îmbrățișat-o. M-am simțit îngrozitor de nefericită. Eram copleșită de o suferință adâncă și am ținut-o în brațe multă vreme.

Tata nu s-a ridicat de la masă, iar îmbrățișarea noastră a fost stranie și rece. S-a uitat cu tristețe după mine când am plecat.

Căldura verilor târzii are un miros special. Pătrunde în aer și numai o ploaie zdravănă o poate risipi.

Am traversat Fjelievägen și am trecut de terenul de sport. Meri înmiresmați, sauna, iar pe culoarul pentru alergare cineva izbea o minge de zidul de beton. Voci entuziasmate și râsete fără oprelişti țâșneau din șopotul monoton de pe Ringvägen.

De fapt, nu aveam niciun plan. Când vorbisem cu Amina, joi seara, îi spusesem că nu aveam chef de nimic. Urma să merg cu mama și cu tata și apoi să mă întorc acasă și să dorm.

Acum mi se părea o prostie să irosesc noaptea. Vinul mă trezise și îmi schimbasem tura ca să pot dormi până târziu a doua zi, dacă aveam chef. I-am scris Aminei, dar, când n-a răspuns într-un minut, am sunat-o.

— Ce faci? am întrebat.

În telefon s-a auzit o bufnitură.

Amina n-a spus nimic, pentru o clipă, dar a revenit, cu o voce limpede. Gâfâia puțin și părea agitată.

— Sunt cu Chris, a spus.

— Cu Chris?

Mi s-a strâns pieptul.

— Ce faci cu Chris?

Răspunsul a întârziat.

— Păi, nimic special.

A tăcut. Care era treaba? Amina și Chris ieșeau fără mine?

— Voiam să-ți facem o surpriză.

Tonul ei era grav.

— Ești în apartamentul lui Chris? Pot să ajung acolo în cinci minute.

— Cinci minute? a spus Amina.

În următoarele secunde, cuvintele au țâșnit din ea și, înainte să-mi dau seama ce îmi spunea, a închis. Știam că Amina nu m-ar trăda. N-ar fi făcut niciodată ceva cu Chris, nicio șansă, nu înainte să discute întâi cu mine. Dar mi-am dat seama că ceva nu era în regulă.

M-am gândit la povestea dementă a Lindei din parcul central și am iuțit pasul dincolo de Polhem. Pentru scurtă vreme, în clasa a noua, fusesem cu un tip care era în ultimul an la Polhem. De câteva ori, Amina și cu mine chiuliserăm după prânz și stătuserăm pe terenul de joacă, ascunse după colț și pline de o neliniște adolescentină, în timp ce-l așteptam pe tipul care avea carnet de conducere și mașină de la tata, ceea ce-i dădea un statut superior printre cei de vârsta noastră.

Când am intrat pe strada lui Chris, a sunat telefonul.

— Hei, a spus Amina, cu respirația întretăiată. Așteaptă afară. Cobor eu.

— De ce?

M-am uitat spre casa galbenă din capătul străzii și am văzut cum pâlpâie lumina pe casa scării, înainte să se aprindă.

— Sunt pe drum, a gâfâit Amina în receptor.

— Ce s-a întâmplat?

A închis. În secunda următoare, a împins poarta și a țâșnit pe stradă.

Am făcut câțiva pași rapizi și ne-am întâlnit la jumătatea drumului.

Ochii Aminei erau mari, iar răsuflarea, sacadată.

— Ne pișăm pe el.

A coborât privirea. Îi cursese rimelul pe obraji.

— Ce-ai zis? am spus.

— Ne pișăm pe nenorocitul de Chris Olsen.

80

Pentru prima dată, mă trezesc cât de cât odihnită. Asta îmi oferă o perspectivă nouă, mai sănătoasă, asupra lucrurilor. Doar când nu poți dormi ajungi să-ți dai seama cât de prețios e somnul.

Poliția a solicitat o nouă audiere imediat după micul dejun. Mestec încet croasantul uscat și mă gândesc ce să-i spun lui Agnes Thelin.

Elsa și Jimmy mă însoțesc în camera de interogatoriu, unde așteaptă Michael Blomberg.

— Bună dimineața, Stella.

Pare stresat. Îi este teamă de ce voi spune? Icnește când își scoate jacheta strâmtă. Cămașa lui e bleumarin.

Agnes Thelin schimbă câteva amabilități înainte să se așeze vizavi de mine și să apese butonul de înregistrare.

— Ai avut ceva timp de gândire de când am vorbit ultima dată, Stella. Ai vrea să-mi spui sau să-mi explici ceva?

— Păi...

Agnes Thelin zâmbește răbdătoare.

— Nu prea cred, spun, și arunc o privire spre Blomberg, care se trage de cravată.

— Ne e greu să potrivim laolaltă acțiunile tale din ziua crimei, Stella, spune Agnes Thelin.

Mă privește multă vreme, fără un cuvânt. Prea multă. Într-un final, trebuie să spun ceva, orice, ca să scap.

— Blomberg spune că tata mi-a oferit un alibi.

Ochii avocatului se măresc. Își scarpină nasul.

— Păi, spune Agnes Thelin, privindu-l pe Blomberg. Lucrurile nu sunt chiar atât de simple.

— Atunci, cum sunt? întreb.

— E dificil să se stabilească momentul exact în care a decedat o persoană.

— Dar vecina? Nu a auzit țipete la ora unu?

Agnes Thelin nu răspunde. Încă nu știu precis cât îi voi spune.

— Poți încerca să-ți amintești exact ce ai făcut după ce ai plecat de la Stortorget în seara aceea, Stella?

Inspir adânc.

Memoria mea e intactă. Îmi amintesc perfect ce am făcut.

— Tata ce spune? întreb.

Agnes Thelin mă privește în ochi.

— Tatăl tău spune că ai ajuns acasă la ora 23:45 fix, vineri. Afirmă că e absolut sigur de asta.

Nu înțeleg. Tata e dispus să mintă la proces? De ce?

— Spune că a vorbit cu tine. E adevărat?

Mă foiesc, dar nu spun nimic.

Privirea lui Agnes e rugătoare.

— Când ai ajuns de fapt acasă în seara aceea, Stella?

Se apleacă spre mine, dar eu mă uit dincolo de ea, la peretele gol din spatele ei. Mă gândesc la Amina. Pot încă să-i aud respirația îngrozită. Pot încă să-i văd fața distrusă.

— Sunt corecte informațiile furnizate de tatăl tău, Stella? Ai ajuns acasă la ora douăsprezece fără un sfert în seara aceea?

— Hm.

— Poftim?

În încăpere, toată lumea pare să-și țină respirația.

— Nu am ajuns acasă înainte de ora două.

Mă simt ușurată.

Ochii lui Blomberg stau să iasă din orbite, dar Agnes Thelin răsuflă.

— Ce s-a întâmplat în seara aceea, Stella?

— Am mers cu bicicleta acasă la Chris.

Mă gândesc la Amina. O văd în fața mea, îmbrăcată în halat de medic. Radiază, ca de obicei. Trebuie să fi început deja facultatea. Mă gândesc la toți anii petrecuți împreună, la toate lucrurile prin care am trecut. Nu simt neliniște, a dispărut și mirosul și totul pare în regulă.

— Și apoi? întreabă Agnes Thelin.

Blomberg își șterge sudoarea de pe frunte.

Mă gândesc la ce a spus despre Amina. *Dacă ții la Amina, nu spui nimic.*

Mă gândesc la Teddy și la Shirine. Mă gândesc la călătoria mea. Mă gândesc la mama și la tata.

Mă gândesc la violatori.

Nu mai pot să păstrez tăcerea.

81

Amina și-a dus paharul la buze, ezitând.

— Voiam să-ți facem o surpriză, a spus. Voiam să-ți pregătim ceva împreună. Mi-a cerut să mă duc la el.

Am privit-o în ochi și a luat repede o înghițitură.

— M-a sărutat, a spus, aproape în treacăt.

— Ce? Chris te-a sărutat?

Am luat o înghițitură mare de rosé.

— Jur că nu mă așteptam. Dintr-odată, a sărit pe mine și... am încercat să scap. Trebuie să mă crezi.

M-am uitat la ea și am turnat restul de vin în pahare. Ne aflam pe terasa de la Stortorget, era vineri seară și plin de oameni. Chiar și așa, tot am simțit că eram singure în bula noastră mică — doar eu și Amina. Că restul lumii era doar un fundal.

— Ai încredere în mine? Îți dai seama că nu aș face niciodată ceva cu el, a spus Amina.

Pupilele ei dilatate s-au mișcat înainte și înapoi.

Firește că ar fi fost ceva oribil. Eram cele mai bune prietene.

— Evident, am spus, fiindcă știam ce prost mințea.

— E o scârbă, un playboy și atât, a spus ea. Nu poți face așa ceva. Știe că suntem cele mai bune prietene. Chiar nu contează că...

S-a oprit.

— Că...?

A coborât privirea și a fixat-o pe lănțișor, cu pandantivul rotund pe care i-l dăruisem când împlinise optsprezece ani.

— Că voiai să-l părăsești.

— Dar el nu știe asta.

— Nu, firește că nu.

Chiar nu se pricepe deloc să mintă.

— Scuze. Îmi tot povestea. Mi-a spus că ți-a scris de multe ori, dar nu ai răspuns. Știa că nu e OK.

N-am scos un sunet. Nici nu voiam să o privesc.

— A fost un pisoi de-o vară groaznic, a spus Amina, încercând să zâmbească. Dar poate e mai bine că a fost, fiindcă măcar așa știm ce scârbă e.

Nu puteam zâmbi. Nici nu puteam vedea nimic pozitiv în ce se întâmplase. Încă îmi venea greu să cred.

Ar fi trebuit să fiu furioasă. Să-l sun pe Chris și să-i spun cât de porc era, și să se ducă naibii. Dar furia era înecată de alte sentimente cu care nu eram obișnuită.

Cel mai mult, mă simțeam trădată.

A doua zi, mi-a trimis din nou mesaje pe Facebook și pe Snapchat. Am rezistat impulsului de a-i răspunde și l-am blocat peste tot. Nu voiam să mai am ceva de-a face cu Chris Olsen.

În timpul săptămânii, nu m-am mai gândit la el. Sau da, existau momente lungi în care îmi copleșea mintea. Câteva ore fără asta și deja inima tânjea. Am hotărât că era o chestiune de timp, că trebuia să fiu tare. Era ca și cum m-aș fi lăsat de fumat.

Când am ajuns acasă după muncă, miercuri, mi-am dat seama că nu prea mă gândisem la Chris de dimineață. Eram deja pe drumul cel bun și îl îngropasem adânc, fără nicio intenție să mai scurm din nou în rahat. Funcționase mai repede decât credeam.

Nici Chris Olsen, nici Linda Lokind nu aveau să facă parte din viitorul meu, la fel ca alți oameni care-mi trecuseră razant prin viață. Doar niște scene pe fundal. Urma să-i uit curând. Peste zece sau douăzeci de ani, cu un surâs oripilat, urma să-mi aduc aminte de povestea asta dubioasă și să le spun noilor prieteni despre tipul de 32 de ani care mă dusese cu limuzina la Copenhaga și rezervase apartamentul de la Grand pentru noi, și despre fosta lui parteneră labilă emoțional, care mă urmărise. Voiam să am doar niște amintiri vagi despre ei și despre ce se întâmplase.

Firește că aș fi râs de povestea asta și oamenii care ascultau s-ar fi întrebat dacă era adevărat.

Asta dacă n-ar fi fost Amina.

82

Vineri, soarele strălucea. Sfârșitul verii fusese magic și nimic nu sugera că vraja urma să se risipească.

Mă gândeam la călătoria mea în Asia. Când avea să se lase întunericul peste câmpiile Suediei, eu urma să am, în sfârșit, un bilet doar dus către soare, căldură și aventuri. Aveam să strâng suficienți bani, chiar dacă însemna să muncesc de la deschidere până la închidere, șapte zile pe săptămână.

Joi seara, pusesem un anunț pentru vânzarea Vespei, online. Simțeam că sunt nerecunoscătoare, dar fusesem foarte clară când spusesem că nu voiam o Vespa, ci bani pentru călătorie. Dimineața, i-am scris Aminei și am întrebat-o dacă avea timp să ne vedem seara. Trebuia să vorbim. Eram dezamăgită de ce se petrecuse, însă nu puteam scăpa de sentimentul că exageram. Și ce dacă Amina îi spusese lui Chris că nu mai voiam să mă văd cu el? Într-un fel, îmi făcuse o favoare.

Amina mi-a scris că avea antrenament, dar că puteam merge la un pahar de vin după aceea.

L-am ținut pe Chris departe de gândurile mele. Am descoperit că mă simțeam ușurată. Am zâmbit și am fredonat cântece Disney toată după-amiaza.

Când am închis magazinul, la ora șapte, m-am dus la Stortorget cu colegii, să mâncăm. Antrenamentul Aminei se termina la opt.

La opt și jumătate, mi-a trimis un mesaj.

Obosită, nu am chef, meci în oraș mâine.

În regulă, am răspuns. *Pup.*

Scuze, nu fi supi.

Firește, am scris.

Ne auzim mâine, love, pup.

Voiam să merg la muncă a doua zi dimineață și n-aveam de gând să rămân prea mult în oraș. În plus, începusem să accept tot ce se întâmplase ca pe ceva bun. Nu aveam niciun chef de o conversație profundă despre încredere și alte rahaturi.

Am comandat un pahar de spumant, mi-am pus ochelarii de soare și m-am lăsat pe spate.

Colegii mei și-au început discuțiile obișnuite despre scutece, caca, mâncare pentru bebeluși și ursuleți și, chiar dacă mă prefăceam interesată, nu păreau să priceapă aluzia.

Aveam nevoie de un subiect de conversație mai important, de ceva care să anime oamenii.

Malin a povestit că la creșa la care mergeau copiii ei, valoarea principală era egalitatea, iar ceilalți au fost de acord, la unison, de cât de importantă era treaba asta.

Îmi ridicaseră mingea la fileu.

— Serios, am spus eu, chiar crezi că toată lumea are aceeași valoare?

S-au uitat la mine așa cum faci când nu ești sigur dacă cineva glumește sau doar a spus ceva foarte dubios.

— Foarte serios.

M-am întors spre Malin, directoarea magazinului, fiindcă e cel mai ușor de ațâțat.

— Dacă ai de ales între cincizeci de copii din Siria și micuța ta Tindra, cine ți-ai dori să moară?

— Haide, măi, a șoptit Sofie, nu poți spune așa ceva.

Dar Malin a vrut să răspundă.

— Exemplul ăsta n-are nicio legătură cu valoarea egală. Firește că Tindra este mai de preț pentru mine, fiindcă e copilul meu, însă, obiectiv vorbind, nu cred că este mai valoroasă decât altă ființă umană.

Nu mă așteptam la altceva. Malin nu e proastă.

— Ai spune că Tindra are aceeași valoare ca un pedofil?

Malin s-a strâmbat.

— Pedofilii nici nu sunt demni să fie numiți oameni.

Am zâmbit triumfător.

— Atunci, un criminal? Un violator?

— Dar acestea sunt excepții extreme, a spus Sofie. 99% dintre oameni nu sunt nici pedofili, nici criminali.

— Dar cei care-și bat soțiile și copiii? Rasiștii? Cei care atacă online, care hărțuiesc? Sunt persoanele astea la fel de valoroase ca un copil inocent?

Sofie a dat să răspundă, însă a fost întreruptă de Malin, care considera că „discuția e lipsită de sens". Am încercat în van să reîncep discuția, dar, în curând, se vorbea din nou despre copii. Pasul de la dileme morale la dejecții infantile și mersul de-a bușilea nu e pe cât de mare s-ar crede.

Nu mai puteam suporta.

— Ne vedem mâine, am zis, și i-am îmbrățișat pe toți, pe rând, înainte să mă îndrept spre piață și să-mi iau bicicleta.

Era clar că era zi de salariu. Chiar dacă era deja zece și jumătate, oamenii umpleau orașul, încântați că puteau savura o băutură în plus, bucurându-se de vara târzie și deciși să profite de fiecare moment, înainte de sosirea toamnei.

În stația de autobuz din piața Botulf, mi-am dezlegat bicicleta, și tocmai urcasem în șa, când privirea mi-a fost atrasă de ceva.

Nu ieșea în evidență. Arăta la fel ca orice altă locuitoare din Lund care ieșise să se bucure de căldură. Stătea chiar vizavi, cu spatele sprijinit de o fațadă din cărămidă și cu ochii spre stație, cu o rochie înflorată, galbenă, cizme și o haină bej, cu poșeta atârnând pe umăr.

A trebuit să mă mai uit o dată.

Mi s-au înmuiat brațele, iar bicicleta s-a clătinat și mi-am pierdut echilibrul.

83

Teddy are lacrimi în ochi.

— Revino-ți, îi spun.

Despărțirile sentimentale nu sunt deloc pe placul meu.

— Sunt convinsă că voi fi tot aici când te întorci.

— Mă îndoiesc, spune Teddy și își mușcă buza.

Pleacă mâine, timp de trei săptămâni.

— Va fi procesul, nu? spune el.

— Așa cred.

Prefer să nu vorbesc despre asta.

— Insulele Canare? spun, în schimb, sceptică. Sunt sigură că încă te poți răzgândi. Ai asigurare în caz de anulare, nu-i așa?

Fața tristă a lui Teddy se transformă într-un zâmbet sclipitor.

— Ești doar geloasă. Sunt 27 de grade la umbră.

— Să nu uiți crema protectoare, râd eu. All inclusive, nu?

Încuviințează, strâmbând din nas.

— Ești așa un clișeu, Teddy.

— Da, din păcate. Uneori, îmi doresc să fi fost mai mult ca tine.

— Nu, să nu-ți dorești.

Râde iar.

— Nu-mi doresc.

— Pot să te întreb un lucru, Teddy?

— Faci vreodată și altceva?

— Nu, serios. Am o întrebare serioasă.

Se oprește din râs și încuviințează. Încerc să găsesc formularea potrivită, dar nu e deloc ușor.

M-am gândit toată noaptea la tata și n-am putut dormi. De ce a pretins că ajunsesem acasă mult mai devreme?

— Cât de departe ai merge ca să-ți protejezi fiica?

— Nu prea înțeleg, spune Teddy. Aș face orice pentru Lovisa. Cred că orice părinte ar face la fel.

— Sperjur?

— Poftim?

Teddy mă privește bănuitor.

— Înseamnă să minți la proces.

— Știu ce înseamnă, dar nu cred că poți să fii forțat să depui mărturie sub jurământ împotriva propriului tău copil.

— Nu, dar dă-le dracului de detalii. Ai minți la proces ca să o protejezi pe Lovisa?

— E dificil, spune el. Depinde de...

— Serios, Teddy!

— OK, spune el, ferm. Aș face tot ce mi-ar sta în putință. Chiar și să mint. La proces.

— Bine.

— Dar care-i faza, de fapt? E ceea ce cred eu?

Privesc în altă parte și regret că am spus ceva. Teddy nu ar înțelege. Sunt ani-lumină între el și tata.

— Un părinte e capabil de cele mai cumplite lucruri ca să își salveze copilul, spune el.

— Dar tata nu e ca tine. Face lucruri numai de dragul lui. Sau fiindcă alții nu trebuie să afle că el și familia lui nu sunt atât de nenorociți de perfecți cum i-ar plăcea lui să creadă.

Teddy se încruntă. Trece o vreme până când spune iar ceva.

— Știi ce? Nu cred că e atât de neobișnuit. Cu toții am vrea ca familiile noastre să pară ceva mai armonioase și mai fără pată decât sunt de fapt.

Clatin din cap. Teddy nu înțelege. Nu cred că-și poate imagina cum stau lucrurile.

— Tata nu a vrut să mă crească. A vrut doar să mă creeze, de parcă ar fi fost chiar el Dumnezeu. A vrut să fiu exact ca el. Sau nu, a vrut să fiu așa cum își imagina că ar trebui să fie fiica lui. Și când nu a fost așa...

Nu mai suport. Îmi pierd vocea.

— Chiar nu cred că tatăl tău ar minți despre ceva doar ca să se protejeze pe el sau reputația familiei.

Îmi întorc privirea. Ce naiba știe Teddy despre tata?

— Atunci, de ce ar face asta?

— Fiindcă asta fac tații. Fiindcă te iubește.

Nu mă uit la el. Vreau să spun ceva aspru, ceva care să doară, ceva care să facă să dispară atmosfera asta încărcată de mărturisiri, însă niciun cuvânt nu îmi iese pe gură.

— Va fi bine, Stella.

Îi simt atingerea blândă pe brațul meu și vreau doar să plece odată.

— Of, tu, șoptește el.

Ochii mi se umplu de lacrimi. Du-te dracului!

Mă bate ușor pe spate. Mă simt în siguranță și îmi dă speranță, dar, în același timp, știu că ar trebui doar să plece. În curând, va sta pe un șezlong, lângă piscină, în Insulele Canare, și o va gâdila pe micuța Lovisa.

Fără să mă uit la el, întind mâna.

— Eseul, spun, înghițind în sec și ștergându-mi lacrimile. N-am scris prea mult.

Teddy inspiră adânc.

— Dă-l dracu' de eseu, spune el.

Îmi frec ochii cu palmele încordate.

— Trebuie să plec, spune Teddy, și se ridică.

Sunt cu spatele la el.

— Chiar trebuie, Stella.

— OK.

Mă întorc și îl văd în fața ușii. Se balansează ușor, înainte și înapoi.

— OK, spun din nou.

Fac doi pași în față și îi înconjor gâtul cu brațele.

Plâng iar. Parcă ar curge totul din mine.

Mă îmbrățișează strâns.

— Mult noroc, șoptește.

Nu răspund. Mi-am pierdut glasul.

84

Stăteam pe bicicletă, pe aleea de lângă Pressbyrån. Treaba asta mersese deja prea departe. Linda Lokind continua să mă urmărească, deși mă despărțisem de Chris. M-am uitat spre stație, dar ea dispăruse.

M-am înfiorat, am luat telefonul și am sunat-o pe Amina. Când n-a răspuns, am încercat să-i scriu un SMS, pe Messenger și pe Snap, dar n-am primit decât tăcere peste tot.

Orice sunet și orice mișcare mă făceau să mă întorc. Inima îmi bătea cu putere, mă simțeam hărțuită și nu voiam să fiu singură. În timp ce pedalam rapid spre catedrală, m-am gândit ce opțiuni aveam. Firește, mă puteam întoarce la Stortorget, la colegi, fără să dau nicio explicație, și aș fi putut rămâne cu ei o vreme.

Sau puteam merge acasă. Partea proastă era că avea să-mi ia cel puțin un sfert de oră. Era întuneric, iar drumurile erau pustii. Aveam nevoie de oameni în jurul meu.

M-am uitat din nou la mobil. Amina era offline pe toate rețelele.

Probabil că dormea.

Altcineva?

Printre imaginile micuțe de profil din aplicație i-am văzut fața. Zâmbetul larg, ochii sclipitori. În fața numelui său strălucea punctulețul verde. Era online. Uitasem să-l șterg pe Chris de pe Messenger.

La naiba! Hotărâsem să-l uit, să-l șterg din viața mea, dar, dacă mă gândeam mai bine, Chris era cea mai bună opțiune. El o cunoștea pe Linda. Poate că ar fi putut-o lămuri că nu exista o relație intimă între mine și el? Poate o convingea să mă lase în pace? Dacă exista cineva care m-ar fi putut calma, acela era Chris.

M-am uitat iar la numele lui. Mi-am dat seama cât de mult îmi lipsea. Lacrimile mi-au ars ochii, în timp ce am intrat pe Lundagård.

Un ciclist a trecut prin fața mea, pe aleile pietruite, iar lângă Tegnérstatyn era o bătrânică trăgând de lesă un teckel sârmos, dar altfel era liniște și pace.

Ce să fac?

Am mai sunat-o o dată pe Amina. Niciun răspuns.

M-am hotărât rapid să-i scriu lui Chris.

Ești?

M-am uitat la ecran, dar nu s-a întâmplat nimic. De câteva ori, m-am răsucit ca să mă uit peste umăr, m-am speriat că aud pași, că văd ochi sclipind în tufișuri.

Încă niciun răspuns pe Messenger.

Am căutat numărul lui Chris și i-am trimis un SMS. Am așteptat cinci minute, apoi l-am sunat de câteva ori. Nimic.

Ce să fac?

În față la Tegnérs, mi-am parcat bicicleta și am mai trimis câteva mesaje, și lui Chris, și Aminei. Am scris cu majuscule că trebuie să mă contacteze cât mai repede posibil.

Era important.

Am dat o tură de Tegnérs ca să mă ascund în mulțime. După ce alergasem de colo-colo fără rost, sperând să descopăr un chip cunoscut, care m-ar fi putut face să uit de Linda Lokind, m-am așezat la bar și am băut cidru de pere, în timp ce-mi verificam telefonul de cel puțin zece ori pe minut. Tot nimic.

Oamenii mă priveau ciudat. Un tip cu frizură de Ronaldo a încercat să flirteze jalnic, dar i-am făcut semn să se care. În schimb, mi-am vârât nasul în telefon și am făcut tot posibilul să pară că așteptam pe cineva. Am privit în jur, apoi i-am scris Aminei a cincisprezecea oară.

Când am plecat, era aproape beznă. Am urcat pe bicicletă și am pedalat de-a curmezișul parcului. Am evitat o băltoacă și am dat peste doi tipi care m-au întrebat dacă am un foc. N-am răspuns. M-am uitat în jur și am decis să merg cu bicicleta acasă.

Chiar când am făcut dreapta pe strada cu biserica, m-am uitat peste umăr, m-am clătinat și eram gata să mă rostogolesc. De cealaltă parte a intersecției se afla Linda Lokind, ca o fantomă, sub conul de lumină gălbuie al felinarului. Își vârâse ambele mâini în buzunarele hainei și privea în gol.

Fără niciun dubiu, am urcat pe trotuar și am coborât de pe bicicletă.

La capătul Sandgatan, există o cârciumă, despre care cred că se numește Inferno. Ușa era larg deschisă, se auzeau muzică și râsete, așa că am trecut pe lângă niște tipi tatuați și bărboși și am pătruns în camera aflată în penumbră.

Trebuie să fi fost Linda.

Era posibil să mă fi înșelat?

După un pahar cu vin, am rămas într-un colț multă vreme. Inima îmi bătea cu putere. Oare chiar fusese Linda? Poate că nu-i văzusem fața bine.

Mi-am amintit de ce-mi spusese în parc. De felul în care amenințase să-i facă rău lui Chris. Dacă era în pericol? Sau mai rău. Poate că deja îi făcuse rău. Și acum... mă vâna și pe mine?

Iar Amina unde era? De ce nu reacționa?

M-am uitat la barul luminat de neon. Linda nu apăruse. Oamenii beau bere, vorbeau tâmpenii și râdeau, de parcă nimic nu s-ar fi întâmplat. Mi-am băut vinul și am avut un acces de sughiț. Într-un târziu, mi s-a aprins ecranul.

Totul ok. Dorm. Ne vedem mâine. <3

Fusese trimis de pe telefonul Aminei.

L-am citit de câteva ori.

Amina și cu mine ne scriam de când terminaserăm grădinița. Așa cum nu i-aș fi putut confunda vocea, și felul de a scrie al prietenei mele era unic.

Amina nu folosea puncte în mesaje.

Amina nu prescurta „okay" ca „ok".

Altcineva scrisese mesajul acela.

85

Am pedalat atât de repede, încât nu-mi mai simțeam picioarele. Nu mai exista nimic, doar eu și bicicleta. Traficul, mașinile, oamenii — toate treceau în fundal. Nu vedeam și nu auzeam nimic. Gândurile mi se înghesuiau în minte, însă niciunul nu rămânea mult timp.

Unde era Amina? Trebuia să o găsesc. Trebuia să-l găsesc pe Chris.

Pe drum de la tunelul feroviar de pe Trollebergsvägen, am văzut un polițist în fața mea și m-am gândit să apelez la el. Era ceva grav. Cineva voise să mă convingă că Amina era OK. Cineva care nu era Amina.

Când am trecut pe lângă secție, am decis totuși să merg mai departe. În câteva minute, aveam să ajung pe Pilegatan.

Cuvintele Lindei Lokind îmi răsunau în cap. L-am văzut pe Chris în fața mea. Amina. Ce se întâmplase?

Pe ultima bucată, bicicleta a zburat pe asfalt. Vântul bătea ca o eliberare, iar eu vedeam scântei în fața ochilor.

În fața casei, am aruncat bicicleta lângă fațadă și am ridicat privirea. Toate ferestrele lui Chris aveau obloanele trase. Întuneric peste tot.

Am urcat scările cu picioarele tremurând, cu pulsul izbindu-mi tâmplele, cu creierul urlând.

Am bătut la ușă. Am sunat. Niciun sunet.

Mi-am lipit urechea de ușă și am ascultat. Am deschis fanta pentru scrisori și am strigat.

— Chris! Amina!

Nimic.

Știam că se întâmplase ceva.

Nu aveam nicio idee despre ce urma să se petreacă.

MAMA

Nu există dreptate, nici în tribunale,
nici în afara lor.

CLARENCE DARROW

86

În sala de judecată nr. 2 începe audierea principală.

Președintele curții, Göran Leijon, îmi întâlnește privirea și face un semn ferm din cap spre locul în care mă aflu, în public. Ne-am întâlnit în câteva contexte diferite, de-a lungul anilor, și nu a existat niciun motiv de nemulțumire. Leijon nu e doar priceput, ci și responsabil, și diplomat — o persoană integră.

Sala de judecată a devenit, din multe puncte de vedere, o a doua casă pentru mine, peste ani, dar de data asta numai acasă nu mă simt. Ce-mi place de obicei, solemnitatea, gravitatea și intensitatea din aer, îmi provoacă acum doar îngrijorare. Camera, aerul, pereții și fețele, totul pare amenințător și îmi provoacă amețeală.

Ultimele câteva zile sunt amestecate. Orele și locurile se încrucișează, creând modele subversive în mintea mea. Impresiile nu au sens, deloc aliniate în timp și spațiu. Mi se pare că merg printr-un vis încețoșat, fără de sfârșit.

Cu o zi în urmă, am fost la o întâlnire cu clienții, la Stockholm. Nu mai am idee ce s-a spus sau de ce am fost acolo. Știu că am dormit în avion, în drum spre casă. O însoțitoare de zbor m-a întrebat cum mă simt. Încă îi văd fața neliniștită.

Până de curând, mă aflam în plin avânt în carieră, purtând Dolce & Gabbana din cap până în picioare, fiind apreciată pentru felul meu direct de a fi, pentru abilitățile mele și pentru munca grea pe care o depuneam.

Acum, mă aflu într-o sală de judecată, așteptând ca procedurile să decidă viitorul fiicei mele, al meu și al familiei mele.

Acum câteva luni, eram încă o familie foarte normală. Acum suntem prizonieri ai compasiunii.

În fața mea, președintele curții, Göran Leijon, le șoptește ceva membrilor completului de judecată. Doi dintre ei sunt femei în jur de șaptezeci de ani, o apărătoare a mediului și o membră foarte sociabilă, mai degrabă tipică. Se consideră că femeile, care sunt foarte empatice, ar avea o înțelegere foarte complexă a impactului factorilor socio-economici asupra acțiunilor răufăcătorilor. Sunt genul de membri cu care am venit și eu în contact în sute de cazuri, și care, în nouă din zece situații, sunt vești bune pentru mine și pentru clientul meu. Dar nu sunt convinsă de efectele pozitive pe care le vor avea pentru Michael. În primul rând, Stella este femeie, și aspectul e împotriva ei. Apoi, este clasificată ca făcând parte din clasa de mijloc educată și este albă. Cu siguranță însă, tinde să trăiască departe de standardele la care ar trebui să se ridice o tânără femeie. Sper ca Michael să o fi făcut să înțeleagă cât de importantă este conduita ei.

Am mai multă încredere în al treilea membru al completului. Este un pensionat pe caz de boală, spre cincizeci de ani, democrat suedez, care, potrivit spuselor lui Michael, arată rareori interes față de procedurile legale.

De obicei, nu merită să te stresezi foarte mult cu privire la complet. Rolul lor în tribunal este, în primul rând, cel de a fi curioși. Nimănui nu îi pasă în mod considerabil de părerile lor și, dacă au prostul obicei să gândească diferit față de judecător, acesta îi va distruge fără să clipească. Din punctul acesta de vedere, am deplină încredere în Göran Leijon.

Apoi, ușa se deschide la capătul holului și fiecare cap se întoarce. Totul se oprește. În fața mea se cască ușa deschisă. Mă simt blocată într-un tunel îngust. Mă răsucesc și încerc să respir normal.

Mai întâi, la ușă apare o uniformă. Se întoarce și spune ceva. Vederea mi-e îngustată și încețoșată, iar tunelul se strânge în jurul meu.

Într-un final, o văd pe Stella. Lacrimile țâșnesc și fac totul și mai neclar.

E atât de mică și totul doare atât de tare. Mi se pare că abia ieri o țineam în poală și o mângâiam pe spate, ca pe o păpușă. Suzetele și păturica de bebeluș. Prima dată când s-a ridicat și a fugit. Stella nu s-a târât și nici nu a mers. A fugit, direct. Îmi aduc aminte când a făcut varicelă, zgârieturile de pe genunchi, petele de căpșuni de pe rochiile de vară, pistruii și cum am adormit în patul ei aseară, cu capul pe carte.

Mă gândesc la toate visurile ei. Dorea să schimbe lumea — altfel de ce merita să trăiască? La început, și-a dorit să fie preot, la fel ca tatăl ei, apoi polițistă sau pompier. Nu-i plăcea însă denumirea; voia să fie „pompieriță".

I-au mai rămas, oare, visuri? Când o văd intrând în sala de judecată, totul devine atât de limpede, ca o lovitură în față. Eșecul meu este atotcuprinzător și impardonabil. Stella are 19 ani și toate visurile frânte. A dorit mereu să ajute oamenii. Voia să vadă toată lumea, să înoate cu rechinii, să urce pe munți, să învețe să facă scufundări și să piloteze, să sară cu parașuta și să străbată SUA pe motocicletă.

Pentru o vreme, și-a dorit să devină actriță sau psiholog.

Ce înseamnă o ființă umană fără visuri?

Ochii noștri se întâlnesc scurt, înainte să se așeze lângă Michael. Ochii ei sunt obosiți și pustii, părul, tern, fruntea, ridată. Încă e o fetiță speriată. Fetița *mea* speriată. Mă ridic puțin în scaun, pe vârfuri, și întind brațul. Să nu fii acolo pentru copilul tău este cea mai cumplită trădare.

87

Mă agăț de tunelul meu, pe bancă. Cea mai mică ocheadă poate duce la acuzații, reproșuri și ură, la care nu pot să răspund.

Adam așteaptă pe coridor, fiindcă va depune mărturie. Îmi dau seama că îmi lipsește. N-am avut niciodată nevoie de el mai mult decât acum.

Fiindcă sunt mai aproape de partea acuzării, nu pot să nu o văd pe Margaretha Olsen la marginea câmpului meu vizual. În anii '90, mi-a fost profesoară la câteva cursuri de drept, iar acum este profesor universitar de drept penal. Dar astăzi e, în primul rând, mama unui bărbat a cărui viață a fost luată. Lângă ea se află un consilier juridic, o femeie cu părul roșu, la vreo șaizeci de ani, care mi-e cunoscută, însă nu știu de unde, și un procuror cu părul lins și ochelari rotunzi. Nu în ultimul rând, procurorul însuși: Jenny Jansdotter.

Știu că Jansdotter e de vârsta mea, deși pare mult mai tânără — poate din cauză că e atât de scundă. Părul ei e prins într-un coc strâns, iar ochii ei se îngustează și se concentrează prin ochelari. Mă gândesc la toate situațiile în care am fost acolo, la tensiunea și la încărcătura pe care le simți când intri în sala de judecată și începe un nou proces.

Din public, sentimentul este foarte diferit. Mă foiesc și mă lupt cu lacrimile, încercând să găsesc ceva de făcut cu mâinile. Concentrarea e înlocuită de confuzie și îngrijorare. Transpirația se adună la subsuori și limba se lipește de cerul gurii.

Mă uit la Michael. Aș vrea să privească spre mine, dar e foarte ocupat cu pregătirile. Am revizuit pledoaria împreună, de câteva ori. Procurorul susține descrierea actului exclusiv pe baza unor circumstanțe care nu pot dovedi crima, luate separat, însă care, împreună, formează un lanț care ar trebui să excludă toate explicațiile alternative.

Dovezile citate constau atât dintr-o urmă care arată că Stella a fost la locul faptei în noaptea în care a avut loc crima, liste de apeluri și conversații pe chat între Stella și Christopher Olsen, cât și dovezi tehnice din apartamentul lui Olsen și de pe hainele lui, sub formă de fragmente de piele, fire de păr și bucăți de material.

Pe lângă anchetatori și tehnicieni, procurorul a mai chemat câțiva martori: My Sennevall, rezidentă pe Pilegatan, care va dovedi că Stella era acolo la momentul crimei, colegele Stellei de la H&M, Malin Johansson și Sofie Silverberg, care vor declara că Stella avea spray cu piper în poșetă, și Jimmy Bark, paznic, care va confirma că Stella a arătat, de câteva ori în ultimele săptămâni, un comportament violent.

Apărarea a chemat doi martori: Adam și Amina.

Jenny Jansdotter pufnește și se uită la Stella. Vreau să strig la ea să se oprească, să îmi lase copilul în pace. Relatează cazul fără să clipească și fără să respire, fără să se poticnească nici măcar o dată.

— Stella Sandell îl cunoaște pe Christopher Olsen în luna iunie a acestui an. Se întâlnesc la restaurantul Tegnérs, unde intră în vorbă. După un timp relativ scurt, încep o relație sexuală.

Stella pare absentă. Se uită drept la Jansdotter și nu există niciun motiv pentru a contesta relatarea procurorului.

— În cele din urmă, prietena Stellei, Amina Bešic, care va fi audiată în calitate de martoră, începe să se vadă cu Christopher Olsen fără știrea Stellei. Amina are și ea o relație sexuală cu Christopher, pe care Stella o descoperă curând.

Simt un semn aproape invizibil de la președintele Göran Leijon. Lângă el, membrii completului urmăresc povestea procurorului cu mult interes. Până acum, nu există altă poveste și aceasta este prezentată drept adevăr.

— Christopher Olsen decide să încheie relația cu Stella Sandell și nu au niciun contact timp de o săptămână. Stella încearcă să îl contacteze iar și merge la el acasă, pe Pilevägen. La ora 23:30, martora My Sennevall, care locuiește lângă Olsen, o vede pe Stella apărând pe bicicletă și fugind spre apartamentul lui Christopher Olsen. Treizeci de minute mai târziu, My Sennevall o vede iar pe Stella. Se află pe trotuarul de vizavi de casa lui Olsen și pare să aștepte.

Procurorul are un avantaj de necontestat sub forma structurii procesului. Există un câștig psihologic în faptul că ești primul care prezintă o succesiune de evenimente. Povestea spusă prima dată capătă viață cu titlu de adevăr, în timp ce următoarele declarații sunt contestate în mod mai substanțial, dacă modifică imaginea inițială. Atât judecătorii, cât și membrii comitetului sunt, din păcate, oameni, indiferent cât de multe eforturi ar depune să se ridice deasupra tuturor și să ignore prejudecățile și alte mecanisme psihologice care ne afectează și ne controlează.

Într-un colț, degetele aleargă pe taste. Jurnaliști și reporteri, care și ei au o imagine despre ce s-a petrecut deja clarificată și ambalată, sunt gata să o împărtășească cu oricine are acces la o antenă TV sau la o conexiune la internet. Mă uit la tipul bărbos de lângă mine. *Mai există un adevăr, n-ai auzit totul. Ambelor părți trebuie să li se permită să vorbească.* Bărbosul mă privește uimit, între două bătăi în taste, și ridică din sprâncene, parcă pentru a întreba dacă vreau ceva de la el.

Mă retrag în tunelul meu. Îmi simt mirosul propriei transpirații, ridicându-se deja.

— La un moment dat între miezul nopții și ora unu, Christopher Olsen ajunge acasă, spune procurorul. O găsește pe Stella așteptându-l în stradă. În apartament începe o ceartă, cel mai probabil legată de relația lui Olsen cu Amina Bešic. În agitația produsă, Stella ia un cuțit de pe peretele din bucătărie. Olsen iese în fugă din casă și pornește în jos pe stradă. Aleargă spre terenul de joacă aflat la intersecția Pilegatan — Rådmansgatan. Stella Sandell îl ajunge din urmă pe terenul de joacă, îl atacă brutal și îl înjunghie. Este lovit în piept, în abdomen și în gât, însă niciuna dintre lovituri nu este letală, iar Olsen nu moare imediat. Stella Sandell îl obligă să rămână pe loc și îl privește sângerând până moare.

Cu ochii minții, văd filmul evenimentelor. Văd cuțitul în mâna Stellei, felul în care-l ridică deasupra umărului și cum lovește.

Trebuie să mă ridic de pe scaun. Lumea se uită la mine, toată lumea știe exact cine sunt. Jurnaliștii m-au identificat de multă vreme. Numai dintr-o ultimă urmă de bun-simț și respect pentru alții nu m-au atacat cu întrebări și învinuiri. Privesc în jur și fac câțiva pași spre dreapta, câțiva pași spre stânga, și apoi mă trântesc iar pe scaun. Totul se învârte.

— Ești bine? întreabă bărbosul.

Scutur din cap. Îmi apăs mâinile pe stomac și respir printre buzele care-mi tremură.

Știu că Adam e dincolo de ușă, deși sentimentul de abandon este profund și total. Nu înțeleg. Când se spune că omul este un animal de turmă, o bucată de continent, și niciodată o insulă, mi se pare dificil să înțeleg. Toată viața m-am simțit separată de restul omenirii. Nu a existat nicio suferință extremă și, firește, asta e posibil să fi fost pentru că legăturile puternice care unesc alte persoane, fie că sunt simbolizate de verighete, de rudenie sau de altceva, mi s-au părut mereu mai relaxate, mai subțiri, mai puțin importante decât pentru alte persoane.

Prima dată când mi-am dat seama de asta a fost în urmă cu niște ani, când urmăream prietenia dintre Stella și Amina și am văzut un lucru pe care mi-l doream și eu. Era un sentiment complet nefiresc să fiu invidioasă pe o relație de prietenie a propriei mele fiice. A durat multă vreme și a fost nevoie de mulți nervi și lacrimi și de un dezastru iminent ca să pricep că, deși țin mult la Amina, deși mă pot vedea în ea și simt o legătură puternică față de ea, de fapt îmi era dor de familia mea.

O voiam pe Stella. Îmi voiam fetița înapoi.

Și îmi era dor de Adam.

88

Cred că modestia lui Adam a fost cea care m-a atras la el prima dată. Îl mai văzusem pe coridoarele de la Wemlands, dar nu îl remarcasem. Într-o seară târzie de decembrie, s-a întâmplat să ne aflăm unul în fața celuilalt, pe câte un scaun, într-o bucătărie de cămin. Câțiva ani mai târziu, aveam o familie.

În retrospectivă, sună jenant, însă nici nu eram conștientă că există bărbați ca Adam. Acasă, avusesem mulți iubiți, însă rareori existase cineva care să merite să rămână mai mult de câteva luni. Tipii care mă interesau erau cei buni, extrovertiți, plini de încredere, care se dovedeau adesea a ascunde un băiețel nesigur, de îndată ce zgâriai puțin suprafața.

Tipul cu care fusesem timp de câteva săptămâni în ultimul semestru din anul trei de liceu se numea Klabbe și își lucra brațele și pieptul la sala de sport patru seri pe săptămână, asta când nu circula între cele două piețe ale orașului într-un BMW care îi păpa jumătate din salariul lunar de la fabrica de pâine. Îmi spunea „Prințesă", fiindcă îl obligam să-și clătească dinții după ce mestecase hașiș, înainte să ne sărutăm.

Firește că existaseră și alți bărbați precum Adam în apropierea mea, dar trecuseră neobservați, fiindcă poziția și statutul lor în orășelul din care veneam eu nu erau luate în seamă. În Lund, totul era diferit. Aici erau prețuite aspecte complet diferite. Eram hotărâtă să nu mă mai întorc niciodată acasă.

Adam oferea perspective interesante. Discuțiile noastre atacau totul din puncte de vedere diametral opuse și sfârșeau cu moduri noi de a privi problema și cu un soi de consens. Avea o abilitate incomparabilă de a răspunde la gândurile altora cu o asemenea demnitate și cu un respect atât de mare, încât era imposibil să fii supărat pe el. Iar asta mă enerva la culme.

— Nu poți doar să lași de la tine, Adam. Pe de altă parte, toată lumea are dreptate în felul său. Disputele sunt făcute să fie câștigate!

— Asta crezi? Eu cred că, de fapt, sunt menite să ne dezvolte ca oameni. De fiecare dată când mi se pune la îndoială opinia, învăț ceva nou.

Am fi putut sta jumătate de noapte în cămăruța lui de cămin, Adam pe pat, cu picioarele sub el, și eu pe jos, cu picioarele întinse. O sticlă de vin și o pungă de chipsuri.

— Tot relativismul ăsta în plin avânt mă îngrijorează, Adam. Unele valori trebuie să fie absolute. Nu așa stau lucrurile în religie? Chiar poți să crezi cât de puțin vrei?

— Firește. De aceea se numește credință, și nu știință.

Treaba asta cu credința era nouă și înspăimântătoare. Fără să știu de ce, consideram toate religiile dogmatice și ostile față de individ. În viziunile mele secular-liberale, nu exista loc pentru asta. Veneam dintr-un loc unde era la fel de firesc să îți botezi copiii la biserică precum era să ridiculizezi oamenii fiindcă se numeau creștini.

— Nu cred că e bine să fii animat de convingere, indiferent care este subiectul, a spus Adam. Nu are nimic de-a face cu religia și nici cu credința.

— Nu mai fi atât de echilibrat, am spus, îndesându-mi chipsuri în gură. Vreau o discuție pe care să o pot câștiga!

— Vei fi un avocat excelent.

Am râs, ne-am sărutat și am făcut dragoste. Totul era nou pentru mine. Adam mă atingea cu mâini diferite, mă privea cu ochi pe care nu-i mai cunoscusem vreodată. Își punea inima pe tavă în fața mea, își dezbrăca sufletul și stătea fără frică în fața mea, pe patul în dezordine, cu miros de Axe și de chipsuri cu smântână.

O vedeam ca pe o poveste de dragoste furtunoasă. Presupusesem mereu că se va termina la fel de neașteptat și de exploziv precum începuse. Îmi imaginam relațiile amoroase fix așa: scurte, intense și curând uitate. Te rostogoleai afară din pat și plecai la timp, înainte ca totul să fie distrus.

Oamenii din jurul meu reacționau de fiecare dată la fel când le spuneam despre cursurile pe care le urmase Adam.

„Chiar va deveni preot?"

De fiecare dată deveneam defensivă. De obicei, spuneam că Adam nu era chiar un preot; nu era un preot „adevărat".

— Dar crede în Dumnezeu și în Biblie și tot așa?

Asta nu puteam să neg.

— Deși nu e așa cum crezi, spuneam uneori, fără să fiu capabilă să exprim în cuvinte cum era, de fapt.

Pentru noi, fusese ceva firesc să fim împreună. Așa că, acum și aici, mai bine de 25 de ani mai târziu, pare banal și trist, însă, mai mult decât orice, eu și Adam am construit o relație de siguranță, de afinitate, un sentiment puternic de a ne fi găsit locul potrivit în viață. Iar asta fusese exact de ce aveam nevoie.

Viitorul nu era niciodată foarte prezent în viața noastră cotidiană. Aveam suficient de lucru cu tot ce se întâmpla. În momentul acela, cred că nu eram foarte diferiți de ceilalți oameni de vârsta noastră. Nu închideam ochii la ce se afla înaintea noastră, ci fuseserăm obligați să avem grijă de familia noastră, de cariere și de altele. Doar că nu puteam vedea dincolo de orizont.

Liniuța aceea pe testul de sarcină apăruse cu o săptămână înainte de Crăciun și schimbase totul. La început, am trăit într-o stare de beatitudine, care-mi amintea de iubire, însă, când s-au liniștit apele, n-a durat mult până să fiu măcinată de neliniște la un nivel pe care nu-l mai cunoscusem. Am început să am dubii cu privire la decizia de a forma o familie — oare nu era mai bine să așteptăm câțiva ani? — și totul s-a încheiat cu frustrări fără soluție cu privire la un mediu în schimbare, mustind de violență și de nefericire. Eram îngrozită până la lacrimi de viitorul care părea inevitabil pentru copilul meu nenăscut.

Acum, mi se pare foarte ciudat să mă gândesc la asta. De parcă aș fi știut, încă de atunci. De parcă, înăuntrul meu, un avertisment teribil m-ar fi făcut să mă întreb dacă merita să o aduc pe Stella pe lume. Vinovăția mă sufoca.

Eram mult prea tânără și m-am lăsat convinsă.

89

Președintele curții i se adresează Stellei.

— Vrei să ne povestești chiar tu despre aceste evenimente și despre ce ți s-a întâmplat?

Stella se uită la Michael, care încuviințează. Sunt atât de recunoscătoare că el este cel care stă lângă Stella. Când m-a sunat în sâmbăta aceea și mi-a spus că Stella fusese arestată, am înțeles că puteam vorbi cu el. Mi-o datora, după tot ce se întâmplase. Firește că a fost groaznic să fiu cu Adam în biroul lui, o încercare continuă de a nu mă da de gol, însă nimic din toate astea n-ar fi fost posibil fără Michael.

— De unde să încep? spune Stella și se uită spre președinte.

Întreaga curte o privește. Ochii lui Göran Leijon sunt blânzi și calzi, însă văd mâna Stellei tremurând la marginea mesei. Mi-aș dori să pot fi lângă ea, să o țin în brațe. Tunelul se strânge mai mult în jurul meu și am nevoie de aer. Jurnalistul bărbos mă privește.

Stella știe precis ce să spună și ce să nu spună. Michael a revizuit totul cu ea, de câteva ori. Îmi doresc doar ca, măcar o dată, să facă ce i s-a spus. Te rog, iubita mea Stella!

Partea aceasta a procesului este extrem de importantă. I s-a dat cuvântul și are șansa de a face impresia corectă. Cunosc tehnicile lui Michael și pe dinăuntru, și pe dinafară. De la el am învățat aproape tot ce știu. Clientul trebuie să inspire încredere, să se arate puternic și vulnerabil în același timp. În mod ideal, ar trebui să urmărească pe cât posibil prezentarea făcută de procuror faptelor și să devieze doar în punctele absolut necesare, pentru a obiecta la descrierea actului. Este important să pară că se conformează. Stella ar trebui să se dovedească umană — și atât.

— L-ai cunoscut pe Christopher Olsen? întreabă președintele Leijon. Putem începe de aici.

Stella inspiră adânc și îl privește pe Michael. El încuviințează și își răsucește corpul într-o parte, ascunzându-se parcă de mine. Simt un junghi adânc în stomac. O îndoială trecătoare. Pot să am încredere în Michael?

— L-am întâlnit la Tegnérs, spune Stella, cu o voce supusă. Eu și Amina.

Nu mă mișc nici măcar un milimetru și abia îndrăznesc să respir.

— Cândva în iunie. Chris mi s-a părut fermecător și... interesant. Era mult mai în vârstă. El avea 32 de ani, iar eu, 18.

Membrii de gen feminin ai completului se privesc.

— Mi-a povestit unde călătorise, continuă Stella. Fusese peste tot. Și era clar că avea bani. Părea să aibă o viață plină de evenimente. Cam așa cum visez și eu.

Folosește prezentul. Spune „visez". Nu „visam". Încă visează.

— După seara aceea, mi-a scris și mi-a propus să ne întâlnim iar, așa că asta am făcut.

Vocea ei este mai intensă acum. Ridică fruntea și privește direct spre Leijon și spre membrii completului. Michael o încurajează să continue cu o bătaie pe braț. Firește că poartă una dintre cămășile acelea albastre făcute pe comandă de la un croitor din Helsinki. Când lucram împreună, acum mulți ani, mi-a dezvăluit că, de obicei, arunca o cămașă după o zi la curte. Transpirația era imposibil de spălat.

— Am fost în apartamentul lui Chris de câteva ori, spune Stella. Am fost cu limuzina la Copenhaga, într-un restaurant de lux. Am fost la un spa din Ystad și, într-o seară, am mers la Grand Hotel.

Nu este deloc în regulă să afli cât de puține știi despre propriul copil, mai ales că îmi imaginam că Stella și cu mine ne apropiaserăm în ultimii ani. Și totuși, cunosc doar o mică parte din ce se petrece în viața ei. Mă întreb dacă este ciudat, dacă este vina cuiva, dacă este reprezentativ doar pentru relația noastră sau dacă mamele de adolescenți cred, de obicei, că știu mai multe despre copiii lor decât știu de fapt.

— Ieșeam uneori toți trei. Chris, Amina și eu, spune Stella. Chris și cu mine nu aveam o relație. Am făcut sex de câteva ori, dar nu eram un cuplu.

Membrii completului se privesc din nou. Cele două femei se strâmbă, iar democratul suedez se înroșește puternic. Nu vreau ca viața sexuală a fiicei mele să fie expusă așa, cu toate că ar fi nevoie de mult mai multe detalii ca să mă șocheze.

— Nu era nimic serios, nici din partea mea, nici din a lui. Sincer, nu cred că el își dorea să fie împreună cu o fată de 18 ani, iar pentru mine era de neimaginat să încep ceva doar ca să am din ce ieși. Eram pe cale să plec în Asia.

Mă ustură ochii și mi-i șterg încet cu un șervețel. O văd pe Stella sub un palmier, pe o plajă paradiziacă. O alternativă pe care abia îndrăznesc să mi-o imaginez. Câțiva ani în închisoare. O sentință pe viață dată de societate, pe piața muncii, printre prieteni și cunoștințe. Cum am putea Adam și cu mine să mergem mai departe? Cum se va descurca Stella?

— Știu că Amina a fost și ea cu Chris de câteva ori, spune Stella. Nu mă deranja.

Göran Leijon se scarpină în cap.

— Poți fi mai exactă?

— Adică?

— La ce te referi, mai precis, când afirmi că Amina *a fost cu* Chris?

Pentru prima dată, curtea va vedea o altă latură a Stellei. Ochii îi scânteiază și venele de la gât i se încordează.

— Adică au interacționat. Nimic mai mult! Amina nu s-a culcat cu Chris, dacă asta sugerați.

Göran Leijon se înroșește și ia o înghițitură de apă, în timp ce Michael atinge brațul Stellei, liniștitor.

— Am fost complet șocată când mi s-a spus...

Vocea îi tremură, iar Stella se strâmbă.

— Când poliția ne-a spus ce s-a întâmplat. Nu înțelegeam. Știam că Chris fusese amenințat, dar să moară... Încă nu mi-am revenit.

În colț, chipurile se metamorfozează lent. Tastaturile jurnaliștilor se mai potolesc. În spatele meu, cineva șoptește prea tare, întrebându-se ce fel de amenințări primise Chris. De la fosta parteneră? Închid ochii și respir. Tunelul s-a mai lărgit puțin.

— Înainte ca procurorul să pună întrebări, poate dorești să îmi spui ce ai făcut în seara aceea, continuă Göran Leijon.

Vocea lui este blândă, iar privirea, pătrunzătoare și atentă.

— Am lucrat la H&M până la închidere, la ora șapte și un sfert, spune Stella. Apoi, am fost cu niște colegi la restaurantul Stortorget. Am stat pe terasă câteva ore. Era în jur de 23:30 când m-am dus să îmi iau bicicleta din piața Botulfs.

Michael s-a lăsat puțin în scaun și i s-au relaxat umerii. Mă simt atât liniștită, cât și îngrijorată.

— Chiar când voiam să urc pe bicicletă, am văzut-o pe Linda Lokind vizavi. Este fosta parteneră a lui Chris. Mă mai urmărise și înainte. E destul de ciudată, așa că am încercat să o sun pe Amina, care nu a răspuns. Nu știam ce să fac, așa că l-am contactat pe Chris.

Am încercat să mă pun în situația ei. Ce aș fi făcut eu? Este atât de ușor să crezi că știi precis ce să faci în diverse cazuri, însă, profesând, am învățat că asemenea considerente nu înseamnă nimic când vine vorba despre o criză. Nu este deloc simplu să prevezi cum să te porți în anumite situații.

Stella povestește că Linda Lokind a persecutat-o și a hărțuit-o câteva săptămâni. Era speriată, fiindcă știa că Linda era instabilă și poate chiar periculoasă. De aceea, Stella s-a întors la Tegnérs, mai ales pentru a se înconjura de oameni, în timp ce aștepta un semn de la Amina sau de la Chris.

— Nu au răspuns niciunul, așa că, după ce m-am liniștit puțin, am decis să mă întorc acasă. Am ajuns pe Kyrkogatan, la intersecția cu Biblioteca. Acolo, am văzut-o iar pe Linda Lokind.

Membrii completului reacționează, iar în public se produce agitație. Singura care nu pare deloc afectată este

Jenny Jansdotter. Stă cu spatele drept, complet nemișcată, de parcă ar aștepta liniștită să o zdrobească pe Stella.

— Eram îngrozită, continuă fiica mea, povestind cum a intrat în cârciuma Inferno, care se află în acea intersecție.

S-a ascuns într-un colț al încăperii și a sperat că Linda Lokind nu o va urmări.

— Amina nu răspunsese încă și nu am reușit să dau nici de Chris, așa că am decis să merg la el acasă. Totul era atât de ciudat, încât nu mai știam ce să fac.

Respirația Stellei e singurul lucru care se mai aude în sala de judecată. Toți ochii sunt ațintiți asupra ei.

— Nu erau acolo, spune ea.

Lângă mine, oamenii întorc capetele. Cineva râcâie podeaua cu talpa. O adolescentă mestecă gumă.

— Am sunat și am bătut. Apoi am ascultat și am ascultat, însă nu am auzit nimic; nu erau acolo.

Stella ridică paharul cu apă. Mâna îi tremură și, când se apleacă, părul îi cade pe față.

Ceva nu este în regulă. Dacă spune totul? Stellei i-a plăcut întotdeauna drama. Visa să devină actriță și aici are o scenă, un public, un show cu rolul principal.

Întind disperată mâna în direcția ei.

— M-am întors acasă și m-am culcat, încheie Stella, dându-și părul la o parte. Nu știu ce s-a întâmplat mai târziu.

90

— Dăm cuvântul procurorului, spune președintele curții.

Jenny Jansdotter nu se mișcă. Fiecare mușchi de pe fața ei pare încordat. Întreaga sală îi pândește reacția.

Apoi, se aruncă asupra Stellei.

— Cine nu era acolo?

Vocea ei este aspră și autoritară.

— Poftim?

— Ai spus că nu erau acolo. La cine te refereai?

Stella face un gest exasperat.

— Chris, spune ea. Christopher Olsen. Nu era în apartamentul lui, și am plecat acasă.

— Dar nu ai spus „el". Ai spus „ei". Plural. Mai mult de o persoană. Cine în afară de Christopher Olsen nu era acolo?

Stella aruncă o privire rapidă spre Michael.

— Amina, cred.

— Amina Bešic?

Stella încuviințează.

— Trebuie să te rog să răspunzi verbal la întrebările procuraturii, spune Göran Leijon. Pentru înregistrare.

Stella se uită la el. Buza de sus îi tremură.

— Da, spune ea, cu o voce apăsată.

Când întorc capul, observ că jurnalistul bărbos mă privește. Ni se întâlnesc privirile, iar el își întoarce fața.

Oare ce gândește despre mine? Privesc în jurul meu. Ei ce cred? Poate că le pare rău pentru mine. Câțiva cu siguranță au reproșuri. Alții consideră că un părinte este parțial vinovat pentru faptele copilului său. Evident, este și cazul meu. Sunt femeie și mamă: un bărbat nu poate fi încărcat cu aceeași răspundere. Cu atât mai mult fiindcă sunt un avocat al apărării fără milă, în timp ce soțul meu este preot, care propovăduiește cuvântul Domnului și sfintele scripturi.

Ar trebui să mă pun în locul acuzatei? Să stau lângă Stella, vinovată de lipsa capacităților parentale și de răspunderea pentru moartea unei alte persoane. Sunt convinsă că există și unii care gândesc așa.

Jenny Jansdotter se uită cu înțeles la președintele curții, înainte să continue. Nu am idee ce crede, însă e exclus să mă considere complet nevinovată.

— De ce ai presupus că Amina ar fi acasă la Chris? întreabă ea.

— Nu știu. Nu știu de unde mi-a venit ideea.

— Dar așa ai spus.

Cuvintele lui Jansdotter fac tăcerea să se lase în sala de judecată. Stella nu știe încotro să privească.

— De ce ai crezut că Amina era acasă la Christopher Olsen în seara aceea? întreabă din nou procurorul. Nu întrerupseseși orice contact cu Olsen? Și tu, și Amina?

Fruntea Stellei se acoperă de transpirație. Neliniștea ei se strecoară prin sală și mi se lipește de piele, ca un aluat lipicios.

— Nu mă mai vedeam cu Chris, spune ea, privind spre procuror.

— Serios?

Jansdotter se uită lung la ea, dar Stella nu dă înapoi.

— Ați discutat despre asta?

— Ceva de genul.

Jansdotter abia dacă ascultă răspunsul. Deja a trecut la următoarea întrebare.

— Ai spus că ai mers cu bicicleta acasă, după ce ușa apartamentului lui Chris nu s-a deschis. Cât era ceasul?

— Asta nu știu, spune Stella.

Îl privește pe Michael, atât de repede, încât majoritatea oamenilor din sală nici nu remarcă. Dar eu, da. Și știu că este un moment critic. Dacă Stella continuă să pretindă că a ajuns acasă la ora două, mărturia lui Adam pică. Nu poate sta în sala asta contrazicând-o pe Stella. Respir cu greutate.

Michael se trage de cravată. Pete de transpirație îi apar pe cămașă. Acum se va dovedi dacă a reușit în misiunea lui.

— Nu ai nicio idee ce oră era? întreabă Jansdotter.

Stella își țuguie buzele.

— Era în jur de miezul nopții, poate douăsprezece jumătate. Cam așa.

Pieptul mi se relaxează, iar aerul îmi umple plămânii.

— La interogatoriu, ai spus că ai ajuns acasă la ora două, spune Jansdotter, aspru. Nu-i așa?

Stella privește în jos.

— Am spus asta ca să-l pedepsesc pe tata.

Jansdotter pare sincer surprinsă.

— Explică.

— Atunci când mi s-a spus că tata mi-a oferit un alibi, am vrut să-l fac să pară un mincinos.

Nici urmă de îndoială în vocea ei.

— Adică ai mințit poliția pentru a te răzbuna pe tatăl tău?

— Da.

— De ce ai vrea să faci asta, Stella?

— Întotdeauna a fost exagerat de protector. Lucrurile au mai mers și prost între noi. A fost o copilărie.

Mă bucur că Adam nu e aici să audă asta. Știam că nu avea să audă, altfel nu știu dacă ar fi fost posibil.

— Cred că înțelegi cât de ciudat sună? spune Jansdotter.

— Așa stau lucrurile.

— Serios? Nu cumva minți acum, Stella? Ca să-ți protejezi tatăl?

Ridică ochii și clatină din cap.

— Nu.

Jansdotter își foșnește hârtiile.

— Când ai ajuns acasă, Stella? La interogatoriu ai spus că era ora două...

— Înainte de miezul nopții, sau poate până în douăsprezece și jumătate.

Procurorul oftează adânc.

— Deci tu și Amina Bešic v-ați înțeles ca niciuna dintre voi să nu se mai vadă cu Christopher Olsen, spune procurorul. Am înțeles bine?

— Nu a existat nicio *înțelegere*. Am spus doar că vom face asta.

— De ce nu mai voiai să te vezi cu Christopher?

— Fiindcă am descoperit că mințea. Încerca să ne dezbine pe mine și pe Amina, însă nimeni nu poate face asta.

— Nu știai că Amina și Christopher aveau o relație sexuală?

— Nu aveau o relație sexuală.

— Ai descoperit că Christopher te înșela, Stella?

— Nici pe departe.

Recunosc asprimea din voce. Răbdarea ei e pe cale să se epuizeze.

— Nu știai că prietena ta cea mai bună și bărbatul cu care tocmai începuseși o relație îți ascundeau lucruri? Sau nu puteai să crezi că relația lor era doar platonică?

Îmi țin respirația.

Privirea Stellei mătură sala. Ne vedem pentru o fracțiune de secundă. E suficient.

Oare știe că eu știu?

— Platonic înseamnă..., începe Jansdotter, însă Stella o întrerupe.

— Știu ce înseamnă platonic, spune ea. Sau, cel puțin, cred că știu la ce vă referiți. De fapt, Platon nu a afirmat niciodată că iubirea cu adevărat spirituală nu poate integra apropierea fizică și sexul, însă e o neînțelegere foarte frecventă, așa că nu e cazul să vă simțiți prost.

Un bărbat din public râde, iar bărbosul de lângă mine îmi aruncă un zâmbet încurajator.

— Platon este filosoful meu favorit, spune Stella.

— Eu l-am preferat întotdeauna pe Socrate, răspunde Jansdotter.

— Nu mă surprinde.

Michael își ascunde un zâmbet cu palma. Membrii completului se întorc unii spre ceilalți, și până și președintele curții, Göran Leijon, surâde subțire.

— Amina nu era împreună cu Chris Olsen, spune Stella, iar atmosfera relaxată e sufocată în fașă.

Jenny Jansdotter ar trebui să formuleze o întrebare nouă, însă Stella nu a terminat. Ridică o mână. Vocea ei este slabă și tremură.

— Amina nu a fost niciodată cu nimeni. Era... este... inocentă.

91

Scotocesc în poșetă după un șervețel umed. Am inima în gât și, chiar dacă îmi tamponez fără încetare fruntea, transpirația continuă să curgă. Simt că îmi pătrunde în creier și îmi face gândurile să fiarbă.

În fața mea, Stella se micșorează. Nu știu dacă este o iluzie optică sau dacă umerii i se lasă și trupul i se chircește.

Care e motivul? Timp de opt săptămâni, Stella a fost închisă în arest, sub interdicție totală. Este situația cea mai apropiată de cruzime față de persoanele în detenție, criticată atât de ONU, cât și de comisia privind tortura din Consiliul Europei. În discursul public, închisorile suedeze sunt prezentate ca având condiții normale. Ce se trece cu vederea sunt condițiile inumane din centrele de detenție suedeze.

Firește că face asta de dragul Aminei. Dar nu e suficient. Există și alte căi pe care Stella ar putea să le adopte, căi mai ușoare. Singura concluzie rezonabilă este că face tot ce face, că se află acum în fața mea, cu umerii lăsați și ochii sticloși, nu doar pentru Amina, dar și pentru noi. Pentru mine și pentru Adam. Pentru familie.

De multe ori, mi-am dorit să am o prietenă ca Amina. Încă de la grădiniță, ea și Stella au fost inseparabile. Firește că au avut certuri și au avut și perioade dificile, dar, în final, toate obstacolele au fost doborâte de forța relației lor. Cel puțin, până acum.

Nu mă pot gândi la nimic mai liniștitor decât să ai, în viață, o aliată, în felul în care Stella și Amina au fost mereu acolo una pentru cealaltă. Poate că viața mea ar fi fost diferită dacă aș fi fost deschisă la genul acesta de prietenie. Cu siguranță, am avut prietene în gimnaziu și în liceu, însă încă de pe atunci începusem să ridic ziduri în jurul meu. Mi s-a părut întotdeauna o slăbiciune să îmi arăt sentimentele altor persoane.

Îmi șterg din nou fruntea și încerc să par calmă. Bărbosul de lângă foșnește o pungă cu bomboane și mestecă zgomotos, în timp ce procurorul enumeră dovezile tehnice. Este chemat la bară un tehnician, care afirmă că, fără îndoială, urma de pantof găsită la locul crimei provine de la pantoful Stellei. Urma a fost găsită la doar jumătate de metru de corpul lui Christopher Olsen, iar în ea s-au identificat stropi de sânge, ceea ce dovedește că fusese făcută înainte ca victima să fie ucisă. Pentru că vineri dimineață plouase puternic, se ajunge la concluzia că Stella se aflase pe terenul de joacă cel mai devreme la prânz în ziua crimei.

Când My Sennevall ia loc în boxă, atmosfera din sală se schimbă. Parcă toată lumea ar fi speriată de fata asta fragilă, cu privire vigilentă și păr nespălat; parcă s-ar aștepta să facă o criză în fața tuturor. Până și procurorul și Michael își coboară vocea când o întreabă ceva. My Sennevall privește lung dincolo de umerii lor, înainte să răspundă.

— Ai spus că ai auzit un strigăt în jur de ora unu, începe Michael. Poți să descrii cum a sunat?

My Sennevall îl privește o vreme.

— A sunat de parcă cineva ar fi fost înjunghiat. Un bărbat. De parcă cineva l-ar fi tăiat cu un cuțit, de câteva ori.

Firește că Michael o întreabă cum de poate ști că strigătul a venit de la cineva care era înjunghiat.

— Dacă ar fi fost împușcat, aș fi auzit împușcăturile, spune My Sennevall.

Jurnalistul bărbos își dă ochii peste cap.

— Vrei să-mi povestești puțin despre starea sănătății tale? spune Michael. Este adevărat că, de câțiva ani, mergi în mod regulat la psihiatru?

Ascult doar cu o ureche în timp ce My Sennevall își expune trista poveste de viață. Când părăsește sala, pare să fie și mai afectată. Ușa care se închide în urma ei sună ca un oftat de ușurare.

Următoarele mărturii sunt rapide și fără senzații tari. Colegele Stellei de la H&M, Malin și Sofie, confirmă că Stella are mereu asupra ei un spray cu piper și că poșeta în care-l ține era la ea în acea seară de vineri. Procurorul arată un recipient, iar ambele martore declară că este la fel cu cel deținut de Stella.

Tehnicianul poliției arată același recipient curții și spune că analiza chimică a făcut posibilă stabilirea faptului că lichidul de pe trupul victimei era același cu cel din marca de spray din recipientul Stellei.

După aceea, ofițerul de la centrul de detenție, Jimmy Bark, povestește că Stella s-a purtat agresiv și violent în perioada de arest, de câteva ori. Jimmy Bark face o impresie proastă, răspunde scurt și nonșalant și cred că i-ar putea trezi porniri agresive până și lui Dalai Lama.

Jurnalistul bărbos se încruntă la mărturia paznicului. Fără nicio introducere, îmi întinde punga cu bomboane. Sunt așa de stresată, că iau una, chiar dacă nu le suport.

Îmi zâmbește. Oare l-am judecat greșit?

Întotdeauna am întâlnit oameni cu îndoieli. Cu un scepticism sănătos. În viață, am fost confruntată cu impresia de bună-credință. Tatăl meu mi-a spus cândva că numai câinii inferiori își expun beregata adversarilor. Doar după 45 de ani am început să înțeleg că nu toți ceilalți oameni trebuie priviți ca niște adversari.

În perioada petrecută la Facultatea de Drept, viața era o competiție.

— Adun note de 9 și de 10, nu prieteni, spuneam, în timp ce-mi ignoram viața socială.

Îmi construisem o capsulă, ai cărei pereți se îngroșau în fiecare zi. Toate imperfecțiunile erau ascunse de abilități și succese, dar teama că adevărata mea persoană va fi demascată a continuat să crească. Și totuși, am ajuns să mă concentrez la toate evenimentele posibile. Aveam dificultăți să mă regăsesc într-un context fără a participa și a influența, oamenii erau atrași spre mine și voiau să mă cunoască, dar singurul care m-a înțeles cu adevărat, dincolo de discuții în contradictorii, de note la examene și de interacțiunile superficiale, a fost Adam.

Acum, se află dincolo de ușa sălii de judecată și așteaptă. Vine rândul lui. În orice clipă, grefierul îl va chema. Încă nu știu ce se va întâmpla.

La început, nu m-am gândit că se va ajunge aici. Moralitatea lui Adam a fost întotdeauna de neclintit. Să mintă poliția părea un concept străin, aproape de neconceput. Dar am subestimat importanța familiei. Oamenii sunt pregătiți să treacă peste orice sisteme etice ca să-și protejeze familia. Cele mai aspre valori sunt pulverizate cu ușurință când vine vorba despre apărarea propriilor copii. Minciuni, vină și secrete. Câte familii nu sunt construite pe aceleași fundamente?

De îndată ce o ființă umană vine pe lume, transformă alți doi oameni în părinți. Iubirea pentru copiii noștri se supune unor legi și reguli speciale.

Aseară, eu și Adam am stat în bucătărie în tăcere, cu o sticlă de vin roșu.

— Nu știu dacă pot să trec prin asta, draga mea.

Mă rog la Dumnezeu să poată. Mi se pare ciudat, dar îmi împreunez mâinile și mă rog. În clipa următoare, grefierul îl cheamă pe Adam în sală.

92

Adam intră încet în sală. În timp ce președintele curții îl întâmpină și îi explică unde să se așeze, Adam o privește întruna pe Stella.

Depune mărturie cu spatele la public. Bărbosul de lângă mine mă privește așa cum privești pe cineva care este grav bolnav.

Președintele curții îi dă cuvântul lui Michael.

— Bună, Adam, spune el. Înțeleg că este foarte dificil pentru tine, așa că voi încerca să fiu concis. Poți să spui curții care este profesia ta?

Adam încă o privește pe Stella.

— Sunt preot al Bisericii Suedeze.

La cererea lui Michael, spune că a fost preot de închisoare timp de mulți ani și că acum este angajat drept cleric la una dintre bisericile mai mari din oraș.

Vocea lui este șovăitoare.

— Poți să îmi spui câte ceva despre relația ta cu Stella? întreabă Michael.

— O iubesc pe Stella. Înseamnă totul pentru mine.

Mi se strânge inima. De-a lungul anilor, l-am învinuit adesea pe Adam pentru faptul că relația mea cu Stella era cum era. Când era mică, auzeam mereu ce tată minunat era Adam și ce bucurie era pentru mine să am un copil cu el. Era perfect adevărat. Adam a fost și este un tată grozav și îl iubesc, așa că îmi este rușine de gelozia pe care o simt. De ce am răspuns eșecurilor mele în privința Stellei cu o distanțare și mai mare? M-am străduit să ne evit relația noastră și m-am devotat și mai mult lucrurilor la care știam că mă pricep. A fost, evident, ca și cum mi-aș fi furat singură căciula, o trădare față de Stella.

— Relația mea cu Stella nu a fost întotdeauna bună, spune Adam, ca răspuns la următoarea întrebare a lui Michael, referitoare la evoluția de-a lungul anilor. A avut suișuri și coborâșuri. Uneori, a fost foarte dificilă.

Michael îi oferă șansa de a da detalii, iar Adam își înclină capul puțin.

— Nimic nu este mai dificil decât să fii părinte. Firește, am greșit de multe ori. Am avut multe speranțe și multe idei despre cum urma să fie. Cum urma să fiu ca părinte, cum urma să fie Stella ca fiică. Cum ar trebui să arate relația noastră.

— Nu a fost mereu așa cum ai sperat? spune Michael.

— Nu cred că problema este cum a fost, ci mai degrabă așteptările mele. Mi-a fost dificil să accept unele dintre deciziile Stellei în viață. Uneori, uiți cum e să fii adolescent.

Mă uit la președintele curții. Göran Leijon pare să fie de acord. Are și el copii adolescenți.

— Adam, continuă Michael. Poți să îmi spui ce s-a întâmplat în vinerea aceea?

Adam se întoarce scurt spre Stella. Mă aplec în față, ca să-i văd fața.

Nu spune nimic. De ce nu spune nimic?

Firește că ar fi trebuit să îi spun mai multe, dar mi-a fost teamă că nu ar fi înțeles sau că sistemul lui moral foarte rigid l-ar fi făcut să se opună.

Dacă e prea târziu? Dacă se sucește? Dacă strică totul?

Ar fi îngrozitor.

— Am lucrat până târziu în seara aceea, spune el.

Cu o voce nesigură, povestește despre înmormântarea unui tânăr. Fusese o săptămână grea, iar vineri se simțise obosit și era flămând. După muncă, a gătit, am jucat trivia pe canapea și apoi ne-am dus la culcare.

— Știai unde era Stella în seara aceea? întreabă Michael.

— A spus că urma să se întâlnească cu prietena ei, Amina.

— OK, spune Michael, calm, deci tu și soția ta ați mers la culcare înainte să se întoarcă Stella?

— Corect.

— Cât era ceasul?

Mă ridic în scaun.

Te rog, Adam. Gândește-te la familia ta!

— În jur de unsprezece, răspunde el. N-am verificat.

— Ai adormit imediat?

— Nu. Am rămas treaz câteva ore.

— Câteva ore?

— Da.

Beau foarte repede o gură de apă, dar nu reușesc să pun bine dopul sticlei că îmi cade în poală și trebuie să-l șterg cu mâna. Bărbosul îmi zâmbește.

— Erai treaz când a ajuns acasă Stella? întreabă Michael.

Mă aplec și mai mult într-o parte. Adam își înalță capul, iar gulerul preoțesc strălucește, alb precum puritatea însăși, către justiție.

— Eram treaz când s-a întors, spune el.

Vocea lui este mai puternică acum. Clară, plină de forță. Mă las înapoi în scaun.

— Știi cât era ceasul? întreabă Michael.

— Era douăsprezece fără un sfert. M-am uitat la ceas când am auzit c-a venit.

Una dintre membrele completului de judecată își duce mâna la gură. Ceilalți se uită în tăcere la Adam.

— Și ești absolut sigur de asta?

— Absolut. Jur pe Dumnezeu.

93

— Cum poți să fii atât de sigur? l-am întrebat pe Adam.

Era apanajul lui să se îndoiască mereu. Iar acum, nu lăsa loc de discuție. Se hotărâse.

— Va fi minunat. O să fii cea mai bună mamă din lume.

Îmi îndepărtase toate temerile, fără drept de apel. Neliniștea era o parte din proces, spunea Adam. Să devenim părinți însemna o schimbare fantastică și urma să ne afecteze viața pentru totdeauna. Nu mi se părea deloc ciudat să ezit și să mă simt prost.

De fapt, eram prea tineri să avem copii. Tocmai luasem examenul de barou, iar Adam era la jumătatea programului de studii. Cu doar o jumătate de an înainte, locuiam la cămin și ne petreceam câteva seri pe săptămână în cârciumi, mergeam la dezbateri și proteste. Peste vară, reușisem să facem rost de o garsonieră destul de spațioasă în Norra Fäladen. Adam era convins că dezvoltatorul avea să fie de acord să o schimbe cu un apartament de două camere, dacă îi spuneam că familia noastră avea să se mărească.

— Te iubesc, îmi spunea Adam de câteva ori pe zi, mângâindu-mi burta care se mărea. Și pe micuțul dinăuntru.

Încet, încet, cele mai negre gânduri despre eșec și neliniștile au fost înlocuite de dureri de încheieturi și picioare de elefant. În unele zile, zăceam în pat și mă simțeam ultima femeie de pe Pământ.

Adam îmi servea supă de măceșe, îmi pregătea șosete de compresie, îmi masa picioarele. Chiar dacă aveam încă îndoieli dacă era cel mai bun moment să aduc un copil pe lume, mereu am crezut că Adam era omul potrivit să-i fie tată.

Am muncit mult cât timp Stella a fost mică. Uneori mă întrebam dacă era ceva în neregulă cu mine, dacă eram diferită de celelalte mame, fiindcă nu puteam să îmi pun în așteptare restul vieții și să-mi dedic toată energia copilului meu. Fără Adam, n-aș fi reușit. Era întotdeauna prezent, ca o ancoră. Nu mi-a refuzat niciodată nimic. M-a suportat în cele mai rele momente.

Victoriile de care nu am reușit să am parte în viața de familie le-am câștigat în carieră. La 29 de ani, am fost recrutată ca avocat asistent de o firmă importantă, cu birouri în trei zone metropolitane. În timp ce Adam o învăța pe Stella să meargă pe bicicletă fără roți ajutătoare și îi punea plasturi pe genunchii juliți, eu făceam naveta la Stockholm și pregăteam rezumate în fața programelor pentru copii și a unei farfurii cu cina încălzită la microunde. Nu cred că eram diferită fiindcă aveam nevoie și de carieră, și de familie. Cu toate că s-a întâmplat să mă nasc fără penis.

Totuși, peste tot vedeam femei care-și amputau visurile și țelurile, închizându-se în spațiul dintre camera copiilor și bucătărie. Să fiu o mamă devotată părea să se ciocnească permanent de dorința mea egoistă de afirmare și de succes în alte aspecte ale vieții și, deși am încercat din greu, nu am reușit niciodată să mă limitez suficient încât să devin acea mamă pe care o cerea societatea, și care-mi doream și eu să fiu. Totuși, vedeam mereu bărbații scăpând neatinși de aceleași greșeli care mă stigmatizau pe mine și care mă făceau să mă simt nedemnă de a fi părinte.

Intimitatea care s-a creat între Adam și Stella mi s-a părut, la început, foarte benefică. Stella era fetița tatei. Puteam să ajung acasă târziu, cu mintea plină de paragrafe și precedente, și să-i găsesc într-o mare de perne, fiindcă sosise momentul poveștii de seară în pijamale. Stella și-a ținut tatăl de mână în toate micile încercări ale vieții de copil. Era o lume creată parcă de Astrid Lindgren, iar inima mea făcea salturi de bucurie dimineața, când piciorușele fetiței noastre se auzeau împleticindu-se pe podeaua dormitorului.

Schimbarea s-a produs lent. Nu pot spune precis când a început, însă lucrurile care-mi încălzeau pieptul înainte au început să-mi trimită fiori reci pe șira spinării. Găseam mici iritări peste tot. Când cineva spunea ce tată minunat era Adam și ce relație superbă părea să aibă cu Stella, nu mai simțeam mândrie, ci mă consideram înstrăinată. În timp ce Adam povestea, cu lux de amănunte, despre zilele sale de poveste petrecute cu Stella, în mine se trezeau vina, rușinea și invidia.

Am vorbit despre extinderea familiei. Dorința noastră de a mai avea un copil a venit dintr-o dezamăgire imprecisă, pe care niciunul nu o putea exprima concret. Viața de familie nu era ceea ce speraserăm noi, iar eu îmi imaginam că relația mea cu Stella ar fi fost mai funcțională dacă-i ofeream un frățior sau o surioară.

Timp de peste un an m-am străduit să rămân din nou însărcinată. Nu am discutat niciodată despre motivul pentru care nu am reușit, cred că dintr-un respect reciproc extrem de prost gestionat. Mai devreme sau mai târziu, testul avea să fie pozitiv, iar până atunci nu puteam face altceva decât să continuăm să încercăm și, în cazul lui Adam, să se roage la Dumnezeu pentru un ajutor neidentificat.

În seara Nopții Valpurgice[65], când Stella avea patru ani, am rupt tăcerea. Eram în pat și întreaga lume a început să se învârtă de îndată ce am deschis ochii. Mirosul de fum ne pătrunsese în piele.

— Iubita mea, a șoptit Adam. Cred că e ceva în neregulă.

— În neregulă? am spus, deși am priceput imediat la ce se referea.

— Ce să facem?

N-am spus nimic. Lacrimile începeau să mă usture sub pleoape, dar le-am respins.

— Te iubesc, a spus Adam.

Nu am putut să-i răspund.

65 Sărbătoare specifică nordului Europei și Peninsulei Scandinave și care are loc pe 30 aprilie.

94

— Acuzarea are întrebări pentru martor? ne spune Göran Leijon.

— Da.

Jenny Jansdotter discută scurt cu asistentul, înainte să se întoarcă spre Adam.

— Cum v-ați simțit în vinerea aceea?

Mă trece un fior, însă Adam nu are timp să răspundă, că Jansdotter continuă.

— Ați spus că vă era foame și erați obosit. Fusese o săptămână dificilă. Tocmai înmormântaserăți un tânăr.

— Așa este.

— Și totuși, nu ați putut adormi?

— Uneori, este efectul opus al unei asemenea extenuări, spune Adam, calm. Nu poți adormi, deși știi că ești pe jumătate mort. În plus, eram foarte îngrijorat pentru Stella. Nu-mi place să mă culc înainte să ajungă acasă.

Jenny Jansdotter ia un pix și-l învârte între degete.

— Deci spuneți că erați treaz când a ajuns Stella acasă?

— Da.

— Și cât era ceasul?

— Am mai spus asta.

— Aș vrea să repetați.

— Douăsprezece fără un sfert, spune Adam, iritat.

Jenny Jansdotter ridică bărbia și își împinge capul în față, ca o pasăre răpitoare.

— Ciudat, spune ea.

Vocea ei poartă o urmă îngrijorătoare de triumf.

— Foarte ciudat, repetă ea și despăturește o hârtie pe masă.

Ce-o fi aia? Am ratat ceva?

— Am aici o listă cu SMS-urile dumitale, Adam. Fiecare SMS trimis de pe telefonul dumitale în seara crimei și fiecare SMS primit se află pe această listă. Două mesaje au fost șterse din telefon, însă tehnicienii au reușit să le recupereze. Știați că se pot recupera mesajele șterse de pe telefon?

Adam pleacă fruntea.

Nu poate fi adevărat! Cum de a ratat Michael lista asta? Știam că poliția confiscase telefonul lui Adam, însă nu mi-am dat seama că ar putea conține ceva compromițător.

— La ora 23:18, următorul mesaj a fost trimis de pe telefonul dumitale la numărul Stellei: *Vii acasă în seara asta?*

— Așa, spune Adam.

— Vă amintiți să fi trimis acest mesaj?

Ridică din umeri.

— Da, posibil. Soția mea îmi spusese că Stella s-ar putea să doarmă la Amina. De aceea am scris.

— *Vii acasă în seara asta?* repetă Jansdotter. Ați primit răspuns?

Adam își scarpină bărbia. Încerc să îi atrag atenția lui Michael, dar el refuză să privească în direcția mea. Transpirația îi curge pe față, iar el se trage de cravată de parcă nu ar avea aer.

— Nu-mi amintesc, murmură Adam.

— Sigur? Nu vă amintiți dacă ați primit răspuns?

Adam înghite, se uită în jos și clatină din cap.

— Probabil că nu.

Jansdotter agită lista. Lângă mine, bărbosul inspiră printre dinți. Încep să văd unde duce povestea asta. Cum ne-a putut scăpa?

— Stella a trimis un răspuns, spune procurorul.

— Da?

Adam stă acolo, parcă așteptându-și condamnarea la moarte.

Vreau să-i strig să se ridice. Nu trebuie să renunțe acum.

— Tehnicienii poliției au reușit să îl recupereze. Ați șters ambele mesaje sâmbătă, după ce ați aflat că Stella fusese arestată.

— Da? spune Adam.

Nu e deloc un mincinos priceput.

— Stella a scris: *Sunt în drum spre casă.* Mesajul a ajuns la dumneata la ora două fără douăzeci. Potrivit spuselor dumitale, Stella era deja acasă de aproape două ore.

95

Adam nu răspunde la întrebarea procurorului.

— Aveți o explicație pentru acest mesaj? întreabă Jansdotter. De ce ar fi trimis Stella un mesaj că este pe drum spre casă la ora 1:40, dacă spuneți că era deja acasă la 23:45?

Spatele lui Adam se încordează. Secundele trec.

O femeie din spatele meu mă trage de bluză și îmi face semn să stau jos. Dar trebuie să merg la Adam. Are nevoie de mine. Totul e din vina mea!

— Cred că ar fi putut exista o întârziere, spune Adam, într-un târziu.

Bărbosul scoate un *pssst* în direcția mea și face semn spre capătul băncii, unde un tip de la securitate se uită urât la mine.

— Ce vreți să spuneți, Adam? întreabă Jansdotter.

— Uneori, SMS-urile se blochează în spațiul virtual, spune el, ezitând. Dacă am primit mesajul la o anumită oră nu înseamnă că a fost trimis tocmai atunci.

Mă afund înapoi pe bancă și oftez ușurată. Firește. Adam are dreptate. Firește că nu are nicio competență de specialitate, însă este deștept și gândește repede. Simțul practic i-a oferit răspunsul. Procurorul nu poate dovedi când a fost trimis un mesaj, doar pe baza momentului în care a fost primit. Iar pentru asta, are nevoie de telefonul Stellei.

Jenny Jansdotter face o grimasă chinuită.

— Deci Stella nu a ajuns acasă mult mai târziu decât pretindeți?

Mă uit la paznic și văd că nu mai e interesat de mine.

— Nu, spune Adam. Stella a ajuns acasă la miezul nopții.

Michael își trece dosul palmei peste fruntea transpirată. Lângă el, Stella se uită la masă, cu ochi sticloși. Arată atât de mică și de fragilă, și mă detest pentru situația la care o expun.

În ultimele câteva săptămâni, am mai explicat încă o dată, pentru mine și pentru Michael, de ce nu putem spune totul pentru Stella. Îndoiala m-a ros și m-a săpat, însă ar fi prea riscant. Stella își controlează prea greu impulsurile — o emoție în plus, un cuvânt scăpat, și totul ar fi distrus.

În plus, Stellei i-a plăcut mereu să facă lucrurile pe dos. Când antrenorii de handbal îi spuneau să arunce direct, trimitea mingea sus; când mama lui Adam i-a lăudat părul lung până la talie, s-a ras în cap.

Mă uit la ea și durerea îmi umple pieptul.

— Știți unde este mobilul Stellei? întreabă procurorul.

— N-am idee.

— De ce nu l-au găsit anchetatorii?

— Nu știu.

Adam o privește în ochi.

— Când ați văzut ultima dată telefonul Stellei?

— Nu-mi amintesc.

— L-ați găsit, Adam?

— Nu, spune el. Stella are mereu telefonul la ea.

— Adică l-a luat cu ea la muncă, la H&M, în sâmbăta în care a fost arestată?

— Așa cred.

— Atunci, poliția l-ar fi găsit, nu?

Jansdotter se uită urât, dar Adam își păstrează calmul.

— Nu ați găsit telefonul Stellei sâmbătă? A doua zi după crimă?

— Nu.

Adam întoarce capul peste umăr și ne uităm o fracțiune de secundă unul la alta.

— Nu știu nimic despre telefonul Stellei, repetă el.

E mult mai aproape de adevăr decât crede procurorul. Adam nu știe ce s-a întâmplat cu telefonul Stellei. Doar eu știu.

Pentru scurtă vreme, procurorul rămâne tăcut. Ascunde asta cu pricepere, dar firește că nu-mi poate scăpa, nici mie, nici celorlalți avocați cu experiență din sală. Îmi permit să mă relaxez puțin, mă las pe spate și beau câteva guri de apă.

Bărbosul se uită la mine și mi se pare că-mi citește gândurile. Jansdotter are o scurtă discuție cu asistentul și revine.

— Ați vorbit cu Stella când a venit acasă, vineri seara, când a murit Christopher Olsen?

— Da, răspunde Adam. V-am spus asta deja.

— Ce i-ați zis? întreabă procurorul.

— Am deschis ușa și i-am spus noapte bună.

— Deci ați văzut-o?

— Da.

— Ce purta? întreabă Jansdotter.

— Lenjerie.

— Doar lenjerie? De obicei se dezbracă înainte să urce în camera ei?

— Da, se întâmplă. Dacă hainele trebuie spălate, le lasă la spălător.

— Colegii Stellei cu care a fost în seara aceea la restaurantul Stortorget spun că purta blugi închiși la culoare și o bluză albă. Blugii au fost găsiți de poliție în timpul percheziției, dar nu și bluza. Ați văzut bluza albă când a venit Stella acasă?

— Nu, spune Adam. Nu știu nimic despre nicio bluză.

Într-o anumită măsură, și asta e adevărat.

— Sunteți sigur? N-ați văzut bluza albă în spălător?

— Nu.

— Nici sâmbătă?

— Nu, din câte-mi amintesc, spune Adam. Dar, dacă am văzut-o, nu cred că mi-aș aminti.

— Cred că ați văzut-o, spune Jansdotter. Cred că bluza aceea era pătată cu sânge. Chiar nu ați văzut bluza pătată?

— În mod cert, nu.

Acum, Adam e atât de hotărât, încât sună furios. Nu e bine. Nu e deloc bine. Michael îi face un semn scurt. Jansdotter continuă.

— Aveți șemineu?

— Da, spune Adam.

— În timpul percheziției, poliția a remarcat că acesta fusese aprins recent. Cine a aprins șemineul în sâmbăta aceea?

Adam își scarpină urechea.

— Eu sau soția mea.

E deștept. Înțelege. Acum trebuie doar să-și păstreze calmul. Gândește-te la familia ta, Adam.

Gândește-te la Stella și la mine.

— Nu știți? întreabă Jansdotter.

— Îl aprindem des.

— Vara? În august? Când sunt peste 20 de grade?

— Credem că e plăcut.

Procurorul oftează adânc.

— Deci nu ați găsit bluza pătată de sânge a Stellei și i-ați dat foc în șemineu?

— Nu, răspunde Adam. N-am dat foc la nicio bluză.

Nu, n-a făcut asta.

96

Când președintele curții, Göran Leijon, încheie prima zi a procesului, mă ridic și reușesc să o privesc pe Stella în ochi, înainte ca gardienii să o scoată din sală. Câteva secunde, reușim să ne privim. Îmi întind brațele spre ea și pipăi în gol. Acum trebuie să fiu cu adevărat mamă și să compensez pentru eșecurile mele de când Stella era copil. Acum pot să fac ce mă pricep cel mai bine. Te rog, Stella, trebuie să ai încredere în mine.

În ultimii ani, relația noastră a început să se îmbunătățească, încet. În timp ce lui Adam i-a fost tot mai dificil să se împace cu alegerile Stellei, eu m-am apropiat de ea și am reușit să-mi înțeleg și mai bine fiica. Într-o anumită măsură, îi sunt recunoscătoare Aminei. Prin Amina am reușit să ajung la Stella și să-i vorbesc pe limba ei. Prin Amina am învățat să o înțeleg.

Firește că m-a durut că îmi venea mai ușor să vorbesc cu Amina decât cu Stella. Vina m-a apăsat mereu, în adâncul sufletului. În clipele în care mi-a fost imposibil să pricep acțiunile, motivele și argumentele Stellei, mi-am recunoscut propriile puteri în Amina.

— Stella nu este ca mine și ca dumneata, a spus Amina cândva. Stella este Stella.

Asta a fost la scurtă vreme după ce Stella a renunțat la handbal. Într-o zi, avusese loc o adunare a echipei naționale de tineret, unde i se prezisese un viitor strălucit, a doua zi își pusese încălțămintea pentru handbal la vânzare online. Adam și cu mine nu pricepeam nimic.

— N-o puteți înțelege pe Stella dacă nu începeți să gândiți ca Stella, a zis Amina.

A sunat atât de simplu și de evident, și totuși nu înțelegeam.

— Stella nu suportă ca alții să o controleze, a continuat Amina. La nivelul ăsta, handbalul reprezintă, mai degrabă, executarea unor tactici prestabilite, exersate. Stella nu poate îndura asta.

Cred că Adam este cel care a suferit mai mult fiindcă nu am avut și alți copii. A sperat ca Stella să se ridice la înălțimea așteptărilor noastre, în loc să încerce să identifice în Stella persoana care era.

E un miracol că familia noastră a supraviețuit. Încerc să privesc tot ce se întâmplă acum ca pe o șansă de a începe de la zero, o nouă șansă pe care eu intenționez să ne-o acord indiferent de preț.

— Dacă ai putea fi mai mult ca Amina, am spus odată, când Stella reușise să-și întoarcă iar lumea cu fundul în sus.

Pentru prima dată, n-a avut o replică ucigătoare. A rămas tăcută. S-a uitat la mine și, deși ochii ei erau complet uscați, părea să plângă.

Firește că a înțeles. Cuvintele au țâșnit pur și simplu din mine, atunci și niciodată din nou, însă Stella mă citea perfect. Vedea cum o privesc pe Amina, cum îi vorbesc, cum împărtășeam lucruri.

Am luat-o în brațe și i-am plâns pe umăr.

— Îmi pare rău, draga mea. Îmi pare rău. Nu am vrut.

Firește că n-a avut niciun rost. Știam amândouă perfect ce voisem să spun.

Când ies din sala de judecată, nu-l văd pe Adam. Băncile de la intrare sunt ocupate de alte persoane. Fac câțiva pași pe hol, dar nici urmă de Adam. Unde e?

De curând, a stat în fața unei curți și a jurat pe Dumnezeu că fiica lui era acasă în timp ce acel bărbat a sângerat până la moarte pe un teren de joacă din altă parte a orașului.

Probabil e într-o stare groaznică.

Inima îmi bate cu putere în timp ce fac pași mari pe următorul coridor. În fața toaletelor, stă pe o bancă și arată de parcă și-ar fi rupt fiecare oscior din trup.

— Dragule, șoptesc eu, sunt atât de mândră de tine.

Îl îmbrățișez. Trupul lui e rigid și foarte rece. Cu grijă, mă sprijin de umărul lui și în piept mi se aprinde o căldură blândă. Nu fac asta doar pentru Stella și pentru Amina.

— Dar dacă nu e de niciun folos?

Privirea lui mă imploră, disperată.

— Ce am făcut?

Îl mângâi ușor pe gât.

— Sunt aici, cu tine, șoptesc eu. Suntem împreună.

Nu e mult, dar e singura alinare pe care i-o pot oferi. În aceste săptămâni, am crezut că îi înțeleg durerea și că i-o pot compara cu propria mea agonie. La fel cum Adam și-a încălcat principiile morale, am procedat și eu împotriva tuturor lucrurilor în care cred. Legea a fost religia mea. Da, are defectele sale, în unele privințe chiar foarte mari, însă tot am crezut cu fermitate și fervoare în lege, considerând-o stâlpul societății. Am mai crezut în lege și ca o oportunitate optimă de a reglementa o societate democratică.

Acum, nu mai știu ce să cred. Valori care nu pot fi exprimate sau măsurate în paragrafe. Și uite că viața nu consideră legea ca fiind ceea ce omul de rând numește „dreptate".

Când îl privesc pe Adam, înțeleg că este și mai rău pentru el. În cel mai rău caz, e posibil să fie chiar el pus sub acuzație: încălcarea legii, violență împotriva funcționarilor publici, influență neautorizată.

Până la urmă, ne ridicăm de pe bancă. Îi țin talia strâns cu un braț și străbatem tribunalul, trecând de recepție și coborând pe scările exterioare.

— Ai făcut ce trebuia, dragule, spun eu. Mâine e rândul Aminei.

Luăm un taxi până acasă, iar Adam mă întreabă ce s-a întâmplat în sală înainte să depună el mărturie. Când îi povestesc despre urma de pantof și despre analiza recipientului de spray, expresia îi devine preocupată.

— Dar nu au nicio dovadă concretă, spune el.

— Este treaba curții să evalueze dovezile. Într-o prezentare a dovezilor cum este asta, ele nu pot fi judecate individual, ci se ia în considerare imaginea de ansamblu. Apoi, curtea va compara descrierea procuraturii cu ipoteze alternative. Dacă nu este posibilă excluderea altor explicații, există motive de îndoială, iar curtea trebuie să elibereze acuzatul.

— Întotdeauna trebuie să existe alte explicații?

— De obicei, cerințele minime sunt ca acuzatul să fi fost la locul faptei, persoana în cauză să fi avut capacitatea de a comite crima și orice posibili suspecți să fie excluși.

Adam se uită la drum, iar eu îmi iau telefonul ca să citesc ce scriu ziarele de seară. *Sydsvenskan* și *Skånskan* povestesc pe scurt cum a decurs prima zi a procesului, fără a intra în detalii. La rubrica rezervată cazurilor penale din *Aftonbladet*, citesc: „Tată pus sub presiune de procuror". Textul este plin de indicii care pun la îndoială mărturia lui Adam. *Acum o sută de ani, ar fi fost de neînchipuit ca un preot să mintă într-un context juridic, însă, după procesul de astăzi de la tribunalul din Lund, avem toate motivele să credem că lucrurile s-au schimbat.* Nu-mi vine să cred. Adam nu trebuie să citească asta. Antetul paginii conține o fotografie a autorului. Este bărbosul care a stat lângă mine toată ziua.

Taxiul intră pe strada noastră. Niște vecini s-au adunat pe trotuar și privesc spre noi.

— Să aveți o seară frumoasă, spune șoferul, când plătesc.

— Hm.

Înconjor mașina și îl iau pe Adam de mână. Nu ne uităm la vecini.

Pe hol, Adam devine rigid.

— Mă întreb dacă... ea a făcut-o.

Îl țin în brațe. Nu-mi place să-l mint pe Adam. Dar e ultima dată.

— Nu știu, dragul meu.

97

Sala de judecată este casa mea și castelul meu. Cred că am petrecut mai multe ore în săli de tribunal decât cu familia mea. Dar nu m-am simțit niciodată atât de pierdută și de abandonată ca acum, sufocată de anxietate, roasă de regrete.

Adam merge alături de mine pe coridorul tribunalului. Când intru în sală, văd doar fețe necunoscute în public. Jurnaliști, bănuiesc, poate și unii curioși din rândurile așa-numitei opinii publice. Îl caut din priviri pe bărbos, dar nu îl văd. Oare *Aftonbladet* a trimis pe altcineva astăzi? Partenerii de afaceri îmbrăcați în costum ai lui Christopher Olsen se află în același flanc ca ieri. Șușotesc între ei, destul de tare. Se pare că unii dintre ei sunt anchetați pentru implicarea în afacerile dubioase cu imobiliare și muncă la negru despre care a aflat Michael.

Undeva, în spate, descopăr un chip cunoscut. Alexandra s-a aplecat să ia ceva din poșetă, iar părul i-a căzut pe față.

Îmi concentrez privirea. Alexandra își dă părul la o parte și mă vede și ea. Ne salutăm scurt din cap și expir când îmi dau seama că Dino nu e prezent.

Mi-a plăcut întotdeauna Alexandra. M-am regăsit în ea, din multe puncte de vedere. O femeie puternică, cu o carieră de succes și vederi relaxate asupra vieții. Mâncarea bună, niște pahare de vin și mai bun și câteva runde zdravene de râs pe seama prietenilor ne-au unit. Dar nu pot să neg că au existat și momente în care am invidiat-o când am văzut cât de ușor îi era cu Amina și mi-am dorit să putem face schimb de locuri.

Grefierul cheamă primul martor al zilei, iar ușa se deschide.

Amina se îndreaptă direct spre boxa martorilor și se așază, fără să ridice privirea măcar o dată. Este palidă și arată foarte rău. Fața i s-a tras în ultimele săptămâni.

Michael mă privește stânjenit.

— Ai înțeles ce înseamnă să depui mărturie? întreabă Göran Leijon.

Amina încuviințează și șoptește un „da".

Apoi, repetă după Leijon.

— Eu, Amina Bešic, jur pe onoarea și pe conștiința mea să spun adevărul și numai adevărul, fără să adaug, ascund sau schimb ceva.

Îmi duc mâna la piept și mă concentrez să respir. Neliniștea îmi cuprinde trupul. Un sentiment oribil, de catastrofă iminentă, mă forțează să mă sprijin de spătar.

— Atunci, avocatul apărării poate începe să pună întrebări, spune Göran Leijon.

Începe procesul.

Michael vorbește lent și încet. Lângă el, Stella se uită direct la Amina. Au trecut câteva săptămâni de când nu s-au văzut.

— Poți să ne spui de unde o cunoști pe Stella? întreabă Michael.

Amina se uită la masă.

— Suntem prietene din grădiniță. Am fost în aceeași clasă din școala primară până în liceu și am jucat handbal în aceeași echipă.

Simt o arsură în piept. Le văd pe cele două fete în fața ochilor.

— Cum ai descrie relația voastră astăzi? întreabă Michael.

Amina continuă să privească masa. Timpul trece, iar eu simt că nesiguranța lui Michael crește.

— Este cea mai bună prietenă a mea.

Michael încuviințează. În tăcerea care urmează, văd o scânteiere de precauție în privirea Stellei. La ce se gândește, de fapt? La ce s-a gândit? Dacă Amina ar fi putut decide ea însăși, n-am fi lăsat-o niciodată pe Stella singură, la închisoare, pradă gândurilor și anxietății. A fost decizia mea să procedăm așa, iar eu sunt răspunzătoare pentru Stella, indiferent ce s-ar întâmpla.

— Cum ai descrie-o pe Stella ca persoană? spune Michael.

— Este... este așa cum este. Este Stella și nimeni nu mai e ca ea.

Nu mă pot abține să nu râd.

— Este curajoasă. Își apără mereu opiniile și face numai ce vrea. Nu știe ce înseamnă presiunea societății.

Cele două prietene se privesc. Legăturile dintre Stella și Amina sunt mai puternice decât orice își pot imagina cei prezenți azi în sală.

— Este și foarte inteligentă, spune Amina. Nu își dă seama toată lumea, până nu o cunoaște cu adevărat. Și este cea mai încăpățânată persoană din câte cunosc. Foarte impulsivă și directă. Insistentă. Uneori, cred că exagerează. Cred că pe Stella poți doar să o urăști sau să o iubești.

Michael vrea să-i pună următoarea întrebare, când Amina îi face un semn cu mâna și îl întrerupe.

— Și o iubesc.

Vocea îi cedează și își îngroapă fața în mâini.

Mi se usucă gâtul. Până și Michael pare afectat.

— Poți să ne spui câte ceva despre Christopher Olsen? întreabă el. Cum l-ați cunoscut?

Amina o privește pe Stella. Inima îmi bubuie în piept, transpirația îmi lipește subsuorile. Este oribil să nu mai pot influența ce se petrece. Acum, trebuie să mă bazez pe Amina. Acum, ea este cea care decide totul.

98

— Povestește-ne despre Christopher Olsen, spune Michael. Cum l-ați cunoscut?

Aruncă un pachet de șervețele pe masă, iar Amina își șterge obrajii.

— L-am cunoscut pe Chris la Tegnérs într-o seară.

Îl privesc pe Adam, care arată foarte concentrat. Sunt terifiată de ce urmează.

Amina spune aceeași poveste pe care a spus-o ieri Stella. Fetele l-au întâlnit de câteva ori pe Christopher Olsen, la petreceri și acasă la el.

— Ai spune că Stella și Christopher Olsen formau un cuplu? întreabă Michael.

— Nu, deloc. Se distrau împreună și atât.

Michael încuviințează.

— Vrei să ne explici mai în detaliu? Aveau o relație sexuală?

— Făceau sex, dar nu era o relație.

Amina pare să spună lucruri evidente, într-un mod convingător.

— Am auzit că Stella se comporta uneori violent. Este adevărat? Ai avut vreodată asemenea experiențe cu ea?

Amina își îndreaptă umerii. Inima îmi tresare. Nu înțeleg de ce îi pune Michael întrebarea asta. Ca să dea apă la moară procurorului?

— Nu, spune Amina.

Dar nu mai pare la fel de convingătoare.

Michael își șterge fruntea de sudoare.

— Apărarea mai are întrebări? spune Göran Leijon.

— Nu, mulțumesc.

— Atunci, dau cuvântul acuzării.

Mă întorc. Adam mă privește cu ochi mari.

Jenny Jansdotter se pregătește mult timp. E ceva studiat — o tehnică pentru a o intimida pe Amina. Așază hârtiile în teancuri în fața ei, aliniază colțurile cu o precizie meticuloasă și se întinde puțin.

Michael și Stella o privesc încordați.

Când am găsit telefonul Stellei pe birou, în sâmbăta aceea, m-a cuprins imediat o îngrijorare puternică. Cum de își uitase telefonul acasă?

Nu fusesem niciodată genul băgăcios. Bârfa și secretele dubioase m-au interesat rareori. Mă atrag faptele și dovezile concludente. Dacă cineva a spionat-o vreodată pe Stella și chiar i-a încălcat dreptul la intimitate, într-o anumită măsură, acela a fost Adam. Nu știu ce s-ar fi întâmplat dacă găsea el telefonul Stellei.

Când orele au trecut și nu aveam nicio veste de la ea, am decis să-i verific telefonul, nu ca să-mi bag nasul. Nu mă privea. Iar când am citit mesajele, mi-am dat seama că se întâmplase ceva cu adevărat cumplit. Am încercat imediat să dau de Amina, dar a refuzat să discute cu mine. Se închisese în camera ei și pretindea că îi este prea rău ca să vorbească. Mi-am dat seama că mințea.

Acum, stă în fața procurorului și mărturisește, sub jurământ. Vocea lui Jansdotter este tăioasă ca un scalpel.

— Ce vrei să spui când afirmi că Christopher Olsen și Stella nu erau un cuplu?

— Păi... exact așa, că nu erau un cuplu.

— Poți să le definești relația? Descrie ce fel de relație aveau.

Amina o privește cu drag pe Stella, parcă cerându-i permisiunea.

— Îi spunea lui Chris „pisoiul de-o vară".

Icnesc. Pisoi de-o vară? E prea mult pentru urechile unei mame.

— Pisoi de-o vară? repetă Jenny Jansdotter.

— Probabil un joc de cuvinte. În loc de flirt de vară.

Dar Jansdotter nu mai ascultă. Are deja următoarea întrebare pe țeavă.

— Ce ți-a plăcut la situația asta, Amina?

— La ce?

— La situația asta. Că Stella avea o relație sexuală cu Christopher Olsen, fără să pară interesată la modul serios?

Amina își lasă capul într-o parte. Secundele trec lent.

— Ce simțeai pentru Christopher, de fapt? întreabă Jansdotter, surprinzător de blând.

— Îmi plăcea Chris. Era fermecător și cool. Era amuzant să fii cu el.

— Erai atrasă de el?

— Poate.

Mă uit la Stella. Chipul ei e împietrit. Ce gânduri îi trec acum prin cap? Nici măcar nu știu ce știe ea, de fapt.

Mi se face rău. Ce fel de mamă își expune copilul la un asemenea tratament? Trebuie să fie ceva în neregulă cu mine. O problemă emoțională sau de conectare? Mă văd din exterior și mi se pare că nu sunt persoana care mi-aș dori să fiu.

Dacă rolurile s-ar schimba, dacă ar fi Amina cea care ar fi fost arestată, aș fi făcut la fel? Nu sunt deloc sigură. Probabil ar fi trebuit să o las pe Amina să decidă, de la început. Ar fi trebuit să o ascult. Ar fi trebuit să facem cum spusese ea, dar acum e prea târziu.

Jenny Jansdotter o țintuiește pe Amina cu privirea.

— S-a întâmplat ceva între tine și Christopher Olsen? întreabă ea.

Umerii Aminei cad.

— Da, spune ea. S-au întâmplat lucruri.

99

Am descoperit foarte repede că Stellei îi plăcea să ia decizii. Adesea, ne trimitea pe mine și pe Adam în tabere diferite. Dacă i te alăturai, era copleșit de iubire, iar dacă nu, nici nu erai luat în seamă. Se putea schimba într-o clipă. Acum eram cea mai bună mamă din lume, în clipa următoare, o persoană indezirabilă.

Din fericire, Amina fusese mereu acolo, în chip de tampon, de broker între fiica noastră recalcitrantă și restul lumii.

Handbalul îi servise Stellei drept supapă. Acolo, avea o ieșire pentru toată energia care fremăta în ea, iar linia de șase metri transforma încăpățânarea și caracterul ei exploziv în atuuri enorme.

Handbalul era bun și pentru Adam. Împreună cu Dino, formaseră un duo îndrăgit, care a atins curând un succes nemaipomenit cu echipa.

Pe marginea terenului, într-un meci aprins, Adam părea adesea să uite de el. Era înghițit complet de joc, urla, sărea și gesticula.

Într-o sâmbătă, stăteam în tribunele din Borgeby și o priveam pe Stella marcând gol după gol, și mi-am dat seama de ceva care încă mă afectează. Apoi, am uitat și, când am descoperit-o pe Amina zăcând pe podea și zvârcolindu-se de durere, ratasem cauza accidentării. Dar, fiindcă Alexandra nu era de față, eu am fost cea care a sărit și a ajutat-o pe Amina să ajungă la vestiar.

— Trebuie să mergem la spital? am întrebat.

Am stat una în fața celeilalte pe o bancă și i-am privit genunchiul bandajat superficial.

A clătinat din cap.

— N-aș putea suporta.

Părea complet pierdută.

— Ce anume? am spus.

— Jurați că nu-i spuneți nimic tatei! N-ar suporta. Și nici mamei! Promiteți?

Fără să pricep ce făceam, i-am promis.

— N-ați văzut că am ratat apărarea? De două ori, cu exact aceeași greșeală?

A trebuit să recunosc că nu văzusem.

— Apoi, am greșit ultima pasă pentru Stella. N-ați văzut?

— Dar conduceți cu 12 la 4, am obiectat.

— Tatei nu-i pasă de asta, a spus Amina, privind în podea, în timp ce își desfăcea bandajul de la genunchi cu mișcări rapide. Nu mai pot suporta să fiu cea mai bună de fiecare dată. Pur și simplu nu mai pot.

Asta m-a durut. Mă gândeam cum mă străduisem eu o viață întreagă să nu dezamăgesc alți oameni.

— E doar handbal, am spus. Nu înseamnă nimic, serios.

— Dar nu e doar handbal.

S-a uitat la mine cu ochi înlăcrimați.

— E vorba despre toate celelalte: școală, prieteni, casă. Nu mai am putere.

Fără să ezit, m-am așezat lângă ea și am luat-o în brațe. Amina s-a cuibărit la pieptul meu, ca un copil mic, și am legănat-o încet.

Aveam sentimente foarte puternice pentru Amina și nu eram sigură cum mă poziționam față de ele.

Câțiva ani mai târziu, într-un weekend de la finalul lui august, când am fost confruntată cu alegerea imposibilă între Amina și propria mea fiică, le-am ales pe amândouă.

Mă tem că alegerea aceasta mă poate costa totul.

100

Jenny Jansdotter o așteaptă pe Amina, răbdătoare. Întreaga sală o așteaptă pe Amina. Imediat, va dezvălui totul.

— Într-o seară, eram la Tegnérs, nu-mi amintesc precis când. În orice caz, Stella avea o migrenă și s-a dus acasă mai devreme. Așa că am ajuns acasă la Chris.

Face o pauză lungă și o privește pe Stella.

— Voiam doar să împărțim un taxi, dar... Băusem cam mult și...

Amina își înghite ultimele cuvinte și lasă capul în jos. Stella o privește confuză.

— Am stat pe canapeaua lui și am vorbit. Băusem prea mult. S-a întâmplat.

— Ce s-a întâmplat? întreabă Jansdotter.

— A încercat să mă sărute.

— Și tu ce ai făcut?

Asta mă deranjează. Stella și Amina înseamnă atât de mult una pentru cealaltă. Poate prietenia lor să supraviețuiască?

— L-am lăsat.

Vocea Aminei e subțire.

— M-a sărutat de câteva ori, până când m-am panicat și am spus că vreau să plec. M-am grăbit să ies și, pe drum spre casă, m-a sunat Stella.

— I-ai spus Stellei despre asta?

— Nu. Am vrut. Dar apoi... n-am putut.

Stella își ridică încet paharul cu apă la gură și îl lasă o clipă în aer, înainte să bea. Jansdotter se joacă cu pixul.

— Te-ai mai întâlnit cu Chris după aceea?

— M-a sunat vinerea următoare. Trebuia să-i pregătim Stellei o surpriză pentru ziua ei. Chris m-a luat cu mașina și am adus sushi în apartamentul lui.

Își cuprinde fruntea cu palma.

— Ce s-a întâmplat în apartament?

— M-a sărutat iar.

Stella pare să se scurgă pe masă, iar eu îmi amintesc cum ne-am îmbrățișat în seara aceea, după cina de ziua ei. Doar recent am început să ne îmbrățișăm așa, firesc, din suflet. Adam era pe canapea și sforăia cu gura deschisă, iar noi am avut grijă să nu îl trezim. Stella mi-a povestit, pe scurt, ce se întâmplase după ce plecase de la restaurant. Și atunci mi-am dat seama. În ciuda faptului că nu eram expertă în relații, mi-am dat seama la ce închisese ochii Stella. Cu cât îmi spunea mai multe, cu atât mai limpede devenea totul. Avea inima frântă. Era îndrăgostită și fusese trădată.

— Despre ce ați vorbit tu și Christopher în seara aceea? întreabă procurorul. Cât ați fost singuri.

Amina oftează adânc.

— Chris a spus că mă place. Că pe mine mă remarcase prima dată la Tegnérs. A spus că îi plăcea Stella, însă nu la fel. Începuse să îi descopere părțile negative. Înțelegea că aveau să fie probleme, însă a spus că nu își putea ascunde sentimentele.

Stella își frânge mâinile. Vreau să o îmbrățișez.

— L-ai crezut?

— A fost foarte convingător, spune Amina. Iar eu știam că Stella nu era interesată de el. Nu că ar fi contat.

— Deci ți-ai trădat cea mai bună prietenă?

Amina suspină și clatină din cap.

— Eram, gen, îndrăgostită. Sau așa credeam.

Îl iau pe Adam de mână și îi citesc confuzia în priviri. În jurul nostru se aude o simfonie de pixuri care alunecă pe hârtie și tastaturi. Mă uit peste umăr la Alexandra. I s-a scurs rimelul pe obraji și are o privire îngrozită.

— Te-ai întâlnit cu Stella în seara aceea? întreabă Jansdotter. Ai spus că urma să o sărbătoriți.

— Da, a sunat și a spus că vine acasă la Chris. Am intrat în panică și i-am strigat lui Chris că Stella era jos, pe stradă, și am fugit la ea.

— I-ai spus Stellei ce se întâmplase?

Amina sughiță.

— I-am spus că m-a sărutat Chris. Regretam sincer, mă simțeam oribil, și am căzut de acord că Chris era un porc și că nu aveam să-l mai vedem vreodată.

— Ai respectat înțelegerea?

Amina se întoarce spre Stella.

— Nu, spune ea. Nu am respectat-o.

101

Cred că e mai ușor să îți faci griji despre ceva concret. Când nu găsești miezul problemei, când nu pari să descurci ițele, e la îndemână să te concentrezi pe lucrurile palpabile.

Oare de aceea se întorc oamenii spre Dumnezeu? O lume care nu poate fi înțeleasă necesită explicații accesibile. O imagine umană, un conducător atotputernic.

Multă vreme, Adam și întreaga mea lume s-au învârtit în jurul unui copil care nu a mai venit. Ovulul acela nefertilizat a devenit o pictogramă a vieții noastre stagnante, care se încăpățâna să nu fie ceea ce ne imaginaserăm. Când distanța a început să crească între noi, m-a cuprins o dorință puternică de proximitate spirituală, pe care nu o recunoșteam. Cel mai rău era când terminam cu un caz. Era ca un vid care se deschidea în mine, o singurătate fără margini. Stăteam într-un avion, mergând acasă, la familia mea din Lund, și simțeam că mă prăbușesc în interior.

Neînțelegerea propriului copil este o experiență teribilă. Adesea, mă simt lipsită de puteri și abandonată în eforturile mele de a ajunge la Stella.

— E la fel ca tine, a spus Adam, după o dispută care a durat o seară întreagă.

— Ce vrei să spui?

Începuse cu profesoara care o acuzase pe Stella fiindcă se purtase urât cu niște fete din clasa ei. Când am confruntat-o cu faptele, a avut o izbucnire de furie și a aruncat cu un pahar cu lapte în Adam. A refuzat să discute situația din clasă. Voiam să știm ce simțea de fapt, dar ea a luat-o razna în bucătărie, iar Adam a fost obligat să îi țină mâinile la spate până când s-a aruncat pe podea, ca o cârpă boțită, urlând și plângând.

Două zile mai târziu, Amina era pe holul casei noastre, purtând încălțăminte pentru handbal și jambiere, cu un rucsac maroniu pe umeri. Când Stella s-a dus să își ia echipamentul, Amina m-a privit cu o expresie serioasă, care o făcea să pară mult mai matură.

— Nu e vina Stellei, a spus ea.

M-am uitat la ea întrebător.

— Ce se întâmplă la școală. Ele o fac pe Stella să reacționeze așa. Știu precis ce să spună ca să o enerveze. După aceea, o pârăsc.

Un munte de vinovăție mi s-a înălțat în piept.

— De fapt, celelalte fete sunt rele, a spus Amina.

Ochii ei căprui păreau aproape negri, în holul luminat cu neon.

M-am gândit la ce spusese Adam despre Stella. *E la fel ca tine.*

În vara în care Stella a împlinit 14 ani, am plecat la un turneu în Danemarca. Fetele și antrenorii au fost cazați într-o școală, iar Alexandra și cu mine am împărțit o cameră de hotel.

Într-o seară, am ieșit într-un bar plin de fum și am băut. Alexandra a exagerat și a vomitat în fața hotelului. După ce am forțat-o să facă un duș, s-a întins pe un șezlong din camera de hotel și a plâns, fiindcă viața ei era lipsită de valoare. S-a plâns de Dino, căruia îi păsa doar de handbal și nu ridica un deget acasă. Dar regreta și relația cu Amina, care nu avea niciodată timp decât pentru școală și pentru nenorocitele de antrenamente. Firește că nu am zis nimic, însă am simțit o iritare crescândă. Nu simțisem niciodată că părinții mei ar fi fost mulțumiți de mine. Mereu existase cineva care lua note mai mari, cineva care avea mai mult succes, cineva mai deștept și mai amabil.

Câteva săptămâni mai târziu, Amina a venit la noi acasă, într-o dimineață însorită. Reușisem să mă relaxez puțin în grădină, cu un pahar de vin și un roman.

— Stella nu e acasă, i-am spus. A plecat în Landskrona. Am crezut că mergi și tu.

Amina nu a răspuns. În pantaloni scurți și un top, stătea sub cireși și se uita la mine.

— S-a întâmplat ceva? am spus, punând cartea deoparte.

Amina a privit în jur.

— Aveți un pic de timp? a întrebat ea.

— Firește!

I-am oferit suc și un rulou cu scorțișoară și a părut curând mai în largul ei.

— Mă simt cea mai rea prietenă din lume.

— De ce? Ce s-a întâmplat?

S-a uitat în grădină și mi-a spus că așteptase până în ultimul moment. Nu voia să fie o prietenă rea, însă o apucase teama. Era îngrijorată pentru Stella.

— Tipii aceia din Landskrona nu sunt OK. Fac multe tâmpenii. Fumează și beau.

— Alcool? Dar aveți doar 14 ani!

— Știu.

— A fost bine că mi-ai spus, Amina.

S-a aplecat în față.

— Îmi promiteți că nu îi spuneți nimic Stellei? Dacă află că am fost eu... Trebuie să-mi promiteți!

Firește că am promis.

Nu m-am gândit atât la Stella, atunci, oricât de ciudat ar părea. M-am gândit mai ales la Amina. Îi admiram curajul, instinctul firesc de a proceda corect.

— Sunt bucuroasă că ai venit să îmi spui, am zis.

Ne-am îmbrățișat îndelung.

În săptămâna care a urmat, Adam și cu mine am avut o discuție serioasă cu Stella. Era începutul unei perioade lungi și oribile. Cu cât încercam mai mult să vorbim cu ea, cu atât Stella reacționa mai urât.

— Nu vă mai băgați în viața mea! Trăiesc cu voi ca la închisoare!

Când, mai târziu, s-a descoperit că Stella lua droguri, Adam și cu mine ne-am dat seama că aveam nevoie de ajutor specializat.

Era insuportabil să petrec timp în ședințe cu directori și asistenți — nemaivorbind de toți asistenții sociali și psihologii. Nu mă mai simțisem niciodată la fel de expusă și de jignită, la fel de umilită ca om. Niciun eșec din lume nu se compară cu ideea de a fi un părinte insuficient de bun.

Michael Blomberg mi-a oferit o escapadă, o consolare.

102

Mă întorc și mă uit din nou la Alexandra. O văd pe propria mea mamă în ea. Mă doare când mă gândesc cât de nerecunoscătoare i-a fost Aminei.

Alexandra mă privește și ea. Încă nu știe nimic. Sunt convinsă că Amina nu a spus nimic.

De când mi-a povestit ce s-a întâmplat, am spus clar că trebuie să știe ce s-a întâmplat cât mai puțini oameni posibil. Nu i-am zis lui Adam. Nici măcar Stellei.

Cândva, vor înțelege cu toții.

Jenny Jansdotter ridică glasul, iar notele sale acute fac găuri în liniștea sălii.

— Deci ai încălcat înțelegerea cu Stella și ai continuat să te vezi cu Christopher Olsen?

Amina clatină din cap.

— Nu tocmai.

Procurorul face o grimasă confuză.

— Nu? Păi, nu asta ai spus?

— M-am întâlnit o singură dată cu el după ziua Stellei. M-a sunat de câteva ori în săptămâna aceea, dar i-am spus că nu puteam fi văzuți. A insistat. Mi-a scris că era atât de curios în privința mea și că ar fi păcat să nu explorăm ce ar fi putut fi între noi.

— Deci ai fost de acord să vă vedeți?

— Voiam să-i spun să se ducă naibii. Nu voiam să mă întâlnesc cu el ca să fim împreună. Voiam doar să scap de el, jur.

Ia un alt șervețel și își suflă nasul.

— Vineri, mi-a scris iar. Tocmai stabilisem cu Stella că nu mai voiam să îl vedem pe Chris.

— Dar te-ai văzut totuși cu el?

— Mi-a scris că îmi pregătise o surpriză. Venea să mă ia cu limuzina. Am spus că tata l-ar împușca dacă ar apărea la noi acasă. Dar nu a renunțat, așa că am decis să mă ia de la Bollhuset.

— A venit acolo cu limuzina?

— Nu, cu mașina lui. Se încurcaseră rezervările.

Stella o privește pe Amina intens. Cât știe din toate astea?

— A fost aceeași seară în care a fost ucis Christopher Olsen? întreabă Jansdotter.

— Da.

— Ce ai făcut, Amina? Când te-a luat Chris cu mașina?

— Ne-am dus pe plajă. Nu știu precis cum se cheamă locul, dar de acolo poți vedea centralele nucleare de la Barsebäck. Am stat pe o colină cu iarbă. Chris adusese un coș de picnic cu vin și multă brânză.

Amina se oprește și tace.

— Continuă, spune procurorul.

— Am mâncat și am băut vin. Am privit apusul și apoi...

Amina se oprește iar. Un jurnalist din primul rând își scapă pixul și răsună în toată sala când aterizează pe podea. Stella tresare și se uită în jur. Mă găsește cu privirea și mă fixează cu ochii ei negri.

— Și apoi? spune Jansdotter. Ce s-a întâmplat apoi?

Michael așază o mână liniștitoare pe brațul Stellei.

— Apoi m-a sărutat, suspină Amina. Ne-am sărutat.

103

Era un vis să lucrez cu Michael Blomberg, unul dintre cei mai cunoscuți avocați ai apărării din țară. Am înțeles că asta presupunea multe deplasări și nopți petrecute în hoteluri, însă Adam m-a susținut din inimă și era o șansă pe care nu o puteam rata.

Ce s-ar fi întâmplat dacă-l refuzam pe Michael? Știu că nu ajută la nimic să gândesc așa, dar e greu să nu o fac.

Când Amina vorbește despre Christopher Olsen în sala de judecată, despre cum nu i-a putut rezista, despre cum a fost fermecată și s-a îndrăgostit, deși, de fapt, era ceva complet diferit, nu îmi e deloc dificil să înțeleg.

Poate că, uneori, e suficient să fii apreciat și lăudat, ca să te consideri îndrăgostit. Să fii văzut drept ceea ce ești, plăcut pentru tine, și nu pentru acțiunile tale. Asta mă făcuse, cândva, să mă îndrăgostesc de Adam. Felul lui firesc de a vedea dincolo de realizările mele. Felul în care-mi capturase sufletul cu privirea.

Cincisprezece ani mai târziu, Michael Blomberg a făcut același lucru.

Relația mea cu Michael a mers mână în mână cu incapacitatea mea crescândă de a-l suporta pe Adam. Bărbatul care fusese cândva îndrăgostit de mine, idealistul romantic cu o inimă uriașă și o privire adâncă, părea să nu mai existe. Nu fusesem suficient de prezentă ca să văd ce se petrecuse, însă, treptat, Adam dezvoltase o nevroză care se îndrepta în trombă spre control maniacal.

Adam își imaginase o viață complet diferită de cea în care se trezise blocat. Imaginea lui despre viitor și despre familie era atât de diferită de realitate, iar nevoia lui de control nu era altceva decât o metodă disperată, și totuși riguroasă, de a păstra visul vieții pe care și-l făcuse de unul singur. Dar dacă înțelegeam ce se întâmplă nu însemna și că acceptam.

Într-o seară, Adam a întrecut orice măsură când a intrat în camera Stellei, după ce simțise miros de fum prin ușă. Zburasem de la Bromma cu ultimul avion de seară și acum eram în bucătărie — o epavă la miezul nopții.

— Trebuie să o lași pe Stella să facă greșeli. Tu nu ai fost adolescent? I-ai încălcat dreptul la intimitate.

Adam se plimba de colo, colo, mormăind disperat. Când l-am văzut, am luat o decizie.

— Te iubesc, am spus, înconjurându-i gâtul cu brațele. Ar trebui să fiu mai mult acasă, cu tine.

— Scuze, a spus Adam. Totul e din vina mea. Nu trebuie să...

M-am zbătut să risipesc sentimentul de vinovăție.

— Muncesc prea mult, am spus, și am promis să mai renunț. De acasă, pot să mai intervin.

— Trebuie să încerc să mă disciplinez, a spus Adam. Să vorbesc cu Stella în liniște, cu calm.

— Numără mai întâi până la zece.

A zâmbit și ne-am sărutat.

Luni, am pus mâna pe telefon imediat ce Adam a plecat la muncă. Firește că eram flatată de atenția lui Michael, dar nu-mi imaginasem niciodată că avea să ducă la altceva decât la scurte momente de autosuficiență. Îl cunoșteam prea bine pe Michael ca să fiu conștientă că nu trebuia să-mi fac vreo idee despre un viitor împreună sau să mă gândesc că aveam o relație exclusivă.

Nu a fost nici surprins, nici dezamăgit când l-am sunat și i-am spus că, în viitor, relația noastră va fi strict profesională. Trebuie să mărturisesc că m-a durut sufletul când a încheiat și conversația, și relația cu fraza „Nicio problemă".

Când am închis, m-am prăbușit peste masa din bucătărie. A fost ca un dig care se spărsese. Lacrimile au venit ca o purificare, o tensiune îndelungă, în sfârșit eliberată. Nici nu am observat-o pe Stella intrând. Dintr-odată, i-am simțit mâna pe umăr.

— Cine era? a întrebat.

— M-ai speriat! De cât timp stai acolo?

Stella se uita lung la mine.

Știam că auzise totul.

— Nu e ce crezi. A fost un telefon de la muncă. Era Michael, șeful meu.

M-am întins după ea, dar ea s-a întors pe călcâie și a luat-o înapoi pe hol. Am fugit după ea, cu inima în gât, și când a făcut primul pas pe scări, am îmbrățișat-o din spate și am tras-o aproape de mine.

— Te iubesc, Stella.

Ne-am îmbrățișat multă vreme și, oricât de trist ar suna, nu mai fusesem atât de apropiată de fiica mea de câțiva ani. Aveam mintea plină de cuvinte mari și promisiuni, însă nu am reușit să scot niciun sunet, iar în clipa aceea aveam nevoie doar de apropiere.

Câteva luni mai târziu, am părăsit biroul lui Michael Blomberg ca să accept un job aproape de casă. Încet, încet, lucrurile s-au îmbunătățit între mine și Adam, iar Stella a devenit mai liniștită. Ea și Amina și-au regăsit drumul una spre cealaltă, iar eu am început să consider ce se întâmplase drept o fază, o perioadă dificilă care fusese pe cale să ne distrugă, însă pe care o depășisem cu brio și care ne întărise familia.

Nici nu-mi trecea prin minte că dezastrul pândea după colț.

104

Procurorul Jansdotter răsucește un pix, în timp ce așteaptă ca Amina să răspundă iar.

— Ai fost pe plajă cu Chris Olsen, iar acolo v-ați sărutat iar?

— Deja începeam să am îndoieli, a spus Amina. Să fiu neliniștită, înțelegeți?

— A fost în seara în care a murit Chris Olsen? Cât era ceasul?

Amina ridică din umeri.

— Stella înseamnă totul pentru mine, spune ea, de parcă n-ar fi auzit întrebarea procurorului. Niciun tip nu ne va separa vreodată.

— Dar l-ai sărutat? spune Jansdotter. Ce oră era?

— Am regretat imediat. Era de parcă vedeam totul din exterior, ca într-un film. Mi-am dat seama ce fac și i-am spus lui Chris să ne oprim.

Jansdotter o întrerupe.

— Ai fost interogată de două ori de poliție, Amina. De ce nu ai spus atunci nimic din toate astea? La interogatoriu, ai susținut permanent că nu te-ai mai întâlnit deloc cu Christopher Olsen după ziua Stellei.

— Nu am reușit să spun. Credeam că oricum îi veți da drumul.

Mă uit la membrii completului. Democratul suedez s-a lăsat ușor pe spate, cu burta în sus, ca după o cină îmbelșugată. Sentimentul imediat este că a decis deja. Alături, cucoanele stau ghemuite și șușotesc între ele.

Jenny Jansdotter pare sincer curioasă când pune următoarea întrebare.

— De ce te-am crede, Amina? Ai avut multe ocazii să spui poliției ce s-a întâmplat.

Îmi strecor mâna într-a lui Adam, dar nu îndrăznesc să îl privesc.

— Nu s-a oprit, spune Amina. I-am spus de câteva ori să se oprească.

Jansdotter scapă pixul, dar continuă să își rotească degetul, de parcă n-ar fi remarcat.

— A continuat, repetă Amina.

Procurorul face ochii mari. Nu mai ține de ea. De câteva ori, deschide gura să spună ceva, dar nu reușește și o ia de la capăt.

— Am spus că nu vreau, spune Amina. Am strigat la el.

— De ce nu ai spus nimic despre asta în timpul interogatoriului de la poliție? revine procurorul.

Amina răspunde:

— Eram... inocentă.

Jansdotter tace.

— Am încercat să îl împing, dar nu am putut. M-a ținut de mâini. Nu am putut... M-am luptat și am țipat, dar nu m-am putut elibera.

Îi dau drumul lui Adam la mână, mă întorc și mă uit la Alexandra, din nou. E suficient ca să-mi dispară și ultimele dubii. Acum știu că a fost cea mai bună soluție.

Nu am fi putut proceda altfel. Oricum nu se poate face dreptate.

Amina se luptă să-și găsească vocea ca să continue. Ia o înghițitură de apă.

Apoi, se uită direct la președintele curții.

— Christopher Olsen m-a violat.

105

De fapt, fusese de la început o idee proastă. Stella avea o aversiune fățișă pentru biserică. Ce să facă ea într-o tabără de confirmare?

— Cred că poate să-i prindă bine, a spus Adam. Poate că se va simți exclusă din comunitate, dacă nu vine.

— Amina n-ar trebui să meargă nici ea, am obiectat.

— Amina e musulmană.

— Tatăl ei e musulman. Iar Stella e atee.

Mi-aș fi dorit să fiu mai fermă. Acum, trăiesc cu o anxietate teribilă. De ce am lăsat-o să plece?

Când Adam a început, în sfârșit, să o lase mai moale, să devină tot mai permisiv și mai rezonabil în relația cu Stella, nu voiam să contribui la o recidivă. Așa că, în ciuda temerilor mele, am cedat și m-am gândit că am luat decizia corectă când am citit bucuria de pe fața Stellei.

Când Adam a sunat mai târziu din tabără și a încercat să-mi explice ce se petrecuse, ce îi făcuse porcul acela fetei noastre, n-am priceput imediat. Tocmai ajunsesem cu zborul de seară de la Stockholm.

— Ești în tabăra de confirmare? Ce cauți acolo?

Adam a bălmăjit ceva despre răspundere și despre cum nu avea nicio importanță, oricum.

— Ai înțeles ce s-a întâmplat? a urlat el în microfon. Stella a fost violată.

Cuvântul mi s-a rotit prin cap. Receptorul mi-a zguduit urechea.

— Trebuie să chemi poliția. Du-o la spital, Adam.

A răspuns cu greutate.

— Adam! Este important să fie examinată corespunzător, de un medic.

— Vorbim despre asta mai târziu. Acum suntem în drum spre casă.

Eram la masa din bucătărie când a tras mașina pe alee. Am fugit afară, cu capul vâjâind.

Stella mi-a aterizat în brațe și am dus-o în casă de parcă ar fi avut din nou cinci ani. S-a trântit într-un scaun din bucătărie, cu fața golită de expresie.

Am plâns și l-am lovit pe Adam cu pumnii în piept.

— Cum s-a putut întâmpla una ca asta?

— Calmează-te, a spus Adam, prinzându-mă de brațe.

— De ce nu ai chemat poliția? De ce ați venit acasă?

Avea o privire complet pustie.

— Ce ai căutat acolo? O spionai pe Stella?

— E treaba mea.

— Treaba ta?

Nu suflase o vorbă despre vizita în tabără.

— Chem poliția.

Mi-am scos telefonul din poșetă, dar Adam mi l-a smuls din mână.

— Stai! Nu e atât de simplu precum crezi.

— Adică?

S-a uitat la Stella și mi-a făcut semn să îl urmez pe hol. A coborât vocea.

— Stella s-a dus cu Robin în casa liderilor. Se pare că a fost inițiativa ei.

Nu mi-a venit să cred ce auzeam.

— Inițiativa ei?

— Unii dintre ceilalți participanți mi-au spus că plănuia să îl seducă.

— Să îl seducă? Tu te auzi vorbind? Are 15 ani!

— Știu. Nu îl apăr pe Robin.

— Atunci ce tot spui?

M-a prins de umeri și m-a privit cu ochi triști.

— Îți garantez că nu va mai primi niciodată o slujbă în Biserica Suediei. Îmi vine să îi rup gâtul.

— Dar?

— Dar, dacă mergem mai departe cu asta... Ne va face rău, și nouă, și Stellei.

În mine s-a deschis un hău.

— Trebuie, Adam. Trebuie!

A clătinat din cap.

— Toată lumea va afla. Oamenii o vor judeca. S-ar putea să trăiască pentru totdeauna cu asta.

Gândurile mă asaltau. Am tușit violent și mi-a fost teamă să nu vomit.

Înțelegeam ce îmi spunea Adam. Apărasem și eu bărbați acuzați de viol. Pusesem chiar eu întrebări neplăcute victimei, despre îmbrăcăminte, alcool, experiențe anterioare și preferințe sexuale. În unele cazuri, mă îndoisem de declarațiile victimelor. În altele, îmi făcusem doar meseria.

— Este o victimă, am spus, suspinând. Nu are nicio vină.

— Știu, iubita mea. Firește că nu. Dar violul s-a produs și nu putem schimba asta. Tot ce putem face este să o protejăm, ca să nu devină mai rău.

M-a strâns în brațe, iar eu m-am strâns la pieptul lui. Inimile noastre băteau cu putere.

Asta au devenit viețile noastre, m-am gândit atunci.

Acum, cred că există posibilitatea pentru schimbare. Că mai există o șansă de a ne salva familia, de a deveni mama care am sperat mereu să fiu, o mamă care face orice ca să își protejeze copilul.

106

În aceeași duminică în care tehnicienii poliției ne percheziționaseră casa, Adam a fost chemat la primul interogatoriu. Îl rugasem să fie puternic, să-și cântărească fiecare cuvânt cu atenție. Între timp, m-am gândit cât de multe să-i spun. Nu exista niciun dubiu că Adam era gata să treacă prin focurile iadului de dragul Stellei, însă, în cazul acesta, bănuiam că moralitatea lui neîndoielnică avea să-i atârne în spate ca o cruce prea grea.

În timpul nopții, procurorul hotărâse să o aresteze pe Stella și singura luminiță pe care o întrezăream la capătul tunelului era că îl primise pe Michael Blomberg ca avocat al apărării.

Am cerut unei persoane de contact din poliție să mă sune imediat ce terminau cu percheziția. Apoi, am trecut prin camere, pe picioarele care-mi tremurau, și am încercat să-mi dau seama ce luaseră tehnicienii. Nu puteau fi prea multe.

Înainte ca Adam și cu mine să luăm un taxi spre secția de poliție, sâmbătă seara, mă împleticisem spre containerele centrului de reciclare de după colț. În timp ce mă prefăceam că vomit, am călcat pe telefonul Stellei și am aruncat rămășițele în containerul pentru metale. Cartela SIM era deja la fundul poșetei mele. Încă nu știam ce se întâmplase, dar înțelesesem că mesajele Stellei s-ar putea dovedi compromițătoare.

Neliniștea îmi rodea sufletul, însă a fost mai ușor decât crezusem. Lucrurile pe care crezi că nu le poți face par dintr-odată evidente când vine vorba să-ți protejezi copilul.

Târziu în noapte, am scormonit în toate colțurile casei și am descoperit bluza însângerată, ascunsă neglijent sub un morman de haine din spălător. Era încă umedă. Oare Stella o ascunsese sau golise Adam mașina de spălat? Am ezitat o vreme, însă, de îndată ce a sunat Michael și mi-a spus că poliția era pe drum, am ales calea sigură și am aruncat bluza în șemineu, apoi am stat și am privit cum scânteile devorează materialul.

Emoțiile mi se amestecau. Ca avocat, mă făcusem vinovată de cele mai cumplite crime. Ca mamă, făcusem lucrul potrivit. Încă nu știam nimic despre ce se întâmplase vineri seara, dar știam cu certitudine că era datoria mea să-mi protejez fiica.

Duminică dimineață, Adam m-a sunat de îndată ce s-a terminat interogatoriul. Când mi-am dat seama că mințise poliția ca să-i ofere Stellei un alibi, pieptul mi s-a umplut de căldură. Fusese un act de iubire, poate cea mai înaltă dovadă despre cât de mult ne iubea pe Stella și pe mine. Din clipa aceea, am știut că aș face orice pentru familia noastră.

Lui Adam i-am spus că tehnicienii poliției erau în casă. Nu putea veni încă. Trebuia să câștig timp.

La un moment dat, cineva a bătut la ușă.

M-am strecurat la fereastra din spălător și m-am uitat afară. Din cel care bătuse a apărut doar șapca neagră, cu cozorocul ascunzându-i fața. Niște picioare încălțate în teniși închiși la culoare au făcut pași nesiguri spre scările de piatră.

Am fugit spre ușă și am deschis-o suficient cât să o apuc de mână și s-o trag în hol.

— Nu am mai vrut să sun, a spus ea.

Am privit pe geamul de la ușă și am văzut că nu era nimeni pe stradă. Nu o văzuse nimeni.

— Intră, am spus.

A intrat direct în bucătărie, fără să-și scoată încălțările. M-am grăbit să trec pe lângă ea și să trag perdeaua.

— Ce s-a întâmplat?

Vocea îmi tremura.

Amina m-a privit cu ochii ei căprui, frumoși, înecați de lacrimi la colțuri și injectați.

— Eu nu... Stella...

Tremura când am luat-o de mână. Ne-am îmbrățișat tare și s-a agățat de mine. După o vreme, a trebuit să mă eliberez.

— Știu, am spus. Am citit mesajul Stellei.

— Da?

A devenit rigidă. Am mângâiat-o cu mâna pe braț și i-am dat la o parte o șuviță de păr de pe obraz.

— Stella și-a uitat telefonul acasă.

Amina a expirat. Am ținut-o în brațe și m-am străduit să nu cedez.

— Rezolvăm, da? Rezolvăm.

Plângea ca un copil.

Era doar un copil. Și ea, și Stella erau niște copile.

Eu eram adultul. Eu eram mama.

Eu trebuia să le salvez.

Plânsul a încetat. Amina gâfâia ușor.

— Nu trebuia să moară.

107

— A fost legitimă apărare, a spus Amina. Sigur așa a fost.

Am încercat să pun cap la cap ce îmi spusese. Era atât de mult dintr-odată, atât de multe sentimente și amănunte.

— Credeam că o să pot ieși de îndată ce oprea mașina. Aveam mâna pe mâner și eram gata să mă arunc afară. Dar mă încuiase, așa că n-a servit la nimic.

M-a privit de parcă ar fi atârnat de o stâncă și eu eram singura care i-ar fi putut oferi o mână salvatoare.

— Cred că ai fost atât de speriată, am spus.

Amina a încuviințat.

— Cu siguranță a fost legitimă apărare?

— Nu știu, am spus, cu sinceritate.

Încă nu îmi era foarte clar ce se petrecuse.

— De unde era cuțitul?

— Era în coșul pe care l-a adus Chris la picnic.

Amina se dusese cu Christopher Olsen la o întâlnire, undeva la mare. Atât pricepusem.

— Cuțitul era deasupra coșului, între șervete, a spus ea. L-am văzut și l-am luat. Nu m-am gândit.

Folosise forța împotriva ei. Scârba aceea o violase pe Amina.

— Și spray-ul cu piper? am întrebat.

— Îl am mereu cu mine. Stella are și ea unul. Se pot cumpăra online.

Firește că știam asta. Eu fusesem cea care o bătuse la cap pe Stella să își cumpere unul. Îl și plătisem.

— Deci l-ai stropit cu spray și ai luat cuțitul?

Amina a încuviințat, iar eu i-am mângâiat obrajii palizi și umflați de plâns.

— Deși, înainte să pot apăsa pe spray, și-a dat seama ce voiam să fac. A ridicat brațele și și-a întors fața. Cred că totuși l-au atins câțiva stropi, fiindcă a strigat ca un animal. Apoi, am încercat să deblochez portierele, însă butonul era în față, pe bord. A trebuit să mă târăsc peste genunchiul lui, dar am reușit. Atunci am văzut cuțitul.

— Și ai fugit din mașină, cu cuțitul în mână?

— Da.

Am încercat să-mi imaginez scena.

— Te-a urmărit?

A încuviințat iar.

— Nu voiam să folosesc cuțitul, firește. De ce naiba s-o fi făcut?

— Oprește-te, am spus. Nu are sens. Erai îngrozită. Ai făcut ce trebuia. Oricine ar fi luat cuțitul.

Amina a înjurat.

— Și Stella? am spus. Ce căuta Stella acolo?

— Nu știu. Era... supărată... îngrijorată. Sunase și trimisese o mulțime de mesaje.

— Nu știa că erai cu Christopher?

— O mințisem. Mi-am trădat cea mai bună prietenă.

Amina se zgâlțâia de plâns, iar eu am încercat să o consolez, să o îmbrățișez și să o mângâi, în timp ce mă străduiam să și gândesc.

— Stella avea sânge pe bluză, Amina.

S-a înfiorat și s-a întors spre mine.

— E mort! Pricepi? Mort!

Am strâns-o tare în brațe. Am ținut-o așa cum îți ții copilul, ca să nu cadă.

Încet, gândurile mele au căpătat forme noi.

Nu îți dai seama de ce ești capabil să faci pentru altcineva până când nu te confrunți cu o amenințare reală. Încă nu bănuiam ce eram pregătită să sacrific de dragul Aminei.

— Stella este arestată pentru crimă, am spus. Poliția a fost aici și a percheziționat casa.

Amina respira cu greu.

— Îmi pare rău! Totul e din vina mea! Mă puteți duce la poliție, ca să spun totul? Trebuie să îi dea drumul Stellei.

Firește, avea dreptate. Așa trebuia să procedăm. Era calea cea mai bună. Amina urma să prezinte adevărul poliției, iar Stella, să fie eliberată din închisoare. Un soi de dreptate avea să se facă — asta dacă exista dreptate. Indiferent cum priveam lucrurile, existau circumstanțe atenuante. Probabil că Amina avea să fie condamnată pentru crimă, însă era tânără și avea să primească o reducere a pedepsei. Ar fi putut ieși în câțiva ani.

Dar nu avea să devină niciodată medic. Viitorul ei strălucit devenise, dintr-odată, foarte incert.

— Trebuie s-o scoatem pe Stella de acolo, a spus ea. Putem merge? Vă rog să mă duceți acolo cu mașina.

M-am ridicat de pe scaun și am luat cheile dintr-un bol argintiu de pe blat.

Exista oare o alternativă?

— Poliția va afla că una dintre noi a făcut-o, a spus Amina. Cu siguranță vor afla.

M-am oprit din mers.

Desigur că erau alternative. Întotdeauna există.

Cuvintele Aminei mi se învârteau în cap. *Vor afla că una dintre noi a făcut-o*. Dar firește că nu era suficient pentru tribunal.

Am privit-o pe Amina și m-am gândit la Stella. Mă durea sufletul.

Cineva nu poate fi judecat pentru crimă dacă există doi potențiali făptași și nu este posibil să se dovedească precis care dintre ei a comis crima, sau dacă au comis-o în complicitate.

Am pus cheile de la mașină înapoi în bol.

108

Am tras-o pe Amina lângă canapea și i-am spus să se așeze.

Se mișca mecanic. Era evident că încă nu fusese capabilă să proceseze tot ce se petrecuse. Era treaba mea să fiu puternică și rațională, să gândesc ca un avocat al apărării.

— Nu ar trebui să plecăm? a spus Amina.

M-am așezat lângă ea și mi-am pus mâinile pe genunchii ei.

— Trebuie să ai încredere în mine.

— Dar...

Genunchii îi tremurau. Buza de jos, uscată, îi atârna inertă deasupra bărbiei.

— Atât tu, cât și Stella erați acolo când a murit Christopher Olsen, da?

— Da.

— În Suedia, acuratețea dovezilor este foarte importantă, am spus, încercând, în același timp, să îmi clarific mie însămi firul logic. Dacă există doi potențiali făptași la locul crimei când aceasta este comisă, procurorul trebuie să fie capabil să demonstreze care dintre ei a fost cel care a comis-o, sau că au comis-o amândoi, în complicitate.

Pulsul Aminei mi se propaga în palmă și îmi făcea corpul să pulseze la unison.

— Ce vreți să spuneți? Să spun poliției că atât eu, cât și Stella eram acolo?

— Nu știu.

Poate băteam câmpii? Ideea îmi venise din disperare și luase formă fără prea multă premeditare. Le-am fi putut oare salva și pe Stella, și pe Amina? Eram oare pregătită să le expun la orice ar fi fost necesar?

— Probabil nu ar funcționa, am răspuns. Dacă spui asta poliției acum, vă vor aresta pe amândouă. Dacă e să meargă, trebuie să aștepți până la proces.

— De ce?

— Trebuie să surprindă procurorul.

Dintr-odată, se deschide posibilitatea unui făptaș alternativ, iar curtea nu poate nega că există prezumția de nevinovăție. Și, odată ce acuzatul a fost eliberat, sunt necesare dovezi noi mult mai consistente care să susțină procuratura, dacă e să repună sub acuzație. Niciun procuror nu vrea să riște să piardă același proces de două ori.

Amina m-a privit, cu gura căscată.

— Proces? S-ar putea să dureze? Să o lăsăm pe Stella...

Nu, nu era posibil. Nu puteam permite ca Stella să fie privată de libertate.

— Nu știu, am spus.

— E mai bine să recunosc.

— Dar educația ta, Amina! Viitorul tău...

Mi-am imaginat-o pe Stella într-o celulă murdară, în arest. Care mamă se gândește măcar la ideea de a permite ca fiica ei să fie acolo?

Ar fi putut dura săptămâni, probabil chiar luni, înainte să se ajungă la proces.

— Nu-i spunem nimic Stellei, am zis.

— Adică?

— Nu-i putem spune. Știi cum e Stella. Trebuie s-o facem să tacă, fără să-i dezvăluim prea multe.

— Ați înnebunit? Să o lăsăm pe Stella la închisoare, fără să spunem ceva?

— Nu există altă cale ca amândouă să fiți libere. Îl cunosc pe avocatul Stellei. Ne va ajuta.

— Nu se poate, a spus Amina.

Am luat-o de mână.

— O iubim pe Stella și ea știe asta. Va ști și mai mult când se vor termina toate astea.

Amina a suspinat.

— Totul e din vina mea.

Mă întrebam dacă era chiar așa. Există situații în care să poți spune cu certitudine că o persoană este vinovată de ceva? Tot ce se întâmplă în viață depinde de atât de mulți factori diferiți, care interacționează în atât de multe feluri.

Cine este de vină fiindcă familia noastră s-a transformat în ceea ce este?

Uneori, îmi doresc să pot crede într-un zeu, într-o supraputere. Poate că ar fi mai ușor să am ceva pe care să dau vina. Pe de altă parte, chiar și non-fundamentaliștii par să-și blameze atotputernicii pentru nenorocirile care ne lovesc pe toți, mai devreme sau mai târziu. Să te naști om înseamnă să fii învinuit.

— Ce crezi că vrea Stella să facem? am spus. Trebuie să o lăsăm să decidă.

Amina m-a privit cu disperare. O țineam de ambele mâini, ca o conexiune, o promisiune.

Nu există dreptate. Tot ce există este ceea ce creăm împreună.

— Stella ne-ar convinge să facem așa, a spus Amina.

A ieșit pe hol și a luat de acolo o pungă de plastic. Am înțeles imediat ce conținea.

109

Amina își îngroapă fața în palme, și din ea nu rămân decât umerii de fetiță, care se zguduie.

— Vrei să luăm o pauză? întreabă Göran Leijon.

Michael încuviințează. Și el, și Leijon par foarte afectați de cele auzite.

După ce Stella a fost violată, ea și cu mine ne-am putut apropia, în sfârșit, într-un fel care fusese imposibil înainte.

Noaptea stăteam pe marginea patului ei și îi mângâiam obrajii cu vârfurile degetelor. Și când am început să ne deschidem treptat, am descoperit cât de multe aveam în comun, când cercetam dincolo de suprafață. Teama noastră de a ne arăta slăbiciunile. Îngrijorarea constantă că nu e suficient. Și mai ales senzația copleșitoare de a nu fi capabile să ne conectăm, fie cu propriile sentimente, fie cu alți oameni.

— Uneori, îmi doresc să semăn mai mult cu Amina, a spus Stella. Să știu și eu precis cine sunt și ce vreau. Detest faptul că mintea mea e ca un joc de pinball.

— Nu vreau să fii ca altcineva, am răspuns, cu un nod în gât. Ești perfectă așa cum ești.

I-am mângâiat obrazul, dar nu am putut-o privi în ochi. Rușinea era prea mare, rușinea de a fi fost chiar eu cea care-mi dorisem ca Stella să semene mai mult cu Amina.

Stella șoptește și gesticulează spre Michael. Pare iritată și confuză. Mă întreb cât de mult înțelege.

— Nu e nevoie de pauză, spune Amina, și mai ia un șervețel din pachet.

Adam mă apucă de braț.

— Ce se petrece?

Îl fac să tacă, fără să mă întorc.

— Atunci, procurorul poate continua să pună întrebări, spune Göran Leijon.

Jansdotter scotocește prin hârtii. Asistentul e lângă ea, gesticulând și vorbind.

— Nu înțeleg, Amina, spune procurorul. De ce nu ai declarat asta poliției?

— Nu am putut.

— Dar acum poți?

— Trebuie, spune Amina. Pentru Stella.

Procurorul ridică iar pixul și își lovește bărbia cu el.

— Ce s-a întâmplat după...

Își înghite ultimul cuvânt.

— Ce s-a întâmplat apoi, Amina? Te-ai întors cu Christopher înapoi în Lund?

— Am plâns tot drumul înapoi cu mașina, dar nu am avut de ales.

— De ce nu ai avut de ales? Ai fi putut...

— Eram atât de speriată! o întrerupe Amina. Înțelegeam că tot ce spusese Linda Lokind era adevărat. Chris era un psihopat. Am încercat să-i scriu Stellei, dar a descoperit Chris și mi-a luat telefonul. Dacă ajungeam înapoi în oraș, puteam fugi când aveam ocazia. Aveam spray-ul cu piper în poșetă și m-am gândit că, dacă îl folosesc când oprește mașina, pot să sar afară și să fug.

Jenny Jansdotter se sprijină în coate.

— De ce aveai spray cu piper în poșetă?

— E mereu acolo. Fetele trebuie să fie pregătite să se apere.

Jansdotter nu pare convinsă, dar acceptă.

Apasă capacul pixului și notează ceva pe o hârtie. Apoi, îi cere Aminei să spună ce s-a întâmplat când Christopher Olsen a oprit mașina, lângă casa lui.

— Când a oprit motorul, l-am atacat cu spray. Mi-am smuls telefonul și m-am împins în portieră, dar nu am putut să ies. Chris a început să țipe: *Ochii mei, ochii mei!* În sfârșit, am găsit butonul de deblocare și am fugit cât am putut. Nu am mai fost niciodată atât de speriată. Eram sigură că mă va ucide dacă mă prinde.

— În ce direcție ai fugit?

— N-am idee. Am fugit doar. Îmi amintesc că am văzut Polhem în fața mea, dar altfel totul e amestecat.

— Și Christopher ce a făcut?

— Când m-am întors prima dată, rămăsese în mașină. Dar apoi am văzut că ieșise. Am știut că urma să vină după mine, așa că am fugit cât de repede am putut.

Jansdotter încearcă să pună o nouă întrebare, dar Amina nu o lasă.

— Am văzut niște tipi în parcarea de la Bollhuset. Am încetinit și am mers în spatele lor până la stație. Tot timpul m-am întors să verific, dar Chris nu era acolo. Cred că renunțase.

— Ai sunat la poliție?

— Firește că asta am vrut, la început, dar apoi...

Amina clatină din cap.

— Apoi am început să mă gândesc la ce s-ar putea întâmpla.

— Ce vrei să spui? întreabă Jansdotter.

Amina inspiră adânc. Spătarul se mișcă puțin.

— Urma să încep Facultatea de Medicină într-o săptămână. Era visul meu de când eram copil.

— Așa că nu ai spus nimănui că ai fost violată?

— Nu am îndrăznit. Mă gândeam la tata. Știu cât de stupid sună, dar tata ar fi distrus dacă ar afla. Îmi era teamă de ce ar fi fost capabil. Iar Linda Lokind depusese deja plângere împotriva lui Chris și nu se întâmplase nimic bun. De parcă ar fi reușit mereu să scape.

Abia dacă mai îndrăznesc să ascult. Vreau doar să se termine.

Adam se uită lung la mine, dintr-o parte, și mă tem de cum va accepta adevărul.

Amina ridică puțin vocea.

— Și Stella a fost violată.

Durează o vreme până când cuvintele se așază. Exclam cu voce tare, iar jurnaliștii se întorc spre mine.

Ce faci, Amina?

— Avea doar 15 ani.

Sala e străbătută de o șoaptă colectivă. Mă afund în scaun și mi-aș dori să continui să mă afund.

— Părinții ei nu au depus plângere, spune Amina.

Toate privirile se întorc spre Adam și spre mine. Sunt pe cale să fac o criză.

— Mama Stellei este avocat. Știe ce înseamnă un proces de viol.

Te rog, Amina. Oprește-te!

Mă fac mică și încerc să dispar.

Adam se uită în gol — pare pierdut.

— Nu aș putea să suport un asemenea proces, spune Amina. Am înțeles imediat. Să fiu interogată și acuzată, și apoi forțată să văd cum Chris este achitat, după doar câteva luni la închisoare. Am văzut cum s-a simțit Stella când a fost violată și am văzut cât de distrusă este Linda Lokind.

Pricep ce face Amina. Nu e proastă. Mi-a sacrificat reputația de dragul Stellei. Și-a dat seama că mă voi opune, și, drept urmare, nu mi-a spus nimic.

Când mă uit la Göran Leijon și la membrii supărați ai completului, îmi dau seama că funcționează.

— Când i-ai spus Stellei? întreabă Jansdotter.

Umerii Aminei se ridică puțin.

— Nu i-am spus. Nu a fost așa.

Stella o privește. Încearcă să fie furioasă, dar furia e sufocată de durere.

— Nu i-ai spus nimic celei mai bune prietene ale tale?

Amina se uită la masă.

— Am dezamăgit-o pe Stella. Firește că nu-mi doream nimic mai mult decât să vorbesc cu ea, dar nu puteam. N-am reușit. Ar fi trebuit să-i dezvălui că îi trădasem încrederea și că mă ascunsesem, și nu puteam suporta asta.

— Deci nu ai luat deloc legătura cu Stella în seara și în noaptea când a fost ucis Christopher Olsen?

— Stella mi-a scris și a sunat de câteva ori, dar nu am răspuns.

Cât timp Jansdotter deliberează cu asistentul, îndrăznesc din nou să mă uit în jur.

O privire scurtă lui Adam îmi spune că a început să înțeleagă.

— Stella mi-a spus chiar ea că a fost la Christopher Olsen acasă, în seara aceea, spune procurorul. A sunat și a bătut la ușă. Ai văzut-o?

— Nu.

— Ai văzut-o pe Stella în orice moment al serii și nopții?

— Nu.

Jansdotter oftează. Asistentul îi arată ceva de pe foaie.

— Christopher Olsen a adus un cuțit la picnic?

Amina răspunde repede și fără nicio ezitare.

— Da, era un cuțit în coș.

Jansdotter îi cere să descrie cuțitul.

— Cât de lung era?

Amina arată cu mâinile undeva între zece și douăzeci de centimetri.

— Unde a ajuns cuțitul apoi? Când v-ați întors în oraș?

— Cred că a rămas în coș.

— Dar nu a rămas. Poliția nu a găsit niciun cuțit.

Amina întârzie răspunsul. Toți cei trei membri ai completului stau ca pe ace.

— Nu știu ce s-a întâmplat cu cuțitul.

Îmi dau seama că încuviințez. Nu e cu intenție.

Atât Stella, cât și Amina se aflau la locul faptei când a murit Christopher Olsen, și niciuneia nu îi lipsea motivul. Dar nu există o armă a crimei.

Nu vor găsi niciodată cuțitul.

— Tu l-ai ucis pe Christopher Olsen? întreabă Jenny Jansdotter.

Adam izbucnește în râs. Amina se uită direct la procuror.

— Nu l-am ucis, spune ea. L-am atacat cu spray cu piper și am fugit. Nu știu ce s-a întâmplat după aceea.

Procurorul își privește asistentul. Adam se uită la mine, iar eu îl iau de mână.

— Nu aș putea să ucid pe cineva, spune Amina.

110

Abia dacă ascult pledoariile. Vocile devin goale de conținut, distante. O limbă străină, pe care nu o înțeleg.

Acum, sunt convinsă că totul va funcționa. O secundă mai târziu, mă tem că am distrus totul. Stella va fi închisă și considerată pentru toată viața o criminală, iar Amina, condamnată de tribunalul poporului, va avea o carieră ratată dinainte să înceapă.

Procurorul Jansdotter are dificultăți în a-și menține calmul din voce. Uneori, se întrerupe ca să-și privească hârtia sau să discute cu asistentul. În orice caz, crede că s-a dovedit că Stella se afla la locul crimei când a fost ucis Christopher Olsen. Mai consideră dovedit și faptul că Stella avea un motiv să îl ucidă. Stella era geloasă și răzbunătoare, după ce Olsen începuse o relație cu Amina. Potrivit procurorului, Stella avusese suficient timp să se gândească la ce făcuse. Hotărâse să îl ucidă pe Olsen de când mersese la apartamentul lui. Jansdotter crede că există prea multe dubii în privința informațiilor oferite de Adam și de Amina. Există motive puternice, afirmă ea, să se pună la îndoială povestea Aminei cu privire la viol, mai ales fiindcă nu a povestit cele întâmplate în timpul anchetei. Prin urmare, curtea ar trebui să o declare pe Stella vinovată și să îi dea o pedeapsă de 14 ani de închisoare pentru crimă.

Gândurile mă copleșesc. Peste 14 ani, Stella va avea 33 de ani. Mă gândesc la tot ce ar rata. Cum poți să nu trăiești în lume timp de paisprezece ani? La 33 de ani, eram la apogeul carierei. Stella ar putea fi privată de șansa de a deveni mamă, de a avea o familie, de a-și construi și ea o carieră. 14 ani înseamnă vreme lungă. 14 ani de închisoare, o eternitate damnată.

O privesc pe Stella și din nou mi se pare extrem de mică. Are iar 12 ani și părul foarte lung. Apoi are șapte și o trezesc coșmarurile, așa că se strecoară să doarmă între mama și tata. Poate că o voi vedea mereu așa. În ochii mei, rămâne un copil. Copilul meu. Vina mă roade din ce în ce mai tare. Ce am făcut? De ce nu am luat-o pe Amina cu mașina, ca s-o duc la secția de poliție?

M-am gândit de câteva ori că aceasta este calea prin care compensez fiindcă mi-am neglijat familia, dar cred că, de fapt, mi-am sacrificat propria fiică să o salvez pe Amina. Nu știu dacă pot trăi cu asta.

Michael își aranjează butonii înainte să pledeze. Este rapid și obiectiv, când dărâmă pas cu pas dovezile aduse de procuratură, până nu mai rămâne nimic.

— Tot ce a putut să dovedească acuzarea a fost că clienta mea se afla în proximitatea casei lui Christopher Olsen în seara în care a fost atacat. Pe de altă parte, procesul de astăzi ne-a spus că și Amina Bešic se afla în același loc, în același timp.

Se uită la președintele curții și vorbește cu încredere, aproape ca de la egal la egal. De parcă n-ar mai fi nimeni în sală în afară de ei.

— Atât Amina Bešic, cât și Stella Sandell erau acolo când a murit Christopher Olsen. Amândouă par să fi avut motive pentru a-i face rău acestuia. Dar, firește, asta nu dovedește nimic. Cu siguranță, nu dovedește dincolo de orice îndoială că Stella a fost cea care a mânuit cuțitul care i-a provocat moartea lui Christopher Olsen.

Apoi se termină totul. Ce se întâmplă mai departe nu mai ține de mine.

Göran Leijon își consultă cât de repede posibil completul de judecată și apoi se întoarce spre public pentru a anunța încheierea procedurilor.

— Curtea va delibera și va anunța sentința.

Mă afund iar în scaun. Simt că atârn peste o prăpastie în timp și în spațiu.

Stella este scoasă pe ușa de la subsol, împreună cu Michael, pentru a evita confruntarea cu hoarda de jurnaliști și fotografi adunați pe coridor.

În colț, oamenii se înghesuie, sunt îmbrânciți și o iau razna, dornici să iasă. Între timp, eu îmi strâng lucrurile. Poșeta, haina, șalul. Adam îmi spune să mă grăbesc și nu înțeleg de ce.

Când mă ridic, mi se pare că sângele mi-a părăsit picioarele. Nu-mi mai cunosc propriul trup, capul, brațele. Îmi pierd echilibrul și cad înapoi pe scaun.

Cu mâna apăsată pe piept, stau acolo, îndoită de mijloc și concentrându-mă să respir. Adam mă ia de mână și mă ajută să mă ridic iar.

Cu grijă, mă conduce pe hol. Picioarele mele sunt grele, aerul, îngroșat. Mergem pe coridor, trecând pe lângă chipurile curioase și vocile lor.

— Am nevoie de ceva răcoritor, spun și arăt spre automatul de băuturi din colț.

Caut niște monede în poșetă. Mâna îmi tremură, așa că sap și iar sap. Găsesc un pachet de gumă de mestecat și niște elastice de păr, pe care le arunc pe podea. Mâna mi se rotește și în poșetă pare să se fi creat un malaxor.

— Calmează-te! spune Adam, luându-mă de braț.

Poșeta cade pe podea, iar eu rămân, tremurând, în fața mașinăriei. Adam îmi întinde două monede și îmi ridică poșeta.

— Ce s-a petrecut înăuntru, draga mea?

Știu că trebuie să îi explic totul lui Adam, în curând. Nu știu cum.

— Curtea va delibera, spun eu, și beau niște apă.

— Cât va dura?

Mă uit la el. Inima mea e o rană mare, pulsândă. Ce i-am făcut familiei mele?

— Nu știu, spun eu. Poate dura între cinci minute și câteva ore.

Adam privește în jur, confuz.

— Nu înțeleg. Amina...

Îi duc un deget la gură.

— Te iubesc, spun și îi iau mâna.

Vine direct din inimă.

Adam și Stella înseamnă totul pentru mine. Știu că Stella și cu mine însemnăm totul pentru el.

— Te iubesc, spune el.

Îl țin de mână. Nu. O îmbrățișez, o cuprind, mă agăț de ea.

Trebuie să-i spun.

111

Pentru multă vreme, m-am temut că Adam ar da totul de gol. Că nu m-ar lăsa niciodată să duc planul până la capăt, dacă ar ști care e. Era deja suficient să ascundă o bluză pătată de sânge și apoi să mintă la poliție cu privire la ora la care ajunsese Stella acasă. Cu siguranță nu trebuia să știe mai multe.

Încă de sâmbătă, începuse să fie bănuitor cu privire la Amina. După prânzul luat cu părinții ei, a dat de înțeles că Amina mințise când spusese că fusese cu Stella vineri seara. A trebuit să vin eu cu câteva dovezi grăitoare.

Când ne-am întors de la secție, sâmbătă seara târziu, am rămas pe stradă ca să vorbesc mai multe cu Michael, care ne dusese cu mașina acasă. El credea că Stella avea să fie eliberată curând, dar eu citisem mesajul de pe telefonul ei și mă temeam că situația era mult mai complicată decât estimam. În timp ce așteptam noutăți, i-am sugerat lui Adam că Stella avea nevoie de alibi. N-am insistat, ca să nu suspecteze că știam mai multe decât dădeam de înțeles, dar am făcut aluzia că el și numai el ar fi putut să o scape pe Stella, dacă spunea că ajunsese acasă mai repede decât ajunsese de fapt. Firește că și eu puteam minți poliția, ca să îi ofer Stellei un alibi. Dar cântărea mult mai greu dacă era vorba de Adam. Cine îndrăznește să se îndoiască de sinceritatea unui preot care și-a devotat întreaga viață adevărului?

În plus, preferam să nu depun mărturie. Să mint în fața curții n-ar fi fost ceva excepțional, comparativ cu celelalte lucruri pe care le-am făcut — cariera mea a fost încheiată. Cu toate acestea, era important pentru mine să pot urmări întregul proces de pe margine. Voiam să văd totul. Cred că e vorba despre control.

În noaptea aceea de sâmbătă mi-a fost imposibil să adorm. Gândurile îmi alergau prin cap ca niște cai în galop, dar, după câteva ore, am descoperit că Adam se afundase mai adânc în scaun. A clipit de câteva ori, capul i-a căzut pe umăr, iar eu am stat liniștită, fără să scot un sunet, până când din gâtlej i s-a desprins un sforăit profund.

Atunci, am urcat repede în birou și am sunat-o pe Amina. A vorbit în grabă și cu întreruperi. Am decis să ne vedem de îndată ce aveam ocazia, dar că, în timpul serii, trebuia să îl sune pe Adam și să-și recunoască minciuna: nu mai putea susține că fusese împreună cu Stella vineri seară.

Dar Adam nu s-a mulțumit cu atât. S-a priceput mereu la dezvăluirea minciunilor și înțelegea că Amina ascunde ceva. De fapt, doar doi oameni știu să îl mintă pe Adam. Unul e Stella. Celălalt sunt eu.

În joia de după crimă, Amina m-a sunat iar. Totul părea să meargă așa cum sperasem, dar acum Amina gâfâia supărată în receptor. Adam o așteptase lângă arenă și încercase să îi stoarcă informații. Era sigură că știa. Cumva, pricepuse că și Stella, și Amina erau implicate în moartea lui Christopher Olsen.

Nu intenționasem să îi spun lui Adam că și eu eram trează când ajunsese Stella acasă, vineri seară, însă, pe măsură ce comportamentul lui devenea tot mai disperat, mi-am dat seama că trebuia să fac ceva. Atunci mi-a venit ideea de a ne muta la Stockholm.

Îl iubesc pe Adam. Căsnicia noastră a fost încercată, ca să zic așa; s-a tot zbuciumat, dar se spune că vazele sparte sunt cele mai durabile. Doi oameni care au trecut împreună prin tot ce am trecut noi, care au scăpat cu bine dintr-un asemenea purgatoriu, trebuie să rămână împreună din motive dificil de înțeles pentru alții.

În Stockholm, am putea construi ceva nou, de la zero. În același timp, ancheta preliminară s-a prelungit, iar eu a trebuit să-l scot pe Adam din Lund, înainte ca totul să se termine cu un dezastru. Deși am fost obligată să recunosc că eu mă asigurasem de faptul că telefonul Stellei trebuie să dispară și deși pricepuse, cred, că eu fusesem cea care se ocupase de bluza pătată, tot am reușit să-l fac pe Adam să își susțină minciuna și să îi ofere Stellei un alibi.

În clipa în care am descoperit că Stella își uitase mobilul acasă, mi-am dat seama că ceva nu era în regulă. Stella nu își uită niciodată telefonul. Cu fiecare minut care trecea, eram tot mai îngrijorată. Spre final, nu am văzut altă cale decât să îi caut prin mesaje.

Cu groază am citit ultimul mesaj disperat al Stellei pentru Amina. Pentru o clipă, m-am gândit dacă să i-l arăt lui Adam, dar mi-am dat seama foarte repede că ar avea un impact devastator. M-am așezat pe canapea, fără să pierd din priviri telefonul Stellei, când a sunat Michael.

— Îmi pare foarte rău, Ulrika, dar Stella este la poliție.

A fost un șoc să îi aud din nou vocea, după toți anii aceia.

— M-a solicitat pe mine ca avocat din oficiu.

— Ce?

Nu mai înțelegeam nimic. Stella îl ceruse pe Michael ca avocat?

— Știe cine ești? am întrebat, când ne-a dus pe mine și pe Adam acasă, mai târziu în aceeași seară.

— Cu siguranță, da.

Atât de tipic pentru Stella. Știa că relația mea cu Michael nu fusese exclusiv profesională, fiindcă ne auzise vorbind atunci la telefon, așa că îl ceruse acum ca avocat. Doar nu era fiindcă înțelegea? Fiindcă știa că Michael avea să încalce clauza de confidențialitate și să mă implice?

A fost o decizie cumplită să o las pe Stella în ceață cu privire la tot ce se petrecuse, abandonată într-o celulă. Mă simțeam atât de rău, încât îi cerusem lui Michael să aranjeze să mă întâlnesc cu ea și să îi explic totul, dar Stella refuzase și eu nu îndrăzneam să îi transmit prin Michael ce voiam să înțeleagă. Nu exista altă cale decât să reușesc să le salvez și pe Amina, și pe Stella. Era un joc extrem de riscant. Miza era fiica mea. Familia mea.

Duminică dimineață, chiar după ce ne-au percheziționat casa, a venit Amina. Adam era la interogatoriu, la poliție, și când a sunat, am tras de timp spunând că încă nu-și încheiaseră căutările.

După ce am decis ce vom face, Amina a luat o pungă de plastic pe care o ascunsese în jachetă. Mi-a spus că o găsise într-un tomberon de pe terenul de joacă și am înțeles imediat ce conținea.

Ne-am urcat în mașină și am mers direct la cariera din Dalby, unde am oprit motorul pe un drumeag lăturalnic.

Am golit conținutul pungii pe jos. Amina a stat lângă mine, suspinând, cât timp am făcut zob telefonul lui Chris Olsen.

— Și al tău, am spus.

M-a privit cu ochi mari. Apoi, mi-a dat telefonul, iar eu am scos cartela, înainte să-l distrug. Neliniștea pe care o simțeam era tot mai mare, dar nu aveam timp de îndoieli. În sfârșit, știam ce era important și ce însemna cu adevărat ceva. Acum trebuia și dovedit.

Am pășit pe deasupra carierei, departe, unde peretele de stâncă plonja în apa întunecată, care era atât de liniștită, încât părea o gaură mare și adâncă. Mi-am pus mănuși înainte să arunc cuțitul care-l ucisese pe Christopher Olsen peste marginea stâncii. A despicat aerul într-un semicerc larg, apoi a pătruns prin suprafața tăcută a apei. Lacul adânc s-a deschis și l-a înghițit.

112

Adam face un pas în spate și aproape că se ciocnește de automatul cu băuturi.

— Îți dai seama ce ai făcut?

Mă doare cumplit. În clipa aceea, regret că am făcut ceva. Nu risc doar să îmi pierd fiica, ci și pe Adam.

— Am făcut-o pentru familia noastră.

— Și Amina?

Încuviințez.

— Dar nu înțeleg. Am văzut cu ochii mei că Linda Lokind are pantofi ca ai Stellei. Și a urmărit-o acolo în seara aceea.

Beau ultima picătură de apă, strâng în mână cutia și o arunc într-un coș.

— Linda Lokind nu l-a ucis pe Christopher Olsen, spun eu. Tot ce a spus când a încercat să o avertizeze pe Stella era, probabil, adevărat. Olsen i-a făcut niște lucruri abominabile.

Sunt hotărâtă să pun accentul pe ultima parte, poate pentru a-l convinge pe Adam că s-a purtat corect? Poate mai ales pentru a mă convinge pe mine?

Lui Adam îi vine greu să mă privească în ochi.

— Și polonezii?

— Cei cu pizzeria, spun eu, ridicând din umeri. Cu siguranță sunt hoți și escroci, dar nu au avut nimic de-a face cu moartea lui Olsen. Au vrut doar să-și țină pizzeria pe proprietatea lui.

Adam clatină din cap.

— Nu este în regulă, spune el. De ce nu a spus Amina nimic? Cum a putut să o lase pe Stella să treacă prin asta?

Deschid gura, dar nu am glas. Adam nu mă va ierta. Nu va înțelege niciodată.

— Și tu? spune el. Până și tu?

Pare mai degrabă o afirmație. Nu percep un ton acuzator în vocea lui.

— Ce nu facem pentru copii? spun eu.

Adam mă privește în ochi. Poate, mă gândesc. Poate va înțelege.

— Te iubesc, șoptesc.

În final, am știut că e adevărat. Asta fac. Îl iubesc pe Adam. O iubesc pe Stella. Iubesc familia noastră.

Apoi, în difuzoare se anunță că suntem rechemați în sala 2.

Adam și cu mine ne ținem de mână. Băncile din colț au rămas aproape goale. Majoritatea jurnaliștilor par să fi presupus că deliberarea va dura mai mult și au părăsit sala. Alții probabil că nu se așteptau la vești extraordinare, ci la Stella rămânând în arest, iar un grefier să anunțe un nou termen.

E atât de slabă. Părul îi atârnă în șuvițe încâlcite, iar privirea ei este opacă și goală. Nu ne privește. La fel ca toți ceilalți, stă cu ochii pe președintele curții, Göran Leijon.

— Curtea a deliberat, spune el și își privește completul. Suntem gata să ne pronunțăm decizia.

Mi se oprește inima. Au deja o decizie? În mai puțin de 20 de minute?

Adam mă strânge de mână și mă privește întrebător.

— Au decis deja?

Încuviințez și mă aplec în față.

În lumea mea nu mai există decât vocea lui Göran Leijon. Nu aud tot ce se spune, doar esențialul, cuvintele importante, care mă găsesc prin gălăgie și mă ajung ca o lovitură puternică în față.

Nu pot să mă mișc. Creierul meu înregistrează informația, dar parcă nu ar vrea s-o accepte. După un timp, mă întorc spre Adam. Are privirea fixată în podea.

Nu pot să cred că e adevărat.

— Arestul Stellei Sandell este ridicat.

Sala de judecată este străbătută de un zumzet. Creierul meu e cuprins de haos.

Așa să fie?

— Ce se petrece? întreabă Adam.

Mă privește și închide ochii.

— Au renunțat la arest.

Doar când o spun cu voce tare, înțeleg ce înseamnă. Stella e liberă!

În clipa următoare, Michael se ridică și o îmbrățișează pe Stella.

Oamenii pe care-i văd cu coada ochiului se mișcă. Toată lumea e grăbită.

Un gardian își bombează pieptul și privește cu ochi de șoim. Doar acum fiecare parte a creierului meu acceptă, într-un final, ce se petrece.

— Stella! strig eu și pătrund printre bănci, trec de privirea tăioasă a gardianului și ajung până la Michael, care zâmbește cu ochii în lacrimi.

Parcă traversând un pod peste toată mizeria, printr-un tunel de lumină radiantă, fluidă, mă arunc în brațele Stellei.

În spatele nostru, aud vocea uimită a lui Adam.

— Este adevărat? Ce s-a întâmplat?

— Dovezile au fost spulberate, spune Michael, cu o asemenea mândrie în voce, de ai crede că e îndeosebi meritul lui. După mărturia ta și a Aminei, existau deja prea multe dubii, așa că a trebuit să o elibereze pe Stella.

Adam se uită la Michael.

— Îmi pare rău, dar nu am știut nimic, spune el. Acum înțeleg ce ai făcut pentru familia mea.

Michael pare surprins. Îi face un semn din cap lui Adam, iar când se întoarce în direcția mea, primesc un zâmbet. Pare să-i placă totul. De aceea face asta?

— Iartă-mă, Stella, spun, dându-i o șuviță la o parte de pe obraz.

— Pentru?

— Pentru asta și pentru tot.

Mă privește îndelung.

Fata mea. Mă apăs ca un plasture peste trupul ei, care tremură. O cuprind cu brațele și nu vreau să îi mai dau drumul vreodată. Inima ei bate cu putere în pieptul meu, iar dorul din ochii noștri e liniștit și calm.

— Mamă, șoptește ea.

Nu mai contează dacă are 19 ani sau 4 săptămâni.

Va fi întotdeauna copila mea și aș face orice pentru ea.

— Te iubesc, mamă.

Încerc să răspund, dar emoțiile mi-au format un nod în gât; s-au acumulat ani de-a rândul, iar când digul se sparge, tot trupul mi se lichefiază.

Timpul nu mai există, sala nu are sens. Plutim împreună în eternitate, eu și fiica mea. Încet, se apleacă în față și îmi șoptește în ureche:

— Cred că am ales un avocat bun, nu?

Trupul îmi devine rigid. Când Stella se îndepărtează iar, mă văd în ochii ei. Se întoarce spre tatăl ei.

Adam pare distrus. Arată ca un om căruia i s-au năruit temeliile.

L-am mai trădat o dată. Dacă Adam află ceva despre mine și despre Michael... nu ne vom mai putea apropia niciodată.

Michael îmi zâmbește iar. Mă întorc spre Stella.

— Mulțumesc, îi șoptește ea tatălui ei.

Adam plânge ca un copil. Lasă lacrimile să vină, dezgolindu-se complet.

Stella întinde o mână și îl atinge. Adam îi urmărește mișcarea cu degetele întinse. Se ating. Firele de păr de pe brațul lui se ridică.

— Acum îți spune inima că e bine? întreabă Stella.

EPILOG

După ce trecusem pe la Chris și îmi lipisem urechea de ușă, m-am urcat pe bicicletă și am dat ture prin cartier, fără niciun scop, încercând să pun lucrurile cap la cap. Oare Linda Lokind chiar mă urmărise sau era doar o închipuire? Îmi pierdeam mințile?

Fusesem întotdeauna diferită și nu mă recunoșteam în ceilalți. Dacă mă gândesc bine, în tot acest timp așteptam să se producă ceva: o psihoză pe cale să înflorească.

După câteva ture fără nicio direcție, am parcat bicicleta lângă Polhem și m-am așezat pe o bancă. Picioarele îmi tremurau și tâmplele îmi zvâcneau. Nu puteam să mă întorc acasă și să o abandonez pe Amina.

A o suta oară, i-am citit mesajul.

Totul ok. Dorm. Ne vedem mâine. <3

Inima de la final o înghițeam. Dar „ok"? Puncte într-un SMS? Nu, nicio șansă! Am căutat printre kilometrii de mesaje pe care ni le trimiseserăm și am concluzionat că Amina nu scrisese niciodată un mesaj cu un singur punct. Nu fusese ea autoarea mesajului.

Trebuia să fie Chris. Refuzase să îmi răspundă la apeluri și la SMS-uri. Oare Linda Lokind spusese adevărul? Dacă Chris o ținea pe Amina cu forța? Sau mai rău...

Am străbătut nerăbdătoare strada, am traversat curtea liceului, am mers până la sensul giratoriu și înapoi. Am mers de-a lungul gardului casei în care locuia Chris. M-am uitat spre fereastra lui, însă am descoperit o siluetă la fereastra de alături și m-am întors în grabă la școală. De îndată ce mă opream, mă așezam sau mă sprijineam de un copac, senzația de piciorușe de insecte pe piele, tremurul continuu al mușchilor reveneau și mă obligau să mă ridic iar.

Când tăcerea a fost curmată, mă aflam în mijlocul turei dintre școală și terenul de joacă, la cincizeci de metri de casa lui Chris. De nicăieri, noaptea s-a umplut de o puzderie de pași împiedicați, care acopereau scrâșnetul asfaltului.

Alerga în mijlocul străzii. Puloverul îi alunecase pe un umăr, iar părul ei era încâlcit. Avea chipul războinic activat — pe terenul de handbal, lumea o compară cu un pitbull.

— Amina! am strigat.

Gâfâia violent. A privit peste umăr și gura i s-a strâmbat într-un urlet fără cuvinte.

Între timp, a apărut Chris de după colț. Cu o mână pe față și cu celălalt braț pendulând pe lângă corp ca al unui alergător la cursa de o sută de metri.

— Fugi! a strigat Amina.

Dar picioarele mele erau lipite de asfalt. Amina era lângă mine într-o clipă și i-am văzut chipul strâmbându-se.

— Fugi!

Căutam rute de evadare, în timp ce Chris se apropia tot mai mult.

Chiar când m-am întors, am descoperit cuțitul. O mișcare a mâinii și lama a sclipit în lumina felinarului.

Picioarele lui Chris loveau asfaltul.

— Haide! am strigat și am tras-o pe Amina după mine.

Am dat colțul și am continuat în bezna de pe terenul de joacă. Pietrișul ne scrâșnea sub picioare. Amina gâfâia și tremura. Mirosea a sudoare, a adrenalină și a ceva puternic. Piper?

— Ce naiba s-a întâmplat?

Amina nu a răspuns. Privirea ei era încețoșată. Am tras de ea, însă se blocase complet. Am apucat-o de încheietură și am obligat-o să se uite la mine.

— Ce ți-a făcut?

A deschis gura, iar buzele au început să îi tremure.

— Iartă-mă, a spus. Am încălcat înțelegerea.

— Ce naiba a făcut, Amina?

— A... A...

Pașii s-au apropiat. În câteva secunde, urma să vedem chipul lui Chris.

— M-a violat.

Vocea Aminei m-a lovit în stomac.

— Violat?

În clipa următoare, Chris a apărut de după colț și s-a aruncat în fața noastră. A încetinit când a ajuns pe pietriș, s-a oprit și a rămas pe loc, cu o mână la ochi.

Am făcut rapid doi pași înapoi. Îi dădusem drumul Aminei, dar bănuiam că se luase după mine. Aveam trupul atât de încordat, încât simțeam că-mi plesnește. Ar fi trebuit să fiu speriată, dar fiecare celulă îmi era străbătută de mânie. Îl uram. Detestam că mă vedea luând-o razna.

Îmi retrăisem propriul viol iar și iar: apăsarea de pe gât, greutatea de deasupra mea și durerea arzătoare când intrase în mine.

Cum dracu' putusem să îi fac același lucru Aminei? Dacă aș fi ascultat-o pe Linda!

Chris icnea printre gâfâieli. A râs ciudat și și-a frecat ochii cu dosul palmei. M-am întors și am descoperit că Amina nu mă urmase, ci făcuse un pas mare în direcția lui Chris. Cu mâna tremurând, ridicase cuțitul.

— Unii nu merită să trăiască, a spus ea printre dinți.

— Oprește-te, a spus Chris.

Vocea lui nu emana nici regrete, nici teamă. Era complet goală.

— Oprește-te, Amina!

Era propria mea voce.

Nu știu dacă m-a auzit. Era în altă lume, unde existau doar ea și Chris. Ea și violatorul ei.

Și cuțitul care-i tremura în mână.

— Dispari! a spus ea.

Chris a privit-o.

— Atunci, du-te dracului!

Am ajuns lângă ea. Lama ascuțită a cuțitului a spintecat aerul. În interior, teama izbea, se răsucea ca un pumn legat, pe cale să se elibereze. Am văzut haosul din privirea Aminei și am știut că eu eram vinovată pentru tot. Dacă aș fi ascultat avertismentele Lindei Lokind... De ce refuzasem să văd?

Atunci, Chris Olsen a râs.

M-am uitat la cea mai bună prietenă a mea și i-am luat cuțitul din mână.

MULȚUMIRI

Îi mulțumesc lui Markus von Martens, care mi-a citit primul manuscrisul.

Mulțumiri Birgittei Ekstrand și Monikăi Wieser, pentru comentariile neprețuite.

Îi mulțumesc lui Zackarias Ekman pentru genialitate și expertiză juridică.

Mulțumesc tuturor celor de la Bokförlaget Forum și Ahlander Agency pentru ploaia de stele. Este o onoare să lucrez cu voi.

Fără editorul meu, John Häggblom, romanul acesta nu ar fi existat. Mulțumesc pentru acuratețe și înțelepciune și fiindcă ai crezut în mine de la început.

Fără agenta mea, Karin Linge Nordh, totul ar fi fost mult mai rău. Mulțumesc pentru tot.

Fără agentul meu, Astri Ahlander, cartea aceasta probabil că nu s-ar fi născut. Sunt atât de bucuros și de recunoscător pentru tot ce faci pentru mine.

Fără Kajsa, Ellen și Tove, nu ar merita efortul.

La prețul de vânzare al cărții
se adaugă 2%, reprezentând
contravaloarea timbrului literar.